百丈漈 李嚼雪摄 民国二十四年（1935）5月，
黄瑞庚先生提供

诚意伯庙前牌坊 李嚼雪摄 民国二十四年
（1935）5月，黄瑞庚先生提供

刘基庙

武阳村刘基故居

课题组在百丈漈合影

课题组在刘伯温雕像前与刘伯温后人刘天健合影

"古代卷"成员讨论

温州大学文成文旅产业研究院对文成山水诗课题组成果的验收评审会

浙江省文化研究工程重大课题
"瓯江山水诗路研究"（22WH16ZD）阶段性成果

孙良好　主编

文成山水诗选编

古代卷

金邦一　编注
陈瑞赞　审订

ZHEJIANG UNIVERSITY PRESS
浙江大学出版社
·杭州·

图书在版编目(CIP)数据

文成山水诗选编/孙良好主编. —杭州：浙江大学出版社，2024.5
ISBN 978-7-308-24133-5

Ⅰ.①文… Ⅱ.①孙… Ⅲ.①诗集-中国 Ⅳ.①I22

中国国家版本馆 CIP 数据核字(2023)第 163759 号

文成山水诗选编
孙良好　主编

责任编辑	宋旭华
责任校对	周烨楠
封面设计	周　灵
出版发行	浙江大学出版社
	（杭州市天目山路 148 号　邮政编码 310007）
	（网址:http://www.zjupress.com）
排　　版	浙江大千时代文化传媒有限公司
印　　刷	杭州高腾印务有限公司
开　　本	880mm×1230mm　1/32
印　　张	33
插　　页	4
字　　数	713 千
版 印 次	2024 年 5 月第 1 版　2024 年 5 月第 1 次印刷
书　　号	ISBN 978-7-308-24133-5
定　　价	168.00 元(共二册)

出版说明

　　本书系"文成山水诗整理、研究与利用"项目的结项成果。课题组于 2018 年 12 月接受文成县文旅产业研究院委托开展工作,原计划于 2019 年底完成,因为古代卷的搜罗、整理颇费周折,再加上疫情影响,其间,和委托方多次沟通协商,至 2020 年 7 月通过验收,验收之后课题组继续修订、完善书稿,至今才算告一段落。课题预期成果为《文成山水诗选编》古代卷和现代卷各 1 册,考虑到文成山水诗整理、研究的实际状况,民国年间的旧体诗词作为附录收入古代卷,现代卷调整为当代卷。

　　课题组在 2019 年多次深入文成进行调研,查访了文成县境的山水、人文古迹,拜访了相关专家、乡贤、民间人士,并收集了文成官修和私撰志书、民间族谱、私人文集。其间,以文成古今地名、风物、相关诗人等关键词搜罗山水诗,一方面通过爱如生基本古籍库、爱如生中国方志网等电子文献进行全面查询,另一方面去温州市图书馆查阅保存的善本、孤本古籍,补充相关文献。古代卷总计收集历代 160 余位诗人撰写的文成山水诗约 600 首(组、篇),并通过标点、校正、整理编排、作家考证及撰写简介完成古代卷的相关工作。当代卷是在与文成县文联进行全面交流之后开展工作的,感谢慕白兄赠阅《诗意文成》《美哉文成》

《美丽文成》《江南·文成之文》《诗话文成》《美妙文成》等书,在此基础上继续搜罗尚未出版的电子诗歌,并前往温州市图书馆收集相关诗集,课题组对其中优秀诗作进行认真、细致筛选,按照景点和出版时间进行分类排序。

古代卷的前言梳理了文成山水诗发展概况,探讨了其总体风貌及艺术特点;正文完成诗歌涉及景点及人文背景的笺注,附录了所选诗歌的乡镇地域索引,以方便在文旅布置、文旅讲解等方面的应用。当代卷的前言对编选思路、编选标准(语言、技巧、情思)以及诗歌的内涵作了较为清晰的梳理和阐述;正文则在精选好诗的基础上提取最具代表性的诗句或语段作为每一景点诗的引导。

感谢我的两个研究生金邦一和欧玲艳,他们为完成本项目付出了艰辛的劳动;感谢古代卷的审订者陈瑞赞研究员,他作为审订者还经常帮忙搜罗佚作。

本项目是文成县建县以来第一次对山水诗进行全面系统的收集,并以"山水诗"为中心对文成山水及相关人文历史进行系统梳理。这种整理和研究,将一定程度上促进文成文化共同体意识的形成,并通过学理的方式在知识界和大众圈获得更好的传播。

本书主编

本卷前言

金邦一

　　文成县地处浙南，县域内海拔落差 1300 多米，水系、山地贯穿县域全境，山水资源丰富。河流分属飞云江、瓯江、鳌江水系，地貌属江南丘陵地貌，具体涵盖山地、丘陵、河谷、平原，景色植被具有差异性。在山水节点上，尤以南田平畴、百丈漈、铜铃山、飞云江水岸、红枫古道等最为著名。丰富的山水资源也吸引了历代诗人的创作，根据现存文献，早在唐代，文成县域内就有诗人的创作。

　　文成是 1946 年从瑞安、青田、泰顺三县边区析置的新县，本书涉及的"文成"，是指今文成县域。中国历史上的山水诗形态各异，对山水诗的概念的定义也历来多样，根据知网的搜索，各种辞书的定义共有十四种，本书的山水诗采选范围，基于傅璇琮等的比较宽泛的定义："写山水之景、游涉之情的诗歌。"①因此，根据此次访查，能查找到的、涉及古代外地及在地诗人游览山水、吟咏山水景物、抒发个人游览之情的诗歌，大部分选入本书中。另外，为保持一地"山水"题材艺文的完整性，附录部分还选

---

① 　傅璇琮、许逸民、王学泰等主编：《中国诗学大辞典》，浙江教育出版社 1999 年版，
　　第 1164 页。

入了民国的山水诗歌、1949年以前的山水赋和散文,作为地方文旅工作的文献参考。

一、各时期文成山水诗创作情况

一般认为,山水诗出现,是以刘宋永初三年(422)谢灵运出守永嘉郡(今温州市)并创作一系列诗歌为标志。但目前,文成县并没有发现南北朝、隋代的山水诗文献。本地山水诗的创作,从唐代始。

(一)唐代

寺观的建立需要人口聚集和钱财积累,是本地经济、文化发展的标志之一。根据地方志文献,本县建立时间最早的寺观是唐天宝年间(742—756)的无为观,其余唐代寺观有安福寺、栖真寺、净慧禅寺、妙因寺、妙严寺,寺观分布涉及今西坑畲族镇、黄坦镇、大峃镇、南田镇等地,由此也可见这些地区的有一定定居人口及经济发展,从而为诗歌乃至山水诗创作提供客观基础。但由于唐末五代的战乱(特别是黄巢大军过境本县)等原因,唐以前的文献几为空白,唐代大部分时间本地有无出现创作山水诗存疑。本书收集的《岩庵》之诗,托之中唐的吕岩,但吕岩是否到过本县,尚无文献明确支持。能确定的、最早的本县山水诗,是唐末五代之交谏议大夫、润州刺史吴畦撰写的《登明王峰》诗(涉及今文成县公阳乡驮尖山的描写),其时吴畦因避战乱沿飞云江上溯,隐居于今文成、泰顺、平阳交接的库村(今属泰顺)。

(二)五代及两宋

五代时期,富氏始迁祖富韬迁入本县南田,富氏家族在两宋期间簪缨相继,富严、富伟等富氏族人在苏州、安徽等地留下山水诗赋①,但并没有见到此时期富氏族人描写本土山水的作品。而根据《青田县志》的辑录,南田山地区最早的山水诗是南宋翁卷作的《处州苍岭》。玉壶自宋太平兴国年间(976—984)从平阳县迁入,南宋后期,胡安甫发起了一次吟咏活动,成员可以确定的有章梦飞、胡荂、洪元质等胡氏迁出地(平阳)的"士大夫之相知者",这是文成最早的诗歌集会,也由之产生了玉壶山地区(今玉壶镇、周壤镇)最早的山水诗歌。

(三)元代

根据现存文献,元代的文成山水诗作品集中于刘基的创作。与刘基数量较多的山水诗文相比,他在今文成地域留存的山水诗文数量非常少,目前确切可考的有至正十六年(1356)的《题富好礼所蓄村乐图》《丙申岁十月还乡作七首》②、二十年(1360)的《早春遣怀》等。刘基是明初诗文三大家之一,其诗歌创作广受历代诗评家赞誉,他的山水诗创作,或纪录本地地理风土,或融情于景抒发特定历史背景下的个人心志,把文成山水诗提升到了一个新的高度。

(四)明代

1. 南田山地区。刘基之子刘琏、刘璟,孙刘廌等,延承家学,并有诗才。《自怡集》(刘琏著)、《易斋集》(刘璟著)、《盘谷集》(刘廌著)中,留存不少书写南田山山水的诗歌。洪武二十四年

---

① 富严在苏州有《游虎丘》诗歌一首,见(清)厉鹗《宋诗纪事》,清乾隆十一年樊榭山房刻本,第3372页。富伟在安徽有《松竹梅赋》,见曾枣庄《全宋文》第333册,上海辞书出版社2006年版,第12—14页。

② 诗歌编年见周松芳《自负一代文宗:刘基研究》,广东人民出版社2006年版,第254、258页。

(1391)后,刘廌因事辞朝归乡,隐居不出,写下了居住地盘谷及周边的众多山水诗,是本县古代留存本地山水诗最多的诗人。由于刘廌袭承伯爵,在他的周边,聚集了不少诗人,其中包括其祖父刘基的好友、朝中官员、本县长官、本地士人,具体有沈梦麟、张鲁、郭斯垕、吴逢、徐瑛、夏朴、钱禩、谢衮、卢宪、谢复、周焕、魏守中、张宜中、祝彦宗、常叔润、刘道济、徐思宁、俞廷芳、杨守义、叶砥、朱逢吉、赵友士、乌择善、杨季亨、缪侃、周尚文、蹇逢吉、徐旭、邹奕、姚文昌、莫伋、童可兴、董可善、王尹实、王仲章、刘璟、钱珤、钱禩、蒋琰、徐琼、陈谷等。他们围绕刘廌的隐居地盘谷吟咏唱和,创作了数量可观的山水诗及山水游记。明初刘廌等人山水诗文创作,从洪武二十四年(1391)开始,约到永乐七年(1409),时间跨度长,参与人数多,形成了文成县历史上规模最大的山水诗创作群。

以建文四年(1402)刘璟在南京"辫发自经"为标志,刘氏家族在政治上失势,嘉靖中期,刘氏袭爵后又任官武职,诗文创作不复明初盛况。南田山的另一标志性士族富氏,则于永乐后期、嘉靖中期分别在浯溪、蒲源举行了两次诗歌聚会,但以送别、祝寿为主,山水只限于零星描写。

明末,曾官青田知县的杨文骢在南田山撰写诗歌一首,是文献可见的明代南田山乃至文成留下的最后一首诗歌。

2.玉壶山地区。文献所存山水诗一首,为明初刘廌对从南田山移居玉壶山的徐仲成的赠别之作(《送徐仲成还玉壶山,兼柬胡叔谨》),其中涉及玉壶山的景物描写。

3.大峃地区。文献所存的、可以确定的山水诗文,首先出现于明中后期,主要集中在对象溪(今珊门村)的题咏。正德十一年(1416),刘基九世孙、处州卫指挥使刘瑜,处州知府刘斐,处州文人叶素等到象溪游玩,并留下诗文题咏。位于象溪(今珊门村)的云峰山为本地名山,崇祯年间,瑞安知县李灿箕在创作了可以确定的最早的云峰山名胜岩庵的山水题咏。

4.其余地区。明初,今公阳乡留存御史彭修游驮尖(平阳称明王峰)山水诗一首。

(五)清代

清初,由于朝代更替、康熙十三年(1674)开始的耿精忠之乱,浙南地区的生产、生活遭到严重打击,文成本地的家族物质条件受到较大影响,因此也影响了山水诗的创作。这一时期,留存于世的山水诗篇目不多。清中期以后,随着社会秩序的恢复,本地山水诗的创作亦逐渐复苏。清代的文成山水诗,由于年代较为新近,文献散轶相对较少,呈现出数量丰富、多点并兴的特点。

1.南田山地区。顺治二年(1645),清王朝将刘基加入历代帝王庙陪祀,刘基迅速成为被朝廷主流意识承认、褒扬的文化符号,一干官员、名流写下不少以南田刘基故里为对象的山水诗,这些诗歌在南田及周边景物描写之余,许多作者表现出对此地名贤刘基的敬仰,作者主要有魏际瑞、刘廷玑、万里、韩锡胙、厉洪典、吴捧日、赵翼、王觐光、端木国瑚、端木百禄、宗庆、杜师预,涉及的地点主要为今南田镇、西坑畲族镇、百丈漈镇。西坑畲族镇在清代下较多的山水诗歌。康熙后期到咸丰时期,浯溪富氏因其崇文,至少可以考证到元末明初的隐逸传统(以富浮[1349—1414]、富灏[1353—1411]在浯溪隐居为代表事件)及居住地梧溪村的优美环境,创作了大量寻山访水的本色山水诗,主要作者有富燮、富在文、富敦仁、富祝三、富鸿学、富志诚。让川村叶承照创作了两首吟咏本村景色的诗歌。鳌里村佚名创作了十首吟咏本村景色的诗歌。另百丈漈镇石庄村林寿琪创作了一组十首吟咏本村景色的诗歌。

清代南田山最大的诗歌盛会在乾隆时期，由占籍顺天(今北京)的韩锡胙返乡带动。韩锡胙为乾隆十二年(1747)顺天榜举人，历官至苏松督粮道(正四品)，高官的身份及韩锡胙在诗文方面的造诣，为吟咏提供了物质条件及人物牵引声势，并提升了创作水平，刘耀东认为："韩湘岩先生来游吾乡凡数次，同时有徐桂岩、厉寿田及西里叶氏群从，相与咏歌太平，极文酒燕游之乐，有清三百年间，吾乡最盛之时也。"本书选录的山水诗作者有韩锡胙、指沛、叶日就、叶日藻、叶日藩、叶日章等。

2. 玉壶山地区。乾隆时，瑞安两任知县陈永清、任文翌相继到访玉壶山，与胡氏家族的胡乔、胡云客、胡大熏、胡扩于、胡津游等宾主酬和，徜徉山水，促成了这一时期玉壶山水诗较为密集的创作。

3. 大峃地区。乾隆元年(1736)，大峃设立巡检司，管理本地治安，嘉庆初，大峃巡检、四川人孟裕修建成孟潭砩，抑制本地水患并开垦良田 500 余亩，有力地推进了大峃地区的社会经济发展，相对平和、繁荣的社会环境推进了本地山水诗的创作。时瑞安县令陈永清跋涉到大峃巡检司官舍并纪游(《大峃官舍梅》)，不仅是一首优秀的纪录大峃景色的诗歌，也是巡检司已经设立、时瑞安县对其进行管辖的诗文证据。本时期，存留最多山水诗的依然是对云峰山名胜岩庵的题咏，时间从乾隆延续到光绪末年，作者有左奎、章观岳、陈秉义、陈野君、陈楚玉、林鹗、孙锵鸣、

戴庆祥、蔡庆恒、端木百禄、彭镜清、周国琛、毛俊、吴乙青等。大
岜地区其余的山水吟咏点有净慧寺、栖云寺、鹫峰庵、寿峰庵、障
岭、东岩尖等地。本时期,诗人们对家族定居点及周边的书写增
多,嘉庆初设馆龙川的永嘉人叶蓁对其设馆地龙川及大岜周边
景点进行了名胜及游玩事件的纪录,写下了诸多的山水散文。
始迁于唐末的大岜望族陈氏涌现出了陈邦铨、陈邦彦、陈楚玉等
作者,对陈氏众多定居点进行吟咏的则另有金燮、叶蓁、曹应枢、
胡乔、张男祥、王炳松等。另周氏定居点有陈秉义的吟咏。

　　4. 珊溪地区。珊溪地区的定居历史久远,根据目前的材料,
最初定居者为官宦。毛崇夫为雍熙二年(985)的贤良方正科中
举官员,秩满后归乡定居;吴鸣皋先生的采访纪录,是巨屿花竹
岭的夏氏,在咸平元年(988)就"入赘方宅方知州之女"[1],知州为
中级官员。官员的出现是家族财富和文化积累的结果,因此,可
以想见北宋时的珊溪地区,社会经济有一定的积累。从寺观来
看,本地最早的寺观为建于景德二年(1005)的云居寺,之后的
宋、元、明三代,依次有青云寺、飞云寺、西安寺、福聚寺、庆元寺
等,则宋、元、明三代都有定居人口及相应的社会经济发展,加之
珊溪地区山水出众,具备山水诗产生的良好条件。但根据目前
收集到的山水诗情况,则直到在嘉庆以后,飞云江上游的珊溪、
巨屿、岜口等地才吟咏渐多,作者包括董正扬、潘鼎、包涵、林大
璋、潘其祝等多位泰顺籍人士,内容主要表现舟行珊溪、巨屿、岜
口等地的水光山色。山行诗歌则有包涵《宿朱坑枕上口占》
一首。

---

[1]　吴鸣皋《文成见闻录》,第325页。

5.黄坦地区。黄坦地区最早的诗文为乾隆时期雷清所作,撰写了稽垟村的景致。其后的撰写者有邢日伟、蒋启修、蒋朝桓、王钦典等,撰写对象为周岙村及周边水云尖、锅岩等景致。

6.铜铃山镇。今铜铃山镇最早的山水诗创作始于乾隆时期,主要描写石门村及村中名胜鹤息峰,作者有徐学程、周兼三、叶子槐、张美纶、张鸿仪等。

(五)民国。从1934年刘耀东归里开始,在南田山形成了以刘耀东为中心的诗人群体,其作者有余绍宋、陈叔通、丁仁、蒋希召、孙传瑗、王冥鸿、王季思、郑文礼等。这些作者或受刘耀东邀请,或因抗战随省机关、学校南迁而来到文成,以刘耀东为交游中心,书写了众多的山水诗文。这也表明了“五四”以来,在白话作为写作主流语体的背景下,相当一部分有旧学基础及传统审美的作者,依然用文言表现自然山水。由于撰写者为一时学者名流,这一部分的诗文体现出较高的水准。1945年抗战胜利后,这些作者陆续离开,文成古代山水诗(包括附录的民国时期)的书写基本落下帷幕。

根据以上文成山水诗文的查访情况,则文成山水诗首先发生于唐代,存世数目最多的在明、清。具体而言,以公阳乡的山水诗驮尖(平阳称明王峰)的诗歌发轫最早,南田山、玉壶山地区发轫于南宋,而大峃地区的诗歌则在明中期,铜铃山镇、珊溪地区则发生于清中期及以后。以诗歌集创作集会而言,最早的集会创作在南宋时期的玉壶胡氏平阳亲族创作群;历次的诗歌创作集会,在地域上包含了玉壶山、南田山、大峃地区;较大的集会创作以南田山地区为主,主要有明初以诚意伯刘鹰为中心的盘谷唱和群体、清中期以韩锡胙为中心的南田唱和群体、民国时以刘耀东为中心的创作群,数次以高官和名流为中心的诗歌集会创作时间长,诗歌数量多,质量高。由此观之,文成县虽然是一个成立 70 多年的新县,其县域范围在旧瑞安、青田、泰顺的偏远之地,经济文化相对落后,但文成县内优秀的山水依旧刺激了本土及外来的诗人创作,山水诗创作个人吟咏及集会唱和双线并行,留下了数量可观的诗歌。

二、文成山水诗的风貌

布迪厄认为,文化品位和生活趣味体现了社会阶层的区分,而文化消费又再产生了文化品位和生活趣味区分与差异。[①] 关于士人内部的区分,在传统中国的视野中,以科举作为常见的区分方式,以权力、文化资本的获得不同,产生了高层士人与中下层士人的分层。在山水诗创作场域,则主要体现为由于社会阶层导致的文化、权力资本的差异,一定程度影响了山水诗的创作、召集的唱和者的创作人群。笔者根据人群文化、权力资本的层级分类,并聚焦山水诗中原生性的"仕—隐"主题,对文成山水诗的风貌进行初步探讨。

(一)士大夫趣味和民间气息的交错

情景交融是山水诗的主要特征。传统的山水诗以山水、田园两派为主,通行的文学史叙述的经典山水诗,其作者多半为高层士人,主要旨趣为乐山乐水、归隐田园。但对于偏在南方、山海交错的山区县域文成县来说,除了刘基、赵翼等显宦、知名文学家等高层士人,创作者中相当一部分为小地域影响的士人(包

---

① [法]布尔迪厄:《区分》,商务印书馆 2015 年版。

括有低级功名的士人及无功名的普通读书人）。由于场域经验、习得的不同，不同阶层的文人的视野范围、兴趣志向等有所区别，文成的山水诗，体现出士大夫雅化趣味、民间俗化气息互相交错的特点。

有浓厚的仕官背景的知识分子，较为明显地表现了士大夫趣味，这趣味包括表现对象、主题、情感，也包括中国诗歌系统中比较稳固的句法、意象。以刘基的创作为例，《题富好礼所蓄村落图（节选）》延续了宋代"村田乐"画与诗的传统，表现农家春社或秋社欢闹的场景以及醉酒、歌舞的主题，表达作者对自给自足、悠然自得的农村田园生活向往之情，在全诗描写战乱的背景下，这种对比显示出刘基的忧时之情。作于至正十六年（1356）的《丙申岁还乡作七首》则显示出中国诗歌系统语词、写法上的化用，如第二首首联"风急霜飞天地寒，草黄木落水泉干"受到了杜甫"风急天高猿啸哀，渚清沙白鸟飞回"的影响，次联"千村乱后荒榛满，孤客归来扰泪看"描写的战乱使家乡荒芜，为《诗经·东山》"町畽鹿场，熠耀宵行"离乱主题书写的延续。《早春遣怀》中的"豹隐"则暗用了《周易·革》中"豹变"的典故，显示出了自己在隐居、出仕之间的复杂感情。

刘基的山水诗常常涉及田园、隐逸的传统，但在留存有限的本地诗歌中没有充分体现。作为刘基长子的刘琏，由于其"独将家属，处南田山中"的家乡生活经验，将刘基山水诗中的题材融入对家乡的山水吟咏中。如《种豆》中，"春耕既举趾，夏苗已盈畴。农人复何营，艺菽在高丘"，描写了田园的生气和田园生活的自足。《草轩二首（其一）》中，"春来草自青，鹂鸣芳复歇。长啸山中人，披襟弄明月"，描写了隐逸地山水之景和隐逸的孤寂。

山林作为自然地理纯在物，包含着不被驯化的野性力量，但士大夫对于山林的书写，往往显示出雅化的倾向。士大夫欣赏、审视山水，把自然山水比德，以寄寓较为雅化的情感。洪武二十四年（1391）之后，围绕在袭诚意伯刘廌周围的士大夫对盘谷八景大规模的诗歌吟咏和文章记述，以富有象征意义的植物（梅、竹、龙、凤等）和器物（诗书、琴、酒）等，表现出山水徜徉和田园居住之乐。具有尚文传统的富氏族人也色彩强烈地体现了士大夫趣味。现存富氏留存的山水诗主要集中于清代，富于文人传统的山林意象"渔樵""溪流""疏篁""古松""处士""列巘""鸣泉"等在描写富氏居住地的诗中经常出现，村庄景物体现出文人雅化色彩。外地创作者的诗文表现出较为纯粹的山水静观特点。由于在这片土地上"他者"的身份，拥有相对新鲜的视角、较少的利害考虑，以及与本地不同的性格和经历，他们在本地留下众多的山水诗，往往体现出更为超然、不介入本地人事的形态。他们采取或羁旅（如余永森《大峃溪途即目》）、或访谒的视角（如郑文礼《诣谒刘师祝群先生三首》其三），其表现的山水往往更为纯粹，贴近谢灵运开创的山水诗本色。

　　民间文人创作的山水诗体现出角度活泼，而言志俗化的特点。比如定居地的山水的明秀，往往变成个人仕途得力、宗族兴旺的申发基点（具体论述见本章第四部分）；在体裁上，以民曲调写成的山水诗，让山水诗这种雅文化在民间文人模式手里，又回到了《诗经》和汉乐府开启的民间的活泼本色，如胡玠的《峃川竹枝词》，在描写山水田园风貌时，详实记录了峃川（今文成县城大峃盆地一带）本地的民俗风貌，竹枝词将山水风光与民情风俗糅合在一起，丰富了山水诗的文化内涵，开拓了山水诗的审美维度。

(二)归隐与出仕的焦灼

山水诗一般是士大夫摒却官场,在山水中陶冶感情,追求自由的诗歌体裁。问题在于,通常以向君王售卖知识资本,以实现人生理想,并获得相应地位及物质收入的知识分子,在退隐之后,又经常透露出对重新出仕的期待。收拾被官场争斗而残破的心灵,由之体现出庙堂和山林的对立,这是谢灵运开创的山水诗中常见的表现主题。归隐与出仕的焦灼,在本书收录的诗歌中,以洪武二十四年(1391)后[①],刘廌及诸唱和者的"盘谷吟咏"诗文体现得最为集中。

发生于洪武二十四年(1391)的刘廌辞朝归隐,是盘谷吟咏产生的原点事件,盘谷唱和诗文中表现了辞朝后隐居的乐趣。马士行的《盘谷赋(有序)》位于《盘谷唱和诗》卷首,这篇总括性文章云"歌周人《考槃》之诗,而作盘谷之赋",点出了诗集的归隐基调,并在唱和诸人的诗歌中有明显体现。赵友士《松矶钓石》《三峁夜月》连续提到"客星隐""康乐屐"的严光、谢灵运逃避朝廷争斗的典故,抒发了"白云共幽闲""笑入烟霞间"的山水隐居之乐。在朝中政治生态险恶的背景下,盘谷被看作远离权力中心的桃源,景色露出了新鲜和生气,刘廌的"卜筑盘谷中,慨兹泉石美"(《龟峰春意》),即是这种心绪的流露。众多的诗人流露出同样乐山乐水的心绪,他们描绘了盘谷的早晨和夜晚之景,以及

---

① "明年(1391),(刘廌)坐事贬秩归里",见(清)许荣《[乾隆]甘肃通志》,清文渊阁四库全书本。刘廌洪武二十三年袭爵,洪武二十四年辞职回乡。盘谷吟咏中的诗文对此多有印证,如邹奕《鸡山晓色》"却忆去年今日事,躬圭敬执拜枫宸",即回忆了刘廌一年之前在朝廷上朝的情景。

分布在盘谷周边的山水景致。盘谷的早晨和黄昏显示出壮阔博大的气势，"朝昏异百态，隐显纳万象"（杨季亨《盘谷诗》），"影挟山河过绝巘，气翻风露落层尖"（卢宪《三峦夜月》）。盘谷周边的山光水色在他们的笔下灵动成趣，生机盎然：龟峰的春景，"鸟声渐觉调弦管，草色才堪染画图"（邹奕《龟峰春意》）；北坞的松声，"大风时一至，泠泠如鼓琴"（钱琎《北坞松涛》）；西冈的稻浪，"翠色卷云翻大地，绿阴飞浪度前冈"（谢衮《西冈稼浪》）；周边的涧水和潭水，"疏疏寒落烟萝外，聒聒清来白石中"（谢复《双涧秋潭》）；垂钓地的水景，"年来自得烟波趣，沙上相亲有白鸥"（吴逢《松矶钓石》）；雾气和风声中的竹林，"绿雾沾衣香苒苒，清风入耳珮珊珊"（周焕《竹径书斋》）。

　　"浊斯濯吾足，清斯濯吾缨"（俞廷芳《双涧秋潭》），除去乐山乐水的欣赏自然之乐，归隐还让知识分子一定程度上破除权力场中的人格依附，获得相对独立自由的人格，在盘谷诗中，通常是以富有象征意义的植物（梅、竹等）和器物（诗书、琴、酒）表现。"晓来行傍寒梅树，一朵新开白玉英"（张宜中《龟峰春意》），以梅花迎寒而放，暗示着知识分子在寒冷处境中对生命的修复；"昼立万竿将比节"（邹奕《龟峰春意》），以万竿之竹，比喻知识分子坚定的人格节操。儒学经典是知识分子王道理想的寄托，"夜穷六籍自潜心"（邹奕《龟峰春意》）、"读罢麟经王正月"（常叔润《龟峰春意》），将《春秋》等六经的阅读作为保持儒者正直心志、安放心灵的举动。琴是知识分子言志的器物，盘谷诗中，"琴"的意象俯拾皆是，"大风时一至，泠泠如鼓琴"（钱琎《北坞松涛》），"月明分付入丝桐"（谢复《双涧秋潭》），"杏坛春满碧瑶琴，一曲龟山绿意深"（常叔润《龟峰春意》），"洗耳重来磐石坐，无弦琴在不须弹"(刘道济《双涧秋潭》),"我来欲抱瑶琴坐,弹使蛟龙月下听"(张秉彝《双涧秋潭》),这些琴声与山水协和的诗句,表现出自抒其志、自适其乐的隐士之趣。酒让人忘却烦恼,散发天真之性,盘谷诗中亦不胜枚举,"相从历览醉金壶"(邹奕《龟峰春意》),"谩忆当年僧久别,可堪今日酒初篘"(吴逢《奉和闲闲子三月望日游西陵兰若韵》)","有书满床酒盈缶,饮酣还共相吟哦"(夏朴《奉和闲闲子〈盘谷歌〉》),"昨夜床头酒初熟,开尊对客同高歌"(钱裡《奉和闲闲子〈盘谷歌〉》),"酒船无计恣游邀"(谢复《西冈稼浪》),"数着棋中樽酒里,深林别是一乾坤"(刘道济《竹径书斋》),"良夜正宜人共赏,举杯易觉酒尊空"(姚文昌《三峦夜月》)。通过梅、竹、儒学经典、琴、酒等知识分子常用意象,盘谷诗显示了吟咏诸人对理想人格的寄托。

基于洪武朝后期的政权高压,生杀的阴影挥之不去,盘谷唱和诗句中也不时透露出的对朝廷争斗的心惊。"投竿不在鱼吞饵,扫石何须象作床"(刘道济《松矶钓石》),以"鱼吞饵"的鱼钓情形比喻"象(牙)作床"的虽处高位,而可能丧失性命的险境;"林栖欲惊飞,道远不可还"(俞廷芳《三峦夜月》),以禽鸟的被惊起欲飞,表示出对朝廷险恶争斗环境的心惊,以及"道远"归隐之难的担心;"青田倘有人来过,莫出相迎闭户扃"(魏守中《竹径书斋》),以刘基在归隐后,青田县令微服拜访的先例,提醒刘鹰在归隐后要韬隐行迹;"忽忆霓裳曲,新声变关山"(徐思宁《三峦夜月》),通过安史之乱中唐玄宗流离幸蜀的典故,表现出对时局变乱的担心。在这种心态背景下,离开朝廷、归隐山林的心绪经常出现在吟咏者的语句中,如"鱼潜深窟自求安"(邹奕《双涧秋潭》),"风狂未必驾舟航"(魏守中《西冈稼浪》),分别以鱼潜深窟求安、风狂不行舟比喻辞朝的明智。所以，周焕认为"临流洗耳"的隐居生活比"金门奏凤槽"在朝为官要好很多(《双涧秋潭》)。根据这种的心态逻辑，刘廌的"愿效陶彭泽，终为陇亩民"(《盘谷即事》其一)的归隐，变成了一种合乎情理的选择。

　　洪武二十四年(1391)刘廌的辞官，看起来是一起政治斗争的平和处理的事件(典籍中记述相对温和平淡也表明这一点①)，加之刘基的开国功勋在明初被广泛认可，对于离开朝廷后的刘廌，重新入朝是概率不小的事件。盘谷诗中的不少作者对刘廌的重新出仕有所期待，并进行规劝。这些作者，不少拥有前官员、在职官员(在朝廷、王府和地方任职)的身份，他们的期待和规劝基于对官场的观察以及对刘廌的关心。年高的前辈沈梦麟(刘廌祖父刘基的故交)和张鲁(元末山东行枢密院经历)的期待和规劝最为显著。沈梦麟在诗中对刘廌重新被征召充满信心，"会见君王颁世禄，先生依旧上云梯"(《鸡鸣山晓》)，"只恐钓矶藏不久，天书早晚下青冥"(《松矶钓石》)；张鲁从更实际的角度，描写了刘廌为伯爵时的生活待遇、地位，并与隐居作对比，劝刘廌放弃隐居，"食蕨何如悦蒭豢，肥遁何如在官好"，并认为做官有助于实现儒家知识分子的"济天下"志向，"丈夫事君当致身，整顿乾坤济时了"(张鲁《奉和闲闲子〈盘谷歌〉》)。其余的不少盘谷诗撰写者，从不同角度，对刘廌重新入朝表达了乐观和期许。王尹实以家学的传承说明刘廌将被征召，"三冬文史承家

---

① 如《[乾隆]甘肃通志》(卷四十)，记载了刘廌1391年的"贬秩归里"原因为"坐事"，在1397年的被"遣戍甘肃"，很快被"赦还"，而后，"建文帝及成祖皆欲用之"。《国榷》(卷五十五)记载刘廌事迹"廌没，世微，圭裳靡托"，刘廌的辞朝及被贬谪不被认为是妨碍诚意伯爵位传承的因素。

学,会见征书下九天"(《竹径书斋》);徐瑛从朱元璋的念及刘家勋旧之劳来说明刘瑞重新入朝的理由,"吾闻圣明念勋旧,岂令伯也长迟留",并以在谷口听到马鸣,联想起君王的来召,"有时谷口听鸣驹,依然赴召为公侯"(《奉和闲闲子盘谷歌》);夏朴、塞逢吉认为,刘瑞的才能出色,不会一直隐居,"犹恐灵物难久潜沧波"(《奉和闲闲子盘谷歌》),"君才自是济时器,只恐山间林下未许能从容"(《奉和盘谷诗》);谢衮以严光被刘秀的殷勤征召比喻刘瑞的被征召期待,"客星只恐天边动,未许山中赋隐幽"(《松矶钓石》);张秉彝以姜太公被周文王邀请比喻刘氏子弟(刘瑞)的被征召,"只恐渭阳重应诏,非熊还感帝王尊"(《松矶钓石》);周尚文、徐旭分别在《奉和盘谷诗》中想象了君王来召的场景,"丹书征召来山庄,重出匡赞帝陶唐""鹤书立见赴林壑,盘谷岂尔长周旋";钱禋具体铺陈了君王来召、刘瑞入京的过程,"思贤有诏复飞来,紫凤衔从九霄落。万里骅骝再着鞭,重使秋山骇猿鹤"(《奉和闲闲子盘谷歌》)。唱和众人对刘瑞的重新入朝为官有所期待。

(三)盘谷山水吟咏中的权力期待

虽然盘谷诗中着重退隐桃源的隐居之乐,但在士子和官员眼中,作为开国元勋的嫡长孙、袭封的诚意伯,刘瑞本身就是有权力者和由之可以依附获得权力的媒介。在中国古代大部分知识分子向君王售卖能、德的背景下,知识分子变成官员是一种合乎情理也符合实际的仕途上升的自然之路,"龙""凤"等意象从本初的"能""德"之比,很容易转化为权力、地位之比。

根据初步统计,本书所选的盘谷唱和诗文中出现"龙"的意象45处,出现"凤"的意象20处。盘谷诗中通过对"松""竹"

"鱼""涧""潭""山势""太阳""鸡""沟塍""烟""笛""云"等山水、自然之物（以及部分器具）的比拟，在总共 42 首（组）的诗歌中密度很大。这些比拟，看起来是在颂扬刘鹰所居盘谷的充满灵气，其目的实际在于称颂主人能力及品德的涵养，在"龙""凤"意象的原初性文献《易经》《论语》中，又是以二者作为参与权力场人物的比附之物。如"春雷殷殷龙惊蛰"（沈梦麟《北坞松涛》）、"几回窗月白，紫凤雕雕吟"（赵友士《竹径书斋》），即以"龙"的被惊醒而从蛰伏中起身的节候描写，又可解读为刘鹰重新回到权力中心的人事期盼描写，这与《易经·乾卦》中"九四，或跃在渊"形成意义上的互文；雕雕而鸣的紫凤，事实上与接舆对汲汲于世的孔子才能的称呼类似。事实上，刘鹰撰写的盘谷诗中，对于作为"济天下"平台的朝廷，也并没有完全忘情，如在《游西陵和丹丘先生韵》先描写张鲁"酌酒高歌白云外，赋诗醉卧清溪头"的隐居之乐，接着表达了即使在"林泉浩饮"，也"无心忘世（事）"的心绪。以刘鹰的袭诚意伯身份，"世（事）"应该是在朝中有所作为的生活，隐居林泉、浩饮不过是不得不逃避朝政的"消愁"之举。这种心态，以至于其在老家的隐居的诗作透露出低沉之色，在《三月七日游降龙访僧不值》中，刘鹰抒发了"野兴情何限，山居事颇幽"的清净闲适之后，紧接着云"题诗写情素，无语对松楸"，表现出想写诗抒发内心情绪，但即使面对树木又不能言说的复杂心境。

正如盘谷诗中显现的刘鹰具有庞大的官员召集能力（即使是体现在日常的诗歌吟咏中），刘鹰作为袭诚意伯的勋旧子弟，在朝廷上有引荐官员能力，因此，盘谷诗中也体现了通过恭维达到权力援引目的的诗句。恭维色彩最为明显的是在地官员、青田县令谢衮,在《鸡山晓色》中首先点明刘鹰"自是簪缨勋旧裔"的身份,并以"丹霄步武快飞翰"的语句,想象刘鹰上朝和起草奏疏的英姿,隐含了对刘鹰权力身份的关注;《北坞松涛》中云"谩忆银河天上客,使槎轻泛鹊桥平",认为刘鹰很快就会重新入朝,中央的使者会带来诏书,缝合君臣的相隔;"倚阑吟罢西风里,疑是箫韶奏九天"(《双涧秋潭》),西风之声也变成朝廷演奏的雅乐之声;"遥望广寒宫阙近,铜盘仙掌露华多"(《三峦夜月》),暗示刘鹰会与皇帝等一起接受上天的甘露祥瑞;"六韬读罢晴云遏,好展雄才答圣明"(《竹径书斋》),刘鹰学好兵法之后,为君王展示雄才。谢衮对刘鹰的恭维,显示出袭诚意伯身份可能带来的权力场能量,他对刘鹰入朝的期待,至少是夹杂着个人升迁便利的考量。谢衮在建文朝(1399—1402)为青田县令、永乐五年(1407)迁知处州府,其任职和升迁之地都在刘鹰的故乡,事实上也达成了撰写《盘谷八景》、通过权力援引获得仕途上升的目的。

根据以上对盘谷吟咏的论述,盘谷唱和中首先将"乐山乐水"作为培养品德的手段,表现归隐山林之志,借以逃避政治的压迫,但另一方面,山水培养的德行,又变成士人获得权力的合法性基础。盘谷山水吟咏中,一方面固然存在着谢灵运、陶渊明的政治失意、寄情山水情感的本色抒发,但另一方面,刘鹰开国元勋的嫡长孙、辞朝未久的袭诚意伯身份隐含了权力资本,无论从刘鹰自身发展,还是相关人物对刘鹰权力的援引,众人对刘鹰重新入朝有深浅不一的鼓励和期待。在"仕—隐"选择上,盘谷唱和体现出山水吟咏中复杂、丰富的情感寄寓。

四、山水作为民间个人仕进和家族兴盛的吉兆

因此，在"仕—隐"冲突的基础上，"山林"成为隐居、仕进的双重隐喻，其内部存在明显的逻辑矛盾。尽管如此，盘谷唱和中的权力期待，隐藏在放弃官职伴随着乐山乐水情趣的抒发、独立自由人格的期待之后，显得隐晦而复杂。这与刘鹰及盘谷唱和诸人的权力场介入的深度、权力场险恶的经验获得有关。但在各方面资源相对不足的中下层民间知识分子，经常以一种进取性的姿态，来歌咏一地的山水，特别是在以地方家族和谱师为主导的山水诗书写中，经常呈现渲染山水的灵秀，表明对家族人物的兴盛寄托，这种兴盛，通常是以显性或隐性通过科举介入权力场书写为标志。这种志趣通常在本地游览诗歌及应制式祠堂诗中阐明，数量可观。

1. 南田山地区。清代富在文《春日山村即景》："散步衡门外，行吟曲涧边"，首先以贫士散步衡门来描绘清幽的浯溪村山景，"半潭添夜涨，两岸抹朝烟。西岫苍松古，南阳翠竹妍"，最终以"新雷施启蛰，烧尾看争先"作结，以龙的被雷唤醒、虎变为人，表明了对富氏家族子弟登第的期盼。清代徐敦纪在描绘"垂柳""疏篁""危岩""天霁""鹤""峭涧""鲤鱼"等浯溪村景物后，最后通过登临村中的"文峰"，表明登临者"意气欲凌虚"（《浯溪即景》），隐含希望仕途上进以获得更广阔的视野之情；徐绍伟也极力烘托浯溪的地灵，"松若虬龙岩畔吼，石如熊虎道旁蹲"（《浯溪旧云语溪，诗以志之》），"虬龙""熊虎"即是景物的比喻，也是对本地人物出产的期待；叶承照吟咏让川村，描绘了三座形成笔架形状的山峰，"矗矗三峰长耸峙"（《让川即景》）显示铺垫本地文

气的兴盛,并以"俨成笔架接云梯"隐含对本村人物仕进的期许。

2.大峃地区。金燮吟咏了峃川(今大峃镇及周边部分地区)陈氏十个定居点。吟咏今林店尾陈氏祠堂云,"奇峰上应三台宿,倒影斜晖罩碧寥"(《咏峃川十景·祠后三台》),三台在政治隐喻圈为三公,以峰上头看到三台星,寄寓所写家族人物参与朝政中枢的期待;咏凤阳、牌门、桥头井、后垅、里阳陈氏定居点,分别用"一朝摩翮抒丰彩,只为青梧植凤阳"(《凤阳青梧》)、"旗山仿佛动蛇龙"(《旗峰映日》)、"有客金门方待诏,扬鞭跃马过桥东"(《桥头跃马》)、"居然后凤绕龙纱"(《后龙翔云》)、"久潜鱼鲤快登龙"(《鲤川龙门》)的语句描写或引申山水,以"龙""凤"的比附寄托家族人物仕进的期待,最后,金燮以"起雾腾蛟纵九天"(《峃海文浪》)人物之兴的隐喻,对峃川的陈氏定居点进行总结。同样的情况出现在叶蓁、曹应枢、胡乔、陈邦彦的对大峃凤阳、靠近大峃的里阳(今属周壤镇)陈氏定居点吟咏中,如"不逢吹箫客,但见双凤凰"(叶蓁《双凤溪》)、"当年老凤尊雏凤,丹穴犹含五色光"(曾应枢《双凤溪》)、"添取草堂灵岩畔,凭栏笑拟化龙潭"(胡乔《龙泉湾》)、"万丈龙门峻,逢时跃出头"(陈邦彦《游鲤川观鲤》)。清代陈秉义对峃川周氏定居点周边山水描写也用了类似笔调,"虎伏龙腾资秀气,朝耕夜课半儒家"(《峃山八咏·魁市鳌浮》)、"射石何人描雀目,题岩有字亦龙腥"(《峃山八咏·锦屏拖雾》)。还有徐作砺、朱宗旦、胡从珏、佚名对今大峃龙川赵氏定居点及周边山水的吟咏,"三呼万岁朝天子,好戴巍峨拟大观"(徐作砺《龙川十景·纱帽岩》)、"留峰挺秀接天台,护佑名乡气运开"(朱宗旦《留尖山》)、"遥望山头深拟议,依然宰辅一朝冠"(朱宗旦《纱帽岩》)、"地既有灵人必杰,应多儒雅戴朝冠"(胡从珏《纱帽岩》)、"石麟雾豹超凡品,未许嘉名与并分"(佚名《猛虎山》),表达出普遍寄希望于本地人物参与朝堂政务的进取姿态。对岜川花园村王氏的定居点的吟咏语句也有类似描写,如"毓秀端推佳景瑞,应多俊彦列班联"(朱宗易《咏花园村景》)。

3.其余地区。叶子槐描写铜铃山镇石门村的山水云"当年鹤息遗名古,洞壑不无起蛰龙"(《咏鹤息峰》),以本地高山的栖鹤、洞壑的众多,寄寓人物("蛰龙")发达的期望;雷清在描写黄坦镇稽阳村的山水,也有"但有春雷起蛰龙""为有潜龙在水眠"(《城阳八景诗记》)的类似期望。

4.羁旅客子。即使是旅途行经今文成的客游士子,也表现出希望科举得力,有更高平台的吟咏指向,如"万里图南风力厚,请看鹏翼谁追陪"(林大璋《百丈潭放舟》)。

综上观察,在尚未经历过朝堂斗争的中下层的知识分子中,山水的吟咏较广泛地关联着仕途之兴,而仕途之兴,通常意味着对权力及伴随利益的关注。这种角度与传统的山水诗将自身与朝堂抽离的姿态撰写并不一致,在他们的山水吟咏中,"龙""凤""朝冠""麟""豹""鹤""鹏"等意象的比德,更直接地体现出从山水的富有灵气("地灵")到人物的杰出("人杰")的转换。清代本地乡贤邢日伟在《水云尖记》的文章中通过从容舒缓的山水描写和议论,显示了这种转换产生的原因。邢日伟在文章中描写了水云尖"石激悬流""峭壁千仞"的美景,并认为"天下偏僻之区,非无奇峦特嶂,而美不自彰,卒湮没于人间者,指不胜屈",原因是没有"生于都城之会",缺乏"游亭""眺阁"的经营,以及士大夫的"歌""和"。他具体从苏东坡、秦穆公、谢灵运、柳宗元对所过山水的吟咏,说明知名人物的到访和本地知名人物的出产("迹有名贤"），才"实足增山川之色"，而"人苟不杰矣，谁复问山川之灵乎"，最终表达了"山川从人而兴"的感慨。他的描写和论述，彰显了权力资源、文化资源对山川（山水）知名度的干涉。

而邢日伟的这种观念，其实与本地上层知识分子经营山水隐含的文化资源干涉、权力资源干涉有着一致的逻辑。在文化资源的干涉上，明代刘廌就云"幽胜一一尽模写，记与后世人流传"（《游西陵绝顶歌》），盘谷山水因为士大夫圈的吟咏，成为文成诗歌史上的知名景点。近人余绍宋也认为，自己的对南田山的吟咏，是"为《南田山志》聊增故实"（《游南田山兼赠刘祝群六首》）。如前所述，盘谷吟咏的发生，是以袭诚意伯刘廌为中心的诗歌盛会，山水吟咏的发生，本身就带有权力干涉色彩。因此，在这个背景下，文化、权力资源相对不足的中下层士人，在体会到权力资源、文化资源对山川知名度的干涉后，在明秀的山水上衍生出对人物的期待，这成了一种合乎逻辑的选择。因此，观照高层文人与中下层文人的山水诗创作内容，以文成山水诗作为对象，两种身份的文人由于文化资本的差异，体现出雅化和俗化的不同倾向；二者的山水诗在以山水陶冶情性的基调上，或隐或显地表露出了对权力、文化资本对写作的干涉。

三、整理说明

文成建县时间短，对包括山水诗在内的历史文献，还缺乏有意识的收集、整理。1996 年出版的《文成县志》"艺文"编所收录的诗词赋仅 100 来首，这当然不足以概括文成山水诗的全貌。本书以文成原属地旧青田、瑞安、泰顺等县的原县志、地方私修志书、文人文集、家谱为中心，共收集文成古代山水诗文约 600

首（组、篇），范围基本覆盖文成全域。

在县志的查找上，除《文成县志》（1996）外，清修《青田县志》《瑞安县志》《泰顺分疆录》等官修县志都被列入查找范围。在地方私修志书上，刘耀东的《南田山志》、吴鸣皋《文成见闻录》起了资料性和文献查找导引性的作用。一些地方编辑的报纸和诗文汇编也对诗文进行了搜集，如珊门村老人协会编辑的村报《象溪晨钟》（前三十四期）、地方史料《仙山洞府白云庵》等，对大𡶆镇名胜白云庵的题咏进行了较为齐备的收集。本地文人的文集，刘基的《诚意伯文集》、刘琏的《自怡集》、刘璟的《易斋集》、刘廌的《盘谷集》提供了明初的绝大部分诗歌文献。清代的青田韩锡胙、泰顺林鹗、瑞安彭镜清等外地文人的集子中，也留存了相当数量山水诗作品。

家谱一向被认为是国史、地方志之外的中国第三种历史纪录类型，其中的"文献"及"世系"部分为山水诗的收集提供了诗歌材料、部分作者的生平材料。但鉴于大部分家谱并没有公布（更不用说公开出版）的特性，其分布零散，查访难度大。通过多方找寻，目前先后查阅到的，有西坑梧溪村的《古齐郡富氏宗谱》、南田的《永嘉郡刘氏族谱》、玉壶李山村的《安定郡胡氏宗谱》、西坑让川村的《叶氏宗谱》、百丈漈石庄村的《济南郡林氏族谱》、大𡶆花园村的《洙川王氏族谱》、大𡶆珊门村的《彭城郡金氏族谱》、巨屿稠泛村的《林氏房谱》、巨屿稠泛村的《延陵郡吴氏宗谱》、肇基于黄坦严本村的《严氏宗谱》、黄坦稽垟村的《朱氏宗谱》等。其中尤以前三种的山水诗文献最为可观。

在编排体例上，本书基本上以作者的生卒年为时序编排作品；在生卒年不可考的情况下，以其在今文成地域的活动时间进行排列；对于生平无考的作者，以时期不详附后；对原文献中没有记载名字的作者，一律作"佚名"处理。本书内容分为作者介绍、正文和笺注三部分。作者介绍著录作者的生卒年、字号、籍贯、仕履或主要生平事迹、著作等基本资料，必要时略作考证，凡有争议则采取通行说法，并兼收其他说法。所录正文皆注明出处，并作必要的文字校勘，凡有订正，皆出校记。对于原据版本的缺字，尽量以别本补足，无法校补的，则以"□"表示。笺注不以字词注释为目的，而以人名、地名以及地方掌故、创作背景等为重点。

目　录

唐　代

宋　代

元　代

明　代

清　代

附录一　民国旧体山水诗

附录二　山水赋

唐　代

吕岩 字洞宾,道号纯阳子,自称回道人,河中府永乐县(今属山西芮城)人。会昌中,两举进士不第,去游灵山,遇异人,得长生诀。元代被奉为道教全真派祖师。民间传说中的"八仙"之一。

岩 庵①

山中楼阁倚云端,②
极目烟霞万里看。
法鼓应雷通世界,
禅灯映月照蒲团。
风吹洞草三春暖,
水溅岩花六月寒。③
唯有紫微星一点,
夜深长挂石栏杆。

——录自《文成见闻录·云峰山白云庵》

【笺注】

①岩庵,在大峃镇珊门村云峰山上。文成传说中提及吕洞宾的很多,以岩庵最盛。《东瓯金石志》引《瑞安志》云:"'岩庵在大峃山门,峰峦奇绝,游踪罕至。'吕纯阳有题壁诗。"永乐十四年(1416),珊门村金霖等舍"上至山顶及水田,下至本户(今珊门村路廊下首),左至小坑(文成方言称溪为坑)右至坑为界,乐助本庵为僧二人住持食用"(《文成见闻录·云峰山白云庵》),则至迟到永乐十四年(1416),白云庵已经建成,并有僧人住持。此诗在嘉靖、乾隆等时期编撰的《瑞安县志》都不见载,最早出现在《东

瓯金石志》，其引《瑞安志》云："此胡孝廉玠录示云。草书，不知何人所刻。"则不知此诗篆刻于何时，当然也难以断定其撰写于何时。此诗与明崇祯年间李灿箕的岩庵诗用韵相同，当为唱和之作。也有人认为本诗作者是珊门村金氏八世祖、崇祯十三年（1640）贡生的金廷灿。《东瓯金石志》录此诗，尾联次句"石栏杆"作"月栏干"。清乾隆三十三年（1768）修《洙川吴氏宗谱》亦录此诗，多异文，录如下："山中楼阁倚云端，极目临霄万里看。法鼓引雷通世界，禅灯影月照蒲团。风吹野草三春暖，水溅岩花六月寒。唯有紫微星一点，夜深高挂石栏杆。"

②山中楼阁倚云端，云峰山上有庵庙，常年多云。

③水溅岩花六月寒，岩庵大雄宝殿处原为洞穴，有瀑布飞流其前，四季不歇。

吴畦(840—923)　字祯祥,山阴(今浙江绍兴)人。咸通元年(860)进士。初授河南节度判官,中和二年(882),授中书令同平章事。后历官谏议大夫、润州刺史。既引退归里,为避董昌之乱,乾宁三年(896),迁居温州安固县卓家庄(今属浙江泰顺)。光化二年(899),隐居老翁峰下(在今泰顺吴宅村)。

登明王峰①

明王高截与天齐,
势压乾坤不可梯。
霁雨孤钟云外度,
叫霜群雁月中栖。
仰观碧落星辰近,
俯瞰红尘世界低。
七尺灵光双彩屦,
石门金鼎谩留题。

——录自《雁荡诗话》卷上

【笺注】

①明王峰,位于公阳乡,俗名大尖,峰高 1077.7 米,是南雁荡山最高峰。[雍正]《浙江通志》卷二〇引《雁荡名胜志》:"五代时僧愿齐至明王峰顶,闻雁声,喜曰:'此山水尽处,龙雁所居,岂非西域书所谓诺诇罗居震旦雁荡龙湫者耶?'因结茅其间。"

宋　代

翁卷(1163—1245)　字续古,一字灵舒,浙江乐清人。曾领乡荐,生平未仕,以诗游士大夫间,为"永嘉四灵"之一。著有《西岩集》《苇碧轩集》。

处州苍岭①

步步蹑飞云,
初疑梦里身。
村鸡数声远,
山谷几家邻。
不雨溪长急,
非春树亦新。
自从开此岭,
便有客行人。

——录自翁卷《苇碧轩集》

【笺注】

①处州苍岭,苍岭古道西起缙云县壶镇镇的苍岭脚村,经过黄秧树、槐花树、冷水、黄泥岭和海拔800多米的南田等村,出风门后,下岭五里多,直到仙居县的苍岭坑村,全长约五十里。南田山属于处州苍岭的一段,刘鹗《花溪别业東原昭沈先生(其二)》描写南田山,即有"雁归苍岭云深处"之语。《[乾隆]缙云县志》录之,题作《处州苍岭》;《[光绪]青田县志》录之,题作《游南田》。本诗所写景物与苍岭南田山段相符,故录之。

章梦飞（1216—1278）　字云翔，平阳八丈（今属浙江苍南）人。淳祐七年（1247）武状元。官至肇庆府知府。

秀山竹泉赋①

□昔太古初，
未尝构栋宇。
竹泉以为居，
羽毛并栖处。
此山古迹几千年，②
楼台厦屋蜂房联。
丹楹藻棁斗华巧，
谁复竹泉青树巅。
我闻秀山中，
乃有幽居者。
危楼仿佛似桧巢，
云影松阴在其下。
高当玉表临玉清，
五月六月寒风生。
游龙暖出山雨暝，
白鹤夜归秋月明。
纤尘不到喧啾隔，
神仙时来作宾客。
闲游子晋吹玉笙，

醉对安固擘鳞腊。③

世界沧海成桑田，

还来满地惊风烟。

谁似山中泉隐士，

长年松顶伴云眠。

安固秀山已无路，

高岭豺豹不知数。

吾将从尔结幽居，

更觅竹泉最深处。

——录自[玉壶]《安定郡胡氏族谱·文献》

【笺注】

①原题为"应胡安甫咏其曾祖覃庵公公立宅于安固嘉裕乡之胡呑而作名曰秀山竹泉赋"，简化为今题。覃庵公，即玉壶胡氏始祖胡秀成。《玉壶安定郡胡氏族谱（李山乾房）·文献》载："溯壶山（即玉壶山）开基之源，为水心公七世孙覃庵公……公于太平兴国（976—984）初，再迁安固嘉屿乡，姓其地曰胡呑。"并点明胡氏原居住地在平阳胡阳。同谱"世系内纪"又云："公于雍熙四年（987）丁亥……被火，随产来居，迁安固之嘉屿乡，地名胡呑。"上两说对于胡姓迁居今玉壶胡呑的时间虽略有出入，但在宋太宗时迁入，可以确定。从"此山古迹几千年""安固秀山已无路"等语来看，显为追述胡秀成（覃庵公）在玉壶胡呑定居并建造大宅的历史。章梦飞为平阳人，因玉壶胡氏本从平阳迁出，故有诗文往来。

②此山，指玉壶山。[雍正]《浙江通志》卷六一："（玉壶）高山四起，内多平衍。"

③安固,疑为"安期"之误。安固即瑞安之古称,醉对安固,其语不伦,且与上句"子晋"人名不对。

胡荂 浙江平阳人。玉壶胡氏亲族。南宋时举神童科进士。

赠从弟自中之曾祖以竹泉名所居①

从弟自中父子,同省故里,荂为谱牒,故款留久之。自中每以不获奉温清为恨,因取唐狄梁公望白云思亲舍故事,俾洪元质画其秀山之景及所居之室,题曰"望云",而士大夫之相知者,又为赋诗以述其志。自中朝夕挂图寓所,俨然若身处秀山之下,而聆謦欬于父母之前,可谓不忘其亲而切于思慕者矣。故为之题辞,抑古人序诗之意云。

> 绿竹流泉带草庐,
>
> 眼中得此称幽居。
>
> 荷笋移屦清无比,
>
> 开径穿渠志未疏。
>
> 书帙飞风惊翠羽,
>
> 钓丝牵雨出文鱼。
>
> 栖迟自得田园乐,
>
> 不羡人间驷马车。

——录自[玉壶]《胡氏族谱·文献》

【笺注】

①与上诗章梦飞咏"胡安甫曾祖"定居事相同,应为同时所作,则题中所言"从弟自中",或即为胡安甫,"自中"或为其名。

元　代

刘基(1311—1375)　字伯温,号郁离子,青田南田(今属浙江文成)人。元末明初军事家、政治家、文学家。至正二十年(1360)入金陵,辅佐朱元璋建立明朝,并参与奠定明代主要的典章制度。洪武三年(1370)封诚意伯。正德九年(1514)追赠太师,谥号"文成"。顺治元年(1644),配祀历代帝王庙。为"明初诗文三大家"之一,有《诚意伯文集》传世。

题富好礼所蓄村乐图①(节选)

我昔住在南山头,②
连山下带清溪幽。
山巅出泉宜种稻,
绕屋尽是良田畴。③
家家种田耻商贩,
有足懒踏县与州。
西风八月淋潦尽,
稻穗栉比无蝗螽。
黄鸡长大白鸭重,
瓦瓮琥珀香新篘。
芋魁如拳栗壳赤,
献罢地主还相酬。④
东邻西舍迭宾主,
老幼合坐意绸缪。
山花野叶插巾帽,
竹箸漆碗兼瓷瓯。

酒酣大笑杂语话，

跪拜交错礼数稠。

或起顿足舞侏儒，⑤

或坐拍手歌瓯篓。

倾盆倒榼混醯酱，

烂熳沾渍方未休。

儿童跳跃助喧噪，

执遁逐走同俘囚。

出门不记舍前路，

颠倒扶掖迷去留。

朝阳照屋且熟睡，

官府亦简少所求。

　　　　　　——录自《诚意伯文集》卷一四

【笺注】

　　①刘基生平横跨元、明。此诗作于元至正十三年（1353），言及南田山的山水及风俗，具体考证参见金邦一《诗史刘基》第74页。

　　②南山头，即南田山巅，南田山位于峻岭（岭根岭）之上，故曰"头"。南山，即南田山。［光绪］《青田县志》卷二一："在（青田）县南一百五十里。"《大清一统志》卷二三六："《舆地纪胜》：'古称七十二福地，此其一也。'"

　　③绕屋尽是良田畴，［光绪］《青田县志》卷二一："（南田山）周二百里，土沃宜稻，岁旱丰稔如常。"

　　④地主，当地称土地公为地主。

　　⑤舞侏儒，即侏儒舞，侏儒，身材矮小之人。古以侏儒为优人。这里用来形容低身舞蹈之状。

丙申岁十月还乡作七首^①

其一

溪上寒山淡落晖，^②
溪边风送客帆归。
故家文物今何在？
平世人民半已非。
华发老翁啼进酒，
蓬头稚子笑牵衣。
自嗟薄质行衰朽，
未睹明廷赋采薇。

其二

风急霜飞天地寒，
草黄木落水泉干。
千村乱后荒榛满，
孤客归来拭泪看。
野宿狐狸鸣户外，
巢居烟火出云端。
黍苗处处思阴雨，
王粲诗成损肺肝。

其三

故园梅蕊依时发，
异县归人见却悲。
花自别来难独立，
人今老去复何之？
未能荷锸除丛棘，
且可随方着短篱。
等待薰风暄暖后，
枝间看取实离离。
长夜凄凉吊独愁。

其四

手种庭前安石榴，
开花结子到深秋。
可怜枝叶从人折，
尚有根株为客留。
枳枸悲风吹白日，
若华高影隔青丘。
坏垣蟋蟀知离恨，
长夜凄凉吊独愁。

其五

舍北草池寒已枯，
草中时复见菰蒲。

滥泉觱沸无留鲋，
弱藻蒙茸不系凫。
绿叶红花空代谢，
春蛙秋蚓任喧呼。
窥临最忆琴高鲤，
腾驾风雷定有无？

其六

小舟冲雨清溪上，
雨密溪深宿雾昏。
游子到家无旧物，
故人留客叹空尊。
荒畦蔓草缠蒿草，
落日青猿叫白猿。
语罢不须还秉烛，
耳闻目见总销魂。

其七

五载辞家未卜归，
归来如客鬓成丝，
亲知过眼还成梦，
事势伤心不可思。
且喜松楸仍旧日，
莫嗟闾井异前时。
修文偃武君王意，

铸甲销戈会有期。

——录自《诚意伯文集》卷一六

【笺注】

①丙申岁，即至正十六年(1356)。据郝兆矩《增订刘伯温年谱》，刘基于本年三月从杭州回处州，与石抹宜孙同谋平定括苍山一带的"农民军"。其还乡即在完成军事任务之后。

②溪上寒山，渡过鹤沐溪，上岭根岭，就到了南田武阳村(即刘基故居所在地)。《南田山志》卷一："南田北境之水……其一经武阳水口绕天马峰麓东行，与发源于后阳峥经蓬莱山绕云山村北汇于石柱，出奉坑入沐鹤溪。"刘基《题富好礼所蓄村乐图》："我昔住在南山头，连山下带清溪幽。"刘鹰《游西陵绝顶歌》："君不见鹤溪溪上南田山，吞吐云雾青冥间。"

早春遣怀①

正月余寒未放春，

漫空飞雪舞随人。

新年对客情何限，

浊酒于予意独侵。

涧底流泉浑似玉，

门前细草总成茵。

鹤归自爱山能静，

豹隐②方知雾有神。

——(《刘文成集》卷十六)

【笺注】

①写作时间应为至正二十年（1360）正月，刘基面对朱元璋的邀请，未出山时在故乡所作（刘基的出山在同年农历三月）。文中第一句题及"正月"。文中云"鹤归自爱山能静"，此时刘基已从石抹宜孙幕下隐退，归隐南田山。

②豹隐，和"豹变"相反，表明还未下定出山的决心。《周易·革》："上六，君子豹变，小人革面。"《周易·杂卦传》曰："《革》去故也，《鼎》取新也。"刘基好友宋濂的《故江南等处行省都事追封丹阳县男孙君墓铭》也记录了刘基出山时的犹豫："时上欲用人，而秀民有才能者见方战争胜负未分，皆伏匿山谷中不肯出……（孙炎以宝剑征召刘刘基，并付以诗）刘君（按：刘基）无以答，逡巡就见。"与之对照，在二十年（1360）作的《放歌行》中有"雾晦豹始变"之句，以"豹变"表明其出山的决心。《放歌行》编年及分析见金邦一《诗史刘基》。

明　代

沈梦麟(1307—1399)　字原昭,归安(今属浙江湖州)人。至正二十三年(1363)进士。官婺州学正、武康县尹。明初,以贤良征,辞不起。工七言律,时称"沈八句"。著有《花溪集》。

诚意伯刘公盘谷八景^①

鸡鸣山晓

青山积翠宛如鸡,
昂首应同肺石栖。
若木风生疑振羽,
扶桑日上不闻啼。
西来爽气浮青琐,
东挹天光照紫泥。
会见君王颁世禄,
先生依旧上云梯。

龟山春意

穹隆翠巘类龟形,
诸老题诗手不停。
土作冈陵无卦策,
气蒸云雨有神灵。
天机漏泄梅先发,
地脉勾萌草欲青。
便拟郊行问花信,

鸣驺先我扣林坰。

西冈稼浪

何事西畴起怒涛，
南风昨夜长新苗。
青浮吴甸三秋草，
白涌胥江八月潮。
田畯有疑频卜岁，
溪翁欲渡不容舠。
天时合应丰年兆，
准拟家家醉浊醪。

北坞松涛

千尺青松满北林，
谷风不动自成吟。
春雷殷殷龙惊蛰，
灵籁飒飒鹤在阴，
世治欲闻韶武奏，
心清如听海潮音。
多君洗尽笙簧耳，
能为松声一鼓琴。

双涧秋潭

刘侯自有神仙宅，
近结衡茅俯涧阿。

二水合流成大壑，
双龙飞雨下天河。
波光云影长相荡，
玉鉴冰壶不用磨。
老我荒村多茧足，
无由同赋考槃歌。

三湾夜月

三峰玉立青云表，
中有幽人望影娥。
天上婵娟长莹洁，
人间岁月自消磨。
斓斑彩服清光近，
照耀慈帏白发多。
好奏埙篪拜家庆，
不妨清夜饮金波。

松矶钓石

云松矫矫覆渔汀，
石上苔痕扫复青。
漫把文竿投剩水，
可无赤鲤伏沧溟。
先公已应非熊兆，
北客犹容处士星。
只恐钓矶藏不久，

天书早晚下青冥。

竹径书斋

新种琅玕绿可怜，

中林有客欲逃禅。

两阶苍雪飘衿佩，

一径清风沐简编。

日色上帘朝退食，

书声出户夜无眠。

案头不用然膏火，

应有藜光照席前。

——录自《花溪集》卷三

【笺注】

①盘谷，为刘基嫡长孙刘廌定居处。《南田山志》卷九："仲璟与廌初自武阳迁居亢五峰前之华盖山麓南半里许。厥后仲璟居华阳，廌居盘谷。"刘廌于洪武二十三年(1390)袭封诚意伯。

张鲁　一作姓聂,字太朴,陈留(今属河南开封)人,人称"丹丘先生",或疑其为天台、四明人。仕于元,起南台掾,累官山东行枢密院经历。明平赣州后,选为雩都知县,后为泉州知府,以疾辞,换道士服。避朱元璋征辟,遁迹青田。

奉和闲闲子盘谷歌

韩愈昔送李愿归,
盘谷坳深人未识。
岂谓山中亦有盘谷名,
地异名同不须索。
盘谷幽奇未尽知,
我请为君陈历历。
前有三峦春笋植,
后有天鸡初鼓翼。
釜山坡陀压东头,
龟峰巍峨障西壁。
西冈苍翠过雨新,
双涧寒波荡秋碧。
何人卜此结茆屋,
卯金子孙诚意伯。
黑头公卿倦作官,
故里并州重思忆。
燕颔宁非食肉相,
为爱林泉归凿石。

覃覃大府不肯居，
蛟龙自蛰藏一隙。
隐者形骸多淟涊，
曾逐功名争学得。
我闻伯也在朝廷，
金印累累如火赤。
顾问时常近御床，
每辱君王借颜色。
烹龙庖凤脯麒麟，
宝殿琼楼同玉食。
黄封九酝葡萄浆，
广乐屡奏飞霞觞。
绣幕围春花气溢，
婕妤才人居两旁。
天颜有喜赐多饮，
恩深雨露沾汪洋。
日晡辞出虎豹关，
紫袖尚惹金炉香。
骅骝嘶风度城堡，
健卒前驱人避道。
当轩下马玉纤扶，
春意融融日杲杲。
人生得志跻少年，
莫待时过叹衰老。
食蕨何如悦刍豢，

肥遁何如在官好？
丈夫事君当致身，
整顿乾坤济时了。
人皆巢许与陵潜，
千古伊周匪师保。
我歌送君还劝君，
试听我言非草草。

　　　　　　——录自《盘谷唱和集》前集

邹奕 字弘道,吴江(今属江苏苏州)人。元至正八年
(1348)进士,调饶州录事。明洪武初官御史台,出知赣州府,坐
事谪甘肃二十余年。永乐初召还。有《吴樵稿》。

盘谷八景

鸡山晓色

冈峦何处有司晨,
草树初分曙色新。
冉冉金乌方浴海,
交交黄鸟已鸣春。
闲来长对青藜叟,
梦里犹闻绛帻人。
却忆去年今日事,
躬圭敬执拜枫宸。

龟峰春意

山形巉屃倚云孤,
春意方回万木枯。
洛水无书空矫首,
峄山有刻只存趺。
鸟声渐觉调弦管,
草色才堪染画图。
会策短筇崖谷里,

相从历览醉金壶。

北坞松涛

北坞微闻响佩环，
须臾渢洞满空山。
不知天籁生苹末，
只讶潮声在树间。
夜永尚疑鲸怒吼，
月明却喜鹤飞还。
何时重整南归旆，
洗耳林峦远市寰。

西冈稼浪

种得春苗夏正稠，
南风吹作浪盈畴。
青含燕雨方休犊，
绿涨鱼波不下鸥。
田畯有来停凤驾，
勇夫莫误荡轻舟。
奄观铚艾西冈下，
击壤相随颂有秋。

双涧秋潭

双涧秋来倚杖看，
泓然积水不生澜。

珠联星彩通宵浸，
石吐冰花尽日寒。
鸟惜清波无敢下，
鱼潜深窟自求安。
我今亦欲寻源去，
不濯尘缨濯肺肝。

三峦夜月

海月团团上碧尖，
普天万里似冰奁。
山容照耀盘金虎，
秋影参差挂玉蟾。
半夜星河应共转，
千林鬼魅总深潜。
姮娥欲到君前席，
莫遣低垂翡翠帘。

松矶钓石

水激悬崖作钓汀，
长松几个昼亭亭。
每看龙影临寒渚，
独袅蚕丝坐落星。
西塞山川同寂寞，
桐江烟雨共沉冥。
他年又应非熊兆，

终古勋名照汗青。

竹径书斋

修竹丛生一径阴，
结庐端为爱幽深。
凤毛个个浓浮翠，
鸟迹篇篇重积金。
昼立万竿将比节，
夜穷六籍自潜心。
先公德业传三世，
更堪孙枝迥出林。

——录自《盘谷唱和集》后集

刘琏(1348—1379) 字孟藻,处州青田南田(今属浙江文成)人。刘基长子。洪武十年(1377),为考功监丞,兼试监察御史。出为江西布政司右参政,为胡惟庸党所胁,堕井死。著作多散佚,仅存《自怡集》传世。

种　豆①

结屋南山隈,②
爱此园田幽。
岂不念朝市,
居闲得优游。
春耕既举趾,
夏苗已盈畴。
农人复何营,
艺菽在高丘。
膏沐仰时雨,
地气生芒勾。
芟夷去异种,
旦旦躬追搜。
藩篱旷且完,
插棘罗戈矛。
伫看芽苗长,
密叶翁云稠。
劳生愧明时,
暇逸敢自休。

夙昔思嘉言，

人与天地侔。

随力任造化，

叨养固有由。

甘泽天所降，

物产地所羞。

克勤匪伊始，

何以望有秋。

胡为厌卑近，

高远肆厥谋。

瘠人以自肥，

反贻天地忧。

嘤嘤竟何补，

适足罹愆尤。

书此遗同志，

聊似击壤讴。

——录自《自怡集》

【笺注】

①苏伯衡《参政刘公墓碑铭》："诚意伯之留辇下也，孟藻（按：刘琏）内事母，睦宗姻，外应门户，抚乡里。"应其在家乡主事。根据刘基二子文集（刘琏《自怡集》、刘璟《易斋集》）对比，和刘璟相较，刘琏撰写于南田山本地的诗歌比重较大。

②南山，即南田山，地域大致包括今文成县南田镇、百丈漈镇、二源镇、西坑镇，以及青田县万阜村等地。

题云林图赠伯琛（节选）

我家昔住苍山巅，^①

竹树杳蔼当庭轩。

有山竟日情不厌，

时与白云相往还。

——录自《自怡集》

【笺注】

①苍山，即括苍山。南田位于括苍山顶部高山平台。

②匡庐，即庐山。

草轩二首

其一

春来草自青，

鸬鸣芳复歇。

长啸山中人，^①

披襟弄明月。

其二

池塘清梦觉，

诗思一何浓。

欲识东君意，

闲庭烟雨中。

——录自《自怡集》

【笺注】

①山,应指南田山。南田山,见刘琏《种豆》注。

刘璟（1350—1402）　字仲璟，处州青田南田（今属浙江文成）人。刘基次子。官阁门使、谷王府左长史。燕王朱棣起兵，建文帝以璟参李景隆军事，兵败归里。朱棣即位，召之，称疾不至；逮入京，下狱自经死。崇祯年间，追封为大理寺少卿。南明福王时，赐谥"刚节"。清乾隆年间赐谥"忠节"。著有《易斋稿》。

盘谷八咏

鸡山晓色

何年天星下，
化此金鸡峰。
峨冠耸危石，
翠羽森长松。
旋如展翎翅，
峙如决雌雄。
初暾接曙色，
姿媚多奇踪。
虽无司晨唱，
晦明若先容。
谁将翚飞构，
来此披蒙茸。
临窗契玄理，
晤言怀宋宗。

龟峰春意

振策陟龟峰，
极目散烦襟。
攀萝越巉崿，
观奇拥嵚岑。
气和濯柔荑，
景淑悦鸣禽。
淡薄白日辉，
游漾轻云阴。
予情亦何欲？
物理谅可寻。
芳菲三春意，
顾赑千年心。
持此较贞脆，
因之寄知音。

北坞松涛

北坞邃且深，
山峻路迤逦。
松林积空翠，
灵籁动盈耳。
忽疑风雨交，
溟渤惊涛起。
初喧或乍息，

翕绎互宫徵。
咸池激清波,
牙期聆流水。
铿㳶信奇音,
浩荡绝涯涘。
长啸列御寇,
云车奋高轨。

西冈稼浪

开轩临西野,
禾稼盈我眸。
西冈度微风,
高浪涌崇丘。
扬扬翠云起,
滚滚清澜浮。
虽无乘槎事,
恍若观瀛洲。
大哉化育功,
沛然和泽周。
黍稌两获宜,
岁功期有秋。
含哺颂帝德,
长年乐无忧。

双涧秋潭

源深涧萦纡，
合流汇澄碧。
参差藻荇敷，
萧散蒹葭辟。
雁来天宇清，
龙蛰暄气寂。
濯缨枕长流，
刺齿漱幽石。
高踪蹑前修，
迈志追畴昔。
止监宠辱忘，
性达骄吝释。
浩歌乐余闲，
邈焉尘外迹。

三峦明月

太虚荡无形，
夜静境愈现。
开窗对三峦，
明月皎如练。
露华光灼烁，
众绿郁葱蒨。
憩心暂徘徊，

飞光疾流箭。
悠悠大瀛海,
寂寂广寒殿。
神仙邈已远,
灵药不可见。
桂树秋风多,
使我心眷眷。

松矶钓石

长松冠幽石,
坡陀成钓矶。
境闲众妙集,
地胜红尘稀。
携壶时一往,
垂纶泛涟漪。
得鱼已忘钓,
对客应无机。
澄波碧天影,
绿阴西日晖。
一身澹无营,
万钟亦何为。
醉余步山月,
明晨渡来嬉。

竹径书斋

良田遗子孙，
勤俭躬耒耜。
牙签积高架，
进修饰行止。
书窗竹径中，
高举远朝市。
皋比坐明师，
几席罗弟子。
清虚见真心，
静默臻妙理。
济济青衿翔，
振振忠贤起。
竹花缀嘉实，
雏凤征斯美。

——录自《易斋稿》卷四

彭修　浙江平阳人。洪武十八年(1385)进士。官御史。

明王峰

明王高倚碧霄间，
来往游云脚底看。
莫道仙都遗迹杳，
去天五尺到何难。

——录自〔康熙〕《平阳县志》卷一

刘廌(1361—1413)　字士端，号约斋，处州青田南田（今属浙江文成）人。刘基孙。洪武二十三年（1390），袭封诚意伯。三十年（1397），坐事遣戍甘肃，不久即赦还。建文帝及永乐帝皆欲用之，以奉亲守墓力辞不就。曾筑室于故乡旧宅之西、鸡山之下，以其山水盘旋，名为"盘谷"。著有《盘谷集》，又辑有《盘谷唱和集》。

盘居即事

幽居盘谷中，
青山为四邻。
山以我为主，
我以山为宾。
宾主意固好，
往来情复频。
来往无别意，
动静日相亲。
有怀对山写，
有咏向山陈。
我不厌山高，
山不厌我贫。
有时一畅饮，
醉卧山中云。
有时一高歌，
歌竟无人闻。

山中泉石味，
知者能几人？
愿效陶彭泽，
终为陇亩民。

——录自《盘谷集》卷一

盘谷八咏

鸡山晓色

少小从宦游，
遗弃丘壑居。
驾言归盘谷，
云构鸡山庐。
鸡山郁苍翠，
冈峦互萦纡。
晨兴豁窗牖，
秀色临轩隅。
山光与水气，
磅礴相吹嘘。
眷兹造化工，
妙契足自娱。
勿为尘迹累，
但愿幽怀舒。
优悠顺大化，

千载心不渝。

龟峰春意

卜筑盘谷中，
慨兹泉石美。
素屋近林坰，
龟峰汇流水。
巍峨对轩窗，
昂藏势奇峗。
春风草木姿，
华叶绚红紫。
蓁森自家意，
谁能悟斯理。
寻芳适幽情，
坐石忘机累。
荡荡物外心，
悠悠何当已。
行歌归去来，
长啸白云起。

北坞松涛

解官归读书，
爱此盘谷好。
种松绕北坞，
亭亭已盈抱。

坞旷清风生，
林端声缥缈。
南窗午梦醒，
泂若沧波杳。
瑟瑟奏雅章，
冷冷泻寒袅。
世虑空浮云，
深情契斯道。
杖策拂磐石，
宴坐听溟浩。
一曲无弦琴，
太息知音少。

西冈稼浪

昔欲归山中，
非为远朝市。
卜宅南山阿，
耕凿西冈趾。
夏苗既盈畴，
植杖时耘耔。
好风东南来，
稼浪接天起。
跬步隔沧溟，
极目无涯涘。
行愿场圃登，

新炊供享祀。
击壤松亭亭，
啸歌菊蕤蕤。
荷锄乐天命，
力田奚议拟？

双涧秋潭

幽居罕人事，
欲与尘虑休。
行行双涧阿，
爱此川上流。
荡漾碧潭影，
混混源泉优。
神龙时出没，
纤鳞自沉浮。
两虹出幽壑，
一镜凝清秋。
濯缨咏沧浪，
恍若凭虚游。
忘形洲渚间，
洗耳攀巢由。
逝者如斯夫，
此理非外求。

三峦夜月

良夜正襟坐，
萤窗阅残书。
素屋对三峦，
明月照阶除。
鼎足列天表，
兔魄生海隅。
纵目宇宙清，
适意襟怀舒。
三代邈已远，
谁复念黄虞。
一觞意可醉，
千载情难渝。
直欲溯银河，
泛槎陟黄姑。
真想谅不迷，
岂为形迹拘。

松矶钓石

结屋清涧阿，
意与林泉适。
行吟松下矶，
垂纶坐磐石。
得鲜岂足娱？

怀旷理自得。
树影拂天光，
山气洽水色。
自非钓璜士，
夐与尘嚣隔。
勖哉怀古人，
岂敢忘畴昔？
收缗步石梁，
披簑拂芦荻。
贤愚各有心，
何必自劳役。

竹径书斋

弱冠敦诗书，
励志继前躅。
种竹绕斋居，
誓将节自勖。
门对玉雪清，
径锁苍苔绿。
先人手泽存，
牙签三万轴。
邹鲁道在兹，
濂洛志应笃。
苍龙日影疏，
彩凤风仪肃。

柴扉人迹稀，
炉熏掩关读。
尚赖此君意，
虚心炳幽独。

——录自《盘谷集》卷一

秋日遣怀

天高秋气清，
乾坤乍澄霁。
丹桂发幽花，
飘飘寒香细。
好鸟林间鸣，
纤鳞波中逝。
跌石弹鸣琴，
和风举长袂。
意适怀自舒，
悠然此心契。

——录自《盘谷集》卷一

登高观插

闲登高阜眺川原，
云满平林水满田。
万顷沧波幽谷口，^①

一行白鹭碧山前。

家家宅舍松梧绕，

处处烟村畎亩连。

最喜农人当播插，

吴歌声沸雨余天。

——录自《盘谷集》卷一

【笺注】

①幽谷口,应指盘谷口。

孟春赠徐仲成①

故人访幽居，

时当孟春节。

寒气尚严凝，

同云霭欲雪。

长论怀始舒，

高吟兴不绝。

开窗对松竹，

苍翠色可悦。

岂不念荣华，

泉石甘守拙。

闭门有余暇，

开岭对前哲。

长叹古今事，

理义同一辙。

世随气化迁，

运逐人情别。

虽非圣贤资，

勉焉务贞洁。

茕茕且独守，

默默谁与说？

惟有知心友，

时过共挑揭。

但愿无闻知，

岂敢尚英赤。

援笔赋新诗，

举觞对明月。

高歌鬼神惊，

长啸天地阔。

彭泽千秋人，

百世谁能越。

高山与流水，

此兴不可遏。

—— 录自《盘谷集》卷之一

【笺注】

①徐仲成，永嘉人，元、明之际与刘氏家族成员游，居南田四十余年，后搬迁到玉壶山（今文成县玉壶镇、周壤镇一带）。刘璟《赠徐仲成序》云："玉壶徐仲成氏，旧为永嘉人，遭方氏乱避地居于吾乡。……予来自塞北，而仲成徙教于安固之壶山（玉壶山）。"刘廌《种竹轩记》："余友跛足生徐仲珹（按：应为"珹"的讹

字），世为永嘉人，自少遨游于栝苍南田者四十余年。"

送徐仲成还玉壶山，兼柬胡叔谨①

故人为别又三月，
相思迢迢渺天末。
可怜瓯栝百里间，②
阻隔嶙峋万峰列。
思君梦到玉壶山，
缥缈烟霞水云阔。
中有高人抱经济，
手结衡茅隐岩穴。
时将翰墨洒尘世，
粲粲珠玑总奇绝。
故人念此去不还，
使我怅望情悬悬。
艰难会晤动旬月，
倏尔又复言归旋。
参商动定不可测，
管鲍交谊胡为然。
南山福地旷百里，
盘桓流水萦平田。
黄鹂夏木烟村杳，
鸡鸣犬吠人家连。
愧我辞官盘谷中，

耕田凿井甘老农。

西风秣稉歌帝力，

一食一饮皆先功。

灯火青藜志所励，[③]

薜萝绿野心无穷。

井蛙管豹愧独学，

恨无羽翮同天风。

勉行早为赋归去，

勿使感念悲萍蓬。

——录自《盘谷集》卷二

【笺注】

①玉壶山，包括今玉壶镇、周壤镇等地区。玉壶胡氏在北宋初年时即迁入，为玉壶著姓。徐仲成，见《孟春送徐仲成》注①。胡叔瑾，玉壶胡氏家族人，世系生平不可稽考。

③瓯栝百里间，玉壶山属于温州，南田山属于处州（古称栝州），从玉壶山到南田盘谷，途径金星、茗垟、二源、三滩等地，山路数十里。

②藜，原作"黎"，据文义酌改。

游西陵绝顶歌[①]

君不见，鹤溪溪上南田山，

吐吞云雾青冥间。

鹤岭迢迢陟霄汉，

上有百里皆平田。

谢公屐齿所不到，
古称福地东海关。
又云鹤溪溪水绕其下，
乃是玄鹤真洞天。
山上小山连培塿，
萦纡涧水相盘桓。
又不见，西陵一峰最奇绝，
俯视众山高且尊。
山下古寺唐所建，②
由来至今八百年。
岐国汤公宋丞相，③
读书归隐曾留连。
嗟余性僻爱山水，
三月望日成跻攀。
呼朋命友作游具，
务欲极尽人世欢。
泮庠弟子叔平字，
为作花篮挑闹竿。
仲美世善徐生者，
短笛两两吹争先。
照中晋公圆顶师，
子美道人正一冠。
仲荣自是文学彦，
醉来握笔能诗篇。
留连古寺憩息久，

提壶挈榼幽涧边。
巍巍石梁跨碧駃，
亭亭小塔临清涓。
坳洼涧底曲流水，
鬼斧琢凿由天然。
诸宾列坐事修禊，
举觞泛水依流连。
况有地主出迎客，
良朋父子偕宗源。④
醉余谑浪恣欢笑，
鼓吹弦管争喧阗。
夜宿僧房借禅榻，
雪堂侍者来相延。
为烹笋蕨复供具，
诸宾浩饮俱醉眠。
余与子美照中者，
复叩中岩呼坐禅。
中岩病眼苦四大，
说偈与之清业缘。
翊日平明发古寺，
策杖携酒登危巅。
中有一峰丈人似，
赤壁峭立撑云烟。
石梯鸟道不可以俯视，
但闻云雾中，

杳杳号孤猿。

扪萝披草陟崖上,

复有原阜平且宽。

数峰罗列各异状,

左右先后相周旋。

东有一峰多怪石,

如屏如椅如虎蹲。

不知神仙何年上天去,

试剑斫石留余痕。

登临指点众山小,

望尽瓯栝诸山川。

西有一峰复秀丽,

十丈方石如棋盘。

此欢此饮此歌舞,

共说仙人弈枰上,

今日借我罗几筵。

复呼董成歌皓齿,

更唤张豪吹紫鸾。

举头顿觉天路近,

笑语直恐惊天孙。

下有一峰临古洞,

鬼女吹云烟雨昏。

山花暗蔼,昼不知其所往,

空余地脉,上何人诗句籀篆镌平坛?

日晡山下众山叟,

迎我归家蒸鼋肩。
炊黍蒸藜话畴昔，
后先童稚俱骏奔。
为说鹤顶之峰更悬绝，
明日导子升其端。
清晨复往不惮远，
烟霞缥缈尤鲜妍。
近山坡陀若云影，
远山朵朵如青莲。
何异泰华芙蓉玉女上，
手摩日月精，
足蹑造化根。
宗源殷勤邀众客，
此夜下宿其幽轩。
烹羔浪饮醉长夜，
豪吟各序游所观。
幽胜一一尽模写，
记与后世人流传。
平明复尽山下兴，
良朋邀取罗盘餐。
巨鱼出水跃未已，
小楼有酒洒如泉。
优悠更作通夜饮，
兴尽方始言归遄。
复整箫鼓列队仗，

花明柳绿归前村。

人生在世不满百,

如此游玩能几焉?

林泉放浪尽欢乐,

真个人人解却名利缠。

诸宾归来各分散,

如何依旧各有俗虑煎。

翻思昨日跻攀绝顶上,

何不羽化为神仙?

呜呼! 何不羽化为神仙?

——录自《盘谷集》卷二

【笺注】

①此诗歌记载明初南田山地区的一次诗歌盛会,参与人员有刘廌、叔平、仲美、徐生、晋公、子美道人、仲荣、良朋父子、宗源、中岩等十余人,为当地一时文士之彦。西陵,《南田山志》卷一:"石圃山之东麓,名西陵。"卷二:"(在)南田山乡西十里。"

②古寺,指妙因寺。《南田山志》卷四:"妙因寺,在南田西陵,唐大中间建。"

③岐国汤公宋丞相,指南宋丞相汤思退。汤思退(1117—1164),字进之,号湘水,处州青田(今属丽水景宁)人。高宗绍兴十五年(1145)进士。历高宗、孝宗二朝,官至签书枢密院事、尚书右仆射、尚书左仆射。卒,封岐国公,赐葬今青田县陈山埠附近。据上两句诗,则汤思退少时曾读书于南田西陵妙音寺。

④良朋,指金良朋,《盘谷集》中有《为金良朋题扇》诗。宗源,刘廌有赠陈宗瑜诗歌,不知宗源是否为陈姓。

仲春盘谷会饮联句,用石楼先生韵[①]

玄鹤洞天插天起,

南田福地烟霞里。（闲闲）

朱干翠戟耀侯门,

当代元勋桑梓里。（存存）

连峰列嶂画不如,

云开万叠青芙蕖。（简斋）

长林满眼树蔼虩,

平田极目溪萦纡。

家家门外有林麓,

处处檐前尽修竹。

未识王维旧辋川,

乃是李愿真盘谷。（闲闲）

鸡山耸玉势盘桓,

龟峰积翠天地宽。（存存）

北坞松涛昼生壑,

西冈稼浪秋满田。（简斋）

松湾钓矶有盘石,

竹径书斋翠欲滴。（存存）

海天明月照三峦,

双涧寒波秋寂寂。（简斋）

人生有身天地中,

心存万化开玲珑。（闲闲）

襟怀磊落不可羁，

胸中浩气如长虹。（简斋）

蓬莱瞬息一回首，

轩辕火龙去已久。

便欲借鹤辞洞天，

骑取凌风超九有。

寄语盘谷山中人，

弃骸脱屣谁相亲。

定应携取二三友，

逍遥宇宙为仙人。（闲闲）

——录自《盘谷集》卷二

【笺注】

①此篇为刘鹰（闲闲子）与陈谷（存存生）、钱叔礼（号简斋）三人的联句诗。石楼先生，指黄梦池。黄梦池，字伯生，号石楼子，处州（今浙江丽水）人。洪武十年（1377）以辟举至京师，授秦府纪善，后以事谪龙江监税。洪武十六年（1383），以明经授江西新昌尹。著有《石楼先生文粹》，生平详见《盘谷集》卷七《〈石楼文萃〉序》。存存，《南田山志》卷五：“陈谷，字宾旸，号甘泉生。世居丽水郡城，迁南田，从刘鹰游，隐迹好古，不干荣利，诗文有奇气，学行为时推重，著有《存存生集》。”陈谷曾为《盘谷集》作序，自称刘鹰门人。简斋，钱叔礼的号，叔礼尝从刘鹰游，生平见《盘古集》卷一〇《简斋记》。

前冈晚步

晚步前冈上，
凉风吹我衣。
山高明月小，
林静暮烟微。
渔笛溪头过，
栖鸦树杪飞。
悠然当此景，
坐石顿忘归。

——录自《盘谷集》卷三

春晴晚步二首

携朋同晚步，
谷口访春晴。
出坞樵歌发，
归村牧笛鸣。
黄花迷野径，
绿柳拂山城。
古寺苍茫外，
昏钟远韵清。

其二

乘闲游谷口，

纵目喜新晴。

淡霭青山媚，

斜阳绿树明。

小桥春涧曲，

旷野暮烟平。

拂石松矶上，

垂纶足称情。

——录自《盘谷集》卷三

游百丈危桥即景

百丈行游好，

清和四月天。

危桥澄涧曲，

峻岭碧山前。

树树幽花发，

田田新水连。

何须问蓬岛，

即此胜神仙。

——录自《盘谷集》卷三

三月七日游降龙访僧不值[①]

我访高僧所，
高僧却别游。
白云生石室，
清涧泻龙湫。
野兴情何限，
山居事颇幽。
题诗写情素，
无语对松楸。

——录自《盘谷集》卷三

【笺注】

①降龙，庵名，《南田山志》卷四："在石圃山南麓。"《文成县志·宗教》："位于南田……水垟村。始建于唐、五代间，原为道教宫观，成降龙观。毁于宋末，明初重建，改称为降龙庵。"

游西陵兰若[①]

共说西陵境最幽，
携朋特地过兹留。
高僧治具锄林笋，
故老提壶出瓮篘。
况有山花向我笑，
那堪野鸟唤人游。

及时行乐人生几，

自古英贤总一沤。

——录自《盘谷集》卷三

【笺注】

①兰若，佛寺的别称，此处指妙因寺。

孟夏游高村岩藏^①

策杖闲行小涧傍，

清和节候午天长。

水声闹处石头峻，

松影浓时野气凉。

老叟具茶欢语话，

儿童把酒笑徜徉。

余心不为寻幽逸，

一曲无弦兴巨量。

——录自《盘谷集》卷三

【笺注】

①高村、岩藏，《南田山志》卷二：“高村，散滩村南五里。宋蒋中丞裔自县城迁居此，后他徙。今多刘姓。村之西南曰岩藏。”其下录此诗。

山游为王伯铭赋^①

涧水云山共子过，

苍茫数里入烟霞。

林泉独称幽人迹,

虾蟹偏宜野老家。

犬吠鸡鸣松径雨,

鸟啼树发槿墙花。

人间亦有神仙境,

何必张骞共泛槎。

——录自《盘谷集》卷三

【笺注】

①王伯铭,台州人,时访刘廌于南田。《盘谷集》卷八《赠天台王伯铭序》云:"天台王伯铭氏以地理学游吾栝苍数载。洪武乙亥(1395),始访余于盘谷。"亦与刘璟有交集,刘璟《易斋稿》卷四有《题王伯铭秋江送别图》。

三月望日游西陵绝顶,和徐仲莹韵

鹤岭西陵峰上峰,

嶙峋高与玉霄通。

石楼鸟道青冥际,

云路龙湫碧汉中。

诗句仙踪题地脉,

剑痕神迹动天风。

超然身陟烟霞表,

回首尘寰境不同。

——录自《盘谷集》卷三

首夏和耿介生韵

盘谷幽居首夏初，
竹篱茅舍俗尘无。
屋前双涧鸣环佩，^①
门外三峰列画图。^②
春尽林花知结实，
日长山鸟谩呼雏。
窗间茂草濂溪意，
此理谁陈只自娱。

——录自《盘谷集》卷三

【笺注】

①双涧，盘谷周边景色。刘璟、刘廌等《盘谷八咏》中有《双涧秋潭》诗。

②三峰，即"三峦"，盘谷周边景色。刘璟、刘廌《盘谷八咏》中有《三峦夜月》诗。

游西陵和丹丘先生韵^①

丹丘老人身姓聂，
人作张姓江湖游。
酌酒高歌白云外，
赋诗醉卧清溪头。
童颜鹤发负儒术，^②

野服黄冠称道流。

我亦无心忘世者，

林泉浩饮共消愁。

——录自《盘谷集》卷三

【笺注】

①丹丘先生，即张鲁。

②童颜鹤发，刘鹰《丹丘先生传》："今年过七十而童颜鹤发，步履坦坦云。"

百丈漈观瀑

共说悬崖飞瀑好，

鲛绡千尺下晴空。

白迷云影满天雪，

碧蘸霞光堕地虹。

策杖忘形乘晚照，

披蓑适兴坐春风。

浮槎便欲寻仙去，

应是银河有路通。①

——录自《盘谷集》卷四

【笺注】

①文成俗语："九都九条岭，条条通天顶。"刘耀东《疚顷日记》1944 年 2 月 20 日条："吾乡位乎南田山中，出山九岭，水绕四麓。"百丈漈周边即有通往南田山的要道大会岭。

同卧云道人游谷口^①

白鹭纷飞水满田，

红桃绿柳竞鲜妍。

石桥曲涧人呼茗，

松径半矶客理弦。

适意吟诗携故友，

忘形雩舞慕前贤。

一村好景春如海，

识得东风是少年。

——录自《盘谷集》卷四

【笺注】

①刘鹗《盘谷集》卷二有《卧云道人歌为纪彦机赋》。

华阳八咏^①

瑞峰叠翠

瑞峰崒嵂倚云高，

叠翠浮岚到碧霄。

树霭晴空青缥缈，

岩连华盖碧岩峣。

地灵人杰祥光媚，

玉韫山辉宝气饶。

九级天连千丈壑，
华阳归隐兴谁超。

石铺凝蓝

石铺西陵笔架尖，
吹云嘘雨色凝蓝。
巘头窝舍云根石，
地顶樵居天上龛。
碧蘸春光晴黛黯，
青添夜雨烧痕酣。
夸娥只为钟灵隐，
削出窗南峰二三。

西山夕照

晚照西山景最奇，
华阳楼阁世尘晞。
晴霞天映龟峰树，
归鹤云连盘谷矶。
佩玉春风烟景杳，
珠帘暝色夕阳微。
高人久忘为霖志，
闲倚雕阑咏落晖。

东岘春光

门对岘山春正好，

天然图画出层峦。
烟霞影逐阳和盎，
风露光含宇宙宽。
天外异峰争献秀，
人间清隐胜为官。
华阳为问刘公子，②
清晓开门日几竿。

三冈稼色

迢递三冈多稼穑，
芃芃极目接天清。
碧翻吴甸波澜势，
绿泛楚江烟雨声。
八月丰登期岁稔，
九天恩泽望秋成。
耨芸莫厌辛勤力，
击壤行看乐太平。

独屿松声

华阳独屿数青松，
露浥云翻气势浓。
瑟瑟丝桐奏鸾凤，
潇潇风雨起蛟龙。
孤山适兴意不浅，
彭泽辞官愿得从。

便欲同君听宫徵，
韶音共乐大夫封。

蓬壶精舍

玄鹤洞天何处是？
天成胜境有蓬壶。
钟声隐隐开精舍，
树色苍苍入画图。
万顷良田山远近，
几重华盖地紫纤。
偶来试叩参玄客，
打透机关半语无。

华阳云隐

华阳公子归耕后，
云隐山居事事幽。
独屿松声常满耳，
三冈稼色日盈眸。
张颠草圣风流在，
刘向藜光礼义优。
坐看石根肤寸合，
白衣舒卷任悠悠。

——录自《盘谷集》卷五

【笺注】

①华阳，《南田山志》卷九："（南田）古城内称华阳，以在华盖

山之阳,故名。洪武间,刘仲璟自旧宅析居此。"

　　②刘公子,与第八首《华阳云隐》之"华阳公子",均应指刘璟之子刘貊。

己丑四月重游百丈漈观瀑^①

> 携朋百丈观飞瀑,
> 胜境天成岂偶然。
> 浪滚银河千壑外,
> 波翻赤壁万山颠。
> 天边云洒漫空雪,
> 谷底雷轰入地泉。
> 共说南田山水秀,
> 生州福地古来传。^②

　　　　　　　　　　　——录自《盘谷集》卷五

【笺注】

①己丑,永乐七年(1409)。

②州,疑为"成"的讹字。

同陈孚中游涧滨作^①

> 水边林下偶从容,
> 手弄流泉坐石床。
> 涧底浪花飞玉雪,
> 山巅松盖压旌幢。

陶公饮兴谁能得，

杜老吟怀似莫双。

试问九衢车马客，

底因名利为时忙？

——录自《盘谷集》卷五

【笺注】

①陈孚中，南田店岭村人。《南田山志》卷二："店岭村，张坳村东一里许，为陈姓旧居。"并录此诗于其下。

浯溪八咏并序①

芝田鹤山之北，浯溪之水出焉。溪之左有著姓富氏，其先故宋太师河南郑国公之苗裔也。②有济川、澄川其字者，③文雅好诗辞，掇其山川景物之美者为八题，征诸士君子以咏其胜。闲闲子为之赋八绝云。

峭峡春涛

前溪怪石倚嵯峨，

峭峡无风自作波。

昨夜雨余春水足，

桃花浪暖鲤鱼多。

杨洲晚照

野气凝阴天欲暮，

汀洲烟景夕阳微。

苍茫风外垂杨树，
无数闲花学雪飞。

玄洞晓云

浯溪溪上洞中天，
时有祥云起石根。
鬼女晓来神变化，
白衣舒卷净无痕。

层峦暮雨

夕阳西去已黄昏，
天外轻云锁翠峦。
涧底小龙腾未远，
一帘微雨过林端。

溪坞晴岚

树色波光淑景赊，
雨余岚气绚晴霞。
渔郎溪上幽居处，
春坞迷茫第几家。

渔矶霁月

一雨矶头春水平，
黄昏稍霁月华升。
忘机独有垂纶叟，

犹自披蓑学子陵。

竹径暝烟

幽居溪上两三家，
曲径疏篁景最佳。
水色遥临山色暝，
轻烟一抹自横斜。

松坡残雪

丰年瑞雪一何多，
解冻东风喜渐和。
几日晴晖消不尽，
尚余残玉满松坡。

——录自《盘谷集》卷五

【笺注】

①浯溪，即今文成县西坑镇梧溪村。富氏原居南田泉谷（亦称"富阳""富村"），富弼七世孙富应高南宋时分派浯溪。刘璟《易斋集》卷下《跋南田富氏宗谱》："南田富氏，皆自韩公（富弼）出，谱系至今为昭灼。其先有为工部郎中某州刺史讳韬者，唐季隐居南田，卒葬南华山今无为观之东岼……此韩公（富弼）之高大父也；其子讳处谦，为内黄令……居河南，遂为河南人；逮韩公（富弼）之孙，承务郎、签枢密院事讳直亮，宣德郎直清者，爱南田山水之佳，复居泉谷，其子姓蕃衍，因遍择幽胜之地为别墅，今居泉谷、浯溪之胄皆是也。"刘鼒《盘谷集》卷一〇《故乡贡进士富公墓志铭》："公讳应高，字春牖，宋魏国文忠公七世孙也。世居处

州青田县南田山东里之泉谷。……暇日下南岭,游其地曰浯溪,瞻望徘徊,爱其林泉之胜,遂筑室而家焉。"梧溪村现为全国富弼后裔最集中的地方。

②富弼在宋英宗时受封为郑国公,卒后累赠至太师。

③济川、澄川,指富浑(1349—1414)、富瀓(1353—1411)。富浑,字济川,号止斋,又号蟹谷山人。生平见《知止斋处士富公墓志铭》《蟹谷山人传》([浯溪]《富氏宗谱》)。富瀓,字澄川,号素斋,又号浯谷山人。生平见《大明处士素斋先生富公圹志》《素斋先生传》《浯谷山人传》([浯溪]《富氏宗谱》)。

盘谷八咏

鸡山晓色

鸡山展羽盘幽谷,
竹树葱苍秀色嘉。
清晓幽居人未起,
一声咿喔曙光赊。

龟峰春意

龟峰屹立幽居外,
绿树凝云紫翠稠。
妆点三春生意在,
问渠灵寿几千秋?

北坞松涛

幽居北坞群松树，
秀色苍苍列翠城。
时引清风惊午梦，
长江何许浪涛声？

西冈稼浪

九夏西冈景最幽，
平田多稼碧悠悠。
直疑沧海深无底，
尽日清风浪不收。

三峦夜月

三峦矗矗凌霄汉，
毓秀亭亭画不如。
夜静秋清星斗肃，
首擎明月照幽居。

双涧秋潭

盘谷源泉涧合流，
寒潭静浸一天秋。
濯缨不减沧浪兴，
举世能知此意不？

松矶钓石

巍峨怪石寒潭上，
偃蹇青松近翠微。
盘谷幽人归隐后，
无心开作钓鱼矶。

竹径书斋

小小书斋石径斜，
万竿修竹翠凝华。
待看结实来仪凤，
孙子人人背五车。

——录自《盘谷集》卷六

盘谷即事二首（其一）

盘谷幽居闲玩赏，
野花山鸟景悠然。
清泉白石人无事，
不信蓬壶别有天。

——录自《盘谷集》卷六

春游田家四景

其一

竹篱茅舍两三家，
屋外青山绿树佳。
游客偶来春已暮，
山前山后杜鹃花。

其二

首夏清和四月天，
一川流水碧山前。
提壶挈榼游人去，
啼鸟一声冲晚烟。

其三

八月秋成粳秫黄，
西风吹老桂花香。
黄鸡白酒田家乐，
笑杀山翁醉夕阳。

其四

山上青山深复深，
白云流水晚沉沉。

孤村欲问春消息，

墙角梅花见此心。

——录自《盘谷集》卷六

过子美道人隐居四首①

其一

小小山斋事事幽，

碧云深树兴悠悠。

寒蝉解识瑶琴操，

尽日宫商韵不休。

其二

树里茅庐涧底田，

幽居自是一般天。

秋来秫粳黄云满，

鸡戏柴门兴浩然。

其三

道人不染红尘事，

修竹苍松屋数楹。

滴露研朱闲点易，

从教芳草满阶生。

其四

涓涓流水迢迢径，

隐隐青峰物外居。

行到碧山归路杳，

白云深处一茅庐。

——录自《盘谷集》卷六

【笺注】

①子美道人，刘鬺《盘谷集》中多次提及"子美"（如《游西陵绝顶歌》），应为南田山一带的隐居者。

游鹿角峰①

青松张翠葆，

白石耸玉床。

徜徉宇宙间，

谁能蹑仙踪。

——录自《盘谷唱和集》前集

【笺注】

①析自陈谷《游鹿角峰记》。原文撰明作于"洪武壬午之岁三月二十有五日戊申"。洪武壬午，实为建文四年（1402）。

钱琉　字尹仁,号乐缓斋,青田南田(今属浙江文成)人。

盘谷八咏

鸡山晓色

旷哉盘谷居,
坤灵奠佳境。
鸡山郁巍峨,
盘旋势高迥。
雾影幂晴晖,
晨光发初炯。
推窗览胜概,
苍翠色可领。
契此襟怀清,
超然尘虑屏。

龟峰春意

乾坤毓清气,
山巘钟英贤。
灵龟耸奇峰,
开自鸿蒙先。
阳和发地底,
涧谷回春妍。
草木吐奇葩,

生意诚无边。
至人观大化，
俯仰达自然。

北坞松涛

乔松生北坞，
亭亭自成林。
岁寒不改色，
霜雪焉能侵。
大风时一至，
泠泠如鼓琴。
复疑幽壑里，
喷薄蛟虬吟。
北窗试侧耳，
庶足清凡心。

西冈稼浪

投闲适幽兴，
行行步西畴。
嘉禾沐膏雨，
秀色侵人眸。
凉飙起天末，
翠浪盈高丘。
恍然若沧海，
波澜渺悠悠。

卜岁兆已征，
长歌复何忧。

双涧秋潭

高秋风露凉，
寒潭清可掬。
双涧泻银潢，
合流汇盘谷。
湛湛莹虚明，
涓涓远尘俗。
若人咏沧浪，
临流骋遐躅。
太息高世情，
行吟写心曲。

三峦夜月

夜凉大宇明，
逍遥步前墀。
三山列台鼎，
一月流清辉。
团团展冰鉴，
皎皎当庭闱。
举觞试一饮，
高歌古人诗。
徘徊慕张骞，

欲赴乘槎期。

松矶钓石

青松生涧阿，
高柯倚磐石。
空山一雨余，
涧水净涵碧。
忘机憩坡陀，
投竿竟晨夕。
渭川千古风，
高蹈仰遗迹。
长啸天地宽，
悠然此心适。

竹径书斋

幽居喜无事，
披览对前哲。
琅玕绕斋居，
潇潇洒苍雪。
寒窗白昼闲，
净几图书列。
清虚此君操，
种植匪徒设。
愿言当勉力，
相从秉贞节。

——录自《盘谷唱和集》前集

奉和闲闲子三月望日游西陵兰若韵①

路入仙源古寺幽，

携朋策杖此山留。

攀萝坐石吟清思，

引水流觞泛绿篘。

云屋竹床来隐逸，

松窗月坞称遨游。

投闲便欲忘归兴，

回首尘寰一海沤。

——录自《盘谷唱和集》前集

【笺注】

①原题为《奉和前韵》，今题为编者酌拟。下同。

郭斯垕 字伯载，会稽（今浙江绍兴）人。永乐中官政和典史，尝纂修《政和县志》，县人重其文学，称为会稽先生。著有《星溪集》。

盘谷八景

鸡山晓色

海涛卷红天地惊，
金光迸出飞龙睛。
大鸡小鸡齐振羽，
千村万落同一声。
有山昂然拍天起，
形势宛若鸡飞鸣。
危岩突出一冠耸，
怪石倒悬双距撑。
平冈锦铺霞覆脊，
支岫翠分云插翎。
山人睡觉竹窗晓，
卷帘晴色浮鲜明。
向来三唱俱寂然，
火轮转高烧太清。

龟峰春意

嘉木含润山凝辉，

似是大灵玄绣衣。
南辰北斗号无敌，
五星八风称绝奇。
曳尾孰如生脱筒，
凌云玉立能无知。
画屏插苍松蠹立，
华盖结青莲倒披。
红霞耀日半桃李，
紫玉连拳皆蔷薇。
元王出笼已无梦，
卜筑甘与幽人期。
半空苍翠落书窗，
蔼然云影帘前飞。

北坞松涛

地籁怒飘天际回，
惊涛陷日鎗晴雷。
茅屋泛如潮里艇，
狂风卷雨横江来。
龙伯钓鳌坤轴动，
共工触山天柱摧。
五湖鼍作竞澎湃，
三峡虎斗交喧豗。
鹤巢泻雏双白堕，
虬髯拂烟重碧开。

万窍一声嗟并作，
孰能观复心如灰。
输与林间采苓者，
苍松翠竹同徘徊。

西冈稼浪

维西有冈若龙眠，
翠玉种成云满田。
漠漠一川轻縠皱，
粼粼万级飞花颠。
日色漂回洞庭作，
烟光衮动潇湘连。
何处抚琴来舜风，
还闻击壤歌尧天。
忆从税驾去京国，
归来结屋栖林泉。
动得其机食得时，
虽有旱潦无凶年。
短蓑荷锄皆帝力，
一饭一思心歉然。

双涧秋潭

二水合流翻碧澜，
风动簟纹人字寒。
倒景涵天杳无极，

飞鸟树林摇漾间。
滩头梧叶翠蕤尽，
波面蓼花红豆繁。
月明鲛室弄机杼，
风细鹊桥鸣珮环。
濠梁千古有真乐，
人不异鱼谁解观。
沧浪孺子歌濯缨，
磻溪老翁持钓竿。
安得坡仙舟一叶，
横琴试对蛟龙弹。

三峦夜月

圆盖无云色转苍，
三峰玉森春笋长。
阿纤推毂岑楼出，
白浮岩壑明如霜。
彩笔龙飞动香案，
铁笛凤鸣来羽觞。
长啸凉飙起林壑，
忽惊零露沾衣裳。
琼楼冰积生灏气，
银海雪侵摇冷光。
枕书归眠北窗下，
俄梦八翼凌云翔。

姮娥笑迎游广寒，
同阅老兔千金方。

松矶钓石

有石在彼溪之东，
石上一株千尺松。
彼松如龙石如虎，
钓鱼者谁颜玉红。
云是汉室张留侯，
金印解还隆准公。
闲来石上扫云坐，
松叶垂盖青重重。
射虎休论饮飞雨，
攀龙不用乘飘风。
遮莫投竿连六鳌，
何如濯足看三峰。
三峰玉立翠如洗，
四时佳气常葱葱。

竹径书斋

翠雨弄寒晴不收，
结茅为屋中藏秋。
半窗苍雪清可掬，
一片碧云凝欲流。
坐中佳客得裘羊，

方外胜侣倾巢由。
弹琴石上教鹤舞，
洗砚池畔观鱼游。
夹住群龙爪牙动，
当午天风吹未休。
玉箫忽从林外作，
飘如彩凤声悠悠。
已悟仙凡无异境，
世间何处非丹丘？

　　　　　——录自《盘谷唱和集》前集

吴逢 号耿介生，河南濮阳人。刘鬷儿子的家庭教师，居盘谷东草庐。

奉和闲闲子盘谷歌

然藜高致刘聘君，
校书声名继天禄。
龙楼凤阁拜天颜，
归去青山有盘谷。
盘谷清幽地深远，
垦土诛茅结华屋。
松竹为友山为邻，
九夏风清绝炎燠。
抱琴行乐招隐沦，
策杖长歌紫芝曲。
盘谷泉甘土更肥，
墙下树桑田播谷。
君子无逸古所云，
朝出耕耘夜归读。
秋成瓯窭既满篝，
感戴天恩喜优渥。
床头酒热呼友朋，
达曙酣歌振林木。
男儿所志在功名，
功名万古随转烛。

何如放浪泉石间，
散步逍遥自扪腹。
我亦携书傍隐居，
日夕盘桓共游乐。
谪降朝臣情意足，
含哺鼓腹歌声作。
长愿天教作谷民，
朝朝三颂华封祝。

——录自《盘谷唱和集》前集

盘谷八景

鸡山晓色

赫赫榑桑海日升，
鸡山曙色渐分明。
绿云满眼春来好，
十二楼台倚画屏。

龟峰春意

谷口龟峰毓地灵，
蒙茸树色压轩楹。
烟光明媚春无底，
尽日凝眸足称情。

北坞松涛

长松蒲坞郁沉沉，
天外清风送好音。
澎湃沧江涛浪急，
恍疑身在碧波心。

西冈稼浪

六月西冈雨乍收，
风翻稼浪碧盈畴。
瞥然飞过参差鹭，
疑是渔歌起白鸥。

双涧秋潭

源泉两涧合诸流，
潭影天光一色秋。
为问潜鱼此来往，
他年还复化龙不？

三峦夜月

月上三峦宝鉴开，
鸡山秋色满楼台。
夜深人倚阑干曲，
铁笛一声天际来。

松矶钓石

钓石松矶水上幽，
高人适兴坐垂钩。
年来自得烟波趣，
沙上相亲有白鸥。

竹径书斋

竹底书斋静更幽，
炎炎长夏似初秋。
勉旃公子须勤学，
重振勋名满帝洲。

——录自《盘谷唱和集》前集

奉和闲闲子三月望日游西陵兰若韵

高人携我共寻幽，
植杖禅房一少留。
谩忆当年僧久别，
可堪今日酒初篘。
绿云满树迷尘眼，
暮雨漫山阻胜游。
礼罢瞿昙问生灭，
笑云沧海一浮沤。

——录自《盘谷唱和集》前集

徐瑛 浙江慈溪人。洪武中官考功监丞。

奉和闲闲子盘谷歌

君不见,南田山,

千峰万峰相矗攒。

中有一山亘百里,

吐气如花映秋水。

其中融结佳气多,

历生英俊如星罗。

又不见,西山之阳有盘谷,

天开地设非人卜。

刘侯解官归读书,

诛茅架屋其中居。

四时之景不可一二数,

娱心悦目足以宁吾躯。

鸡山晓色烟雾开,

昂头鼓翼身崔嵬。

龟峰生意春萋萋,

一团草色思濂溪。

天外三山如植圭,

夜擎明月中天来。

门前合流双涧水,

上有松矶可垂饵。

修竹径底小书斋,

牙签万轴足以清心怀。

君侯此乐谁与俦？

平生愿望今应酬。

吾闻圣明念勋旧，

岂令伯也长迟留？

自是苍天不违人所欲，

暂须归隐稽林丘。

有时谷口听鸣驺，

依然赴召为公侯。

——录自《盘谷唱和集》前集

夏朴 字纯夫。

奉和闲闲子盘谷歌

昌黎昔赋盘谷序，
刘侯今作盘谷歌。
解官悠然赋归去，
自负琴剑居山阿。
我闻真山好水不常得，
皆由造物之所诃。
又闻神人守护待有德，
寻常俗子徒经过。
青山苍苍有佳境，
泉甘土厚幽奇多。
鸡山巍然自天下，
龟峰秀挺如星罗。
天边迢迢翠云际，
三峦拱立芙蓉花。
荣名已厌乐清素，
怡然有客同文华。
清风白昼坐长夏，
竹林潇洒无尘瑕。
有书满床酒盈缶，
饮酣还共相吟哦。
有时既醉讴且歌，

欢笑抵掌争喧哗。
秫稉满田秋既成，
浊醪乍熟农人家。
忘形尔汝去崖岸，
倘徉行乐幽怀嘉。
当年李愿居盘谷，
至今清名世所夸。
方今圣明遂高志，
丘园隐晦当如何？
古今隐沦共一理，
犹恐灵物难久潜沧波，
吾徒仰望素所愿，
为霖为雨沾滂沱。

——录自《盘谷唱和集》前集

钱禔　字叔礼，号简斋，青田南田（今属浙江文成）人。

奉和闲闲子盘谷歌

君不见，南田高峰插天起，
盘根下带清溪水。
鹤岭巉岩五千尺，
上有良田周百里。
田边生理皆人家，
家家门对芙蓉花。
子孙相承事耕稼，
连墙接屋无喧哗。
中有幽居号盘谷，
泉甘土厚多佳禾。
左峰鹤舞飞更翔，
右峰龟蹲拱而伏。
刘侯卜宅近鸡山，
剩种芳兰与幽菊。
松间户牖宜读书，
插架鳞鳞三万轴。
云尽三峦晓气佳，
雨余双涧生微波。
昨夜床头酒初熟，
开尊对客同高歌。
盘之谷，窈而曲，

不关时事无荣辱。

坐茂树以招清风，

濯清流而友麋鹿。

盘之庐，诚可居。

园有蔬兮水有鱼，

幽谷白云还可娱。

忆昔朝天亲警跸，

衣冠照耀扶桑日。

丹书铁券照青春，

紫诰金章光满室。

圣恩敕赐还故乡，

彩袖犹带天朝香。

既得一身归绿野，

自喜闲中日月长。

嗟盘之居诚可乐，

天爵尊而贵人爵。

思贤有诏复飞来，

紫凤衔从九霄落。

万里骅骝再着鞭，

重使秋山骇猿鹤。

——录自《盘谷唱和集》前集

谢衮（？—1424）

字子襄，新淦（今江西新干）人。建文中知青田县，永乐五年（1407）迁处州知府，有善政。

盘谷八景

鸡山晓色

鸡山高出彩云端，
势接扶桑曙色寒。
锦翼未分晴影乱，
绮窗先报晓声残。
看花仙客曾留佩，
问字门生每驻鞍。
自是簪缨勋旧裔，
丹霄步武快飞翰。

龟峰春意

门迎山势耸龟峰，
一段阳和迥不同。
绕屋桑麻深雨露，
满林桃李自春风。
负书曾致神明力，
引气惟存造化功。
待得政成官满日，
愿从盘谷看鸿蒙。

北坞松涛

幽居近接栝苍城，
百尺长松绕户青。
雨过似翻烟浪碧，
风回如撼晚潮声。
交柯冲起归巢鹤，
落叶惊飞出谷莺。
谩忆银河天上客，
使槎轻泛鹊桥平。

西冈稼浪

故家文献重名邦，
万顷膏腴足稻粱。
翠色卷云翻大地，
绿阴飞浪度前冈。
误疑沤鸟寻烟浦，
空想渔人钓夕阳。
八月秋高收拾尽，
不知何处有津梁。

双涧秋潭

盘谷清奇胜辋川，
双溪如练泻寒泉。
三秋松籁闻窗外，

半夜滩声落枕边。
丹桂香中留客馆，
白苹花底钓鱼船。
倚阑吟罢西风里，
疑是箫韶奏九天。

三峦夜月

老蟾出海浴沧波，
高照三山百尺柯。
绝巘回光明象纬，
层峦倒影浸银河。
香生鼎篆熏云母，
酒酌葡萄醉叵罗。
遥望广寒宫阙近，
铜盘仙掌露华多。

松矶钓石

幂幂松阴覆石头，
蹲如砥柱屹中流。
钓丝晴拂珊瑚树，
簑雨寒生杜若洲。
雪浪拥痕惊落雁，
苔花漾绿狎归沤。
客星只恐天边动，
未许山中赋隐幽。

竹径书斋

万个琅玕玉作林，
斋前流水自鸣琴。
架头缃帙浮秋色，
门外朱帘锁昼阴。
雨过只疑龙化去，
月明应想凤来吟。
六韬读罢晴云遏，
好展雄才答圣明。

——录自《盘谷唱和集》前集

卢宪　字廷纲,号省庵,浙江黄岩人。洪武间以茂材授谷府奉祠官,升长史。永乐初,改封谷王朱橞长沙,朱橞居国横甚,廷纲数极谏,遭磔杀。工于诗,有《香奁八咏》传世。

盘谷八景

鸡山晓色

闻说昆仑第一峰,
翰音鸣处正曈昽。
锦毛零落松杉露,
绛帻鲜明桃杏风。
一自形归岩下土,
更无声和景阳钟。
山中宰相朝参惯,
春晓醒时日未红。

龟峰春意

绝顶阳回冻欲消,
半空突起势如鳌。
云开山脊浮金线,
雨过苔花长绿毛。
不用藏头栖谷底,
要看曳尾出林皋。
东君德泽深如海,

安得穹碑万丈高。

北坞松涛

屋后云涛翠欲流，
卧听天籁响飕飕。
声来绝壑千寻浪，
势撼沧江八月秋。
黑夜云巢惊梦鹤，
碧霄雷雨起飞虬。
平生龙伯钓鳌手，
欲向山中一下钩。

西冈稼浪

晚町青苗入望宽，
忽惊平地起波澜。
一痕斜卷西风外，
三级晴翻落照间。
陇上吼时声似雨，
陌头起处势如山。
明朝席卷黄云去，
沧海桑田只等闲。

双涧秋潭

二水分流远出山，
几回欹枕听潺湲。

五更奔驶东西派，
万玉琮琤上下滩。
遇坎不曾闲昼夜，
朝宗终拟作波澜。
如何世上尘嚣耳，
只在笙歌绮席间。

三峦夜月

笔架峰头起玉蟾，
坐看冰魄到虚檐。
西风白兔不停杵，
秋水青铜又出奁。
影挟山河过绝巘，
气翻风露落层尖。
一襟诗思不成寐，
午夜清光秋满帘。

松矶钓石

一拳寒玉卧苍虬，
半亩凉阴覆碧流。
幸喜此身游物外，
不容俗客到矶头。
闲分白鹭半篙水，
坐占沧浪一片秋。
只恐天边星象动，

又看物色到羊裘。

竹径书斋

一室深居万玉丛，
四围苍雪洒帘栊。
洞添紫砚梢头露，
凉动牙签叶底风。
半夜秋声鸣翠玉，
满阶晴影卧青龙。
他时负笈来相访，
愿借林间一榻同。

——录自《盘谷唱和集》前集

谢复 嘉兴人。

盘谷八景

鸡山晓色

屋头山色未分明，
状若荒鸡晓近庭。
万丈云霄成独立，
五更风雨不闻鸣。
林光欲动天浮白，
岚气将收树过青。
菌阁有人空候尔，
误教红日满檐楹。

龟峰春意

绿毛灵物又潜沦，
一旦峥嵘迥出尘。
只解泥涂终曳尾，
岂期霄汉得栖身。
山桃红漏阳和近，
岩树青含雨露新。
怪底花时晴不定，
却从鳌背卜朝云。

北坞松涛

舍后山村事事幽，
云松万顷翠如流。
飞来午夜一双鹤，
漫道秋波两点鸥。
绕屋雷霆长自作，
满林风雨不曾收。
五更汹涌穷檐外，
梦里惊呼没小楼。

西冈稼浪

西崦风来动绿苗，
粼粼如水拍林皋。
满畴晴涨三时雨，
万亩秋翻八月涛。
饭匕有期夸溜滑，
酒船无计恣游遨。
晚凉立杖紫门外，
争道先生学把篙。

双涧秋潭

乱云堆里响淙淙，
碧玉秋悬两道虹。
十里黄芦翻夜雨，

半空雪瀑带松风。
疏疏寒落烟萝外，
聒聒清来白石中。
听到晚凉无地着，
月明分付入丝桐。

三峦夜月

品字青分屋角岑，
老蟾夜起碧萝深。
漫惊秋水平铺壑，
只道晴霜已满林。
岩树四更乌乱叫，
云松十里鹤难寻。
个中解绶归耕者，
踏遍檐阴费苦吟。

松矶钓石

清溪曲处断矶边，
上有虬枝倒树悬。
万叶乱吟秋水外，
一拳长占白鸥前。
坐依绿荫时听鹤，
为惜苍苔不系船。
我欲持竿分半席，
晚凉共话夕阳天。

竹径书斋

半亩苍筠个个修，

数椽新构窄于舟。

绿云满地市尘远，

黄卷一编窗户幽。

龙气湿浮吟幌外，

凤毛晴落砚池头。

朝盘春雨应多笋，

风味还胜苜蓿不？

——录自《盘谷唱和集》前集

周焕 字景辰,浙江松阳人。永乐中荐入文渊阁,纂修国史,试以鸳鸯、菊诗,立就。擢知连城、松溪二县,吏民爱之。有《东蒙集》。

盘谷八景

鸡山晓色

昂然耸立碧云端,
曙色瞳眬最好看。
日射海霞明绛帻,
雨晴岩翠湿飞翰。
度关有客当秋早,
舞剑何人向夜阑。
犹记天门三唱罢,
瑶阶剑珮集千官。

龟峰春意

屹然左顾向芝田,
伏气鸿蒙太古前。
曳尾泥涂非一日,
负书洛水又千年。
丹光绚日明金线,
树色屯云拥碧莲。
安得穹碑高万丈,

细将相业为君镌。

北坞松涛

万壑苍松翠欲飘，
忽闻仙籁起寥寥。
半空云气翻春浪，
一派秋声响夜潮。
鸾鹤乘风朝紫禁，
蛟龙转海入青霄。
山中宰相闲无事，
自引清商入洞箫。

西冈稼浪

蔽野嘉禾沛若云，
微风翻动浪粼粼。
翠涛陆地惊千尺，
沧海桑田又一新。
落雁有时迷远渚，
行人何处问通津。
天成一段吴松景，
只少扁舟把钓纶。

双涧秋潭

二水交流合怒涛，
才闻汩汩又滔滔。

石潭夜冷双龙吼，
玉峡秋清万籁号。
捉月谁能招李白，
骑鲸我欲访琴高。
临流洗耳听澎湃，
绝胜金门奏凤槽。

三峦夜月

笔架峰头生暮烟，
明河清浅月娟娟。
金鳌不动三山正，
玉兔初生一镜圆。
秋水菱花开匣底，
西风桂子落岩前。
丹梯有路通蟾阙，
便欲乘风访羽仙。

松矶钓石

磐石苍苍踞涧松，
一丝千古共高风。
要知白水鱼竿客，
即是磻溪鹤发翁。
天上有星依帝座，
人间无梦到非熊。
时来试展经纶手，

会掣鲸鱼碧海中。

竹径书斋

小斋一径入琅玕，
有客读书时凭阑。
绿雾沾衣香苒苒，
清风入耳珮珊珊。
牙签插架堆科蚪，
玉节凌云集凤鸾。
心境了然无俗虑，
山童日日报平安。

——录自《盘谷唱和集》前集

魏守中 浙江吴兴人。

盘谷八景

鸡山晓色

忆昔清晨到浙东，
南田仿佛列三峰。
五更月落烟霞动，
千里云开紫翠重。
行径书声灯尚在，
板桥人迹露尤浓。
归来茅屋歌招隐，
梦绕鸡山听晓钟。

龟峰春意

奇峰崒嵂状如龟，
生意连天接翠微。
梅绽红椒尤淡淡，
柳摇金缕未依依。
此时晴色春将好，
他日风光景莫违。
更待菰蒲高二尺，
便应垂钓坐松矶。

北坞松涛

浙水秋风日夜号，
长松高下响如涛。
万川泉脉初流动，
一派琴声未学操。
北坞行看终汹涌，
南窗坐听自清高。
独怜群鹤栖难稳，
夜半飞鸣上九皋。

西冈稼浪

山下西来百顷冈，
嘉禾吹动浪茫茫。
四围杂沓青云嶂，
一片飞翻玉露浆。
穗折不妨供菽水，
风狂未必驾舟航。
花开却喜丰年兆，
香透行人白苎裳。

双涧秋潭

潭上秋风吹玉坡，
峰头夜月映金波。
东来二水元相并，

西去千山应更多。
跃鲤奉欢长比尺，
卧龙潜伏小如梭。
青田最是南田好，
几日追踪发棹歌。

三峦夜月

霜月明多最惨神，
人间唯忆塞垣深。
登楼有待乘秋兴，
捣练无烦伴夜砧。
老去转添愁白发，
年来还益照丹心。
闲时正好寻兄弟，
坐对三峰自在吟。

松矶钓石

已学耕锄不易营，
垂纶还得一丝轻。
鳌鱼游荡终无钓，
鸥鸟飞来且莫惊。
两岸桃花春浪暖，
一湾松树午风清。
且将蓑笠闲来坐，
未必羊裘是隐名。

竹径书斋

门对南山也自清，
千竿修竹净疏棂。
星传祖父千年学，
书继春秋一卷经。
寒夜窗前还有雪，
晚凉灯下不须萤。
青田倘有人来过，
莫出相迎闭户扃。

——录自《盘谷唱和集》前集

蒋琰　字叔圭，青田南田（今属浙江文成）人。宋御史中丞继周之裔。自以家世宋臣，不食元禄，授徒自给，足迹未尝至邑郭。诗文师韩、杜，而天性孝友，人无间言。著有《葆光集》。

盘谷八景

鸡山晓色

云霞绚彩日瞳眬，
辉映鸡山气郁葱。
谩忆趋朝当此际，
天街腾踏玉花骢。

龟峰春意

龟峰春意有谁知，
不在千红万紫时。
宴坐小楼忘世虑，
无言相对自怡怡。

北坞松涛

苍翠高标北坞松，
当年曾受大夫封。
时闻树杪波涛汹，
疑是风云起卧龙。

西冈稼浪

万亩嘉禾一望间，
临风翠衮浪漫漫。
主人非爱游观乐，
触目时思稼穑难。

双涧秋潭

双涧逶迤绕翠岑，
秋空隐映碧沉沉。
濯缨暂适高人志，
岁旱还应散作霖。

三峦夜月

三峦岿崪翠光寒，
秋夜高擎白玉盘。
为爱清光无限好，
长吟倚遍曲阑干。

松矶钓石

澜底苍松百尺高，
松阴磐石倚林皋。
垂纶不比羊裘叟，
曾向沧溟钓巨鳌。

竹径书斋

一室中藏万卷书，
森森修竹护庭除。
时人莫笑规模小，
绝似南阳诸葛庐。

——录自《盘谷唱和集》前集

张宜中 会稽（今浙江绍兴）人。曾任职谷王府纪善、伴读。善大篆。

盘谷八景

鸡山晓色

翰音啼彻曙光微，
岭树青青路尚迷。
记得东华漏声里，
千官鹄立午门西。

龟峰春意

海上鳌峰蠢太清，
三春阳气未分明。
晓来行傍寒梅树，
一朵新开白玉英。

北坞松涛

风来曲崦涨江潮，
万顷波涛走翠蛟。
清气逼人眠不得，
一天明月响箫韶。

西冈稼浪

千顷新禾涨绿波，
天光云影共坡陀。
空令海上双鸥鸟，
飞去飞来奈若何。

双涧秋潭

西风终夜不停号，
吹落寒松两壑涛。
堪笑欧阳读书子，
误听金铁响清寥。

三峦夜月

金波流影漾清辉，
高照芙蓉一两枝。
霜露满天毛骨冷，
不知松外鹤归迟。

松矶钓石

百尺髯龙生翠寒，
一拳苍石倚清湍。
客星本有经纶志，
却向矶头把钓竿。

竹径书斋

万竹书堂生昼寒，
兰缸长夜不曾干。
先生读罢三冬史，
闲看中天舞翠鸾。

——录自《盘谷唱和集》前集

祝彦宗 号宜休生。

盘谷八景

鸡山晓色

山鸡翠羽绝纤尘，
顶上常笼锦色云。
夜半金乌飞海底，
露光斜坠白纷纷。

龟峰春意

黄云吹老绿毛仙，
谁把瑶华种石田。
鸾管无声碧霞暖，
松醪一饮醉千年。

北坞松涛

阴壑秋来风力高，
苍龙鳞甲响寒潮。
山人爱听如韶濩，
自起锄云种碧桃。

西冈稼浪

一夕金风卷碧波，

白云不似秋田多。
沟中井字周时制，
听颂尧翁击壤歌。

双涧秋潭

天上飞来双白虹，
珠宫倒影落波中。
人间岁旱为霖处，
尽是龙池海气通。

三峦夜月

诸峰鼎峙对清秋，
碧海东头白玉钩。
兔影长生桂枝满，
清光依旧照神州。

松矶钓石

肥遁高人此钓名，
等闲蓑笠一身轻。
时闻松子树头落，
雨过风云石上生。

竹径书斋

小径茅堂傍水安，
好风吹动碧琅玕。

牙签湘帙多如许，

传得书声到子孙。

　　　　——录自《盘谷唱和集》前集

常叔润 号鉴空居士。

盘谷八景

鸡山晓色

建章星淡月溶溶，
遥见鸡笼紫翠重。
归卧盘中春似海，
五云犹拥碧芙蓉。

龟峰春意

杏坛春满碧瑶琴，
一曲龟山绿意深。
读罢麟经王正月，
暖风吹雨静阴阴。

北坞松涛

髯龙怒卷阴山雪，
翠浪蹴天崖石裂。
太虚一碧澄不波，
何处松云散清月。

西冈稼浪

穄稑凉风十顷秋，

黄云遥驻木兰舟。
采薇人去凤声远，
十二珠帘不上钩。

双涧秋潭

曾持两剑出江南，
银汞无声堕碧潭。
沐鹤溪头访秋色，
双龙犹解送归骖。

三峦夜月

昔年海上三珠树，
遥望冰蟾吐玉虹。
酒醒夜窗秋似水，
闲骑一鹤驾天风。

松矶钓石

大鹤山南小溪曲，
千顷松云涌秋玉。
道人胸贮万斛春，
钓得冰璜篆金绿。

竹径书斋

芝田阁老汉诸孙，
几向湘江拥翠鸾。

晚结秋云倚凉月，
吾伊声度紫云寒。

——录自《盘谷唱和集》前集

刘道济 建宁（今福建建瓯）人。

盘谷八景

鸡山晓色

绝巘雄飞入九天，
玉京城阙迥相连。
影消函谷关中月，
色借桃都树底烟。
五夜仙岩横紫气，
半空旭日响红泉。
居人不受司晨警，
高枕芸窗自在眠。

龟峰春意

翠分东鲁更清幽，
望入危岑操尚留。
秀色茫茫涵宇宙，
元功衮衮荫王侯。
灵湫泉暖龙方蛰，
古涧冰融鹿自游。
遥想盍簪谈易处，
蓍丛回绿碧云浮。

北坞松涛

烟萝云馆绝无邻，
一径清阴鹤自驯。
蟾桂影摇华盖晓，
兔丝阴散翠蕤春。
波涛尽日翻坤轴，
风雨通宵卷汉津。
莫道许由难再得，
山中亦有弃瓢人。

西冈稼浪

仓庚无语麦秋过，
试望西冈近若何。
凉雨一番新翠陌，
长风万顷起沧波。
吴江东去莼鲈美，
泽国南来鸿雁多。
欲驾扁舟千里去，
勿惊身在夕阳坡。

双涧秋潭

长峦落翠势盘盘，
积雨分流响急湍。
活水源通银汉远，

长天色共碧波寒。
夕阳一虎桥边饮，
夜月双龙镜里看。
洗耳重来磐石坐，
无弦琴在不须弹。

三恋夜月

冰蟾东上照芙蓉，
万里云衢一道通。
丹桂有香飘玉宇，
素娥无梦下瑶空。
星辰光冷天应近，
风露声寒秋正中。
更忆三峰最高顶，
清辉何幸一尊同。

松矶钓石

孤松片石水云乡，
石上天风吹晚凉。
曾应非熊惊白发，
忍闻鼓枻访沧浪。
投竿不在鱼吞饵，
扫石何须象作床。
树底偶同樵客坐，
笑看鸥鹭下斜阳。

竹径书斋

幽斋地僻不容辕，
小径苔深带雨痕。
石上凉蟾生凤影，
窗前香露长龙孙。
覆瓿文集多盈架，
盘谷诗豪尽在门。
数着棋中樽酒里，
深林别是一乾坤。

——录自《盘谷唱和集》前集

徐琼 字仲莹，号诚讷斋。青田南田（今属浙江文成）人。

奉和闲闲子三月望日游西陵兰若韵

西陵境界独清幽，

忆昔曾过此地留。

逸客浩歌题古壁，

高僧治馔出新篘。

流觞坐石成真乐，

乘兴登山作胜游。

往事追思增感慨，

人生尘世一浮沤。

——录自《盘谷唱和集》前集

徐思宁 四明（今浙江宁波）人。

盘古八景

鸡山晓色

金乌浴旸谷，
飞上榑桑颠。
鸡山绚五彩，
羽翮相辉鲜。
苍凉草木润，
气含天地先。
谁知繁华里，
即是秋风前。
逍遥大化内，
吾契良在焉。

龟峰春意

灵龟息来久，
化作金芙蓉。
蜿蜿蟠厚地，
矗矗凌苍穹。
阳光泄土脉，
品物流丰容。

林花烂朝日，
林鸟鸣春风。
悠悠此中趣，
得之谁与同？

北坞松涛

种松面南冈，
松盛森于云。
大块忽嘘气，
六月无炎氛。
惊涛半空涌，
汹汹长河奔。
溯流欲寻源，
出门谁问津。
问津者何在，
默默思其人。

西冈稼浪

望望东南亩，
禾浪接天低。
顾非沧海水，
疑是桑田移。
美人隔山岳，
风波渺难期。
我心思济川，

舟楫不我持。
出门似无地,
叹息将安之。

双涧秋潭

二水相合流,
就此万丈深。
泓澄静涵碧,
烛我不住心。
飞鸟倒孤影,
卧龙时一吟。
风雨有交会,
日月递浮沉。
活水何方来,
源源无古今。

三峦夜月

商音游八埌,
灏气浮二峦。
圆景散天上,
清光满人间。
忽忆霓裳曲,
新声变关山。
关山不可听,
风露沾衣寒。

安得如姮娥，
窃药生羽翰。

松矶钓石

寒风吹水波，
松下一矶横。
中盘太古石，
应是天上星。
持竿者谁何，
钓古不钓名。
虽无留骭迹，
岂非高世情。
周父久无梦，
鸿飞杳冥冥。

竹径书斋

结屋碧筼下，
苍雪何霏霏。
摊书夜相映，
芸香扑人衣。
深知此君意，
辛苦不下帏。
谁占少微星，
一夕动光辉。
别来今几年，

头白犹未归。

　　　　——录自《盘谷唱和集》后集

俞廷芳 浙江丽水人。洪武初以儒士荐，授河南洧川知县。历迁福建建宁知府，有善政。

盘谷八景

鸡山晓色

三山诧浮海，
六鳌曾戴之。
何年分左股，
屹立高峨巍。
旸乌一披拂，
照映光陆离。
烟霏灭无踪，
卉木含华滋。
于焉肆延览，
泠风振裳衣。

龟峰春意

洛书已昭瑞，
神龟复焉从？
钟灵拔厚地，
一柱撑青穹。
上有九茎草，
金光蔚祥风。

欲往试一采，
餐之可颜童。
消摇大宇内，
契彼乔与松。①

北坞松涛

长松发清籁，
随飙越前林。
鱼龙混瀺灂，
喷薄沧溟深。
我欲具舟楫，
冲波恐难任。
所思不可见，
何以纾我心？
载托泠泠弦，
鸿飞度遥岑。

西冈稼浪

南风播长养，
大火贞朱光。
薄言往观稼，
循彼西涧冈。
糜芑何旆旆，
牟秬何穰穰。
清飙簸狂澜，

浩若云水乡。
吾将赋沧海，
欲济川无航。

双涧秋潭

二仪自开辟，
山川莫流形。
崇阿屹对峙，
灵湫莹泓渟。
神物久潜閟，
孤光时晦明。
悠然起遐思，
何得生羽翎。
浊斯濯吾足，
清斯濯吾缨。

三峦夜月

坤灵毓三秀，
翠色良可餐。
望舒亦何情，
流光烛飞翰。
林栖欲惊飞，
道远不可还。
岂无广寒人，
徘徊舞乘鸾。

安得与之游，
因之写中肝。

松矶钓石

垂竿者谁氏，
夷踞长松阴。
山中夜来雨，
溪水何许深。
鸥波浩芒芒，
修鳞自浮沉。
收缗赋归来，
临风起微吟。
缅怀百世士，
谁识渔钓心？

竹径书斋

猗欤君子心，
观书对修竹。
清风递何来，
泠泠泻寒玉。
弹我弦上音，
宣我太古曲。
诩也邈流风，
康兮眇遐躅。
吾其爱吾庐，

白驹在空谷。

——录自《盘谷唱和集》后集

【笺注】

①彼,原作"波",据文义酌改。

杨守义 浙江天台人。

盘谷八景

鸡山晓色

扶桑有天鸡，
一叫旸谷赤。
何年奋劲翮，
过此留奇迹。
嶻屼迂曈昽，
晢晢曙光奕。
芳林霭欲收，
烟波露浮液。
东皋农作兴，
南窗展书册。
藉兹明发功，
分阴敢忘惜？

龟峰春意

元龟信良琛，
岿形壮东鲁。
蔚焉礼乐宗，
哲人式万古。
矧兹崖谷区，

有峰亦同语。
嵌窦蓄春阳，
舒光原膴膴。
融淑结萦纡，
储精毓贤辅。
小大随所之，
征兆谅斯普。

北坞松涛

辟坞界北维，
长鬣护苔径。
鸣涛涌翠幄，
虚籁俱奔竞。
谡谡奏雅音，
铿铿韵笙磬。
飒爽炎已驱，
阴敷石床净。
翛然脱尘鞅，
徜徉足清兴。
俯仰孰与归，
川云鸟鱼泳。

西冈稼浪

西冈迤绿畴，
禾稼俱颖粟。

苍苍垅亩深，
翠浪迎风日。
凭临纵目远，
耨耘喜皆毕。
桐阴递昼凉，
徐徐憩幽逸。
秋成望可期，
盎盎得丰实。
安得耕凿中，
击壤乐宁谧。

双涧秋潭

清溪古仙窟，
灵湫今复在。
双涧泻蛟涎，
澄空秋每每。
云生昼影寒，
水落山容改。
悬崖洒冰雪，
危磴浮翠霭。
缅怀叶至人，
骖鹤固难待。
步屐入穷杳，
肉芝或可采。

三峦夜月

层峦耸三秀，
冰轮驾凉影。
灏气彻秋旻，
精光发夜囧。
金飙帷薄爽，
玉露衣襟冷。
赏玩对清虚，
恍若超尘境。
三郎苦好奇，
法喜幻斯景。
邈焉不可攀，
徘徊更漏永。

松矶钓石

苔矶出松下，
垂纶坐漪石。
得鲜未足娱，
憩此川光碧。
忘机狎鸥鹭，
褰裳拂芦荻。
悄然神思旷，
已觉尘喧隔。
霜枫照岸红，

寒鸦噪曛夕。
夷犹未忍舍，
林端月痕白。

竹径书斋

琅玕绕斋居，
翛翛清可掬。
若人挟简编，
披展字皆绿。
吟哦豁窗牖，
浮爽涤吾目。
天寒霜露繁，
风梢仍彧彧。
虚心烛玄机，
君子秉贞独。
羡尔砺节操，
声猷恒醲郁。

——录自《盘谷唱和集》后集

叶砥　字周道,一字履道,浙江上虞人。有学行。洪武三年(1370)进士,初任定襄县丞。建文元年(1399),以史才召修国史,改广西按察佥事。永乐初,改官考功郎中,召入文渊阁。会修《永乐大典》,任副总裁。又为东官侍讲。乞外,终饶州知府。曾两为同考会试官。著有《南行稿》《退朝稿》《芝山稿》《经进稿》及《经筵讲义》等。

盘谷八景

鸡山晓色

天鸡振彩羽,
隐见若木巅。
一鸣四海白,
再鸣万物鲜。
储精奠兹土,
飞来自何年。
幽栖者为谁,
地灵人亦贤。

龟峰春意

冈峦势伏蟠,
如断巨鳌股。
土毛纷敷秀,
云气鸿蒙吐。

援琴慨宣尼，
锡畴仰神禹。
乐哉林居子，
藏息此其所。

北坞松涛

郁郁盘谷松，
连坞閟苍霭。
不雨密屯云，
因风汹翻海。
猿鹤静相忘，
芝苓时独采。
拟卜贞白邻，
幽期岁寒在。

西冈稼浪

种禾南田冈，
秀色何芃芃。
良苗涨时雨，
滞穗委秋风。
伊昔躬耕者，
高情谅难同。
莘野有至乐，
南阳亦奇逢。

三峦夜月

攒峰积空翠，
灵境接丹霞。
群仙何方来，
来会刘郎家。
玄鹤载玉笙，
白鹿献瑶花。
飞佩挟明月，
不知瀛海赊。

双涧秋潭

冽冽涧底泉，
青青涧阿柏。
境似太行阳，
人非李生宅。
逝川兴浩叹，
俯仰异今昔。
仙游伴赤松，
遗踪礼黄石。

松矶钓石

磐陀封古藓，
下瞰清溪流。
星精何年化，

云根至今留。
闻昔钓鱼徒，
坐此垂直钩。
非徒乾象纬，
曾以跃玉舟。

竹径书斋

萧斋荫竹间，
展画了清坐。
不愁苍雪寒，
自照青藜火。
风梢龙箨翻，
露叶凤翎妥。
家学宜勉旃，
隙驹勿虚过。

——录自《盘谷唱和集》后集

朱逢吉　崇德(今属浙江嘉兴)人。洪武初应求贤诏为中书掾,后授宁津知县,升湖广佥事。坐事谪关中教授,复起为陕西佥事,进大理寺丞、同修国史。寻命巡视苏湖水利及北京屯田。永乐初年卒于官。

盘谷八景

鸡山晓色

云峦涌如斗,
风壑夜作号。
谁谓舞剑雄,
幽栖托林皋。

龟峰春意

窿窿负元气,
吐息云雾生。
地灵不爱宝,
洛书疑复呈。

北坞松涛

万壑涌翠涛,
撼我书画舫。
蛟龙入云去,
木客自来往。

西冈稼浪

高冈不植梧，
涨此五色云。
岁岁书大有，
瀼瀼足天恩。

三峦夜月

中峰立如圭，
左右拱双璧。
正色朝天门，
万古心不易。

双涧秋潭

玉虹配雄雌，
灵气两相抱。
秀孕山中人，
重闻卧龙老。

松矶钓石

自别织女机，
下逢得璜叟。
一丝起清风，
半夜动星斗。

竹径书斋

琅玕长四壁，
积翠凝作苔。
读书清夜阑，
云端凤飞来。

——录自《盘谷唱和集》后集

盘谷歌

天南有星名处士，
烛地光凝好山水。
千回百折气扶舆，
金虎苍龙势奇玮。
波澜起伏烟雾漫，
坤灵出献苍玉盘。
宛宛龟呈洛书瑞，
喔喔鸡唱青云端。
蓬莱移下三峰翠，
双涧流虹尾交会。
松涛昼发天籁声，
禾浪秋翻锦机碎。
磻溪钓石忽飞来，
竹屋正亚琅玕开。
读书声彻九霄外，

上动星宿明三台。
真人开天清海宇，
卜猎郊原得贤辅。
老仙起作帝者师，
千古商周失伊吕。
手擎天地心经纶，
凌烟图像今犹存。
世官世禄遗子孙，
一丘一壑皆君恩。
约斋相侯更人杰，
清比冰壶浸秋月。
寻幽择胜重来居，
昼里缃帘日高揭。
满床象笏积如山，
心在林泉紫翠间。
夜夜青藜照书史，
时时紫气到天关。
古来绿野何奇绝，
李愿游归底须说。
请看金匮石室铭，
永与河山并功烈。

——录自《盘谷唱和集》后集

赵友士　字志道,瓯宁(今属福建建瓯)人。宋宗室之后。洪武初以明经举为府学训导,迁国子助教。建文二年(1400)为会试同考官。

盘谷八景

鸡山晓色

金乌出旸谷,
山下群鸡鸣。
竹斋正襟坐,
旦气何其清。

龟峰春意

君子明天道,
演范因洛书。
奇峰托灵异,
于焉宜卜居。

北坞松涛

地僻一径邃,
云连万松阴。
清风动盘谷,
时听蛟龙吟。

西冈稼浪

禾熟连垅亩，
丰年屡穰穰。
乃知曾孙庾，
露积如山冈。

三峦夜月

奇峰远参立，
积翠如三山。
时乘康乐屐，
笑入烟霞间。

双涧秋潭

虹蜺贯崖石，
蜿蜿带云流。
清泉咽松风，
泻入七弦幽。

松矶钓石

磐石俯潭水，
清风拂丝竿。
有如客星隐，
白云共幽闲。

竹径书斋

凿翠敞幽构，
清风来竹林。
几回窗月白，
紫凤雏雏吟。

——录自《盘谷唱和集》后集

乌择善　四明(今浙江宁波)人。洪武八年(1375)任宁海县丞。

盘谷诗

维南有盘谷，

乃在崇山间。

幽阴百灵集，

万木森以攒。

上结五采云，

下激百转湍。

于焉有佳士，

笑傲白日闲。

有诗或一歌，

有琴时一弹。

悠悠大化中，

契此橐籥关。

优哉复优哉，

卷舒无腼颜。

——录自《盘谷唱和集》后集

杨季亨 浙江天台人。

盘谷诗

盘谷何迢迢，
云气郁森爽。
彼美谷中人，
于焉寄清赏。
危亭瞰幽胜，
延槛俯弘敞。
花源入钓舟，
松瀑溅书幌。
春芬被崖壑，
夏木荫林莽。
霜后峰转奇，
雪霁谷弥朗。
朝昏异百态，
隐显纳万象。
晖晖残霞敛，
稍稍初月上。
冲虚澹中素，
侈靡忘外奖。
人稀猿鸟乐，
仙近钟鼓响。
缅怀东山游，

复作辋川想。
我本丘壑人，
误出婴世网。
石门飞淙迥，
瘵寐紫芝长。
披图览佳趣，
终当谢尘鞅。

——录自《盘谷唱和集》后集

缪侃 字叔正,江苏常熟人。博雅工书,好蓄法书、古器。

奉和盘谷诗

君不闻,栝苍诚意伯,
青田旧名家。
庆门种德贵繁衍,
有孙袭爵尤光华。
山川灵气钟颖秀,
潭潭第宅居烟霞。
中有盘谷,
形势何嵱嵷。
天开八景最奇绝,
寓目怡情四时别。
旭日未升天未明,
金乌浴海洪涛裂。
山鸡一声山月低,
万朵芙蓉总昭晰。
奇峰插天状若龟,
吞气曳尾无休时。
千岁卧游莲叶秒,
融融花雾春无涯。
山田百顷西冈上,
禾稼高低翻翠浪。
夜归闭阁正观书,

叩门忽进青藜杖。
薰风习习非怒号，
北坞万松喧翠涛。
恍疑笙簧奏两耳，
晴岚乱滴宫锦袍。
双涧潺潺已无比，
一泓况有秋潭水。
时来掬水濯尘缨，
散步寻常蹑珠履。
夕阳回首堕三峦，
倚笻待月俄团团。
山河微影在广寒，
素光长照貂蝉冠。
朔风忽起篔筜谷，
苍雪飘潇满书屋。
左图右史列牙签，
公府归来书细读。
长松如盖荫渔矶，
苔花渍石坐忘归。
先生钓璜遇明主，
辅佐岂容歌式微。
野叟龙钟筋力小，
援笔□□何草草。
先生自是玉堂人，
忽见丑妇效颦应绝倒。

盘谷之歌胡不多,

吁嗟才薄奈老何!

吁嗟才薄奈老何!

    ——录自《盘谷唱和集》后集

周尚文 江西临川人。官训导。

奉和盘谷诗

栝苍名山何苍苍，
中有盘谷开鸿荒。
千形万状难品量，
天鸡鼓翼鸣榑桑。
飞上高岑拂曙光，
灵龟举首何昂昂。
吸嶽云雾成文章，
松声天籁奏笙簧，
长风驾涛来渺茫。
芃芃禾秧连西冈，
日晴浪涌浮云黄。
双涧流水声琅琅，
秋潭万丈龙潜藏。
银蟾高出三山旁，
恍疑宝鉴冰奁张。
青青绕屋种脩篁，
度化虬龙引凤凰。
照夜青藜何炜煌，
奎璧错落增光芒。
松矶踞虎昼阴凉，
持竿钓者应钓璜。

掉手一出佐吾皇，
整顿宇宙扶纲常。
坐幄运筹汉代良，
铁券书勋誓不忘。
赤松游远青史香，
今之贤孙克袭芳。
盘谷别业世弥昌，
丹书征召来山庄。
重出匡赞帝陶唐，
天下苍生歌乐康。

——录自《盘谷唱和集》后集

蹇逢吉 江苏苏州人。

奉和盘谷诗

栝苍之山东瓯东，
乃有隐者之谷、处士之峰。
山中之人冰雪姿，
长时啸傲于其中。
扶桑鸡鸣晓色动，
龟峰生意春溶溶。
西冈禾稼涌雪浪，
北坞松桧鸣秋风。
广寒夜月出三嶂，
秋潭雪涧垂双虹。
琅玕下荫读书室，
松矶时坐磻溪翁。
君今束书寻旧踪，
丹崖翠壑应相同。
方今海宇启新运，
风云鼓舞欣从龙。
君才自是济时器，
只恐山间林下未许能从容。

——录自《盘谷唱和集》后集

徐旭 江西乐平人。洪武十八年(1385)进士,授监察御史。永乐元年(1403)迁考功郎中,预修《太祖实录》,成,拜国子祭酒,改翰林修撰。为人方正简默,清慎不阿,始终一志。有文集数十卷。

奉和盘谷诗

胡尘不扬元气转,
天命真人起淮甸。
蜂趋猬从纷若云,
虎变龙飞疾于电。
郁离先生赤松徒,
佐命久蕴圮上书。
百万人中识隆准,
发机定策尊庙谟。
功成始定爵侯伯,
禄食覃恩及孙翼。
先生骑鹤游洞天,
华表千年已如客。
有孙自是英俊人,
分符绾绶列世臣。
中逢坎壈不足计,
坐看日月开维新。
昨日西来觐天子,
天子思劳动延伫。

赐归岂在怀土情？
重教汛扫先生墓。
墓前时见玄鹤飞，
文孙结屋长瞻依。
盘谷春闲紫芝秀，
石田云暖苍苔肥。
晓看鸡山云五色，
挂笏时还佳兴惬。
神龟作山峙其东，
精气盘盘镇灵宅。
苍松夹坞翻鸣涛，
四时相对长不凋。
西田稼熟卷晴浪，
力本以食歌有秋。
时雨双潭龙戏水，
夜月三峦凤雏语。
松边钓石云作邻，
竹外茅斋书满几。
先生传后何所藏，
著书满箧锵琳琅。
事业已追三代上，
光焰犹见万丈长。
文孙真是承家者，
亲献遗书丹陛下。
天恩不日赐褒扬，

众景从兹倍光价。
刘侯之孙多世贤，
英雄自古绵其传。
鹤书立见赴林壑，
盘谷岂尔长周旋？

　　　　　——录自《盘谷唱和集》后集

姚文昌 浙江天台人。

盘谷八景

鸡山晓色

山椒咿喔听啼声，
曙色苍苍已渐明。
是处烟霞迎晓日，
一时红紫竞春荣。
崇朝拄笏看难厌，
几度挥毫画未成。
乔木森然盘谷里，
朝阳别有凤凰鸣。

龟峰春意

乾坤春到几多时，
卜向山灵自可知。
红入花间应冉冉，
青归林杪尚迟迟。
谢公兴发能无屐，
陶令悠然正有诗。
人物从来钟秀异，
于今太史茂孙枝。

北坞松涛

北坞边头万树松，
高风翻翠浪重重。
龙吟长夏潜幽壑，
鹤梦中宵过别峰。
劲节应同贞士操，
清流那受大夫封？
林端想与银河接，
拟驾灵槎觅去踪。

西冈稼浪

田家风致似渔家，
冈上嘉禾衮浪花。
不待鸤鸠催晓雨，
莫教鸿雁踏晴沙。
篙师击楫终难渡，
农父占年自可夸。
万事桑田又沧海，
只须鼓腹莫愁嗟。

双涧秋潭

碧涧分流又合流，
一潭澄彻最宜秋。
天心玉兔窥清鉴，

波面金鳞避白鸥。
抱瓮汲来宜酿秫，
投竿归去不容舟。
尘缨岁晚余将濯，
肯借沧浪一夕不？

三峦夜月

满规清影正秋中，
第几峰头月在东。
海上虚传蓬岛胜，
人间应与广寒同。
松梢光泻涓涓露，
桂子香飘细细风。
良夜正宜人共赏，
举杯易觉酒尊空。

松矶钓石

矶上苍松不记年，
矶头拳石稳如船。
谁知此地烟波景，
绝胜长江雨雪天。
鸥鹭盟寒人尚远，
鲈鱼鲙美客应旋。
怜余亦是垂纶者，
回首沧洲几惘然。

竹径书斋

新开三径种琅玕，
小筑斋居几许宽。
每候青藜天上下，
时将汗简雪边看。
苍龙尽日临窗户，
彩凤终宵托羽翰。
正欲岁寒寻益友，
此君真可共盘桓。

——录自《盘谷唱和集》后集

莫伋　字士安，又字维恭，号是庵，别号柏林居士，归安（今属浙江湖州）人。洪武初为府学教授，迁黄冈知县，入为国子助教。永乐初与修《太祖实录》，后治水江南，遂侨居无锡。

盘谷八景

鸡山晓色

巽谷声沉欲曙迟，
烟岚分翠露参差。
阳坡草木群争秀，
宿雨峰峦斗出奇。
眠柳绿低风定处，
睡棠红暖日高时。
应多爽气侵朝笏，
安得凭虚一拄颐？

龟峰春意

前度刘郎此种桃，
看花未卜几乘高。
春风公子黄金屋，
夜月仙人白锦袍。
游目且从今日景，
赏心莫负昔时劳。
名山自是多灵气，

五色成云似凤毛。

北坞松涛

老树从来铁作根，
嘘凉喷暑昼常昏。
气吞瀚海苍龙吼，
响挟胥江白马奔。
千载山林生柱石，
一时风雨洗乾坤。
旧传天上闻韶奏，
材大声高得共论。

西冈稼浪

蹙叶翻芒翠欲漂，
石田万顷秀嘉苗。
胸中云梦知多少，
眼底薰风任动摇。
雨骤直疑浮地轴，
阳骄犹待借天瓢。
人间处处恩波阔，
饱食思赓击壤谣。

双涧秋潭

波澄止水浑无底，
石破惊湍各有声。

出没蛟龙天上下，
雌雄蠛蜢雨阴晴。
饮缘有菊宜长算，
濯可无兰只旧缨。
欲趁桂花香里月，
夜深来听玉琮琤。

三峦夜月

兔窟天生金背蟾，
分光偏照翠三尖。
琴心叠雪人鸣玉，
鼎足撑空镜倚奁。
清续桂芬风袅袅，
绿沉槐影露纤纤。
想当候馆中秋节，
十二银屏满上帘。

松矶钓石

苍髯白发两相宜，
坐受高风拂面吹。
五色补天无罅漏，
一丝经国系安危。
谷城谩看神仙事，
渭水真成帝者师。
珍重皇家留作砺，

万年同此太平基。

竹径书斋

碧玉旧栽连径竹，
黄金多买满床书。
練囊岁晏无萤火，
缥帙年深有蠹鱼。
贤圣语言曾与对，
子孙头角总相如。
先公况是瀛洲客，
手泽真传万卷余。

——录自《盘谷唱和集》后集

叶庭芳 吴兴（今属浙江湖州）人。

盘谷八景

鸡山晓色

一上鸡山万象新，
光风披拂起香尘。
长松翠湿云开处，
芳草青生烧后痕。
不逐火精明大照，
却留金鹄静含春。
当年若舐淮南药，
飞入天门叫紫宸。

龟峰春意

龟山衮衮意不尽，
都在祥烟翠霭中。
石窦流珠潜泄濑，
筠林鸣玉冷含风。
玄文五色虚神见，
北斗南辰慢化工。
自愧平生多辘轲，
便须呼尔问天公。

北坞松涛

几个长松立杳冥，
忽惊翻作怒涛声。
直疑神物掀空去，
复讶天河倒地倾。
六月最宜含爽气，
三庚谁道伏阳精。
若人对此浑无竞，
心迹双清绝世情。

西冈稼浪

禾稼沄沄湿翠流，
西冈望望尽东头。
奔腾波浪风翻阔，
浩荡乾坤势欲浮。
吕望应难垂直钓，
鸱夷空复有扁舟。
顾余自是忘机者，
若个江鸥落远洲。

双涧秋潭

双涧秋潭莹若空，
一泓清气与天通。
银河水接湾澴底，

碧落云沉澹濑中。
电火下升惊鬼物，
风烟长绕护龙宫。
何当化作甘霖雨，
天下苍生乐岁丰。

三峦夜月

雨过三峦宿雾收，
九天风露气萧飕。
金蟆泪湿山河影，
玉兔光涵桂子秋。
赤壁仙游坡老梦，
鄜州独看少陵愁。
古今空自悬孤照，
不见离人怨白头。

松矶钓石

长矶之上载松阴，
有客云根坐钓心。
犗饵投渊宁鲋想，
石脂入口迓龙吟。
一盘白石应时烂，
千古清风底处寻？
思濯尘缨空有念，
江湖赢得二毛侵。

竹径书斋

之子游心竹素园，
天风日日报平安。
清分几席灵音满，
翠湿图书冷气团。
未羡羊车宫外静，
绝怜凤管月中残。
五陵年少应无梦，
空有黄金买马鞍。

张秉彝 浙江金华人。洪武中以明经授本县教谕，后升翰林院编修。

盘谷八景

鸡山晓色

不向扶桑鸣晓日，
却来海上化层峰。
月泉浅映金眸碧，
霞树微拖锦翼红。
爪入顽云疑决斗，
顶摩元气欲争雄。
人来若问尸乡事，
家在丹崖第几重。

龟峰春意

灵蔡元从何处寻，
凌空幻出小危岑。
风翻菁草丛丛玉，
日映蟠桃树树金。
七十二钻神穴在，
三千年后绿毛深。
至今崖下揸床石，
导引犹能阅古今。

北坞松涛

北坞苍苍松怒号，
静闻天籁起嘈嘈。
梦回书屋锵金奏，
翠卷晴空撼海涛。
定是蛟龙移窟宅，
又疑猿鹤度林皋。
当时太史心多喜，
为筑危楼百尺高。

西冈稼浪

倦倚西风对夕阳，
眼前无际浪茫茫。
沟塍刻镂龙鳞集，
禾稼蒙茸雉尾长。
邻舍善为千日酒，
野人多祝万斯箱。
年年十月丛祠里，
箫鼓声中乐寿康。

双涧秋潭

潦水初收双涧平，
寒潭彻底映空青。
几回贝阙神珠现，

午夜鲛人玉杼停。
尽道合流通地脉，
又闻一勺透沧溟。
我来欲抱瑶琴坐，
弹使蛟龙月下听。

三峦夜月

楼外三山碧玉簪，
冰轮捧出照天心。
岩泉影动蟾蜍窟，
石室香飘桂子林。
鼎簇浮图空翠湿，
镜悬沧海碧云深。
不知别馆清秋夜，
谁伴高人仔细吟。

松矶钓石

髯松百尺俯溪渍，
下有危矶手可扪。
一片贞心如铁立，
千年老翠若云屯。
霜皮暝蜕蛟龙骨，
玉璞潜埋虎豹痕。
只恐渭阳重应诏，
非熊还感帝王尊。

竹径书斋

筼筜谷里小茅斋，

一径萦纡踏翠苔。

缃帙蠹鱼晴作队，

琐窗凤尾绿成堆。

清秋爽气穿帘入，

白日青天洒雪来。

不用燃藜照深夜，

自然奎焰接三台。

——录自《盘谷唱和集》后集

童可兴 钱塘（今属浙江杭州）人。

盘谷诗

云散鸡山晓色浓，
融融春意满龟峰。
西冈浪涌行观稼，
北坞涛鸣坐听松。
月上三峦银灿烂，
泉流双涧玉玲琮。
竹间书屋松矶石，
八景诗人咏未穷。

——录自《盘谷唱和集》后集

董可善　鄞县(今属浙江宁波)人。

奉和盘谷诗

日上鸡山晓色红，
龟峰春意野桥东。
喜听北坞松涛响，
惊见西冈稼浪浓。
鹤唳三峦秋月下，
龙潜双涧碧潭中。
存心竹径书斋者，
遁迹松矶钓石翁。

——录自《盘谷唱和集》后集

王尹实　浙江慈溪人。永乐初除中书舍人，以篆书擅名海内。

盘谷八景

鸡山晓色

鸡峰翠积曙光浮，
霭霭春云满屋头。
小阁焚香帘不卷，
无端清思付茶瓯。

龟峰春意

屃赑光逾压巨鳌，
倚云突兀数峰高。
阑边欲问春深浅，
点点轻红上小桃。

北坞松涛

小坞长松落落青，
满林秀色碧云轻。
浮空撼壑如雷吼，
不厌终朝聒耳声。

西冈稼浪

南田西下枕平原，
黍稷轻摇翠浪翻。
农父乃知秋有望，
一犁烟雨数家村。

双涧秋潭

二水分流燕尾滩，
一泓金镜晓光寒。
长空雁影秋无际，
色映晴霞片片丹。

三峦夜月

三山鼎峙碧嵯峨，
入夜褰帘觉兴多。
玉兔团光天万里，
犹疑明镜有姮娥。

松矶钓石

松根老石苍台古，
坐向矶头百虑消。
莫道一竿轻在手，
未应宜以隐为高。

竹径书斋

玄鹤飞来小洞天，
拂檐晴雪觉云连。
三冬文史承家学，
会见征书下九天。

——录自《盘谷唱和集》后集

王仲章 陈留（今属河南开封）人。

盘谷八景

鸡山晓色

鸡鸣曙色正苍苍，
日上榑桑锦绣章。
便欲振衣千仞表，
飞行八极恣翱翔。

龟峰春意

寅寅灵物閟神宫，
瑞气氤氲霭碧空。
一自负书河洛后，
又从此地吐奇峰。

北坞松涛

长松万个向谁栽，
驾壑蓬蓬走万雷。
尽道春来化龙去，
却从海上挟潮来。

西冈稼浪

西冈禾黍接南畴，

雨霁云涛蘸日浮。
如此太平元有象，
悠悠千顷不藏鸥。

双涧秋潭

双涧烟霏散晚晴，
碧潭秋水湛虚明。
谁能唤起苍龙蛰，
化作甘霖被八纮。

三峦夜月

碧汉迢迢夜未阑，
青天飞上烂银盘。
三山宫阙清如洗，
万里无云正好看。

松矶钓石

山中昨夜雨初晴，
矶畔晓来新水生。
若个渔翁坐磻石，
只钓琴高不钓名。

竹径书斋

石径萦纡寻欲迷，
琅玕万个绿漪漪。

遗经读罢无余事，

自起开门放鹤飞。

　　　　——录自《盘谷唱和集》后集

刘瑜　刘基九世孙，青田南田（今属浙江文成）人。弘治十三年（1500）任处州卫指挥使，嘉靖十年（1531）袭诚意伯。

咏象溪遗安堂^①（节选）

象溪风景即蓬莱，
龙虎盘桓势壮哉。
澄映有泉弥日月，
清幽无地著尘埃。

——录自《珊门金氏族谱·文献》

【笺注】

①本诗撰写于正德十一年（1516）农历八月。时任处州指挥史（后袭封诚意伯）的刘瑜携处州知府刘斐、名士叶素等来到象溪（今大峃镇珊门村），并撰写《遗安堂图序》。根据［珊门］《金氏族谱·赠金君国安遗安堂图序》刘瑜的表述：珊门金氏四世金继瑞（字国安），"乃瑜母姑之季嗣也"。遗安堂，明代珊门金氏祠堂。此诗与以下叶素诗同为咏象溪（今珊门村）的作品。

叶素 字尚文,青田人,选贡,任训导致仕。所著有《四书节释》《易经羡记》《宋元纲目断》《隙觊集》。

咏象溪遗安堂(节选)

自西掩柴扃,
楼高眼界明。
山如仁者寿,
水似圣人清。
风月借幽兴,
画棋畅逸情。

——录自[珊门]《金氏族谱·文献》

刘派 袭诚意伯刘瑜次子,嘉靖时国子监生。

赠蒲源耕乐公诗(节选)

蒲源山耸如崆峒,
半岭遥吟太白峰。
翠严碧壑门奇绝,
画师虽巧难形容。

——录自《南田山志》卷十四

【笺注】

①南田富氏的南宋时迁居地。《古齐郡富氏宗谱·之拱公小宗记》:"(富韬)十一传凯公,兄弟三,其次曰采,徙居蒲源。"耕乐公,应名富时康。作于嘉靖庚戌(1550)王礼的《耕乐图序》,言耕乐公"康翁";作于嘉靖二十三年(1544)叶炉的《赠贤甥富崇母叶氏贞节传》,提及当时蒲源富族有富时康([浯溪]《富氏宗谱》)。

李灿箕 字士垣,福建仙游人。万历四十三年(1615)举人。崇祯五年(1632)到十二年(1639)任瑞安知县。擢北城指挥使,旋迁工部监督六科廊主事。著有《西玉》《鸣铗》《采真》《逃禅》《寻乐》《宦游》等集。

岩庵诗

空中楼阁倚云端,

俯瞰乾坤一笑看。

鹤背玄风吹铁笛,

漈头禅月坐蒲团。①

峰悬紫柱通天观,②

谷度白云漱石寒。

更喜高僧携二仲,

翠微顶上倚栏杆。

——录自《文成见闻录·云峰山白云庵》

【笺注】

①漈,即瀑布。岩庵寺西有明岳漈,瀑长百余米。

②紫柱,指石柱峰,亦称双石烛。《文成见闻录·云峰山白云庵》:"双石烛,即石柱峰,二石柱在青云梯山麓左右,高各数十丈,大可二十余人合抱,柱顶长着异草鲜花,日照柱顶,灼灼闪光。"

岩庵诗

觅砂岭上山，
遥指云深处。
砂鼎闭苍苔，
白云自来去。①

—— 录自《文成见闻录·云峰山白云庵》

【笺注】

①来去，原作"去来"。按"处""去"叶韵，故为乙正。

杨文骢 (1597—1646)

字龙友,贵州贵阳人,流寓金陵。万历四十七年(1619)举人。曾官青田知县。南明唐王时,授兵部右侍郎兼右佥都御使、提督军务。1646年,兵败,为清军所俘,被杀。博学好古,著有《洵美堂集》。

过宿刘文成公故里,成四律以识仰止(其二)①

万山绝顶地偏嘉,

卜筑应须第一家。

运际从龙题竹帛,

功成骑鹤泛桃花。

衮衣国宝尊丹陛,

绿字传经护绛纱。

偶为观风歌仰止,

亦思买地种桑麻。

——录自《洵美堂诗集》卷五

【笺注】

①《南田山志》卷四录第二、三首,误题为清初浙江巡抚范承谟所作。杨龙友因抗清而死,疑清人多有忌讳,故改题作者为范承谟。杨龙友官青田知县时,曾招其友人邢昉入幕。今检邢昉《石臼前集》卷二有《龙友暑雨履行田间,问民疾苦,因谒刘文成墓,赋此送之》诗,可证龙友确曾到过刘基故里。

清　代

魏际瑞（1620—1677）　原名祥，字善伯，江西宁都人。明末诸生。清顺治贡生，客浙江巡抚范承谟幕。康熙十六年（1677），死韩大任之难。著有《魏伯子文集》等。

刘　府^①

草昧初分地，
林泉自辟天。
万峰顶上宅，
千亩屋边田。
诸葛宁甘隐，
留侯竟学仙。
我来风雨后，
日月尚高悬。

——录自《魏伯子文集》卷七

【笺注】

①题下原注："地名，刘青田故宅。"按照［浯溪］《富氏宗谱》、《永嘉郡刘氏宗谱》里南田山全图的标注，刘府地在南田城内，为明清时刘氏后裔所居，刘基从武阳搬迁到南田城内，是否居此，不得而知。

刘廷玑(1654—?) 字玉衡,号在园。先世居河南开封,后迁辽宁辽阳,编入汉军旗。曾任内阁中书、处州知府、浙江观察副使。著有《葛庄分类诗钞》。

夏 山①

王气金陵安在哉,
犹留遗墓吊蒿莱。
卧龙名大终黄土,
谁为铜驼洒泪来。

——录自《南田山志》卷九

【笺注】

①夏山,位于南田西南,刘基墓所在地。明人黄梦池《诚意伯刘公行状》:"公之子琏、仲璟以是年(洪武八年,1375)六月某日葬公于其乡夏山之原。"

万里　字图南,贵州贵定人。雍正元年(1723)进士,三年
(1725)知青田县事,九年(1731)迁吏部主事。

南田八咏

亢五峰

夭矫游龙势已穷,
敢夸群玉一般同。
若将五姥峰移到,
极目寒云天地空。

石圃山

一上孤岑万虑清,
松涛鸟语杂溪声。
须知瑶圃千山外,
欲种青芝是处行。

三叠石

累累如珠贯石林,
远观危势若森森。
黄云白雾时吞吐,
敢拟鱼波布六阴。

仙坛岩

遥传翠岫筑仙坛，
欲叩仙踪事已难。
空掷一囊留幻相，
特遗奇迹在人间。

百丈漈

飞流百道散西东，
扪石扳萝一径通。
千尺孤高天际出，
振衣如在白云中。

盘谷里

山抱溪流村抱花，
春深处处绿杨斜。
提壶挈榼供南亩，
谷里当年隐士家。

降龙寺①

山僧携得白云归，
竹杖横拖出翠微。
犹恐毒龙降不住，
故将钵扣莫教飞。

摇动岩

传闻此地有仙山，

怪石妆奇见两间。

一羽万钧焉可拟，

巨灵神迹若为删？

——录自《南田山志》卷一四

【笺注】

①降龙寺，即原降龙庵。

富燮　字国明,号笃斋,青田浯溪(今属浙江文成)人。县学生员。约生活于康熙至乾隆年间。

冠寨呈奇[1]

石壁奇峰削不成,
高崖草木尽皆兵。
当年避乱无人晓,
忽听樵歌谷口清。

——录自[浯溪]《富氏宗谱》

【笺注】

①冠寨,在南田山。元至正十二年(1352)左右,青田八都(今文成县黄坦镇)吴成七反,南田山中以富氏为首组织民团抵抗。吴成七从大峃岭攻入南田山,浯溪富氏族人被杀者甚多,部分避乱于山寨中得免,事见[浯溪]《富氏宗谱》之《宝庄公传》等。

浯溪即景

耸翠层峦列四隅,
中拖碧润绝尘污。
拂云乔木松千树,
涤垢修篁竹万株。
濯足不须寻异域,
振文奚用觅殊区?
渔樵耕读咸堪适,

何事徘徊向别图？

　　　　——录自［浯溪］《富氏宗谱》

胡昭文

字梦龙，号在田，瑞安玉壶（今属浙江文成）人。监生。生当康熙、乾隆年间。洒脱文雅，善诗赋。

漈门观瀑①

灵湫转布漈门幽，

倒泻银河拔壁流。

日暮虹霓林外落，

天青风雨望中收。

雪花扑面衣裳湿，

霜气侵人毛发飕。

洗出群峰新景色，

壶山胜作雁山游。

——录自［玉壶］《安定郡胡氏族谱·文献》

【笺注】

①漈门瀑，在今玉壶漈门坑。

巽峰览胜①

亦是寻常一小峰，

山居闲暇每携笻。

登巅收尽烟村胜，

狮伏还疑听石钟。

——录自［玉壶］《安定郡胡氏族谱·文献》

①巽峰,雍正七年(1729)玉壶胡氏修筑的一座人造山。瑞安训导项景倩撰有《巽峰记》,云:"玉壶之山由括苍青田石圃发脉,左为赵宋时周帅机公故址,右则前明陈茂烈先生之桑梓焉,其中为壶山,而胡氏实世居之,以未得英奇卓荦之士与周、陈二先生后先辉映为恨。尝有形家言,东南巽位若起一峰,则文运事振。尔时合族即有建塔之谋,会兵乱而止。今乃聚众而为山焉,经始于正月,越三月而空阔中俨然涌出一山矣。"文载[玉壶]《安定郡胡氏族谱》。

陈永清　字宁人，号玉溪，四川忠州（今重庆忠县）人。康熙五十年（1711）举人。乾隆八年（1743）至十五年（1750），任瑞安知县。有善政，去任后民建祠祀之。

题玉壶村二首

水如新月一溪湾，
山若横波四面环。
道是玉壶真莫比，
天光云影尽相关。

其二

地设玉壶四面山，
人家都在玉壶间。
桑麻鸡犬浑无事，
笑尔桃源说往还。

——［玉壶］《安定郡胡氏族谱·文献》

大峃官舍梅①

漫道山中冷，②
梅开已十分。
邨醪堪对飲，
不觉到斜曛。

——录自［乾隆］《瑞安县志》卷二

【笺注】

①大峃官舍,[乾隆]《瑞安县志》卷二记载了瑞安县的"各属署",中即有"大峃街巡检司",为"乾隆元年新设",事由为"东至青里,西至平阳,南至泰顺,适中之地易,聚匪藏奸,故设司以镇压之"。[乾隆]《瑞安县志》卷三记载乾隆元年、二年"钦奉上谕事件":"新设大峃街巡检经,费银八十六两七钱二分。"

②山中,即大峃山中。明清以来各《温州府志》、《瑞安县志》多半以"大峃山"称呼大峃。

陈邦铨　字西庚,号鹏飞,一号戌峰,瑞安大峃(今属浙江文成)人。乾隆四年(1739)补诸生。每试优等,称士望焉。

秀岘山(泽前)^①

牌门桃李及农浓,^②
人杰地灵秀气钟。
眼见泽前旗鼓迹,
居然鼎立两三峰。

——录自《文成见闻录·陈元书与陈茂峰》

【笺注】

①秀岘山,即今大峃镇樟台社区牌门。

②及农浓,语义不通,当有误字。

陈邦彦 瑞安大峃(今属浙江文成)人。疑与陈邦铨为兄弟行。

游鲤川观鲤①

昨宵云寺宿,②
今日鲤川游。
探景谁联步,
观鱼我结俦。
锦鳞扬碧浪,
银鬣泛翠流。
万丈龙门峻,③
逢时跃出头。

——录自《文成见闻录·泽前陈氏祖源考略》

【笺注】

①鲤川,今周壤镇鲤川村。有陈姓定居。

②云寺,应为今大峃镇栖云禅寺。

③峻,原作"竣",据文义校改。

左奎　浙江泰顺人。生当康熙、乾隆间，有赠邦铨诗，当与陈邦铨为友。

游白云庵偶书

巍峨精舍万峰巅，
始信浮屠即是仙。
洞里乾坤皆幻境，
山中甲子几多年。
晴空雨洒悬岩瀑，
古殿云连碧树烟。
待我他年尘愿遂，
抽簪来结老僧缘。
　　　——录自《文成见闻录·云峰山白云庵》

任文翌 号灵坡，四川遂宁人。乾隆十年（1745）举人。二十九（1764）年至三十二年（1767），任瑞安知县。升大理寺左评事。

玉壶山三首

其一

罗阳分野著名区，
山色离奇五十都。
左右清流相映带，
冰心一片玉壶俱。

其二

玲珑秀彻玉壶山，
缥缈云霞顾盼间。
此处卜居联洽比，
悠然佳趣出尘寰。

其三

毓秀钟奇别一山，
自今名胜著斑斑。
十年教养浑无惠，
留得冰心在此间。

　　　　——［玉壶］《安定郡胡氏族谱·文献》

韩锡胙（1716—1776）　字介圭，号湘岩，浙江青田人。乾隆十二年(1747)举人。官至苏松督粮道。著有《滑疑集》。

南　田①

洞天选幽奇，
福地卜清旷。
南田何盘盘，
缥缈千峰上。
岭峻胸膝接，
树老藤萝相。
悬流激石柱，
地轴惊震荡。
岂料天山交，
亦有川原畅。
亭高架红日，
野迥失青嶂。
松竹辟人寰，
村烟又摇漾。
延伫郁离舍，
叹息黄石葬。
佳气郁有余，
百里神弥旺。
我家旧茅屋，
何事付闲放？

酌酒煮蹲鸱，

其福未可量。

——录自《滑疑诗集》卷一

【笺注】

①刘耀东将乾隆间韩锡胙来游视作南田历史上的一大盛事，其《疢顾日记》1934年农历八月记曰："韩湘岩先生来游吾乡凡数次，同时有徐桂岩、厉寿田及西里叶氏群从，相与咏歌太平，极文酒燕游之乐，有清三百年间，吾乡最盛之时也。前不见古人，后不见来者，感怀何如？"

南田刘文成公故宅①

小溪百里巨涛翻，

信宿轻舠溯岭根。

飞鸟悬崖疑蜀道，

鸣鸡深树有桃源。

陇头水漱云千叠，

雾脚风生雨一村。

祠屋武侯嗟异代，

空山何处听微言？

——录自《滑疑诗集》卷六

【笺注】

①刘文成公故宅，在南田镇武阳村。《南田山志》卷二："武阳村，在武阳尖之南麓，南田乡北十里。宋武僖王刘光世子尧仁，自临安徙居丽水竹洲。尧仁子集欲卜迁，祷于丽阳山神，梦

见执羊头而舞者。旋游南田山,上岭至一处,问地名,或告曰'武阳',恍然悟梦所示舞羊,遂自竹洲徙居此。集生宋翰林掌书濠,濠生元太学上舍庭槐,庭槐生遂昌教谕爌,爌生明诚意伯基。世称武阳为'诚意伯故里'。"

登石圃山绝顶怀朗然禅师

南田青侵天,
石圃更万丈。
朝雾仅山足,
缥缈不可上。
竹策愁攀跻,
芒鞋耐勉强。
雄风怒而飞,
白日寒自朗。
海上最高峰,
千里早稽颡。
其余冈阜繁,
盘纡皱块壤。
纷纷汤沸鼎,
泼泼鱼跃网。
摇曳如有声,
奔腾欲焉往?
谁能驭黄鹤,
舒眉辨俯仰。

仿佛禹贡书，

九山豁指掌。

不然具济胜，

日着屐几緉。

琐屑效水经，

亦足恣清赏。

霞掩赤城暮，

云迷弱水厂。

仙人去难留，

空怀天际想。

——录自《滑疑诗集》卷六

厉璧文养源山舍四首①

其一

万山绝顶山回互，

结室山阿深更深。

流水小桥无过客，

修篁幽树有鸣禽。

短笻九节日当午，

浊酒一壶天易阴。

寄语南阳刘子骥，

桃源此地可相寻。

其二

到山未审有山栖，
石径松杉翠欲迷。
雨后白云生屋角，
夜来明月落窗西。
人师南郭存真宰，
语胜东方未滑稽。
几度荒坪春草坐，
清琴恰使小童携。

其三

群山叠浪伏秋塍，
曳杖峰门不觉登。
错落村烟青点点，
东南地势碧层层。
风生两腋愁飞去，
石拥千头供醉凭。
忽忆岱宗雷雨急，
上方明月夜如冰。

其四

三两邻居屋数椽，
由来淳朴异山川。
夜焚松柏宁知蜡，

春馈芝栭不受钱。
露浥藤篱光皎皎，
水侵茶灶响涓涓。
风尘傥遂林皋志，
好共移家住十年。

——录自《滑疑诗集》卷六

【笺注】

①此诗亦见录于《南田山志》卷一四。

访叶湜心，即约其同游百丈漈[①]

修竹层峦万绿堆，
山斋有客破莓苔。
檐头花落飞禽动，
池上光摇明月来。
童稚荷锄常问字，
邻翁贴石共传杯。
悬崖散瀑仙人宅，
携我扪萝天半台。

——录自《滑疑诗集》卷六

【笺注】

①此诗亦见录于《南田山志》卷四，作《西里山房即事》。

百丈漈①

雄风鸣晴霄，

奔雷响巨壑。

南田百里涧，

突怒竟此落。

空山设大窍，

峭壁谁所削？

乾坤豁尾间，

云烟恣喷薄。

攀萝俯无极，

引领步自却。

死生岂不大？

万一坠我脚。

古无好事人，

锤铁悬高索。

归来勿复语，

语之梦骇愕。

——录自《滑疑诗集》卷六

【笺注】

①题下原注："俗以瀑布为漈。"

山滩柬徐仲虎①

分明身历万山巅，
不道平畴别有天。
村舍高低随岸曲，
野云断续入林偏。
千畦春水都栖鹭，
十里晴溪好着船。
藤杖葛巾徐福在，
人言海外觅神仙。

——录自《滑疑诗集》卷六

【笺注】

①山滩，亦作"散滩"。《南田山志》卷二："散滩村，张坳村南二里许，诚意伯八世孙养由旧宅迁居此。南田北境入南之水径此，多沙滩，故名。"

诚意伯庙①

碧云四覆晓山平，
苍鼠松梧映翠甍。
谁使斯民开后觉？
帝为天下屈先生。
庭阶揖让孙枝满，
琴酒留连子夜清。

安得结茅依福地，

荷锄日日采芝英。

——录自《南田山志》卷四

【笺注】

①诚意伯庙，俗称刘基庙。《南田山志》卷四："在亢五峰下、华盖山南麓。明天顺三年(1459)敕建，祀诚意伯刘基。"

游安福寺

寻梅小径遇安福，

独步残香情又掬。

泉声漱漱，鸟鸣幽谷。

四山云锁峰头月，

更喜松风送竹。

竹影飘斜日已西，

兴来碧涧觉悠凄。

茂林寂寂，虎啸猿啼。

月催晚鼓沙弥笑，

犹在椤源半溪。①

半溪绿水岸梅开，

云绕方塘飞雾来。

山僧看鲤跃，

樵子歌负材。

月皎皎，风悠哉。

樽酒相邀酌夜半，

梵钟又振天台。

天台景集安福堂，[②]

雅结净斋四碧光。

谁人葺旧址，

信业自辉煌。

名皦皦，气昂昂。

醉卧僧房悟醒眼，

觉来佛在西方。

——录自安福寺官网

【笺注】

①椤源，安福寺所在地。《叶氏建安福寺志》（见叶凤新《鹤栖石门·诗文》）："第先时罗源（即椤源）下田洋有卑窄古刹，世久倾颓，宋庆历八年经营重建……惟简、居玉二公……舍基捐租，创立释迦宝殿法堂、库房、禅室，因改名为'安福寺'。"最近一次重建在 2008 年，当年奠基，2014 年建成。

②天台，安福寺为禅宗天台宗道场。

指沛 活动年代与韩锡胙同时。生平不详。

和韩老先生游安福寺短调原韵^①

何事携筇至安福，
两岸浮香如可掬。
寻梅小径，幽香出谷。
清光筛月松涛冷，
岭畔风披老竹。

竹院秋凉日转西，
风送暑，碧梧凄。
禅心寂寂，鹤唳猿啼。
只听钟声幽处响，
归鸦不恋前溪。

前溪一曲山门开，
柳绿垂隄细雨来。
池暖跃游鳞，
园青植美材。
风拂拂，香异哉。
千树松花飘古刹，
万竿常插天台。

天台华顶一茅堂，

此地重兴法座光。

金相多炳焕，

栋栴自辉煌。

梵音远，紫气昂。

维摩丈室慈云绕，

安福俨若西方。

——录自安福寺网站主页

【笺注】

①韩老先生，即韩锡胙。韩诗见前。

雷清 约乾隆时人。

城阳八景诗记^①

城阳者,旧名稽垟也,佑村朱先生聚族而居三百余年。岁庚午,^②延余修其家乘。及至,适余友魁占周先生设帐其间,为余备道八景之胜。余走笔以咏之,其诗曰:

> 莹然玉印自天钟,
> 位置金城体势雄。
> 挺挺双峰冲汉表,
> 弯弯半月照长空。
> 常看瀑布悬崖上,
> 世掌丝纶钓涧中;
> 一掬仙桥通济涉,
> 万年石将镇抟风。

居既久,天气且清明,复拉余游,次第指点。初从中村而观,环皆山也。岭高十余里,行者拾级以登,至于绝顶,复由小岭而下,豁然平坦,广数千亩。然而万障回组,若城然,故曰"城阳"也。诗曰:

> 团团翠岫似城墉,
> 地造金城岭上封。
> 雪满青山莹细柳,
> 云生白昼在长松。
> 并无劲敌惊骑虎,
> 但有春雷起蛰龙。

不事玉京天外觅，

其中消受最从容。

城之中有田，有石凸起，四面周正，高大约丈余，俨然玉印。余以为天之秀气所钟也，分符合节，其兆此欤？诗曰：

天然秀气毓城阳，

玉印晶莹锦里光。

山带绿霞飘紫绶，

树催红叶点金章。

分符预兆丹墀上，

合璧先钟白屋旁。

寄语芸窗勤志士，

还须累累挂华堂。

玉印之前潆洄如绶者，为细涧。其源清可以浴，其流长可以钓，垂纶其间，致足乐也。其诗曰：

最爱山溪娟玉流，

清泉淡荡景偏幽。

源从凤沼村心绕，

引出鱼婵水面游。

每到斜阳流碧浪，

堪随新月下银钩。

渭滨千载垂纶者，

表表芳踪欲与俦。

涧与堂环，堂之后，有山倚屋而峙，宛如偃月。从涧上而观，谓之"半月浮江"可也。诗曰：

山如偃月碧溪清，

倚屋生辉异景呈。

半入烟波新宝镜,

尚余华彩焕元精。

松间掩映群峰照,

江上徘徊遍野明。

到得金风香扑鼻,

广寒玉桂散芳城。

　　自涧顺流而下,石桥横锁。及秋气肃而寒潭清,影入澄波,如合重弓,如见双虹。佳在桥,尤佳在影,佳在影,尤佳在影之倒也。诗曰:

他山凿石夺天工,

鞠就仙桥宅畔东。

为访芳邻联两岸,

因防水族合重弓。

风鸣绿草疑朱雀,

影入清波化彩虹。

莫谓舆梁徒有济,

许多陌路总相逢。

　　如城阳者已峻极矣,复有高出于群峦之上者,曰"双峰插汉"。此人文之所以蔚起也。诗曰:

巨灵伸臂插双峰,

势入层霄孰比崇?

卓尔凌云窥塞北,

巍然近日照堂东。

人踪未许孤高上,

天路几希对峙中。

碌碌群峦谁与并，

共登汉表较雌雄。

　　此皆其城中所见者也。城之外又有五漈，会山水，由石窍中奔腾而下，景曰"悬崖瀑布"：

撑起悬崖瀑布泉，

深云影里响涓涓。

常从空谷闻雷震，

每向当阳看雨宣。

灿烂红霞千缕霰，

奔腾白浪九重天。

问渠那得终朝泻，

为有潜龙在水眠。

　　至于护卫金城，又有石障屏藩于北。当北风雨雪，石障御其寒威，而风回岭后。余曰：大将之御雄军也。有然，因名之为"石将回风"。诗曰：

城阳高峙御风寒，

雄倚屏藩自北阑。

不必土牛详月令，

特生石将立云间。

孤峰挺挺当前蠹，

八面飘飘转后抟。

巨镇芳村长保障，

特留佳况壮宏观。

　　其佳况尚目不暇赏，于是夕阳在山矣。虽兴致未尽，相与携手而归。周先生欲余录其诗以传兹八景也，爰愧记之，以就于大方焉。雷清具稿。

——录自［稽垟］《朱氏族谱》

【笺注】

①城阳，今黄坦镇稽垟村。

②乾隆庚午，即乾隆十五年(1750)。

厉洪典　浙江青田人。乾隆十七年(1752)恩贡。

游南田山

南田称福地，
万仞掌如平。
宿雾环墟落，
飞霞伴耦耕。
夜凉疑有雨，
涧远听无声。
层秀盘纡入，
桃源有古氓。

——录自[光绪]《青田县志》卷一八

吴捧日 闽县（今属福建福州）人。监生。乾隆二十六年（1761），任青田知县。

刘文成故里

一岭摩天上，
风云拥古村。
高疑通上界，
俯可数中原。
地峻群山小，
林疏老树尊。
我怀诚意伯，
犹有典型存。

——录自《南田山志》卷二

赵翼(1727—1814) 字云崧，号瓯北，江苏阳湖（今属江苏常州）人。清代文学家、史学家、诗人。乾隆二十六年（1761）进士，官至贵西兵备道。旋辞官，主讲安定书院。与袁枚、张问陶并称清代性灵派三大家。著有《瓯北集》。

过青田访刘诚意故居

土人云："在南田山顶，去地千百丈，其上平畴千顷，村落相望，皆公子孙也。"质之县令赵君，亦云。惜匆匆不及往游，赋此以志。

我行青田江，
言访诚意宅。
居民为指点，
宅在千仞壁。
其上一洞天，
良畴千顷辟。
山平有回环，
水软无跳掷。
厥土乃上腴，
亩岁收二石。
处者皆刘氏，
丁户累数百。
犹守故侯风，
服田读书策。
虽无显仕宦，

亦少贱隶役。
惟公精青乌，
堪舆审所择。
是以占地灵，
椒聊衍蕃硕。
斯语殊未然，
公本志勋绩。
一经治春秋，
决科早通籍。
恢奇二鬼篇，
英略蕴自昔。
岂屑谶纬学？
小数叩幽赜。
时当元运衰，
犹应行省辟。
慷慨讨贼议，
同官舌尽咋。
独从石抹公，
历险冒戈戟。
使其果前知，
肯徇阳九厄？
是知世所传，
浅夫妄亿逆。
想公卜居意，
但取兹境僻。

外无纷华炫，
内有耕凿适。
庞公计贻安，
楚相地取瘠。
老成垂虑远，
正以保宗祐。
徒拟形家言，
未免腐鼠吓。
英贤自有真，
岂在蓍与策？
世所惊神奇，
不值一笑哑。
事往迹尚留，
论定品始白。
遥望青山高，
遐哉君子泽。

——录自《瓯北集》卷三二

王炳松 永嘉（今属浙江温州）人。乾隆四十一年
（1776）岁贡生。

双凤溪

一溪流水百花香，
花下如栖两凤凰。
常有箫韶鸣壑外，
问谁先酌帝台浆。
——录自《文成见闻录·泽前陈氏祖源考略》

富在文（1745—?）　号岘山，青田浯溪（今属浙江文成）人。处州府学生员。

春日山村即景

散步衡门外，
行吟曲涧边。
半潭添夜涨，
两岸抹朝烟。
西岫苍松古，
南阳翠竹妍。
新雷施启蛰，
烧尾看争先。①

—— 录自［浯溪］《富氏宗谱》

【笺注】

①烧尾，这里指士子登第。原意指虎变为人，惟尾不化，须为焚除。唐代封演《封氏闻见记·烧尾》："士子初登荣进及迁除，朋僚慰贺，必盛置酒馔音乐，以展欢宴，谓之'烧尾'。说者谓虎变为人，惟尾不化，须为焚除，乃得成人，故以初蒙拜受如虎得为人，本尾犹在，体气既合，方为焚之，故云烧尾。"

岘山山舍①

依山结室俯清溪，
石马当门卧宅西。

叠嶂有云松欲扫,

危岩无语水频嘶。

潆洄幽涧环襟带,

陡峭崇峦拥碧圭。

燕翼贻谋人已昔,

前程谁复指痴迷。

——录自[浯溪]《富氏宗谱》

【笺注】

①岘山,在梧溪村。

南阳怀古^①

清溪一带绕南阳,

竹树森森处士乡。

石圃高岭遥耸秀,

雅怀常寄在琴樽。

——录自[浯溪]《富氏宗谱》

【笺注】

①南阳,梧溪村地名。今有南阳旧家古建门台存。

中屿晚眺^①

澄明碧涧峙芳丽,

何处浮来砥北流。

四面青山成拱秀,

置身如驾一帆舟。

——录自［浯溪］《富氏宗谱》

【笺注】

①中屿，浯溪溪中的小洲。

富敦仁（1746—?）　字爱山，号西庄，青田浯溪（今属浙江文成）人。处州府学生员。乾隆时与修《青田县志》。

中屿晚眺

溪流分道落西东，
疑是飞来镇境中。
亦有疏篁兼卉木，
古松还与四山同。

——录自［浯溪］《富氏宗谱》

东里山舍

东西幽闲处士家，
门迎西岫挹精华。
四周列巘凝佳气，
一带鸣泉绕岸花。

——录自［浯溪］《富氏宗谱》

浯溪即事

四壁青山万古同，
森森松竹立西东。
欲求当日名贤迹，
惟有溪声两岸通。

——录自［浯溪］《富氏宗谱》

西　庄

结室临溪万虑空，
峰高日上曜窗东。
泉清静处翻楼阁，
闲望村烟入画中。

——录自［浯溪］《富氏宗谱》

馆西庄

层楼迢递俯清溪，
天际群山槛外齐。
主席三秋惭点易，
乘槎共约步云梯。

——录自［浯溪］《富氏宗谱》

浯岙感怀^①

参差竹木遍山崖，
岙里安寻隐士斋。
义塾华堂遗旧址，^②
惟存绿草杂青柴。

——录自［浯溪］《富氏宗谱》

①浯呑，又名吴呑，相传原为吴一万所居，吴氏富甲一方，后风水被破，家道败落。详见[浯溪]《富氏宗谱》中《吴呑与吴一万》一文。

②义塾，《南田山志》卷四："浯溪义塾，在浯溪村。明正统十二年，富雅敬立。今废。"[浯溪]《富氏宗谱》录有明景泰元年（1450）秋八月何文渊所撰《浯溪义塾记》，云："（富雅敬）置田租百石于所居之右，临溪构屋三间，两翼作讲堂。……岁岁延师，以教乡之子弟，凡愿学者咸得就学而无所费，人尽德之。"

春日游安福寺

春光幽处更留情，
古刹门高瑞气迎。
谷转莺歌三昧晓，
池飞柳絮六铢明。
慈云低接炉烟暖，
法鼓轻传天语清。
此地名山推佛国，
徘徊竟日乐长生。

——录自富旭《浯溪散记》

董承熹(1749—?) 字毓崟,号槲园,重庆垫江人。嘉庆二十二年(1817)进士,选翰林院庶吉士。二十四年(1819),迁青田知县。道光初,调余姚知县。

壬午仲春宿双松亭[①]

抚字催科两不任,

十年辜负好泉林。

平生自觉荒唐甚,

酌酒频教感慨深。

不改松筠真强项,

能通鸟语即知心。

我来试倚高亭坐,

暂与烟霞荡俗襟。

——录自《南田山志》卷四

【笺注】

①《南田山志》所录诗题之前尚有"乾隆"二字。按,董承熹嘉庆末、道光初任青田知县,壬午当是道光二年(1822)。疑诗题"乾隆"二字乃《南田山志》编者所误加。双松亭,在南田张坳村储英书院后。

刘眉锡(1749—1823)　字扬芝,平阳莒溪(今属浙江苍南)人,祖籍青田南田(今属浙江文成)。刘基第十五世裔孙。诸生。工诗,著有《扬芝吟稿》等。

题储英书院呈徐桂岩①

一入高斋意自闲,
如游摩诘辋川湾。
烟铺竹径疏能密,
云锁松门开又关。
步月成诗题素壁,
傍花携酒看青山。
知君晨夕多清暇,
爱听书声日往还。

——录自《南田山志》卷四

【笺注】

①储英书院,《南田山志》卷四:"在张坳村。清乾隆间,徐绍伟立。院后有双松亭,今废。"徐桂岩,即徐绍伟,桂岩当为其别号。

妙果寺①

最爱山僧礼有余,
我来频欲访僧居。
何年借此闲消夏,

昼诵梵经夜读书。

——录自《南田山志》卷四

【笺注】

①妙果寺,《南田山志》卷四:"宋景定间建,在华盖山北麓。清康熙间,移建于华盖山南麓。道光间又重建。"

包岙丰题句①

九后四边山曲绕,

三条碓上路萦纡。

岙深林密人烟叠,

丰涧泉平月色铺。

韩愈一篇盘谷序,

王维半幅辋川图。

徘徊最羡苍颜叟,

胜日同游杖不扶。

——录自《文成县志·艺文》

【笺注】

①包岙丰,即今双桂乡宝丰村。

余永森　字庭树，号蓉谷，浙江瑞安人。乾隆三十九年（1774）举人。著有《济麓斋诗集》。

大峃溪途即目①

朝旭映山扃，
凉风发平泽。
川途涉多歧，
涧壑倏如折。
束身坐寒波，
仰首睇青壁。
川坻势若悬，
叠嶂望无隙。
滩声百折殊，
翠影两崖积。
遵渚既纡回，
溯流更顺逆。
林霭纷蔽亏，
牵夫时辟易。②
蚁缘探愈邃，
羊肠非云窄。
铮琮漱玉飞，
玲珑跳珠白。
树深湍响迟，
潭虚岩气碧。

幽鸟避人鸣，

潜鳞惊自掷。

山畦迷径术，

云栖多窟宅。

时闻樵叟语，

对岭如接席。

绝境惬奇怀，

幽蕴忘所适。

忽思造化灵，

窃叹意言隔。

赏心有如此，

旅望空踧踖。

愿言树枌榆，

无为滋形役。

——录自《东瓯诗存》卷四三

【笺注】

①此诗为作者途径峃川所作，原载《瑞安县志》中。峃川，即今大峃镇、峃口镇一带，旧属瑞安，今属文成。

②牵夫时辟易，旧时放排，从飞云江逆流而上，碰水浅处，纤夫需调整步姿，安置竹排位置，以便上行。

王觐光 福建长汀人。贡生。乾隆五十六年(1791),任青田知县。

诚意伯庙

迢递祠堂不易寻,
南田天半客登临。
芝溪回合渊源在,
铁马雄尊向往深。
林下风云天下计,
留侯筹策武侯心。
谈洋岂意犹兴谤,
直道难容自古今。

——录自《南田山志》卷四

林滋秀（1778—1833）　字兰友，号纫秋，福建福鼎人。幼负神童之目，年十六成举人。官州同知。曾任泰顺罗阳书院山长，与瓯、闽两地人士结兰社。著有《快轩诗存》《快轩诗则》《双桂堂文集》等。

偕朱篆壶游仙姑洞，自西穿月牖至明王峰顶

茫茫我欲问太古，
帝遣何神运巨斧？
擘此雁山石戴土，
巧于天半拓岩户。
哆口谽谺势踞虎，
百人容之与吞吐。
其旁有洞亦环堵，
洞喉深窅遁狐蛊。
蠛蠓窥天漏一缕，
倚空欲学娲皇补。
以手支石面内睹，
以趾纳石踵外俯。
十步盘辟九栗股，
性命拚与名山赌。
野蔓秋藤肯我辅，
会当上诣群真府。
明王峰顶天尺五，
飞鸟不到猿猱苦。

上界星辰差可取，
下界峰峦差可数。
卓笔峨冠华表柱，
一一儿孙拜父祖。
毒龙涧底掉尾怒，
天瀑斜飞碎雷鼓。
长啸一声鸾凤舞，
随风吹去落何许？
我闻蓬洲朱仙姥，
前五百年湖山主。
自从蕊珠擘麟脯，
夜夜灵璈奏霓羽。
夫何叫阍叩帝宇，
不见霞冠白玉麈。
五色杜鹃为谁树，
万朵绛云空复聚。
惴惴上山气塞沮，
岌岌下山心怪怃。
肌骨微尘强撑拄，
客曰余勇吾可贾。
平日笑煞韩吏部，
蹴足华巅泪如雨。

——录自民国《平阳县志》卷九七

章观岳 浙江瑞安人。拔贡。乾隆五十九年(1794),任庆元儒学教谕。

岩　庵①

秋来雅思最无端,

禅室山楼极目看。

日影梵钟朝雾歇,

松风鹤唳暮云团。

天街霭漫花须冷,

竹径泉流屐齿寒。

此地已超尘不到,

繁华虽艳欲何干?

————录自《文成见闻录·云峰山白云庵》

【笺注】

①此诗和传闻吕岩撰写的诗韵脚相同。

胡莱　字商佐,号补斋,瑞安玉壶(今属浙江文成)人。约生活于乾隆时。贡生。

题漈门瀑布

飞瀑悬流下漈门,
劈开混沌凿天根。
峰前倒泻珠千斛,
林外遥闻马万屯。
　　——录自[玉壶]《安定郡胡氏族谱·文献》

徐学程　清乾隆间生员。

咏石门①

名乡萃处鹤山东，

丽景悠然满眼中。

涧下泉声敲石鼓，

村前旗岫压金鬃。

楼台掩映高低见，

道路纡回曲折通。

岩桂奇花看不尽，

青松染翠竹丛丛。

——录自《鹤栖石门·诗文》

【笺注】

①石门，即石门村，在今文成县铜铃山镇，原名"屏川"。

周兼三　乾隆间处州府学生员。

登鹤息峰

闻鹤曾栖此绝垠，
登临果见接彤雯。
烟霞掩映峰头出，
日月平悬天际分。
隐约看来山俯绕，
苍茫望去水横纹。
履痕拟踏崆峒上，
惹得云香带露芬。

——录自《鹤栖石门·诗文》

叶日就

字亦将,号裕斋。青田西里(今属浙江文成)人,县学增广生。乾隆时,与弟日藻、日蕃共建西里山房。

西里四景歌[①]

谷口寻芳

艳阳景色开张,
里人口道在江乡。
循谷口,寻春芳,
花红映面柳垂塘。
锦绣乱铺山富贵,
惠风翻动水清光。
况饶出谷莺声丽,
斗酒双柑喜欲狂。

牌门览胜

何处炎天寄兴,
里宅门开通幽径。
憩牌门,览夏胜,
说不尽当前视听。
蝉鸣槐树响遥闻,
风过柳丝垂莫定。
景适天怀觉暑清,
不须河朔心斯称。

大塘印月

清夜高怀超越，
里近塘边兴勃勃。
观大塘，印秋月，
窃幸于中光不竭。
倒植长堤桂树枝，
深垂细草姮娥发。
于渊浩魄不殊天，
俯首竟堪穷月窟。

巽峰拱秀

寒威无间昏昼，
里旁峰外俱倾覆。
独巽峰，拱冬秀，
耸拔端庄貌不瘦。
劲竹翾翻不改容，
虬松古老今犹茂。
村中云暗雪时天，
仿佛琼瑶堆小岫。

——录自《疚颅日记》

【笺注】

①西里，即清时南田西里（今为百丈漈镇西里村）。〔光绪〕《青田县志》言及青田柔远乡，有南田东里、南田西里之称。《南田山志》卷二："南田乡西南二十里，居人有老叶（宋世始迁）、新

叶（明季始迁）二族。"西里山房，《南田山志》卷四："清乾隆间，里人叶日就、日藻、日蕃兄弟立。后废弃。"

千秋岁·西里山居即景

其一

家住山林，
泽畔好行吟。
一举足，开胸襟。
泉声隐浅涧，
秀色著云岑。
孰倾耳，
众鸟青山时送音。

地僻喧哗绝，
稽古以居今。
诵读暇，听名禽。
戴胜栖桑干，
催耕隐木阴。
当丝竹，
骚客何妨拙鼓琴。

其二

里以西号，

居人学愡愡。

思务实，名不盗。

情殷乌角巾，

心淡紫鸾诰。

何寓目，

户外林泉最可好。

栖迟乐事多，

逸兴随时到。

试漫言，喜绝倒。

狂士暮春游，

晋客龙山帽。

真得意，

轩冕不易幽居操。

其三

僻性乃尔，

毕世忘誉毁。

槃涧居，吾乐只。

地静隔风尘，

家贫宜远市。

堪适口，

美采深山鲜钓水。

负郭有良田，

稻粱谋赖此。

给饔飧，即甘旨。

塘水鱼常游，

西山薇蕨美。

随时取，

倾杯乐与客同几。

其四

独爱吾庐，

十笏足匡居。

傲乾坤，消居诸。

雀舌征茶谱，

猫头备野蔬。

最悦心，

端坐咏诗与读书。

案头堆万卷，

宁或缺经畲。

时披阅，夕阳余。

谷口听啼鸟，

大塘时跃鱼。

此处乐，

无求闻达淡名誉。

——录自《疢颇日记》

叶日藻 字湜心，号克汀，青田西里（今属浙江文成）人。

西里山房即事回文

家家乐境好时同，

缕缕烟丛竹径通。

斜日暖当松牖小，

远山春映画帘空。

花红绿树莺飞雨，

水浅深池柳飐风。

叉手共吟清院静，

华光淡淡物茏葱。

——录自《南田山志》卷四

叶日藩 字价夫,号健庵,青田西里(今属浙江文成)人。

西里山房招友夜步

廖廓天高露已凝,
竹林兰圃好同登。
门前星落半池水,
馆角风生一树藤。
吐月松山生薄雾,
隔邻茅屋漏孤灯。
只言昨日春游处,
已觉遥遥梦里曾。

——录自《南田山志》卷四

叶日章 字在中,号芝山,青田西里(今属浙江文成)人,县学生员。

馆浯溪偶游安福寺

年来未识莲花界,
乘暇闲游贝叶宫。
一曲清溪流法水,
千竿修竹漾仁风。
平畴负郭供斋钵,
祇苑开轩泛紫丛。
自是三生缘已结,
得参七佛语元空。

————录自安福寺网站主页

金燮 号卓山。乾隆时人。

咏峃川十景①

祠后三台②

祠后山形未易描，
烟含精阁望中遥。
奇峰上应三台宿，
倒影斜晖罩碧寥。

寿峰栖鹤③

鹫岭峰回小洞天，
飞来仙鹤寿千年。
漫云和靖孤山放，
好与琴书共一床。

湖边观鱼④

古洞渔溪好问津，
迷离湖浪涌金鳞。
莫教点额随流水，
拾得明珠自有真。

桥头跃马⑤

碧波十里似长虹，

峻阁交衢两岸通。
有客金门方待诏,
扬鞭跃马过桥东。

凤阳青梧⑥

千仞羽仪不数翔,
岂同群雉过山梁。
一朝摩翮抒丰彩,
只为青梧植凤阳。

旗峰映日⑦

隔岸轻舟渡客踪,
旗山仿佛动蛇龙。
斜阳辉映牌门外,
坐看溪前一鼓峰。

鼓岳闻雷⑧

员峤钟形在目前,
一时声振忽通天。
阿香昨夜驱车过,
却向山头也着鞭。

后龙翔云⑨

前山吐雾遍蒸霞,
疑似桃源又一家。

缥缈云绡经纬密，

居然后凤绕龙纱。

鲤川龙门[10]

地僻山深灵秀钟，

久潜鱼鲤快登龙。

名川宜育池中物，

伫看嘘云上九重。

峃海文浪

曲涧波澜晓带烟，

锦纹罗绮色澄鲜。

观涛大有朝宗势，

起雾腾蛟纵九天。

——录自《文成见闻录·泽前陈氏祖源考略》

【笺注】

①此十首诗歌分别描写陈姓在峃川的八处定居点（《旗峰映日》《鼓岳闻雷》实为"泽前"一处，最后一首《峃海文浪》为总结之作）。文中从祠堂或定居点附近的景物出发，实为对陈氏文运、官运的祝愿。

②祠，应为大峃山屏的陈氏"仁、义、礼、智、信"五房大祠堂。见吴鸣皋《文成见闻录》第 179 页。本组诗涉及陈氏宗祠的出处，下同。

③寿峰，应指鹫岭峰，位于大峃镇樟台社区樟岭。鹫岭峰前泉潭等地为陈姓定居点。见附录张梦瑶《泉潭地舆志》。

④湖，指苔湖，在嘉庆初年造孟堤之前，龙川水道由洙川流经西山、朱山、馒头山麓。湖边上房、桥头有陈姓定居点，其自称"（陈姓）湖边派"。

⑤桥头，在原苔湖桥头，有陈姓定居点。

⑥凤阳，亦陈姓定居点，相传其族明洪武甲子（1384）分徙此处。

⑦旗峰，在今大峃樟台社区下门行政村牌门。牌门面朝笔架峰（即东岩尖），背靠秀岘山，泗水环绕村前，旗山、鼓山隔溪相望。

⑧鼓岳，即鼓峰，与旗山隔溪而望。

⑨后龙，亦作"后垅"，陈姓定居点。

⑩鲤川，溪名，在今周壤镇李垟村。

陈秉义 青田人。乾隆诸生。

峃山八咏

祠前宝屿①

九鼎神州系一丝，
卷娄作镇奠宏祠。②
神依宝屿基原厚，
石界狂澜砥共谁。
松柏有灵新面貌，
衣冠犹想旧容仪。
宗支锡类凭钟毓，
高咏应怀韩子诗。

谷口夹流③

清溪夹道碧潺潺，
两岸盘陀万里山。
洙水上游浮古渡，
凤阳左下泻危湾。
孤云欲沁苔衣湿，
双练平飞树影环。
最羡渔翁行乐处，
风波无地不安闲。

灵文铁笔

亭前铁笔蠹晴空，④
灵应人文石可攻。
高并玉楼通碧落，
独撑金掌接鸿蒙。
钟来浩气群才挺，
倒影澄潭砥柱同。
毓秀兴贤光信史，
一枝遥授自天工。

西岾牛岛

负轭西来恰肖形，
眠牛孤岾色青青。
天成佳丽抗高馆，
地设奇雄覆锦屏。
峰笋轩昂秋气爽，⑤
林竿嘘吼午风醒。
悄然尘远神襟洒，
欲向层冈建瀑瓴。

魁市鳌浮

水绕山围景物赊，
楼台蜃市合同夸。
暮云低锁山飞雨，

晓日轻笼树斗霞。
虎伏龙腾资秀气，
朝耕夜课半儒家。
拟教登眺穷游兴，
骑上鳌头托乘槎。

锦屏拖雾

一带峰峦削翠扃，
出离烟霭锁空亭。
山花簇成芙蓉嶂，
野雾横拖锦绣屏。
射石何人描雀目，
题岩有字亦龙腥。
藤床独坐终朝看，
笑傲还当摘酒星。

栖云禅寺⑥

呑口盘旋石径斜，
绝尘深处即为家。
长松片石窥今昔，
破衲蒲团阅岁华。
古刹云间留野鹤，
荒村露冷宿寒鸦。
山僧若解修真意，
证果何须炼紫砂。

白云履屐⑦

共说纯阳胜迹遗，

峰危树老挂云衣。

幽人长此留仙躅，

妙句犹在旧石扉。

不雨泉清宜濯足，

常风洞古咏弹徽。⑧

洗心高卧虚堂静，

应笑尘襟未息机。

——录自《文成见闻录·宋丞相周必大子孙在屿川》

【笺注】

①祠前宝屿，咏屿川周氏宗祠。周氏宗祠位于大峃镇屿根村谷口，祠右前方为屿山，高约六七米，村人曾立地主庙于其巅，后被拆除。《文成见闻录·宋丞相周必大子孙在屿川》："周氏宗祠，在屿根谷口。《周氏谱》载：'谷口第见崇山层耸，林木郁葱，奇峰峻峭，碧水回环等景观，此实为世山写照。'"

②祠，原作"词"，据文意酌改。

③谷口、夹流，《文成见闻录》："'谷口'是指屿根村口，'夹流'是说凤溪与龙溪在村口外合流。"

④晴，原误作"睛"。

⑤笋，原误作"筍"。

⑥栖云禅寺，《文成见闻录·宋丞相周必大子孙在屿川》："在梅谷山中，建于清康熙三十五年(1696)。……规模仅逊于玉泉山净慧寺。"

⑦白云履屐,所写为云峰山岩庵(在大岜镇珊门村),民间传说吕岩(纯阳)曾到此。

⑧徽,原作"微",据文义酌改。

刘惟衡 清乾隆时人。生平不详。

峃川二首

碧水清溪①

云根泻出玉零零，
好掬沧浪濯我缨。
泉涧鸣琴瑶不断，
松风袅袅送寒声。

石狮卧月②

哮吼声震百兽惊，
月明仿佛见真形。
当今圣德沼函远，
神物精奇育地灵。

——录自《文成见闻录·谁开辟古沙洲》

【笺注】

①原注："在峃川。"

②原注："地在黄岙山。"

钟山氏 乾隆时人。姓名、生平皆不详。

咏百步岩①

岩名百步路悠悠，
风景迷离一望收。
山势翠低南北岭，
江形霞中去来舟。
奇花野草爽人意，
古桧苍篁入目游。
更羡鳞鲜炙脍口，
数椽聊尔复何求。

——录自《文成县志·艺文》

【笺注】

①百步岩，在今珊溪镇项竹垟村飞云江畔，处交通要道，路壁颇多宋至清代摩崖题记，为县级文物保护单位。

陈野君 乾隆时人。

白云古洞①

乘梯临石磴，
数里入云峰。
古寺钟声近，
深山曙色浓。
烟霞悦鸟性，
洞壑驻仙踪。
胜地骚人赏，
寒潭未见龙。

——录自《文成见闻录·云峰山白云庵》

【笺注】

①白云古洞，在大峃镇珊门村云峰山岩庵，为今大雄宝殿所在处。

叶子槐 嘉庆元年(1796)补诸生。

咏石门

耸叠云山万象呈，
奇观拟可近蓬瀛。
泉流鼓石传幽韵，
塔镇旗峰拱秀迎。
古木参天朝雾隐，
仙岩接日晚烟横。
嘉公存鉴营基肇，
梦鹤由来著令名。

——录自《鹤栖石门·诗文》

咏鹤息峰①

四望山围几十重，
崔嵬绝顶压群峰。
深窥万丈金源碧，
俯瞩千寻铁笔锋。
云树迷离团秀气，
月娟侵绕接芳容。
当年鹤息遗名古，
洞壑不无起蛰龙。

——录自《鹤栖石门·诗文》

【笺注】

①鹤息峰,位于石门村附近。

胡鸿 字云翼,号飞天,瑞安玉壶(今属浙江文成)人。约生活于乾隆年间。

咏狮岩①

仁望狮岩狮俨然,
昂头垂尾腹便便。
春来毛借闲花结,
冬至髯添白雪鲜。
背展金窝藏宝界,
口衔玉涧饮芳泉。
月明夜静滩声转,
缭绕溪云作吼烟。

——录自[玉壶]《安定郡胡氏族谱·文献》

【笺注】

①狮岩,[嘉靖]《瑞安县志》卷一:"狮岩首尾俱备,横亘半里,雄伟临溪,望之逼似狮形,故名。里人筑寨其上,以防山寇。"

徐绍伟　号桂岩，青田南田（今属浙江文成）人。少好学，博览群书。嘉庆五年（1800）恩贡。曾创立储英书院。

浯溪旧云语溪，诗以志之①

列巘成围水怒喧，
雄声好拟万军屯。②
潆洄环抱幽人宅，③
澎湃长号处士村。
松若虬龙岩畔吼，
石如熊虎道旁蹲。
浯溪偶合祈阳水，
雅易嘉名作语言。

——录自《南田山志》卷二

【笺注】

①此诗亦见浯溪《富氏宗谱》。

②拟，浯溪《富氏宗谱》录作"似"。

③宅，浯溪《富氏宗谱》录作"室"。

董正扬（1768—1816） 字眉伯，号昙柯，浙江泰顺人。嘉庆七年（1802）进士。授大庾（今江西大余）知县。诗风清新绮丽，著有《味义根斋诗稿》。

峃口（溪行杂咏其四）

暝烟不出谷，

媚此溪上花。

隔林黄犊返，

始知有人家。

流石如茄房，

风滩漱之斜。

幽蒲多九节，

飞香碧交加。

遥见负荟者，

迢迢入晚霞。

——录自《泰顺分疆录》卷一二

百丈口放舟

峡束高天迥，

轻舟此溯洄。

碧环千树合，

青划万山开。

篙影穿波曲，

滩声得石哀。

蒲帆十八幅，

几日到松台。

——录自《泰顺分疆录》卷一二

下　滩

朝上百步岭，

暮下百丈口。

万山围一溪，

建瓴向东走。

人过石腹中，

舟作寒鲸吼。

浪花乱低高，

峰色忽前后。

回看天际云，

白日变昏黝。

——录自《两浙輶轩续录》卷二二

上　滩

高空风雨声，

层滩如鳞次。

船头木庚庚，^①

船尾篙傂傂。

后者鹤耸尻，

前者猿联臂。

一步再蹉跎，

与水争尺地。

心虞舆瓢裂，

力谢挈瓶智。

安得舳趋风，

朝朝逆滩至。

——录自《两浙輶轩续录》卷二二

【笺注】

①原注："舟端有孔以木横穿其中，上滩则以背负之。"

端木国瑚（1773—1837）

字子彝，一字井伯，号鹤田，晚号太鹤山人，浙江青田人。嘉庆三年(1798)举人。授知县，请改教职，任归安教谕。道光皇帝改卜寿陵，被荐入京，选西陵址，特授内阁中书。著有《太鹤山人诗文集》等。

南田刘文成故里①

云围石圃万峰稠，
水绕平田百涧流。
林静四时遗鹤羽，
山深五月有羊裘。
移家好逐葛仙去，
弃世谁从松子游？
叹息文成归未得，
南阳零落草庐秋。

——录自《太鹤山人诗集》卷三

【笺注】

①［光绪］《处州府志》卷九、《南田山志》卷二亦录此诗。《南田山志》有刘耀东按语，云："端木国瑚诗第三联初作'天于此地生名世，今见居人尽姓刘'。"

岭　根①

壁路缘云下，
沙村鸡犬清。

林开留石色，
峰转得溪声。
朱豹山祠发，^②
黄鹏野店鸣。
郎回多少里，
滩浅放船行。

——录自《太鹤山人诗集》卷三

【笺注】

①《南田山志》卷二:"岭根村,在沐鹤溪南岸铁马峰下之东北麓。南田出山之岭,初经石柱村出泰坑,明洪武间刘仲璟与侄仕端,始于沐鹤溪南北岸造渡,名鹤口渡。自南岸造岭,岭之起处名岭根。"岭根村现属青田县,和武阳村紧挨,又为刘伯温出山路,周边多南田刘氏故迹,故录之。

②句下原注:"谢豹花,青田土音朱豹。"谢豹花即杜鹃花,今文成土语犹存。

白萼联

字渔安，号愚庵，四川营山人。拔贡。嘉庆年间官青田、瑞安等县知县。

南田山居乐五首集《桃源记》

其一

得见南田乐，
远隔乱山中。
豁然开阡陌，
种作自交通。
黄发来前山，
桑竹话未穷。

其二

刘家鸡犬闲，
太平遂所欲。
山境良高美，
花下有竹屋。
外人不足道，
无为缘溪入。

其三

自是山中异，
树杂花缤纷。

日出村前去，
相见即相亲。
山口余芳草，
何去问美人？

其四

花时各相要，
有酒随时尽。
小男扶去来，
山妻闲问讯。
林外树垂垂，
仿佛见处郡。

其五

初从小溪来，
还从小溪去。
即便还邑中，
山光一船具。
闲时复问津，
林花识山路。

——录自《南田山志》卷二

潘鼎(1775—1836)　字彝长,泰顺罗阳人。少有神童之誉,十三岁进学。嘉庆十五年(1810)副榜举人。擅诗文书画。晚年游京城,名驰都下。授官直隶州州判,未仕。著有《小丽农山馆诗抄》。

自百丈步放舟至龙虎斗,狂风陡作,泊宿岩下^①

百丈高滩下顺流,

沙飞石转此勾留。

风颠水面奔鱼影,

日炙松髯闪雉裘。

龙虎千年传胜迹,

篷舟一夜住轻愁。

山灵有识应知我,

敢自题诗到上头?

——录自《小丽农山馆诗抄》

【笺注】

①龙虎斗,应为今珊溪镇龙斗村,为旧时瑞安、平阳、泰顺三县要冲。清初在此设"龙斗汛",清末裁撤。

徐作砺（1776—?） 字漱石，永嘉（今属浙江温州）人。嘉庆十八年（1813）贡生。曾任温州府城东山书院山长。

龙川十景（选二）①

将军岩

巍然独立此山巅，
岳降嵩生问昔年。
何代英雄初化立，
此时气势欲冲天。
倚来大树思冯异，
流出飞泉想吕虔。
对面有山似猛虎，
谁能张弓射将穿？

纱帽岩

隐士何年早挂冠，
犹遗纱帽此间看。
风吹且为重阳落，
雨壁还留四角完。
笏插石床连嶂合，
云横山带系腰宽。
三呼万岁朝天子，
好戴巍峨拟大观。

——录自《文成见闻录·"钟灵毓秀"的龙川赵氏》

【笺注】

①二诗亦见《文成县志·艺文》。《文成见闻录》漏载作者，据《文成县志》补。第一首"嵩生""化立""射将穿"，《文成县志》录作"嵩山""化石""射石穿"，或语义难通，或平仄不谐，似皆有误。

叶蓁 永嘉（今属浙江温州）人。嘉庆十八年（1813）拔贡。官直隶州同知。嘉庆初年曾设馆今文成龙川。

双凤溪

水映红日色，
花开青梧香。
不逢吹箫客，
但见双凤凰。
——录自《文成见闻录·泽前陈氏祖源考略》

龙川晓望

连林出近树，
一水明半渡。
漠漠白云深，
人家何处住？
——录自《文成见闻录·泽前陈氏祖源考略》

秋日大水行

壬戌八月廿七日，[①]
大雨如注龙川溢。
龙川之地雨水多，
此雨此水愁百室。

洪流遇风水欲遥，②

陡起浊浪八九尺。

墨花乱散天气昏，

渴虎饥鹰眼睛赤。

淤泥渣滓遍堂庑，

何处剩有干净土？

居人惶恐儿女啼，

东舍西邻系屋柱。

是岂昊天不悯苍生忧，

山谷地隘难泄流。

君不见，南华秋水作，

两溪之间不辨马与牛。

——录自《文成见闻录·"钟灵毓秀"的龙川赵氏》

【笺注】

①壬戌，指嘉庆七年(1802)。

②遥，根据此句和下句风吹浊浪的诗意，疑为"摇"的讹字。

徐敦纪　字肃人,青田南田(今属浙江文成)人。嘉庆二
十五年(1820)恩贡,曾任训导。

浯溪即景

人烟簇簇一村舍,
垂柳疏篁列画如。
壁上纷题刘伯墨,^①
笥中饱积郑公书。^②
危岩天霁翔玄鹤,
峭涧涛翻跳鲤鱼。
更有文星三叠耸,
登临意气欲凌虚。

——录自［浯溪］《富氏宗谱》

【笺注】

①刘伯,指袭封诚意伯刘鷹。刘鷹有《浯溪八咏》等诗。

②郑公,即富弼。富弼封郑国公,浯溪富氏为富弼后裔。

童冠儒　字砚农,永嘉(今属浙江温州)人。嘉庆间诸生。与同邑曾煐等结诗社,相与倡和。著有《友十花楼课草》。

玉蟾溪^①

溪面泻珠玑,
岩间空半飞。
玉蟾逃月窟,
长此饮朝晖。
　　　　——录自《文成见闻录·泽前陈氏祖源考略》

【笺注】
①玉蟾溪,在大峃镇凤阳村。

朱坑洞^①

昔有仙人朱氏家,
曾经洞里饭胡麻。
而今白石苍松古,
双树春回几度花。
　　　　——录自《文成见闻录·泽前陈氏祖源考略》

【笺注】
①朱坑洞,在大峃镇凤阳村西南山洞右侧。

邢日伟　号介山，青田黄坦（今属浙江文成）人。嘉庆末年贡生。

黄坦纪胜十景（录一）

石塔高擎两壁空，
锅岩耸立水云中。
龙留冽井泉多冷，
马系征鞍草自葱。
耙齿玲珑朝雾锁，
驴头突兀晚烟笼。
鼓墩长啸无佳曲，
刀石拳岩仙有踪。

——录自《文成县志·艺文》

周岙漫兴

周岙窈深一径斜，
锅坑淅湫石崦岈。
乌岩岭上松千树，
冷水井头株百椏。
西坋雨飞山雾锁，
东山风卷麦涛奢。
杖藜扶过樟塘外，
谢豹峰高秀气嘉。

——录自《黄坦期思郡蒋氏族谱·文献》

锅　岩^①

仙迹流传有锅岩，
水云尖下定非□。^②
虽然不比调羹鼎，
却向山中访古岩。

——录自《黄坦期思郡蒋氏族谱·文献》

【笺注】

①锅岩，黄坦镇周岙村周边山上一块似锅的巨石。

②水云，即水云尖，又名水云峰，在黄坦镇新龙村后山。

陈楚玉　生平不详。

登白云峰①

峰回隐隐白云新，

满眼仙机莫问津。

到此留吟须宰相，

洞天福地万年春。

————录自《文成见闻录·云峰山白云庵》

【笺注】

①白云峰，即大峃镇珊门村云峰山。

苔湖春野②

四野苍茫碧色天，

一犁春雨满湖边。

柳含翠黛花含蕊，

桑护墙阴水护田。

————录自《文成见闻录·泽前陈氏祖源考略》

【笺注】

①苔湖，在今大峃镇苔湖村。《文成见闻录·谁开辟古沙洲大峃》："元朝时……（大峃）沙洲西段沙滩地面有水洼似小湖，因名'潭湖'，后改'苔湖'。"今湖已消失成陆，建成民居。

曹应枢（1790—1851）　字克枢，号秋槎，又号梅雪散人，浙江瑞安人。嘉庆二十四年（1819）举人。道光十一年（1831）主瑞安玉尺书院，孙衣言与其弟锵鸣尝从其游，且问诗法于曹氏。有《茹古堂文集》。

双凤溪

滟潋晴波淡晓妆，
古桐涧畔历风霜。
当年老凤尊雏凤，
丹穴犹含五色光。
——录自《文成见闻录·泽前陈氏祖源考略》

项霁（1792—1841）　字叔明，号雁湖，浙江瑞安人。诸生。后弃科举，专为诗歌。著有《且瓯集》。

寻明王峰，小憩山家，返东洞

白云掩映露茅茨，
空谷逶迤还采芝。
水爱静时真可鉴，
山逢奇处转无诗。
虬身松卧鬣鬤古，
龙角石皴苔藓滋。
且就岩扉铛脚坐，
无怀世在惬幽期。

——录自民国《平阳县志》卷九七

林鹗（1793—1874） 字景一，号太冲，浙江泰顺人。贡生。瑞安孙锵鸣为广西学政，鹗居其幕下。值太平军起，助守桂林城，以功授兰溪县学训导。曾主讲温州中山、东山书院。鹗为学靡所不窥，知音律，善鼓琴。著有《望山草堂诗文集》等。

壬辰八月一日携同学诸子
游白云庵分韵得一字①

平生爱探幽，
历险殊不恤。
山灵知我来，
扫雾见红日。
缘岭入枫林，
山门抱深密。
绝壁耸天半，
嗒然路已毕。
老樵笑语予，
此才十之一。
前途阻且长，
力尽奇始出。
攀藤试瞻瞩，
奋气一呼叱。
五丁持斧来，
魍魉倏奔逸。
刳然石腹开，

屹嵂容蹢躃。
盘屈蚁曲穿，
空冥鸟飞抶。
俯踏青蒙蒙，
咋舌为股栗。
渐闻钟磬声，
仰视益崒崪。
云广覆僧寮，
清梵出閟室。
天风空际来，
悬瀑声转疾。
竹树围青苍，
众籁动萧瑟。
磴道通云根，
石压心骇怵。
石梁接银河，
石床驻仙跸。
石龙守书屋，
万古秘清谧。
我欲从仙人，
参同访戒律。
永作汗漫游，
长生或可必。
耳热诗兴浓，
拂壁试走笔。

群贤觯和予，

韵牌抽甲乙。

让余老气横，

羡尔奇葩苗。

读书贵游山，

心源开屯窒。

不见太史公，

奇文乃无匹。

今日快哉行，

何如竹林七。

归路慎勿懘，

狙公力能帅。

——录自《望山草堂诗钞》卷二

【笺注】

①白云庵，题下原注："在瑞安五十一都大峃司云峰山。"清代大峃设有巡检司，故曰"大峃司"。

云峰山十二咏①

曲磴梯云②

选胜真轻七尺躯，

攀援难似上云衢。

须臾步入清凉界，

回首名场是畏途。

云中罗汉

力拗松枝山虎愁，
云衣卧抱毒龙柔。
自从悟竭无生谛，
面壁千年不点头。

悬岩瀑雨③

云叶迎风坠碧虚，
曼陀花雨护僧庐。
懒龙未管苍生事，
先养池中赤鲤鱼。④

锡梦仙关

尘俗昏昏觉已迟，
难将大梦报人知。
我来不借华胥枕，
知是黄粱未熟时。

仙人石榻

一榻横陈古洞前，
荒烟冷月伴高眠。
谁教浪跨青城鹤，
孤负山林合几年？

水月龙池

千寻飞瀑一池吞，
空鉴惟留水月痕。
我把诗肠频洗涤，
消除烦热剩香温。

石洞藏风⑤

无风虚籁也萧萧，
常送云航入九霄。
六月有人羁健翮，
愿从老佛借扶摇。

线天古洞

造化小儿竞巧思，
凿开混沌强安眉。
莫嫌洞里乾坤狭，
不见人间白日驰。

云岩凝翠

是石是云认未真，
苔斑霞彩一齐皴。
四时不改烟光翠，
幻作仙家今古春。

石龙听法⑥

大龙喷雨小龙听，
鳞鬣森森石发青。
听到语言无着处，
不须三藏演真经。

石梁渡云⑦

一桥高接两厓开，
时有闲云自往来。
何日为霖功行满，
定教飞渡到蓬莱。

石室藏书

荒唐石室吕仙居，
曾检丹台宝笈书。
草没云封人不见，
白猿哀啸月明初。

——录自《望山草堂诗钞》卷二

【笺注】

①题下原注："旧题。"

②此首写青云梯。《文成见闻录·云峰山白云庵》："青云梯，即十八湾。上山石径以此处最险，而景观亦以此处最佳，原为百丈巉崖绝壁，在两岩之间，开辟石径盘旋而上，……游者怯步。"

③此首写晴雨瀑。《文成见闻录·云峰山白云庵》:"晴雨瀑,即白云庵檐前流泉,终年昼夜不论晴雨,皆像水帘挂着。"

④原注:"下有石池,养赤鲤。"

⑤此首写透天洞。《文成见闻录·云峰山白云庵》:"透天洞,在仙人床下路前,有一岩罅甚小,深透白云庵厨房灶后,过去有气蒸腾似烟雾从洞口而出,而灶后有时凉风习习,故又名风洞。"

⑥此首写龙首岩。《文成见闻录·云峰山白云庵》:"龙首岩,在地藏王庙后山上,有一岩似龙张口,乡人称'龙口咀',形极肖,岩在路后,人过此折枝或拈香祈祷。"

⑦《文成见闻录·云峰山白云庵》:"在真君庙外左面山涧上,有一天然条石,横跨山涧两边岩石上,游者以为桥,传为仙人所造。"

大峃晓行

嫩日窥林人影斜,
溪头野彴渡平沙。
霜裁红叶女儿袄,
风簇冰纹蝴蝶花。
麦子放青田雀静,
柏油脱白碓轮哗。
乡园春熟不归去,
却向荒村问酒家。

——录自《望山草堂诗钞》卷二

鹫峰庵读书①

读书最爱入山深，
偶借禅房辟翰林。
鹫岭月明僧问字，
讲堂花落佛传针。
丁年剑气消魔障，
午夜吟腔接梵音。
听罢晨钟应了悟，
何须把握紫阳心。

——录自《望山堂诗钞》卷二

【笺注】

①鹫峰庵，原名石峰庵，在今大峃镇下呇村后山，题下原注：在大峃司宝屏山下。初创建于康熙五十一年（1712）（见《文成见闻录·樟岭陈氏肇基祖与樟岭城》）。

赴杭宿龙斗村望月

去去百余里，
孤村夜色阑。
人从茅店坐，
月想故园看。①
少壮游曾惯，
饥寒别最难。

何时曳龟佩，

慰尔泪痕干。

——录自《文成县志·艺文》

【笺注】

①想，疑为"向"的讹字。

张美纶 浙江青田人。道光四年(1824)恩贡。

鹤息峰①

鹤息高岭旭映收,

春光草色露华稠。

风生六月仙宫冷,

日落孤峰石殿幽。

槐岭云中骑白鹿,

桃林树下卧青牛。

三山雅景览无厌,

骚客登临去复留。

——录自《文成县志·艺文》

【笺注】

①鹤息峰,在今铜铃山镇上垟村。

孙锵鸣(1817—1901)　字韶甫,号蕖田,晚号止园老人、止庵、退叟,浙江瑞安人。道光二十一年(1841)进士,授编修。二十七年(1847)充会试同考官,李鸿章、沈葆桢俱出其门下。出典广西乡试,留任广西学政,历升侍读学士。后以在乡办团练,与地方官失和,遭劾罢职。著有《海日楼诗文集》等。

题大峃岩庵壁①

路向岩心曲曲穿,
忽惊楼阁倚山巅。②
此身宜伴闲云宿,③
终夜溪声生枕边。

——录自《海日楼诗集》卷八

【笺注】

①此诗亦见录于吴鸣皋《文成见闻录·云峰山白云庵》,并云:"孙编修(按:孙锵鸣)来峃,曾为峃中庠生林福皆的母亲'死节'撰写《岩庵行》一诗。……同治壬戌(1862),粤义军过境大峃时,林福皆之母陈氏被义军所掳而死。"据此,诗当作于同治壬戌(1862)时。

②倚山巅,《文成见闻录·云峰山白云庵》录作"涌诸天"。

③宜,《文成见闻录·云峰山白云庵》录作"疑"。

戴庆祥 字芷山,号商樵,晚号半聱子,浙江瑞安人。少与孙衣言、锵鸣兄弟同肄业于邑中玉尺书院,文名噪甚。数赴乡试不售,以教授生徒终其身。卒年八十四。好吟咏,著有《雨花楼吟》。

过栖云寺寄感^①

踏遍名场住此间,
白云终日绕禅关。
世人尽是劳劳者,
惟有高僧占得闲。

——录自《雨花楼吟》

【笺注】

①栖云寺,即"栖云禅寺"。

白云庵纪游

一声清磬满林幽,
出岫闲云滞岭头。
猿狖玩僧争法座,
魑魅悟道据经楼。
人间琪树随心植,
天上琼宫任意游。

若问支公今在否，

朝花宿草自千秋。^①

——录自《雨花楼吟》

【笺注】

①原注："寺中旧有老僧。"

蔡庆恒

号小琴，浙江瑞安人。道光二十四年（1844）举人。官江山教谕。工诗，曾与同邑孙衣言合著《同游吟草》。

岩庵景七首（有序）[①]

　　我邑西面沿江溯流而上，[②]距城百余里，若大峃、玉壶诸乡，寔多奇山秀水。其中有岩庵，以山腹有庵，深居岩罅而得名。珠帘挂瀑，有如梅雨。游人憩此，为入山之始，余窃谓当名"水帘庵"。此峰高圆浑古，若苞笋，若雉堞，望之有清雄气。

　　依山麓蚁旋而登此庵，已似绝顶，实仅得山之半。由庵左攀萝附葛，绕出岩背，忽两峰开朗，中开危蹬，非数人扶掖不得上。此处岩半，已极目远望。再上为人迹罕至处，奇景不可名状，樵牧间或见之，惟相诧叹而不能述也。然而足力所及，至此已如造洞天仙境，不复作人间想。

　　所谓异景者，咸在幽邃独特深处，就其著称古迹，实擅一山之胜。凡名不雅，或与土人传讹者，悉为正之；其未有名者，标而出之，各系以诗。如以远比匡庐、五岳，不知若何，近若天台、雁荡，恐不得专其美。惜乎僻远在瓯貉小邑，等于奇才之生非地，而埋没无闻以终也。

水帘庵[③]

何年巢居敞，
凌空拓石窦。
脉泉走其脊，
晶帘缀檐溜。

暖香兰倒垂，
寒绿萝补漏。
钟呗答白云，
隙光嵌昏宿。
幽玄真仙宅，
穿凿力士构。
名山结城郭，
秘钥应有候。
子骥失桃源，
灵运遗岩岫。
宝藏识何人，
洞府据猛兽。
福地天所珍，
洗伐待灵秀。
我来憩茧足，
道心坐静昼。
浊质愧诗情，
试取上池漱。

龙首岩④

神物误雨工，
太古谪仙麓。
蠖蛰几千春，
昂首不肯服。
有时风雷生，

嘘气满岩谷。
出震历九州，
岂限方隅独。
乾初吾道穷，
同类尽雌伏。

天柱峰⑤

空空炼补才，
天外拜石丈。
傍绝倚云剑，
高擎承露掌。
柱国阎罗何代无，
出山须作伟人想。

玉笋城

篝龙化奇峰，
斑若百雉堞。
何年舍卫僧，
开山持梵咒。

金匮石

阴符锁名山，
造物何刻妒。
白头识宅器，
黄石秘灵语。

凡才纵谈用未能，
故遣鬼神为呵护。
缄縢蕴玉失奇尤，
元命苞符系斯处。
人间好事买楼愚，
何忧大力肱而去。

丹房⑥

神仙卧游境，
可到不可面。
仙凡原系梦，
那作庞公见。
烧银服汞且长眠，
况乃尘俗邯郸恋。

风洞⑦

古洞黝而深，
元气蒸如釜。
吹万时欣腾，
木叶旋空舞。
大块善噫嘻，
玄牝报一罅。
神仙怒俗客，
守关吼老虎。

——录自《文成见闻录·云峰山白云庵》

【笺注】

①此诗序言和诗歌在《文成见闻录·云峰山白云庵》中分录,吴鸣皋言"序文对白云庵景观推崇备至",下录各景点诗句,而将序文另录,本书将序、诗合并为一文录入。

②西,原作"南"。吴鸣皋认为:"此文似有缺句错字,疑或转抄之误。"今文成县大峃镇等地,在旧瑞安县西面,被称为瑞安西区,"南"应为错字较明显的一处。

③原注:"即岩庵。"

④原注:"即龙咀。"

⑤原注:"即石烛。"

⑥原注:"即仙人床。"

⑦原注:"即透天洞。"

端木百禄(1825—1861)　字叔总,浙江青田人。国瑚子。道光二十九年(1849)拔贡。候选直隶州州判。曾寓居南田。工诗善画。著有《寄巢诗稿》《石门山房诗钞》等。

篛　园^①

石圃空青落酒樽,^②
闲园坐隐寂无喧。
林深啼鸟不知午,
雨后湿云常到门。
怪石披苔双鹄峙,
红垆煨芋一鸥蹲。
客来偶与倾家酿,
醉学山僮卧竹根。

其二

一雨绿阴满,
山斋气若秋。
古藤骄屋角,
新笋出床头。
图画供清赏,
烟霞足卧游。
一掾心已足,
何必觅封侯?

——录自《石门山房诗钞》

①簳园,在华盖山麓,南田古城之东北角。此诗题下有刘耀东注语,曰:"先生避乱南田,侨居此园。咸丰庚申(1860)十二月朔(阳历实为 1861 年初)卒于此。同时侨居此园者,为丽水王湘舟先生宗诰、宣平曾鲁庵先生师孔、松阳詹丽生先生芳躅。"

②"石囷"二字下原有注,曰:"山名。"

九龙山谒刘文成墓①

卧龙空黄土,

终古此岩阿。

流水逝不返,

闲云出岫多。

书犹藏石室,

泪已泣铜驼。

谁复后来者,

临风发浩歌。

——录自《石门山房诗钞》

【笺注】

①九龙山,即南田东面夏山。堪舆家以为有"九龙抢珠"之形,为风水佳处。刘基墓即在其地。

亢五峰

何须钓渭与耕莘,

终古名山毓异人。

亢到郁离原有悔，

可知天子不能臣。

——录自《南田山志》卷一

仙坛岩

花落空山鹤梦回，

石床谁为扫莓苔。

仙人眠后云犹懒，

不为苍生出岫来。

——录自《南田山志》卷一

游百丈漈感怀

深潭泻瀑似龙湫，

百道泉来此合流。

水爱悬空山壁立，

吟诗人为白云留。

——录自《南田山志》卷一

南　田

洞仙去后剩芝田，

福地桑麻世外缘。

家去青天知不远，
九龙山色落门前。

——录自《南田山志》卷二

武　阳

武阳亭外野人庐，
羊舞当年入梦无。[1]
活到万人天必报，[2]
乃翁原不识青乌。

——录自《南田山志》卷二

【笺注】

①羊舞，见吴捧日《刘文成故里》诗注。

②活到万人天必报，指刘基曾祖刘濠救乡里反元乡亲事。《明史·刘基传》："曾祖濠，仕宋为翰林掌书。宋亡，邑子林融倡义旅。事败，元遣使簿录其党，多连染。使道宿濠家，濠醉使者而焚其庐，籍悉毁。使者计无所出，乃为更其籍，连染者皆得免。基幼颖异，其师郑复初谓其父爚曰：'君祖德厚，此子必大君之门矣。'"

横山村[1]

村居原不厌茅檐，
积雨闲门半卷帘。
家在棠梨花下住，

远山青黛入眉尖。

——录自《南田山志》卷二

【笺注】

①诗题为编者酌拟。横山村，在南田镇。《南田山志》卷二："诚意伯七世孙刘武迁居此。"

筼　庄①

山冈村落夕阳明，
水抱门流似有情。
谁种筼筜千百个，
此中雏凤得清声。

——录自《南田山志》卷二

【笺注】

①《南田山志》卷二："筼庄，南田乡南二十里，百丈漈在其南。居人多刘、吴、王三姓。南田南境尽于此。"

妙果寺

懒残煨芋不分人，
十亩西园寄此身。
灯火一龛知可近，
六年幸与佛为邻。

——《南田山志》卷四

双树园八咏，为曾鲁庵作①

梅 榭

梅花姑射姿，
独耐霜雪冷。
生性喜姮娥，
娟娟弄疏影。

眠琴石

古调知音稀，
选石寄孤赏。
我欲弹相思，
凉宵迟月上。

竹中居

山人师竹心，
手种千竿玉。
啼鸟时复来，
一声破幽绿。

芝 室

灵芝无尘根，
得气挺而出。

与子泥天炉，
相将煮仙术。

夫容塘

水暖鸳鸯瞑，
香浓鸥鹭醒。
片片露华凉，
吹落红衣影。

松风处

泠泠松风声，
远落碧霄外。
午枕梦醒时，
无诗亦天籁。

菊　径

寒菊自着花，
霜前独耐久。
屈指近重阳，
白衣谁送酒。

菜　畦

男儿志四方，
岂愿食其力。
一畦老英雄，

天意竟难测。

——《南田山志》卷九

【笺注】

①双树园，《南田山志》卷九："在䉡园前，为刘润故居。有古桂树二株，故名。"曾鲁庵，即曾师孔，丽水宣平人，咸丰（1851—1861）末避乱侨寓南田。

盘　谷

诗人心事白云知，
补屋牵萝系我思。
啼鸟无声春更静，
柴门流水夕阳时。

——《南田山志》卷九

后　塘①

客爱山居忘故乡，
射潮犹自说钱王。
行人笑指钱家坞，
败柳寒鸦易夕阳。

——《南田山志》卷九

【笺注】

①后塘，《南田山志》卷九："在南田乡东，武肃王（按：钱镠）玄孙钱煦宋世自临安迁居此。"

辞　岭①

燕子飞来已各天，
忠臣此去泪如泉。
忧时何暇伤离别，
回首青山总惘然。

——《南田山志》卷九

【笺注】

①辞岭，在南田。建文四年（1402），燕王朱棣攻入南京，召刘璟入京。刘璟在此与亲旧话别，故名。刘璟至南京，守节不降，辫发自经而死。

山中作六首

其一

花鸟年年笑举杯，
犁眉仙去乏诗才。
青山似有留人意，
未许闲云出岫来。

其二

逃秦何必武陵源？
盘谷幽深好雪烦。

不种桃花种桑苎，
免教蜂蝶到闲门。

其三

小圃锄云抱瓮宜，
塵谭茗话日迟迟。
山窗一枕羲皇梦，
试问公卿总不知。

其四

金壶无蚁笑长春，
半榻琴书自在身。
万树梅花一茅屋，
头衔只合署山人。

其五

四山青入暮云平，
日落楼台夜气清。
残梦吹醒天未曙，
竹风细似煮茶声。

其六

好山迎笑不知名，
一路春风采药行。
招鹤亭空鹤飞去，

种芝犹自说长生。

——录自《南田山志》卷一四

游白云庵

携朋直上翠微巅，

鸟道羊肠一线牵。

峭壁倒悬疑路绝，

奇峰高插讶天连。

不云而雨泉飞瀑，

已夏犹寒寺散烟。

我本蓬莱山上客，

愿随诸佛共参禅。

——录自《文成见闻录·云峰山白云庵》

宗庆　字韵卿，会稽（今浙江绍兴）人。宗稷辰女，青田端木百禄继室。著有《古欢室诗稿》。

南田移居三首

其一

栝苍旧隐一年余，
为爱南田此卜居。
野径锄云添小圃，
山泉分溜入新渠。
衡门僻静堪消夏，
空谷幽深自结庐。
几片桃花春后水，
无端招得武陵渔。

其二

移家宛在白云巅，
写入吟图逸似仙。
棐几横琴延月榭，
春风归棹载花船。
泉香最爱烹茶饮，
地僻偏宜选石眠。
绿满空庭经雨后，
阶苔处处缀青钱。

其三

松门杉磴翠阴斜，
占住名山亦足夸。
宿雾初开盘谷树，
春风遥隔镜湖花。
田园冷落渊明宅，
池馆幽闲小谢家。
独坐竹窗谁破寂，
声声啼鸟自相哗。

———录自《古欢室诗稿》

彭镜清 号梅川,改号月川,浙江瑞安人。县学生员,曾授徒岕川(今属浙江文成)。喜为诗,道光中从瑞安县学教谕沈丹书受诗法。其诗见赏于乡先辈曹应枢。著有《梅月楼诗钞》。

岕口簰上作

记得前年赴省时,
归家曾亦雇簰师。
今朝作客怜新别,
漫诵缙云道上诗。

——录自《梅月楼诗钞》卷三

栖云寺偶兴

万木成林一寺藏,
名山许作读书堂。
挽僧说法参十谛,
对佛摊经诵数行。
戒杀有规偏肉食,[①]
坐禅无分且登床。
几回招隐吟难就,
恐负生平两鬓苍。

——录自《梅月楼诗钞》卷三

【笺注】

①原注:"予设立馆规,饮馔条有'假馆佛地,宜奉第一戒,无

故杀生者罚'之语。"

栖云寺早起即事

山深近午曝朝曛，
人住禅堂静见闻。
到枕泉声疑听雨，
当窗松影胜看云。
乌能解意啼春树，
佛若随缘笑古坟。
参破僧家清净理，
思凭盘馔戒膻荤。

——录自《梅月楼诗钞》卷三

栖云寺题壁

经声梵呗度林于，
时傍莲台听木鱼。
古佛恰宜参妙谛，
名山况可读奇书。
僧因践约来非偶，
鸟到忘机啼自如。
一段闲情谁领取，
禅房半与白云居。

——录自《梅月楼诗钞》卷三

丙辰清明游白云庵

蜡屐访名山，
客游寓梅谷。
崖壑无奇山自佳，
寺中有僧颇不俗。
连天□雨一朝晴，
恰复佳节值清明。
寺僧来订游山约，
劝予莫系思家情。
此去前行十余里，
有山岩岩云中起。
盍拉童冠一游衍，
愿携瓶钵陪杖履。
予闻斯言心自怡，
急觅肩舆无迟疑。
肩舆望山蹶然止，
手招游侣往登之。
蜿蜒危径不容掖，
前人踵碍后人□。
面壁游行势若悬，

俯窥一削下千尺。
白云有声檐外飞，
晴瀑散作雨凄凄。
撑天石柱森如笔，
诗镌仙句我何题。
我辈来游直游戏，
姓名岂必留天地？
层岩直矗树倒悬，
夜深历历惊梦寐。
山下人家信因果，
晨钟未动供香火。
儿女纷纷竟何求，
有心未必尽如我。
山门一望青山青，
石梁诸胜次第经。
攀援恍与鸟争路，
傍人指点疑仙□。
岭半一回头，
云气何悠悠。
千峰芳草碧，
归途好续踏青游。
笑语同游咸曰诺，
如斯之游游亦乐。

—— 录自《梅月楼诗钞》卷三

【笺注】

①此诗在《梅月楼诗钞》中曾两见,一题作《清明日游白云庵》,诗句文字亦多不同,兹录于下,以供参考:"我初来峃川,辄闻岩庵好。山灵不许遽来游,似因蜡屐人未老。连朝久雨一朝晴,佳节况复值清明。肩舆飘渺凌虚起,亭前一望云气平。蜿蜒危径不容掖,前人踵碍后人额。面壁游行势若悬,俯窥一削下千尺。白云有声檐外飞,晴瀑散作雨凄凄。撑天石柱森如笔,诗镌仙句我何题。我辈来游直游戏,姓名宁必留天地?悬岩奇木根如环,阅尽千秋真容易。四围怪石如堵墙,山高那肯遮斜阳。攀援恍与鸟□□,历险不惊登石梁。遥峰环拥群趋附,披云突出如披絮。衔杯一笑订重游,醉后相寻不知处。"原诗题为《丙辰清明同方外今义偕友人吴一山及门弟胡商铭、赵雏凤、吴纯夫、吴心田、刘少文游白云庵,越宿历诸名胜,因留题七古一章,以纪其实,庶不虚此游云》,简化为今题。丙辰,咸丰六年(1856)。

游净慧寺同吴傅岩①

绿痕湿如雨,
山深树亦古。
九龙攫一珠,
势与珠吞吐。②
上有卓剑峰,③
白云时摩抚。④
浅沼漾新荷,
清香满廊庑。

——录自《梅月楼诗钞》卷三

【笺注】

①净慧寺即大峃镇七甲寺。

②原注："山形系九龙夺珠,在寺前方田中。"

③原注："卓剑峰在寺后。"

④原注："寺中多荷。"

峃川亭题壁

其一

雨雨风风阻旅程,

亭前待渡最关情。

书生作客谁青眼,

赢得佳人爱姓名。

其 二

我见犹怜况老奴,

只争宋玉并登徒。

相逢不少殷勤意,

欲别留题相忆无。

——录自《梅月楼诗钞》卷三

再题白云庵

削壁列如屏，

人从屏上行。

山高奇始险，

径僻熟如生。

怪石迎人立，

闲云向树横。

上方知已近，

风送瀑泉声。

——录自《梅月楼诗钞》卷三

舟宿峃川亭

轻舟傍晚泊亭前，

诗壁重摩转黯然。

生为心中人不见，

相思一夜不曾眠。

——录自《梅月楼诗钞》卷三

舟宿峃口

滩声直撼枕函边，

夜月篷窗不着眠。

晓起看山无所见，

白模糊剩一溪烟。

——录自《梅月楼诗钞》卷三

障岭途中①

老绿新红叶已霜，

村庄打稻正秋忙。

笑侬忙里偏闲着，

稳坐肩舆赴讲堂。

——录自《梅月楼诗钞》卷三

【笺注】

①障岭，应为今大峃镇樟岭村古道，岭上有红枫。

登东岩尖，题七律一首于红叶而返①

登高直上东岩顶，

眼底诸山不敢齐。

大地日多知野旷，

前峰云重觉天低。

江空雁冷冲烟去，

秋老蝉寒隐树嘶。

明日西风吹叶落，

更谁和我旧时题？

——录自《梅月楼诗钞》卷三

①东岩尖,为文成县城最高峰,位于珊门村北的云峰山。

游百丈漈

青田之山山中长,

山高奚止一百丈。

漈水奔流天上来,

苍苍潒潒作奇响。

漈怒直欲拔山飞,

山敢昂头与之强?

昂头撑天天与齐,

俯视漈流如石裳。

石门山水古来佳,

视此还应生敬仰。

游人观瀑叹山高,

笑我曾于高处上。

——录自《梅月楼诗钞》卷三

重游白云庵

再上望云亭上望,^①

岩庵依旧白云中。

春间曾记山皆绿,

秋后重来树尽红。

□与檐齐仍左右，

路随峰转自西东。

昔题诗处今谁在，

欲挽神仙扣碧空。②

——录自《梅月楼诗钞》卷三

【笺注】

①原注："亭在山腰。"

②原注："山有吕仙诗壁。"

白云峰俗呼百步峻

岭半望山巅，

白云何绵绵。

披云出其上，

如登天外天。

云气生足下，

俯仰傲飞仙。

峻极一百步，

高于几万千。

——录自《梅月楼诗钞》卷三

王宸正 字建章，浙江云和人。道光间诸生。性倜傥，博极群书，尤工词赋。著有《顾庐吟稿》等。

百丈漈

神剟鬼划巨灵劈，
终古岩岩人抖栗。
千寻百常竿莫量，
九州十涧水同出。
万斛明珠颗颗圆，
一条素练丝丝密。
谁提长戟破青天，
泻下银河今未毕。
倒冲紫气喷飞烟，
斜卷红光摇落日。
竟岁霏霏雨不晴，
湫中知是蛟龙室。
蛟龙鼓浪醒春霆，
三漈迷蒙浑为一。
吁嗟此境真神奇，
风雷变幻十二时。
聊将一唾助余沫，
玉龙涎液乞留诗。
诗撼五岳终无益，
峰有凌霄双铁笔。

何须泼墨壮淋漓，
淙淙潺潺神鬼泣。

——录自《南田山志》卷一

刘均 字伯平,居百丈漈篁庄(今属浙江文成)。道光诸生。著有《篁邨诗钞》。

柳溪瑞庄

溪边柳色映雕栏,
翠滴蕉窗露半干。
叶细蝶来三径小,
阴清鸟托一枝安。
丝低晓雨鹅黄嫩,
影泛春流鸭绿寒。
更有梅花尘不染,
孤山高士雪中看。

——录自[浯溪]《富氏宗谱》

双松亭

树老成龙不计年,
双松竞秀小亭边。
骚人歌啸清阴下,
惊起枝头白鹤眠。

——录自《疢颅日记》

叶承照 约道光时人。生员。

让川即景①

巍峨庙貌傍崖西，
四顾深林望欲迷。
修竹千竿青上下，
流泉两涧绿高低。
林花灿烂开春苑，
野树阴浓映碧溪。
浴水凫雏飞带湿，
归梁乳燕学衔泥。
鸟声祠后和风碎，
柳影桥边月正齐。
矗矗三峰长耸峙，
俨成笔架接云梯。

——录自［让川］《叶氏宗谱》

【笺注】

①今西坑镇让川村，村中居民以叶氏为主，自今铜铃山镇石门村迁入。

笔架山

笔架浑成自化工，
□灵钟毓蔚文风。

宛经璞斫工师手，
恰有铸镕陶冶功。
万古松描书笔黑，
四时花绽砚硃红。
只愁读史情怀寂，
特竖三峰一望中。

      ——录自［让川］《叶氏宗谱》

蒋廷勋 青田南田（今属浙江文成）人。道光时县学生员。

浯溪即景

其一

浯溪胜景耐人游，
桃李争春色更幽。
挺拔乔松经岁久，[1]
潆洄水曲抱村流。
文昌阁贮书千卷，[2]
石圃峰悬月一钩。
伫立此中多雅趣，
书声琴韵两悠悠。

其二

浯溪风景媚芳春，
砌上桃花映日新。
晓色青山鸣翠羽，
晴光绿水跃红鳞。
林深树密闻樵斧，
石白沙明见钓纶。
居士琴书无限乐，
阴清窗外绕松筠。

——录自[浯溪]《富氏宗谱》

【笺注】

①挺拔乔松，浯溪西北有古松两棵，挺拔劲立，村人称"夫妻松"。

②浯溪文昌阁，始建于嘉庆十三年（1808）。高三层，原布局为第一层塑关帝像，第二层塑梓潼帝君像，第三层塑魁星像（[浯溪]《富氏宗谱》）。阁为歇山顶，三层檐头逐层内收，庄重大气。处在绿荫古樟丛中，环境幽雅静谧。

夏钟兴 字龙灵，浙江青田人。咸丰四年（1854）贡生，候选训导。曾参与编修［光绪］《青田县志》。

游浯溪寓富明经先生有作

缈缈孤村隔岭西，

翠罗深处是浯溪。

长桥跨水龙初卧，

石圃低岚猿自啼。

且喜躬耕承旧业，

还看笃学爱幽栖。

羡君第宅皆华胄，

百代流芳孰与齐？

——录自［浯溪］《富氏宗谱》

包涵 字公宇,浙江泰顺人。咸丰六年(1856)岁贡,官寿昌县学训导。著有《古柏山房吟草》。

宿朱坑枕上口占①

山行双屐历高低,
朝来东家夕宿西。
梦醒不知身在处,
一窗明月乱啼鸡。

——录自《古柏山房吟草》

【笺注】

①朱坑村,位于今珊溪镇东南至桂山乡及泰顺道旁,居民以朱姓为主,明代从黄坦稽垟迁入(据[朱坑]《朱氏族谱》)。

钱国珍　字子奇，号壶翁，江都（今属江苏扬州）人。咸丰十一年（1861）举人。同治间署瑞安、永嘉知县。著有《峰青馆诗钞》《续钞》《寄庐词存》等。

晓陟玉壶山

言遵嘉屿乡，
群峰竞相迓。
叠嶂如天梯，
崒嵂敌崧华。
凌晨闻天鸡，
仆夫已命驾。
仲冬霜气凝，
木叶未凋谢。
入山路欲迷，
白云补岩罅。
微露一峰尖，
荆关笔难下。
风吹宿雾晴，
疏林红日射。
石壁峭玲珑，
醍醐山顶泻。
置身在玉壶，
买春定无价。
一酌瀑泉清，

俗尘已堪化。

——录自《峰青馆诗钞》卷五

富祝三　青田浯溪（今属浙江文成）人。约生活于咸丰前后。增广生。

浯溪即景

浯溪清净沦灵源，
中有高人妙语言。
东耀金星连夜月，[①]
北横石囷映朝暾。
参天古木烟霞绕，
拔地奇峰虎豹蹲。
土沃田良风俗厚，
漾洄水曲护乡村。

——录自［浯溪］《富氏宗谱》

【笺注】

①金星，即金星岗。现有大宅，有"金星启瑞"匾。

胡玠　字介年，一字桂樵，浙江瑞安人。同治四年（1865）举人。博闻强识，才思敏捷。著有《脂雪轩诗钞》《榉香室草》《清秘堂文抄》等。

峃川竹枝词

其一

前村鼓吹闹洋洋，
蜂拥花舆过石梁。
春色果然关不住，
大家拍掌看新娘。[①]

其二

复岭崇冈路几重，
兰盆胜会赴匆匆。
斋鱼粥鼓寻常事，
莫误阇黎饭后钟。[②]

其三

清溪编竹仿乘槎，
才过山隈又水涯。
闲煞小儿无个事，
渡头滩脚去捞虾。[③]

其四

生成细质复粗材，
赤脚卢家莫漫猜。
别作盘鸦新样子，
白云堆里负薪来。④

其五

采桑桑径露初干，
免得蚕饥意始安。
痴绝女儿时妒语，
邻家有茧大如盘。⑤

其六

丰年齐唱太平歌，
又怕追呼奈若何。
最好肥羊三百只，
不须租税免催科。⑥

其七

瓜菜风光次第新，
鸡豚随意喜延宾。
登盘肴馔无多品，
第一香鱼赛五珍。⑦

其八

山环溪水水环村，

汲得新泉去灌园。

牧笛樵歌行处有，

等闲画出小桃源。

——录自《脂雪轩诗钞》卷四

【笺注】

①原注："峃川俗：娶妇，彩舆不闭，任人揭看。"

②原注："栖云寺每于中元放斋三日，赴斋者数百人，络绎不绝。"

③原注："由峃口至峃川三十里，舟楫不通，缚竹为筏，半日可到。"

④原注："地有某氏，住深山中，俱珠鬟跣足，负薪下卖，轻捷过于男子。"

⑤原注："地俱种桑饲蚕。"

⑥原注："峃川豢羊者甚多。"

⑦原注："溪有香鱼，与雁山无异。"

题玉泉寺

其一

狮象中分古玉泉，①

百年祖德至今传。

僧棋一局松阴静，

借作名山香火缘。②

其二

禅房此处净无尘，

远祖祠堂喜比邻。

我欲晒经问遗石，

东南钟毓果何人？

——录自［玉壶］《安定郡胡氏族谱·文献》

【笺注】

①原注："壶山玉泉寺，我祖明二公原舍地。"

②原注："檀越主今遗像在此，游寺感赋。"

富立庠　青田浯溪（今属浙江文成）人。同治九年（1870）补青田县学生员。

浯溪春景

晚游曲径陟苍巅，
春色花迷醉客眠。
鸟语音传高阁外，
泉声浪泛小桥边。
风前弱柳青垂岸，
雨后乔松翠接天。
更爱江村桃浪暖，
丝竿闲钓一溪烟。

——录自［浯溪］《富氏宗谱》

戊午重修东屿，砌成舟形，作诗记之①

东屿当溪一片明，
宛同舟在水中行。
云笼松盖如篷盖，
竹孕风声带橹声。
携鹤谁怀清献意，
钓鱼欲学子和情。
张骞去访河源事，

未许飘来秉此征。

【笺注】

①戊午，应指咸丰八年(1858)。

林寿祺(1837—?)　字符厚,号芝湄,青田石钟(今属浙江文成)人。同治十一年(1872)拔贡。分发陕西教谕。晚年在乡设义塾,以启迪后进为己任。

石钟十景①

钟阜晴岚

何处闻钟声,
水石相喷薄。
仰面看林端,
晴岚满山绿。

墓塘明月

独坐松风里,
俯瞰墓塘曲。
水月圆未圆,
蛾眉弯两角。

驼峰积雪

驼峰高接天,
天压雪常积。
遥望冻云端,
微茫一线碧。

象山归云

云出满山青，
云归满山碧。
幽人只在山，
何处寻踪迹。

长桥新涨

水浅桥平路，
波流齿寒石。
新涨昨宵多，
无数蛟龙跃。

大井寒泉

漱石砺吾齿，
漱泉浣吾腹。
泉石相澄清，
一井喷寒绿。

古寨秋风

古寨碧岩峣，
秋高望无极。
霜叶满林红，
风声听未息。

师冈春雨

冈头雨如丝，
膏泽沾下土。
陇畔有人耕，
欢声胜万户。

斗山晓日

斗柄插天高，
寒芒与山接。
晓日忽东升，
红光独先得。

高峰晚霞

高峰撑天起，
霞光红如绮。
好似赤城标，
岂让天台美。

———录自《济南郡林氏宗谱》

【笺注】

①石钟山,在今百丈漈镇下石庄村。十首诗中,首尾二首当是总写石钟山之形胜,根据原注,二至九首分别写墓塘(位于石钟水口林氏祖墓前)、驼峰(位于石钟水口龟山顶上)、象山、水口桥、水井垄、寨下尖、太师冈、北斗山等景点。

潘其祝(1850—1893)　字畲荪,浙江泰顺人。光绪十六年(1890)进士。著有《须曼那馆词草》。

御街行·重九日蟾宫埠放舟作①

五年客里过重九。

怅负了、家山久。

者番准拟醉东篱,

依旧无缘消受。

西风多事,

不吹帽落,

吹我蒲帆走。

篷窗闭塞如新妇。

已忘却、登高候。

每逢佳节异乡游,

真个笑难开口。

菊花黄处,

橹摇背指,

聊当茱萸酒。

——录自《须曼那馆词草》

【笺注】

①蟾宫埠,集镇名,位于飞云江北岸,在浙江省文成县西南部,为原汇溪乡人民政府驻地。现已淹没在珊溪水库水底。《泰顺分疆录》卷一:"蟾宫步岭,在晓岘山后,道通青田峨眉、五步。"

有月印岩。《泰顺分疆录》卷一："蟾宫步上流石壁有圆痕,半在水上,大盈丈,影入潭中,日光掩映,恰如月色,村因此得名。"产毛竹、茶叶、油桐。原为飞云江上游重要船埠和县西南部农副产品集散地。

陈兆麟(1861—1923) 名延征,字兆麟,号三鼎,以字行,瑞安大峃(今属浙江文成)人。温州府学生员,光绪九年(1883)补廪。光绪三十三年(1907),浙江会考一等第七名,次年补授直隶通州州判。宣统二年(1910),任上海制造局清理处处长。民国元年(1912)以后,历任浙江外海水上警察厅第一科科长兼理秘书长、浙江通志局编辑主任、浙江财政厅咨议。

舟发珠山越郭公阳作①四首

其一

长绳不系日,
盛时既云非。
十年苦杜门,
素志怅有违。
忧患始识字,
天命知者稀。
春花占颜色,
谁使满天飞。
胡不远行游,
遗思在采薇。
高节垂千秋,
清风我所归。

其二

扁舟溯大江，
翼翼乘风去。
分流入青溪，
陡转与山过。
峭壁列丹青，
暮霭吞林树。
明月忽东出，
波动枭声怒。
离人苦夜长，
辗转不能寤。
爰登高防上，
所见多疑怖。
前路何漫漫，
愁思当谁诉。
朝发飞云江，
暮宿青溪头。
沙渚浩无垠，
浪浪闻细流。
野鸟出茂林，
一叫群山幽。
长日自西来，
涧谷生清秋。
时节忽变易，

往往兹难留。
独有孤舟客，
何处慰离忧。

其三

流水西北来，
汤汤和且澄。
不平扼其前，
激汩作悲鸣。
欲返势不能，
努力向东行。
东行一何浊，
万里无底程。
哀哉沧浪歌，
不复濯长缨。

其四

明晨陟高巘，
清景欣在目。
日出朝露曦，
群山皎如沐。
熏风昨夜生，
四顾一何绿。
行行不知处，
遥望见人屋。

白云护其门，

檐下围修竹。

借问何为者，

家世营樵牧。

短褐能保身，

不敢厌微俗。

嗟尔引路人，

奔走靡蹙蹙。

薄暮随狙公，

徘徊无栖宿。

流水有清音，

谁与守穷谷。

——录自《文成见闻录·陈兆麟先生》

【笺注】

①珠山，位于今瑞安市。郭公阳，文成地名，即今公阳乡，以唐末人"郭公阳神"命名。[乾隆]《瑞安县志》卷八："郭太守祠，在嘉屿乡。唐郭令公裔孙为闽守，避黄巢乱，携家徙紫华山中。贼至，率众立屯堡，设方略，击杀数十人，遂解去。后殁于此，乡人德之，为立祠，今名其地为'郭公垟'。"

杜师预（1862—1924）　字左园，浙江青田人。优贡生。民国初年，官黑龙江龙沙道道尹。著有《左园诗集》等。

刘文成故里

一岭摩天上，
风云拥古村。
高疑通上界，
俯可数中原。
地耸群山小，
林疏老树尊。
我怀诚意伯，
犹有典型存。

——录自《左园诗集》

胡调元(1862—1930)　字符燮，号榕村，浙江瑞安人。光绪二十年(1894)进士。历官江苏金坛、宝山知县。辛亥革命后回里。著有《补学斋诗文钞》《补学斋联语》等。

题玉泉寺①二首

其一

咫尺祠堂倚玉泉，②
清芬一脉世相传。
含毫笑向维摩问，
重结我家翰墨缘。

其二

寺壁模糊半上空，
一间题咏合为邻。
碧纱难解笼诗妙，
如此溪山有几人。

——录自［玉壶］《安定郡胡氏族谱·文献》

【笺注】

①玉泉寺，在玉壶镇，旧名"崇福寺"，明永乐间建。

②咫尺祠堂倚玉泉，胡氏大宗祠在玉泉寺附近。

咏漈门瀑^①

一派山泉出漈门，
高垂飞瀑泻潺湲。
空潭触石雷霆震，
峭壁翻飞雾雨昏。
晶箔分辉来贝阙，
机丝织素问天孙。
清流屈曲随云下，
聚作龙川绕一村。

——录自［玉壶］《安定郡胡氏族谱·文献》

【笺注】

①漈门瀑，在玉壶镇漈门坑。

林大璋（1869—1916）　字特夫，浙江泰顺人。清廪生。著有《特夫遗稿》。

百丈潭放舟①

秋晴趁晓客舟开，
两岸山光扑面来。
静夜水寒篙打月，
危滩石斗艇轰雷。
远行频作思家梦，
济险终凭破浪才。
万里图南风力厚，
请看鹏翼谁追陪。

——录自《特夫遗稿》

【笺注】

①此诗与下一首记录了作者沿飞云江水路到瑞安的行程。作者从百丈口起身，放排经今文成珊溪、巨屿、峃口，在峃口乘"峃口艇儿"到瑞安县城。虽然诗中并没有明确提到文成地名，但所写景物实已包括飞云江上游今泰顺、文成、瑞安三地范围，故予选入。

舟至瑞安口

滩尽江头又涨潮，
舟行气候变昏朝。

身长做客伤离别，
诗有同声慰寂寥。
此去漫夸文豹变，
平生早伤技虫雕。
海疆闻道方多事，
投笔何辞去路遥。

——录自《特夫遗稿》

蒋作藩（1875—1924）　字屏侯，号植庵，浙江瑞安人。光绪十七年（1891）举人。曾任两江军事书报社主编、黄岩县知事。著有《植庵文稿》。

题玉泉寺二首

其一

清冷涟漪玉壶泉，
合作茅龙了俗缘。
争奈浮踪尘世伴，
此身难与此山传？

其二

怪笑崆峒学道身，
如何不觅隐居邻？
尺居独负山云望，
等是偷闲蠹食人。

——录自[玉壶]《安定郡胡氏族谱·文献》

张鸿仪 约光绪时人。青田县学生员。

和题石门步吴勋韵

忆昔先生访密林，

梦符云鹤惬登临。

崇山竦峙同旗象，

磐石奔流夹鼓音。

野老无心闻兴咏，

书生适志抱弦琴。

此间自是幽人采，

惹得诗家说到今。

——录自《鹤栖石门·诗文》

陈一清 瑞安大峃（今属浙江文成）人。生当清末民国时期。

重游净惠寺①二首

其一

水抱山回别有天，
游观慧寺计多年。
光阴迅速浑如昨，
景物依稀却似前。
佛像泥金经雨洗，
梵堂尘土任风旋。
可怜此地无人管，
惟有斋翁学老禅。

其二

净慧山名号玉泉，
峃川胜景至今传。
九龙显迹真奇地，
一颗明珠见在田。
夜静钟声惊客梦，
林深月影伴僧眠。
莲台玉相宜修整，
此后谁人种福缘？

—— 录自《文成见闻录·玉泉山净惠寺》

【笺注】

①此组诗作于光绪五年(1879)。《文成见闻录·玉泉山净慧寺》:"净慧禅寺,在本县双垟乡玉泉山中,因位在都图七甲,俗呼'七甲寺'。"相传寺创建于唐宪宗元和十五年(820),唐末毁于黄巢入闽之乱。宋端拱二年(989),闽僧石屋重建。元末又毁,至正十五年(1355)重建。

周国琛　字树蘅,号莲仙,别号四柏老人,浙江瑞安人。光绪二十六年(1900)岁贡。候选训导。工画山水人物,精通戏曲,曾作《昆谱》自娱。著有《尺研楼文钞》《尺研楼杂存》及《劫灰古尺》等。

游云峰山^①

云峰云峰峰何似?
鬼凿神铲未奇诡。
狻猊舞爪虎激齿,
蛟螭盘踞皆雄视。
山路拳曲断肌理,
云气漠漠湿衣屣。^②
芙蓉铲削突面起,
举足抵胸肘接趾。
杖策行行步迤逦,
苍苔没膝草苡苡。
攀岩直上十余里,
忽得数峰粲可喜。
神祠吐露半腰里,
玉虚真人独栖此。
又有一庵当其委,
绀宇佛光射眸子。
岩溜承檐珠累累,
白雨灌松喷丹髓。

左洞石穴相依倚，

上得仙床平如砥。

玉井铁栏锁金钯，

莫名其名徒摹拟。

长虹驾桥接龙耳，

风师扶轮身伏轵。③

我欲乘之望天市，

山灵爱才为劝止。

——录自《文成见闻录·云峰山白云庵》

【笺注】

①云峰山，即岩庵所在地，位于大峃镇珊门村。

②屣，原作"徙"，据文义校改。

③扶轮，原作"扶抡"，据文义校改。

毛俊 浙江泰顺人。县学廪生。

游白云庵

云峰万丈高，

不拟人间屋。

春爱兰，夏爱竹；

冬爱梅，秋爱菊。

渴思泉，饥思粥；

虽素餐，胜食肉。

三年两度到白云，

彳亍来临无拘束。

胜境可观，法经可读；

如此乐游，可谓清福。

　　　　——录自《文成见闻录·云峰山白云庵》

朱宗旦 浙江泰顺人。

留尖山①二首

其一

留峰挺秀接天台，

护佑名乡气运开。

翘首巍然高仰止，

却教俊彦景鸿才。

其二

势若飞来插汉边，

屹峙留住几何年。

风云每欲催将去，

日月常临未肯迁。

独出指尖翘摘斗，

高提笔颖漫书天。②

名山自此多灵秀，

钟毓乡村继昔贤。

——录自《文成见闻录·"钟灵毓秀"的龙川赵氏》

【笺注】

①留尖山，位于大峃镇龙川社区下田村附近。

②颖，原误作"颖"。

螺丝峰

螺丝汲汲叠峰头，
势压冈陵垤与邱。
四壁群山皆拱向，
屹然齐与白云游。
　　　——录自《文成见闻录·峃川王氏祖源小考》

纱帽岩

奇形怪石据峰峦，
状若纱台状大观。
遥望山头深拟议，
依然宰辅一朝冠。
　　　——录自《文成见闻录·峃川王氏祖源小考》

四面山

殷勤拾级步高山，
四面烟村一望间。
回首低看遥白日，
间阁旋绕恰如环。
　　　——录自《文成见闻录·峃川王氏祖源小考》

半月沉江

半轮新月出东方，
倒映龙川昼夜光。
更有罗星常作伴，
几经千载耀西廊。

——录自《文成见闻录·峃川王氏祖源小考》

朱宗易 浙江泰顺人。

咏花园村景①

花园胜地出天然，
祖祢经营卜重迁。
四壁青山环锁翠，
一泓绿水绕缠绵。
崇垣峻宇光前烈，
修竹茂林启后贤。
毓秀端推佳景瑞，
应多俊彦列班联。

——录自《文成见闻录·岕川王氏祖源小考》

【笺注】

①花园村，位于大岕镇龙川社区。

咏下田村景

昔日宗公徙下田，
可耕可稼饮甘泉。
名乡直拟环滁绕，
胜地可推盘谷旋。
屋后青山连岕屿，
庭前绿水接龙川。
骚人坐看幽情热，

一羡临风一羡渊。

——录自《文成见闻录·峃川王氏祖源小考》

将军岩①

状如人品号将军，

卓立千秋势不群。

莫谓冥顽非勇士，

一方保障建功勋。

——录自《文成见闻录·"钟灵毓秀"的龙川赵氏》

【笺注】

①《文成见闻录》："将军岩，在（龙川）四面峰东坡，高约四丈，大可六人合抱。"为今大峃镇龙川社区标志景点之一。

胡从珏 瑞安玉壶(今属浙江文成)人。

咏花园村景

名区自昔号花园，
景物恬熙春色繁。
地接龙川闻吠犬，
山连峃屿听啼猿。
光摇半月千秋在，
秀挹留尖万古存。
四面峰峦皆拱向，
长溪环绕护乡村。
——录自《文成见闻录·峃川王氏祖源小考》

留尖山

奇峰高耸与天齐，
翘首遥看势不低。
俨似笔尖书碧汉，
千秋留住任攀跻。
——录自《文成见闻录·峃川王氏祖源小考》

纱帽岩①

岩如纱帽倚云端，

两翼亭亭插翠峦。

地既有灵人必杰，

应多儒雅戴朝冠。

——录自《文成见闻录·岩川王氏祖源小考》

【笺注】

①纱帽岩，在龙川四面峰西面。《文成见闻录·"钟灵毓秀"的龙川赵氏》引叶蓁《纱帽岩记》："癸亥（1803）重阳，余乘登四面峰之便，往观纱帽岩。岩在山之巅，上锐下夷，中凹□坳，仿佛纱帽，屹然而立，郁然而秀。"

赵林卿 生平不详。

咏龙门地景^①二首

其一

鳌峰秀出耸青莲，
凤屿绵延翠嶂连。^②
山麓断桥横帝阁，^③
溪边古寺镇龙川。
闲登虎阜形如踞，^④
信步虹腰势若悬。
欲把姓名题雁塔，
欣逢井里沲温泉。^⑤
漈门瀑布方垂峡，^⑥
云顶仙人共拍肩。
独立将军推亘古，^⑦
高临纱帽似参天。^⑧
还看水自岩中滴，
更喜牛从坞上眠。^⑨
夹路万松依峻岭，^⑩
携筇百步蹑崇巅。
寒潭澈底清而碧，
珠囿增辉润且圆。
听得呦鸣凋鹿际，^⑪

行将刃跃鲤鱼田。⑫
香炉寨上烟初裛，
茶谷坑边茗独煎。
欲向天堂观列宿，
旋腾雾露揖飞仙。
螺尖石壁千寻峭，
蛟穴晶帘百丈涓。⑬
品字岩间频眺望，⑭
一村胜景集诗篇。

其二

东山深邃环南岸，
西围遥临府北坑。
马际头高腾碧落，⑮
雁潭草蔚映澄清。
云绕山下青溪绕，
雨下田间绿野平。
梅呑冲寒将放萼，⑯
花园渐暖欲敷荣。⑰
林依鹿峡三春丽，
桥挂龙川一水明。
百岁地仙绵盛世，
千秋孝子永垂名。
谷安耕凿风怀朴，
男效才良女效贞。

自古钟灵还毓秀，

欣看俊士会耆英。

——录自《文成见闻录·"钟灵毓秀"的龙川赵氏》

【笺注】

①此诗所咏皆为今大峃镇龙川社区景物。

②凤屿,应指龙川凤山。《文成见闻录·"钟灵毓秀"的龙川赵氏》引叶蓁《观桥岩记》:"龙川之北有凤山,上有岩田桥岩,说者以其似桥之横布也。"

③帝阁,应指龙川三官殿。

④虎阜,龙川有猛虎山。

⑤井里洰温泉,即温泉井,龙川七井之一,在龙川上村。

⑥漈门瀑布,即龙川漈门瀑。另玉壶亦有漈门瀑。

⑦独立将军推亘古,龙川有将军岩。

⑧高临纱帽,龙川有纱帽岩。

⑨牛从垟上眠,龙川有卧牛峰。

⑩峻岭,龙川岭。

⑪涧,疑为讹字。

⑫鲤鱼田,在龙川过山村。

⑬蛟穴晶帘百丈涓,描写百丈崖。

⑭品字岩,即一品岩。

⑮马际头,指龙川马漈头。

⑯梅岙,龙川地名。

⑰花园,指花园村。

赵熙明 诸生。

咏磻岩①

岩栖独处幽人迹，

风景磻溪垂钓时。

几度闲云留笔墨，

一方秋水洁须眉。

勋高黄钺人无匹，

敬访丹书圣可师。

渭北名贤今不再，

空山尚有待清思。

——录自《文成见闻录·"钟灵毓秀"的龙川赵氏》

【笺注】

①磻岩，《文成见闻录·横山吴氏与磻岩》："磻岩在龙川横山头路下溪畔，是宋时题刻文物。……岩上刻有'磻岩'二字，其大如斗，边行小字云：'淳祐己酉（1249）岁□轩吴宏甫题，伯宗书。'"

张男祥 生平不详。

双凤溪[①]

树影双翔碧水渍，

丹山犹见旧时屏。

最怜月淡风轻夜，

逸翩修修欲翥云。

——录自《文成见闻录·泽前陈氏祖源考略》

【笺注】

①双凤溪，在大峃镇。20 世纪 80 年代，由于建城南商品综合市场改道。

石井龙潭[①]

夭矫苍岩俨素龙，

喷成飞瀑下长流。

经年寒碧深如许，

直作冬潭六月秋。

——录自《文成见闻录·泽前陈氏祖源考略》

【笺注】

①石井龙潭，位于大峃镇凤阳村。

吴乙青
字星垣,浙江瑞安人。县学生员。

游白云庵

世界巍峨辟大千,
盘桓石磴步牵连。
岩腰瀑泻诸天雨,
洞口云生满壑烟。
象外澄观空色相,
胸中豁荡净尘缘。
倚栏顿起凌霄志,
指点蓬瀛在目前。

——录自《文成见闻录·云峰山白云庵》

咏峃川

一路回环向峃川,
此间风景自悠然。
溪如燕尾分还合,
山似蜂腰断复连。
多少楼台横渡口,
高低烟树锁峰巅,
问津莫谓何人至,
犬吠鸡鸣别有天。

——录自《文成见闻录·谁开辟古沙洲大峃》

胡乔 生平不详。

灵岩山①

奋翼当年叫一声，

当年曾伴写黄庭。

山阴事往无人爱，

似向秋风独展翎。

——录自《文成见闻录·泽前陈氏祖源考略》

【笺注】

①灵岩山，在大峃镇凤阳村。

龙泉湾①

长流漾日水停涵，

一色澄鲜似蔚兰。

添取草堂灵岩畔，

凭栏笑拟化龙潭。

——录自《文成见闻录·泽前陈氏祖源考略》

【笺注】

①龙泉湾，在大峃镇凤阳村。

胡云客　瑞安玉壶(今属浙江文成)人。

咏钟岩①

不尽苔痕争拟篆，

何时乐律间调笙。

任他大小频频扣，

只是羞同瓦釜鸣。

——录自[玉壶]《安定郡胡氏族谱·文献》

【笺注】

①钟岩，玉壶景点。林樨锦《玉壶山赋》："岩畔悬钟，峰前挂壁。"

胡大熏 号云衢,瑞安玉壶(今属浙江文成)人。

咏石壁①二首

其一

绝壁孤撑两岸蟠,
高峰积翠俯洄湍。
屏开水面亭亭立,
山石嶙峋卓大观。

其二

嶙峋峭壁列溪隈,
不挂藤萝不长苔。
玉色金光涵万象,
月明返照碧波潭。

——录自《文成见闻录·侨乡玉壶》

【笺注】

①石壁,玉壶景点。应在狮岩附近。林樨锦《玉壶山赋》:
"岩畔悬钟,峰前挂壁。"

胡扩于　瑞安玉壶(今属浙江文成)人。

咏天雷岩

峰峦叠叠滚如球，

疑是壶山化广州。

风日晴和云气散，

纵然霹雳不须忧。

——录自[玉壶]《安定郡胡氏族谱·文献》

【笺注】

①天雷岩，[嘉靖]《瑞安县志》卷一："在狮岩山之巅，大岩如裘。"

胡津游 瑞安玉壶（今属浙江文成）人。岁贡生。

寨　山①

寨久荒凉古迹存，
当年避敌哭声看。②
从今四海清平日，
闲对青山酒一樽。

——录自《文成见闻录·侨乡玉壶》

【笺注】

①寨山，即岩寨，位于玉壶镇茗垟村西岭山巅。

②当年避敌哭声看，《文成见闻录·侨乡玉壶》记载，玉壶曾于明嘉靖年间、清顺治年间发生倭寇入侵及清政府围剿当地反清组织等军事行动，不知此处胡津游指的是何次事件。

蔡金川　瑞安大峃（今属浙江文成）人。

题安福寺

古刹四峰抱，
清溪一带流。
松椤披宝殿，
鹫岭祝千秋。

——录自安福寺官网

刘继文 增广生。

浯溪即景

屋傍青山山傍溪，
北楼观画挂东西。
鹿游旷野疑驱犊，
鹤立沙汀欲斗鸡。
独爱修篁穿水密，
兼看细柳拂堤齐。
宿怀郑国遗风在，
两岸书声杂鸟啼。

——录自［浯溪］《富氏宗谱》

富鸿学　号竹川,青田浯溪(今属浙江文成)人。县学生员。

浯溪即景

林泉幽寂可盘桓,

景色依然画里看。

竹外书声灯影淡,

松间琴韵月光寒。

云横远岫几樵斧,

水溢清溪一钓竿。

春到小园花似锦,

雨中红滴石栏杆。

——录自[浯溪]《富氏宗谱》

渡南桥^①

石筑平桥半月圆,

行人来往渡无边。

不愁重坎临深险,

稳步溪南快着先。

——录自[浯溪]《富氏宗谱》

【笺注】

①渡南桥,又名"徐桥",位于浯溪与黄连坑的汇合处。

富志诚 青田浯溪（今属浙江文成）人。处州府学生员。

浯溪即景（选二）

其一

浯溪山势郁嵯峨，
万里龙腾气脉和。
狮子峰衔球月小，[①]
猴狲泺绕果林多。
烟开龟背迎朝旭，
水涨螺头漾夕波。
四顾乡村风景好，
晚来人唱踏春歌。

其二

浩浩溪流汇巨川，
澄潭如镜净无烟。
苍松到影鱼游树，
孤屿浮空鹤上船。
数点渔蓑新雨后，
一声牧笛夕阳边。
继安桥外西成日，
满目黄云景色鲜。

—— 录自［浯溪］《富氏宗谱》

【笺注】

①球,原作"逑",应为"毬"的讹写。"毬",今同"球"。

浯溪竹枝词①

其一

浯溪村僻几经年,
水抱山回别有天。
无数人家春树里,
迁居犹忆自南田。②

其二

杨枝贯得鲤双双,
春半天寒价未降。
漫道小鲜难下酒,
却须鲈脍贩松江。

其三

赛神元夕闹笙歌,
月正澄辉风正和。
两岸灯光齐照影,
一溪春水变星河。③

其四

三月清明去采茶,

相逢妇女笑声哗。
明朝作伴茶园去，
少待何妨到妾家。

其五

新诗千首酒千杯，
快读渊明归去来。
山里经纶何处见，
一桥聊展济川才。

其六

春半人家蚕事忙，
柔桑拥护粉墙傍。
侬今摘得盈筐去，
高处还留唤阿郎。

其七

湿云如幕雨如丝，
赚得侬今馌饷迟。
行到田间笑声问，
牛饥不怕怕郎饥。

其八

两三村塾课儿童，
延得严师好发蒙。

遥望南阳明月夜，

读书声里一灯红。

——录自［梧溪］《富氏宗谱》

【笺注】

①《文成县志·艺文》录此组诗，注云："作于清咸丰年间。"

②迁居犹忆自南田，梧溪富氏原居南田泉谷，南宋末年，十世祖富应高迁居梧溪。

③［梧溪］《富氏宗谱》载《梧溪岁时风土》曰："元宵前，各祠堂、社庙设香烛，放爆竹，挂彩灯，家家户户均挂。"

张沧 生平不详。

咏云居寺①

白云深处境清幽，
潇洒超然物外游。②
灼灼野花岩畔吐，
潺潺活水涧中流。
蜂簧蝶板歌新夏，
蚓笛蟑琴鼓暮秋。
欣赏借杯邀月仙，③
拈题分韵不知休。

——录自《文成县志·艺文》

【笺注】

①云居寺，在巨屿镇。

②潇，原作"薄"，当是排印之误。

③"仙"字平仄不合，应误。

包必升 生平不详。

龙潭瀑布①

闲游溪畔望村船，
回首飞泉射目前。
素练几寻悬峭壁，
明珠万斛撒重渊。
奇分雁荡丝丝雨，
源注龙湫漠漠烟。
自古神功清玩景，
炎天反作冷寒天。

——录自《文成县志·艺文》

【笺注】

①龙潭，即今巨屿镇穹口村包龙潭。

蒋启修 名纯,以字行,青田黄坦(今属浙江文成)人。国学生。

锅 岩

谁向空山作锅岩,

尖中从此识仙凡。

春云罩处疑烟起,

夏日红来似火衔。

鼎里难调生熟味,

鬵中莫辨浅深函。

不知何物相藏蓄,

惟见苍苔封似缄。

——录自《黄坦期思郡蒋氏族谱·文献》

蒋朝桓 青田黄坦（今属浙江文成）人。

锅岩二首

其一

何代钟成此锅岩？
非深非浅独巉巉。
欲夺丹灶神仙术，
只在上方访古岩。

其　二

何人丹炼此山巅？
山上独留石锅焉。
鼎鼎依然谁溉灌，
釜锜莞尔岂烹鲜？

——录自《黄坦期思郡蒋氏族谱·文献》

王钦典 青田黄坦(今属浙江文成)人。

水云尖

屹然特立透天关，
一览无遗指顾间。
仙有奇岩称石锅，
龙留古井落深塆。
顶蟠髻烟巾常戴，
尖接云峰桂可攀。
莫谓此方作巨镇，
森罗万象足怡颜。
　　——录自《黄坦期思郡蒋氏族谱·文献》

水云峰①

巍巍巨镇一方雄，
秀气蔚然来自东。
仰望云峰高万丈，
俯看烟密簇千丛。
岚容隐隐尖中起，
翠色霏霏旷上通。
想是神龙长此伏，
故教烟雾锁峰中。
　　——录自《黄坦期思郡蒋氏族谱·文献》

【笺注】

①《文成县志》作蒋上蓁作。

佚名

四面峰①

名山自昔耸奇观，
一面峰分四面看。
峭拔忽如撑剑戟，
端严旋似整衣冠。
烟云栖泊无常态，
苔藓青葱有几般。
便使倪迂操妙笔，
也难图写幻烟峦。

——录自《文成见闻录·"钟灵毓秀"的龙川赵氏》

【笺注】

①四面峰，位于大峃龙川。嘉庆八年（1803）重阳，叶蓁曾游其地，撰《登四面峰记》云："龙川之地多山，而四面峰尤为一村之胜。形式上拱，四围周正，中居村前，间以长溪，堪舆家所谓玉帝金印，殆其似之。山麓延亘数里，亦一村之屏藩也。"

雁塔潭

慈恩雁塔已遥遥，
何自题名此处标。
七级浮图悬鸟道，
一泓秋水下山腰。

鸿飞天外随云下，

鱼跃潭边逐浪飘。

闲坐新亭频远眺，

此身早欲上丹霄。

——录自《文成见闻录·"钟灵毓秀"的龙川赵氏》

猛虎山

舞爪张牙独出群，

山形意欲类山君。

云迷叠嶂峋如贝，[①]

风起空林啸欲闻。

长坂平坡拖曲尾，

苍苔黄叶点斑纹。

石麟雾豹超凡品，

未许嘉名与并分。

——录自《文成见闻录·"钟灵毓秀"的龙川赵氏》

【笺注】

①叠，原作"垒"，据文意酌改。

一品岩

崔巍乱石各分俦，

独立高岩出上头。

松里大夫名并贵，

山中宰相品同优。

且从蹬道升初级，

不逐溪泉逐下流。①

超出凡尘成卓荦，

此中登眺足清浮。

——录自《文成见闻录·"钟灵毓秀"的龙川赵氏》

【笺注】

①此句中前"逐"字疑误，或当作"与"字。

万松岭

暮霭朝岚分外青，

万松岭上快初经。

游人相对鬓眉绿，

空谷惊看日月冥。

翠羽双双鸣玉涧，

碧云片片覆茅亭。

何当筑得层楼峻，

十里涛声共鹤听。

——录自《文成见闻录·"钟灵毓秀"的龙川赵氏》

滴水岩

不辨泉源何处生，

岩前滴水响铮铮。

非关晴雨分增减，

漫与江湖比浊清。

甘冽味应涵石乳，

芳声气已酿云英。

雁山龙鼻清如此，

好乞仙浆饮一觥。

——录自《文成见闻录·"钟灵毓秀"的龙川赵氏》

温　泉①

一泓碧涨暖融融，

井冽寒泉漫许同。

春气暗通千峰下，

阳和深贮一潭中。

华清池上思恩泽，

沂水城南共浴风。

莫道荒村无异境，

澄波常带日光烘。

——录自《文成见闻录·"钟灵毓秀"的龙川赵氏》

【笺注】

①温泉，即龙川温泉井。

玉壶即景

玉壶山外夕阳斜，

一带清溪映落霞。
狮子岩高云补衲，
文昌阁静笔生花。
筏停石齿登溪路，
客到桥边宿店家。
中有冰心堪比洁，
临风把酒兴无涯。

——录自《文成见闻录》

咏鳌里十景诗^①

鳌峰尖^②

鳌峰翠色耸三台，
海上何年驾此来。
聚族于兹深仰止，
山灵应许毓英才。

笔架山^③

三峰罗列对窗前，
笔架天然不待镌。
山海文章推巨手，
临池泼墨写云烟。

马鞍岗④

天马连鞍任骋驰，
何年列此对门楣。
想因助汉中兴后，
放驻名骝显迹奇。

青松岭⑤

大夫名望栋梁材，
土厚根深祖手栽，
奇迹岩阿成大器，
风云会待一时来。

金山壁⑥

芝田何必让昆田，
山亦首山小洞天。
应是披沙曾拣得，
嘉名自古到今传。

铜岭岗⑦

羊肠屈曲岭名铜，
天地为炉造化工。
铸作虎符镕作带，
利时宝器自光融。

广福堂⑧

丁坑屈曲水汤汤，
岭上云埋广福堂。
到此身超尘世界，
入山深处认仙乡。

双桂祠⑨

一双丹桂满庭芳，
祖手栽培奕叶光。
待到中秋月明夜，
儿孙攀折一枝香。

社岗松⑩

培植青松社庙前，
盘根错节秀参天。
化龙恰好滋时雨，
士女咸歌大有年。

莲花田⑪

学究渊源性爱莲，
濂溪雅望到今传。
栽花聊守先人业，
种得山中半亩田。

——录自［鳌里］《周氏族谱》

【笺注】

①此组诗为鳌里乡贤周运懿根据[鳌里]《周氏族谱》整理。鳌里周氏在明崇祯年间(1628—1644)迁入,此组诗吟咏鳌里本地景致,当为清代所作。以下注解均为周运懿老先生所作。

②鳌峰尖东面山坡是丁坑岭,左边是梯田,西面山脚为让村村,北靠国山村,前与笔架山相望。鳌里村就在鳌峰尖前面的山坡里。鳌峰尖原名为国山寨,墺里改名为鳌里时,也改名为鳌峰,现在人们习惯地叫国山寨。

③鳌里前方是峰峦叠嶂、郁郁葱葱的大山,笔架山就屹立在大山中央。鳌里周氏始祖周恩十就是看中这里后坐国山寨(后改鳌峰),前朝笔架山,右是马鞍岗,认为"人住国山腰,才靠笔架山。只要勤劳干,就有秀才长",是个出才子的风水宝地。因此迁居于此,开疆辟土。

④马鞍岗是鳌里村东的山,远看山形似马鞍,臀部与丁坑岭头相连,头伸向黄坦方向,全岗都是可种庄稼的土,所以山上到山顶都开成梯田,现都已绿化。

⑤青松岭就是鳌里村出去路口交叉点往下到山脚水碓作坊的岭。岭脚建了水碓房,久而久之,村里的人就叫水碓坑岭。当时两边青松茂密,树杆挺拔,遮天翳日,有的松树长在岩壁上,真是"白金换得青松树,君既先栽我不栽。幸有西风易凭仗,夜深偷送好声来"。冬天下雪时,青松岭是"大雪压青松,青松挺且直。欲知松高洁,待到雪化时",成为一道亮丽的风景线。后来,岭两旁造梯田,松树也砍了。

⑥金山壁位于鳌里村偏左对面的山,它与马鞍岗相连。金山壁山后面是双山村,左山脚是南坑村。山势峻峭,壁下有一

洞,洞边住着一户人家。

⑦在鳌峰的右坡上有一条石块铺的岭,这岭是鳌里通往西里、南田、青田方向的大道,从鳌里上去五百多米的岭在岗上,人们都叫铜岭岗。铜岭是贞房十世周长益的夫人捐资铺造的。

⑧鳌里周氏七世周开盛在丁坑岭头独资兴建了广福堂,堂里塑有观音,周开盛还助租田十五石招人供施茶水。广福堂造福了黄坦、富岙方向前往景宁、龙泉的群众。当时的广福堂的状况是:"前来广福堂,合手拜佛名。香火不间断,有求佛必应。"广福堂遗迹现在鳌里社区右斜对面车路里的山脚下,堂早就拆了。

⑨双桂祠即松筠公祠,在大房四面屋的路右手坎上面,祠堂石门台建在祠堂的左面,石门台前有一口八角井,现在仍在。祠堂前面是驳坎,坎里面祠堂前面有两株挺拔的桂花,其中一株五年前枯萎,鳌里人叫它双桂祠。秋夜,"人闲桂花落,夜静祠外空。月出惊山鸟,鸟鸣祠堂中"。祠堂在"文化大革命"时期拆了。

⑩在鳌里村前祭祀土地神庙的前面有两株松树和一株枫树,土地神庙后的山岗上,有一株青松屹立在那里。很可惜,土地神庙前面的树早就砍了,不过土地神庙岗上的青松还挺拔在那里,"何当凌云霄,直上数千尺",现在还是鳌里村的一道风景。

⑪北宋周敦颐(濂溪)写了散文《爱莲说》,歌颂了莲花坚贞的品格,也表现作者洁身自爱的高洁人格和洒落的胸襟。作为濂溪旧族、北宋周敦颐后人的鳌里周族,也很爱莲,经常用莲的形象和品质来教育后代。因此,在枇杷坵四面屋前左面的一坵水田里种上了莲。到了秋天,莲田里根根带刺的莲梗顶端是一朵朵盛开的莲花,美丽的莲花在微风中翩翩起舞。

附录一
民国旧体山水诗

陈叔通（1876—1966）　名敬第，以字行，浙江杭州人。光绪二十九年（1903）进士。授翰林院编修。曾加入光复会，留学日本法政大学。辛亥革命后，任第一届国会众议员。并就职于《北京日报》社、商务印书馆、浙江兴业银行等机构，积极投身爱国民主运动。新中国成立后，曾任中央人民政府委员、全国人大常委会副委员长、全国政协副主席、中华全国工商业联合会主任委员等职。

游南田山宿刘君祝群家，归途过石门洞，口占纪事[①]

其一

入溪斜趁半帆风，
回忆桐江梦影同。
最是照人清浅处，
惊心衰白已成翁。

其二

溪回岭起午晴初，[②]
拔地松枫导笋舆。
启后亭边一握手，[③]
悠悠尘事卅年余。[④]

其三

环屋为田田外溪，
插秧时节乳鸠啼。
背山绝似张华盖，[⑤]
此是桃源路未迷。

其四

百丈漈为吾浙最，
支筇饱向雨中看。
去年今日来游客，
怆绝山丘骨已寒。[⑥]

其五

天马峰前倒泻河，[⑦]
双坑视此竟如何？[⑧]
云山闻比岩山胜，[⑨]
留待他年载酒过。

其六

开国君臣德不终，
还山吾道未为穷。
巍巍庙貌今犹昔，
五百年来报飨隆。

其七

早谢簪缨百不闻，
抱遗追远绍清芬。
嫛砧凄断同怀泪，⑩
鹤岭门高勒表云。⑪

其八

舍置良田助育婴，
桥成脱珥锡嘉名。
双修慧福今梁孟，
遗子何须金满籯。

其九

石门深处听潺潺，
疑在龙湫大小间。
为诵坡仙诗句好，
不知门外有人寰。

其十

解装暂憩便为家，
三宿殷勤意有加。
每饭不忘红米饭，
故知风味胜胡麻。

——录自《南田山志》卷一四

【笺注】

①此组诗为陈叔通 1935 年游历南田山时所作。第九首所咏石门洞,在今青田,不属文成,为保持组诗完整性,仍予收录。

②"岭"字下原注:"舟抵鹤口岭根,上岭入山。"

③"启后亭"下原注:"君(按,指刘耀东)六世祖启节公建武阳亭施茶,君亦建亭施茶,名曰'启后'。"

④原注:"光绪季年,同学日本。"

⑤原注:"君屋背华盖山。"

⑥原注:"四月二十五日冒雨观瀑。乐清蒋君叔南去年来游百丈漈亦为今日,今已归道山。"

⑦原注:"马尾瀑,在武阳天马峰下。"

⑧原注:"双坑瀑,在万阜口内。"

⑨"云山"下原注:"有石洞瀑。""岩山"下原注:"有石梁瀑。"

⑩"抱遗"下原注:"君刻先世《自怡》《易斋》《盘谷》等集,及端木百禄《石门山房诗钞》,又校勘韩锡胙《滑疑集诗稿》十卷,待刊。""追远"下原注:"文成以上七世故无庙,君建追远祠祀之。重修文成公祠,为忠节公建辞岭门及亭,又为其大父碧梧公建西成门。"

⑪原注:"君为伯姊翠云建鹤口岭头门,榜曰'云表'。"

刘耀东(1877—1951)　字祝群,号疢庼居士,一号启后亭长,今浙江省文成县南田镇人。明刘基后裔。清廪生。光绪二十三年(1897),从学于瑞安孙诒让。光绪二十八年(1902),留学日本,入东京私立法政大学速成科,并任留日浙籍学生总干事,其间加入光复会、同盟会。光绪三十二年(1906),毕业回国,襄助孙诒让办理温州学务,受聘为温州府学堂讲习、温州师范学校监学,并执教金华、处州等地府学。1911年,任浙江省咨议局第八部议员,第二股财政审查员和第三股法律审查员,并任审议长,国务院存记道伊。辛亥革命后,任松阳、鄞县、宜兴等县知事,1919年,调任江苏镇江海关道任统捐局局长。是年秋,弃官隐归故里,以修建保存地方古迹、整理乡邦文献自适。1941年,任省通志馆续修《浙江通志稿》副总编辑。1950年当选为文成县首届人民代表。著有《刘伯温年谱》《南田山志》《南田山谈》《疢庼日记》等。

乙亥百丈观瀑^①四首

其一

飞泉千尺足矜奇,

妙境深藏又孰知?

踏破芒鞋穿荦确,

惭予专壑亦来迟。

其二

化工造就几千年，
好事无人曲径穿。
愿造五丁通磊磊，
扶策彳亍到潭边。②

其三

悬崖摹字认先公，③
到此题名竟偶同。
甲子九周陈迹在，④
予怀邈邈想流风。

其四

登临有伴喜追陪，⑤
行色匆匆雨更催。
太息仰天窝里客，
去年今日忆同来。⑥

——录自《疢颐日记》

【笺注】

①作于1935年农历五月。原有写作缘起说明"乙亥长至后日，偕从弟卓群百丈漈观瀑，循山湾下至潭边，水天相接，雪雾齐飞，境殊奇妙，惜榛莽不辟，荦确难行，因谋造岭以通其径，归途口号四首，兹补入日记中"。今题据说明酌拟。

②原注："彳，音敕；亍，音楝，《广韵》，音驻。"

③原注："先刑部公士行（按：刘貊，宣德初官刑部照磨）于瀑顶右壁摹崖曰：'时洪武二十九年丙子（1396）冬，同仕融兄祝君到此，刘士行纪年。'余初字'竹君'，孙籀师来书，谐作祝君，遂易'竹'为'祝'。及见此题崖，既与远世祖同字，乃更易'君'为'群'。"

④原注："洪武丙子（1396）至今，适五百四十年。"

⑤原注："古杭陈叔通、丁辅之、王福厂，沪上朱公修，四明李嚼雪、梦熊兄弟，于四月二十五日冒雨观瀑。"

⑥原注："故友雁荡仰天窝主人蒋叔南去年来观，亦为四月二十五日。"

丙戌九秋，百丈漈摩崖题名，归途遇雨，口占长句一律①

几度观泉带雨回，②
探奇好事未心灰。
挥金龙壑谁同调，③
摩字云屏我独来。
逝水故人魂不返，④
入山嘉客寇为媒。⑤
悠悠空有千秋想，
岘首碑余风日摧。

——录自《疚斋日记》

【笺注】

①据《疚斋日记》10 月记载，为 1946 年 10 月 6 日初稿，17

日定稿。

　　②原注："观瀑归途，数四遇雨。"

　　③原注："造观瀑岭，或笑为迂。"

　　④原注："蒋叔南、蓝钟伍观瀑去后，皆不逾月而卒。"

　　⑤原注："题名如孙传瑗（养癯）、俞凤韶（寰澄）、余绍宋（樾园）、许绍棣（萼如）、钱南扬，皆因避寇而来。"

往年启后亭落成七律一首，
仅记得首两句，今足成之①

选胜山隈又水隈，
结亭门傍路边开。
丹砂有客品泉去，
玄草何人问字来？
鸣鹤在阴声应响，
飞鸿留迹认徘徊。
晒书亲手摊千卷，
嗟我衰慵再几回。

——录自《疚斋日记》

【笺注】

①完成于 1947 年 9 月 23 日。

丁仁(1879—1949)　原名仁友,字辅之,号鹤庐、守寒巢主,钱塘(今浙江杭州)人。工书画金石,光绪三十年(1904),同吴昌硕等人在杭州成立西泠印社。曾与其弟善之创制方形欧体聚珍仿宋字模,设立仿宋印书局。历任中华书局董事、聚珍仿宋部主任等职。

南田山纪游诗十首,即呈主人刘祝群(选九)

舟至岭根^①

小溪九五里,
上滩百十重。
轻舟一日半,
遥瞻鹤岭松。

登鹤口岭

岭根至岭头,
十里古松道。
如入画图中,
顿使俗尘扫。^②

过武阳村

文成居武阳,
故里足企慕。
乔木荫松揪,

中有先人墓。^③

小憩启后亭④

路入南田乡，
新亭名启后。
停舆主出迎，
相见皆白首。

游石圃山遇雨

游山兴正浓，
恨为风雨负。
瀑未观五叠，
峰未登万阜。

谒文成公祠墓

巍祠有丰碑，
封墓无华表。
我思赤松子，
弓藏尽高鸟。

百丈漈观瀑

天台雁荡来，
我性喜观瀑。
对此百丈漈，
余子皆碌碌。

天马峰观马尾瀑,为云雾所隐,立久始见

回登天马峰,
宿雾带朝雨。
马尾现云中,
更作回风舞。

宿华阳小筑⑤

小筑起华阳,
华盖山之麓。
感君鸡黍情,
投止曾三宿。

——录自《南田山志》卷一四

【笺注】

①题下原注:"乙亥四月中旬,与陈叔通、王福厂、李嚼雪、李梦熊、朱公修自天台、雁荡而至青田县,乘舟抵此。"民国二十四年(1935),作者应南田刘耀东邀请,偕陈叔通等游历南田山,作此组诗。

②原注:"松数百本,为刘忠节公于明洪武间所植。"

③原注:"文成高祖及大父墓均在武阳尖麓。"

④题下原注:"先生造以施茶。"

⑤题下原注:"先生新居,即在旧屋之旁。"

余绍宋（1883—1949） 号越园，别署寒柯，浙江龙游人。民国初年曾任司法部佥事、参事，国立法政大学教授、国立艺术专门学校校长、国立师范大学教授。在段祺瑞时期任司法部政务次长。后绝意政坛，精研金石书画，撰辑书画理论著作，修订方志。为近代著名学者、书画家和鉴赏家。著有《书画书录解题》《画法要录》《寒柯堂诗》等。

秋杪刘祝群约游百丈漈①

云辉玉宇秋萧萧，
朔日良辰好游遨。
南田众瀑百丈冠，
逸兴奋发相招要。
悬流破空贵仰望，
始识大体穷纤毫。
开山凿道才得下，
蚕丛久识刘翁劳。
至今老兴复不浅，
攀跻未逊当年豪。
许君探胜有深嗜，
矫健久已凌吾曹。
诗人画手复联袂，
好景不必忧遁逃。
陡壑危礓数千级，

急转直下心摇摇。
同游不乏少年侣，
先登岂意吾能骄！
斯瀑高名动天下，
雄姿幽趣无烦描。
清溪九派本平静，
何意得势翻银涛。
亦若诗人贵际会，
巧借遇合成英髦。
上瀑高悬却委婉，
下瀑直泻还幽凹。
迥若寒空动烟雪，
矜心躁气为潜消。
异哉声宏意偏静，
宜琴宜瑟谐箫韶。
得毋泉流亦惜逝，
眷恋岩壑难轻抛。
云开失喜展晴昊，
拍手大叫忘喧嚣。
虹霓异彩烜荡漾，
素练漠漠含鲛绡。
去年龙湫诧壮观，
宁知此境尤高超。
平生奇遇天所赉，
更喜母寿逢今朝。

遐思幻想致深祷，

祷我母寿如山高。

顿忘今古为久暂，

天长地永同不凋。

兹游胜绝宜作颂，

颂母兼颂诸君骁。

世运将回此其朕，

重来更颂兵戈销。

——录自《寒柯堂诗》卷四

【笺注】

①亦记载于《疚庼日记》1944 年 11 月 22 日条。原题为"秋杪刘祝群约游百丈漈，漈者，瀑布之俗称也。距南田二十五里而近，汇南田九派溪水，至是直泻，故气势极为雄伟。两旁漈岩峭壁，亦奇矫足以相称。此不独为吾浙最大瀑布，恐国中所有瀑布如此者亦鲜矣。往时游人但能在对岸了望，观其大势。十年前，祝群始发愿开凿磴道，直下约五里许，径趋潭际，遂得尽穷其胜。至是欣然导游，老兴不浅。同游者孙养癯、许绍棣、田寄樵、顾季平、方继馨、江福良诸君。是日适为家庆，诗以颂之"，简化为今题。

游南田山兼赠刘祝群六首①

南田在青田县治西南百五十里万山之巅，自岭根村直上十余里始得达，忽为平原，方广百数十里，明初刘文成公故里也。有良田千顷，冈峦层层围绕，故田得不涸，富庶为一县冠。而峰峦竞秀,泉瀑争流,风景极为幽胜,古称福地,今之桃源也。故人刘祝群,文成公嫡裔,居其中二十世矣,覃心著述,卓然成家,与予别已八年。甲申(1944)夏,寇扰浙南,予避居景宁而先移通志馆于此,以就省立图书馆藏书。秋间乱渐定,乃发兴往游。初入山,磴道宽洁。夹道有老松千数百株,皆大数十围,间以霜枫,直至岭表。此松为文成次子忠节公手植,历年亦六百矣。祝群护持之,得不毁。其所居在华阳山麓,可揽全山之胜。闻予将至,特葺小楼两间,俾下榻焉。予既感其殷勤,复承其允予任志馆编纂,因作是诗贻之,为《南田山志》聊增故实。[祝群著《南田山志》,极精审。]

其一

久慕南田胜,
今朝遂胜游。
老松缘峻岭,
薄雾罱平畴。
世乱居思僻,
山高气易秋。
无聊托幽兴,
尤喜得依刘。

其二

百丈高山上,
何来千顷田。
层冈苞畎亩,

列树蓄云烟。
富庶宜称最，
风光独占先。
竟忘游息处，
已在万峰巅。

其三

小筑华阳麓，
儿孙视众峰。
著书多岁月，
好客洁盘饔。
祖德诚无忝，
交情久益浓。
翻因世多故，
垂老尚相逢。

其四

郁郁万山环，
文成诞此间。
人心原未死，
天意故投艰。
开国风规邈，
哀时血泪斑。
式凭如不爽，
应为抱恫瘝。

其五

抱器来宗国，
怀铅远暴邻。
藏山欣有托，
适馆喜无尘。
考献依中秘，
搜遗赖故人。
只因负言责，
未得久相亲。

其六

犹有称心事，
楼成倒屣迎。
修书承快诺，
观瀑不寒盟。
朴质存风义，
艰难愧盛情。
兹游宁易得，
真足慰平生。

——录自《寒柯堂诗》卷四

【笺注】

①亦记载于《疚斋日记》1944 年 10 月 22 日条。

访刘文成公故居

　　在南田之武阳山,松石奇矫。下有飞泉,俗名"马尾瀑"。游时遇雨,瀑势益可观。惟其中任土人供佛像,殊不相宜耳。

　　　　石门昔谒读书庐,

　　　　今日南田拜故居。

　　　　松瀑依然含啸傲,

　　　　风云犹似护储胥。

　　　　明君有道容归国,

　　　　乱世何人解式闾?

　　　　蒿目中原怀往绩,

　　　　千秋怅望泪沾裾。

　　　　　　　　——录自《寒柯堂诗》卷四

蒋叔南（1885—1934）　名希召，以字行，浙江乐清人。清末就学于浙江武备学堂、保定陆军速成学堂。辛亥革命时，参与上海光复之役，任第八十九团团附。后历任北京大总统府军事处咨议官、上海时事新报馆经理等职。民国十三年（1924），当选浙江省自治法会议代表。著有《雁荡亦澹荡人诗稿》等。

游南田山别刘祝群^①

上岭下岭云开阖，
入山出山泉送迎。
为谢主人迟客意，
云泉终古两心盟。

——录自《南田山志》卷一四

【笺注】

①《疚顾日记》1934年农历四月廿四日记载了蒋叔南的南田之游："乐清蒋叔南于前日由青田来游。昨晨陪登观稼亭及启后亭少坐，午后至夏山谒先文成墓。今晨襆被拟陪其观百丈飞瀑，随诣圣泉洞宿。乃正欲乘舆出门，而大雨如倒，又不能行。余近半月来，久思驾言出游，以写我忧，适得良友，游兴益豪。竟以雨止，甚可惜也！"

郑文礼（1892—1948）

又名国本，字烈荪。浙江东阳人。中学就读于金华中学，1917 年，浙江法政专门学校毕业，后入浙军担任文职秘书。1919 年，赴法国留学，先后在里昂大学、巴黎大学学习法律、政治与经济。博士毕业后回国，任国立广东大学政治系教授。1926 年暑假后，任国民革命军东路军前敌总指挥部秘书。后任职浙江省高等法院院长、浙江反省院院长、江苏省高等法院院长等职。

诣谒刘师祝群先生三首(并序)①(其三)

民国三十三年(1944)秋避寇南田，诣谒刘师祝群先生，谈次出示金华中学时全体师弟摄影，并赐《括苍丛书》一集，回首前尘，怆然有感，敬赋律诗三章，呈乞哂政。

> 放眼乾坤一战场，
>
> 人间安得水云乡。
>
> 杜陵避地诗情苦，
>
> 元亮归田酒味长。
>
> 未必横流无砥柱，
>
> 相期晚节各馨香。
>
> 待看洗甲银河日，
>
> 共赋尧夫击壤章。

——录自《疚颅日记》第三册

【笺注】

①记载在《疚颅日记》1945 年 7 月 21 日条。题目为编者所加。《日记》中有刘耀东原按："光绪三十四年戊申(1908)，余教

授金华中学,时文礼年十六岁,肄业中学,至今执弟子礼,极难得也。"

孙传瑗（1893—1985）　字蘐生，号养癯，安徽寿县人。曾任五省联军孙传芳的秘书。抗战期间，受聘为浙江大学龙泉分校教授。著有《待旦集》。

游南田观百丈漈，盘桓于刘氏华阳小筑，赋此寄谢祝群先生，并柬余越园、田寄樵及诸同游者①

疢颀先生涧谷居，②
去来但借双飞凫。
疢颀先生白髭须，
容貌与吾同清臞。
先生杖策归故庐，
韬精闭户日著书。
不言臣朔饥欲死，
久已醉饱羞侏儒。
一真自能敌百伪，
宁与浊世争毁誉？
感翁年时频念我，
把臂一笑旋嗟吁。
文章有神交有道，
花能巧笑鸟能呼。
豆羹芋粥味外味，
酸咸信与世俗殊。

清言亹亹澹今古，
有时窥座惊狻鼯。
暮雨潇潇坐小阁，
使我心境两恬愉。
越中夙称山水窟，
南田福地仙所都。
谁搜灵閟抉幽奥，
疚瘼先生心力劬。
随山刊木治秽芜，
尽辟险阻成坦途。
陟彼高冈跻彼砠，
我马不瘏仆不痡。
魑魅罔两尽窜避，
木石之怪立睢盱。
百丈飞漈秀寰区，
珠绡雾縠云有无。
天然爱好谢膏沐，
不肯狼藉施丹朱。
越人哆口夸雁荡，
一孔之见真拘墟。
靓妆自是宫嫔贵，
慵髻还宜静女姝。
风人言诗素为绚，
姑射仙人冰雪肤。
杜陵论书贵瘦硬，

孰于寒秀见清腴？

昔观上标百丈瀑，

差足并世称亮瑜。

时人贵耳而贱目，

山灵掩口为胡卢。

我来将届重九节，

喜二三子与之俱。

为分茶荈寻野店，

缘烧蔬笋入山厨。

奈何今日吾丧我，

直欲据石真檺梧。

有耳政须闻天籁，

松声竹韵皆笙竽。

乱离得此良非易，

不妨槃礴乐斯须。

寒柯老子兴不孤，③

咳唾落纸霏玑珠。

山阴田四工染翰，④

为我摹作观瀑图。

钟鸣鼎食胡为乎，

膏肓泉石真吾徒。

——录自《待旦集》

【笺注】

　　①此诗约作于 1944 年秋，参见余绍宋《游南田山兼赠刘祝群六首》诗注。余越园，即余绍宋。田寄樵，原名嘉荣，又名四，

浙江绍兴人。20岁考入北京大学,师从范守白,致力于山水,又改篆隶。

②疚颅,刘耀东号。

③寒柯,余绍宋别号。

④田四,即田寄樵。

陈卓（1898—?）

谱名得寿，字毓昌，今浙江省文成县大峃镇人。性嗜乐曲，擅奏三弦琴。长期从事教育，亦工诗。

定居峃川阳头

郭外林泉处，

定居任自由。

青松环翠宇，

碧水绕溪流。

山近花迎石，

楼高树并头。

四时呈秀色，

放眼望中收。

——录自《文成见闻录·陈卓与沈锡畴先生》

山林春色

绚丽阳光天朗晴，

群芳妖艳媚山城。

梭莺织锦厌林密，

蛙鼓催春嫌杵轻。

雀噪竹林喧耳闹，

泉喷池畔沁心清。

枯肠欲断无佳句，

枉费推敲日午正。

——录自《文成见闻录·陈卓与沈锡畴先生》

王季思（1906—1996）　名起，以字行，永嘉（今属浙江温州）人。著名的戏曲学家、文学史家。就读东南大学时，师从吴梅。毕业后，历任中学、大学教员。抗战期间，曾在文成龙川、南田的浙东第三临时中学、浙江省立联合高中任教，完成《西厢记》校注。新中国成立后，历任中山大学中文系主任、古典文学教研室主任、校务委员会副主任。被选为民盟广州市主委、广东省副主委等。

王冥鸿先生有诗见贻，赋此奉答（节录）①

我从龙川来，②
蹑屐凌嵯峨。
群山聚成海，
四望无平波。
中峰见怒瀑，
下注百丈坡。
灵区閟奇气，
偶泄为江河。
遂成利济志，
声烈震岩阿。

——录自《王季思全集·韵文集》

【笺注】

①全诗见《王季思全集》第 6 卷第 136 页。王季思附记云："王冥鸿先生是浙江省立杭州高级中学语文教师，时随浙西联高师生迁居青田县之南田。南田是明刘基的故乡。全诗寄寓我对

这位辅佐朱元璋驱逐胡元、光复华夏者的怀想。"此处节录其中描写文成百丈漈景物的部分。

②《疚颜日记》1944年11月13日条:"浙东临时第三中学设在龙川,以理化仪器未办,校长陈仲武偕教员王季思、胡荣伯、徐缓甫四人,率学生数十人来山中借联立高中学校仪器。"王季思与王冥鸿唱和,或即发生在随校长到浙江省立联合高中借仪器时。

周国春(1909—?)　原名日润,字慕萱,今浙江省文成县大峃镇人。生于清宣统元年(1909)。民国二十年(1931),中央军校第十一期毕业。参加"一·二八"淞沪抗战,随十九路军入闽。民国二十八年(1939)任军令部无线电总台中校课长。民国三十五年(1946)转入资源委员会。新中国成立后从事水电工作,1973年退休。

游白云庵①

白云峰上白云浮,
绝壁嵯峨胜虎邱。
落叶满林山径滑,
修篁夹寺禅房幽。
檐前滴沥晴疑雨,
洞里阴森夏亦秋。
遥望溪头一渔父,
日斜犹放钓鱼钩。
　　　　——录自《文成见闻录·云峰山白云庵》

【笺注】

①此诗为作者十三岁时所作。

附录二

山水赋

马士行 浙江嘉兴人。生当明初。

盘谷赋(有序)

栝苍盘谷八景者,皇朝翊运功臣诚意伯之孙闲闲子寓目之所也,曰龟峰春意,曰鸡山晓色,曰双涧秋潭,曰三峦夜月,曰西冈稼浪,曰北坞松涛,曰竹径书斋,曰松矶钓石。闲闲子盖尝盘桓于其中,有考槃之乐,而能忘世绝俗者也。故为之赋,以赞其高焉。其辞曰:

吾闻栝苍之山,接闽关而为一。崒嵬崒嵂,剡旎纤郁。几千里兮,挟婺女而南出。壮瓯越之险隘兮,开疆场之翼翼。怂龙骞而凤骞兮,盘深谷之郁郁。右南田之回环兮,左沧海之溷瀰。负故国之雄图兮,为乾坤之柱石。

观夫谷之为状也,昂首迎曦,掉尾曳泥。晦若龟伏,显若鸡飞。司三唱兮献曙,蓄五总兮含滋。布青青之生意,烂昭昭之晴晖。至若双涧澄秋,三峦扫翠。滴夜壑之岚光,泛寒潭之灏气。流长空之素月,浸泠泠之潦水。其或万窍怒号,调调刁刁。翻冈西之稼浪,荡坞北之松涛。龙惊雷而起蛰,鹤聆响而鸣皋。若乃竹径书斋,苍雪交加。松矶钓石,苔痕藓迹。水色烂而天迥,凉阴薄而春寂。此谷之状,所以旁礴古今,而四时之景,亦无尽藏也。

当其春和景明,天高日晶。长烟敛空,花光冥冥。乃有褒衣之士,峨冠之徒,雅雅于于,府府鱼鱼。或抽毫而进牍,或挈榼而提壶。憩于幽谷之表,聊盘桓而乐胥。坐茂树以终日,挹天光而踟蹰。喜地势之高旷,际北极之清都。于是招王猷,呼李白,拉宋宗，访周家之畯稷，历双涧三峦鼎立。起垂纶之钓叟，问九江之纳锡。此谷之景无穷，而人之行乐亦无穷也。

嗟夫！云龙相从，其从如雨。风流云往，倏焉今古。览光景以游遨，冯闲闲而复举；谢簪绂于明时，乐相羊于故土。微兹谷之胜，曷足以表伊人之德；微伊人之德，曷足以为兹谷之主？山若增而益高，谷若廓而益溥，是将有以下潇湘而略湟川者矣。呜呼！白日西流，逝水东注。尽兹谷之盘桓，不知为光阴之几许。于是慨然援彩笔，磨苍崖之壁，泚晴空之露，歌周人《考槃》之诗，而作盘谷之赋。

——录自《盘谷唱和集》后集

胡景峰 名念祖，号钟岳，以字行，瑞安玉壶（今属浙江文成）人。乾隆时太学生。

狮岩赋

緊名岩之奇崛，郁灵秀于莽苍。胜擅章安之邑，形标嘉屿之疆。[①]左俯瞰乎壶峤，右控引乎巽阳。[②]芝水惊涛而浩淼，玉田披绣以开张[③]。石壁巉岏，气接岩庵；[④]古刹苍崖，曲弟秀凝。

崇福山房，中有胜迹，厥名狮岩。[⑤]丹流翠积，势削形剜。罩晴烟于幽壑，含宿雾于重岩。万窍玲珑而窈窕，一卷崫屼以嵌嵌。嶷若削成，恍耸巨灵之掌；岿然杰起，宛呈怒狮之颜。当夫盘踞山曲，兀立阿邱，恍羽毛之润泽，曜翠巘之清幽。狮即岩而象著，岩即狮而名留。蹲石如虎，挂藤似猴。骁骁若熊罴之莫掣，狰狞若犀象之难收。鹤鸣兮，若惊风而怒吼；雨淋兮，若搏兔而汗流。异域贡来，闲眠曲岛，奇僧驾至，暂驻神州。

于焉行峻岭，扳藤条，气霁薄暮，云敛中霄，寒山石寂，井叶微飘。偃月垂虹，径入清虚之府；扪参历井，俄游广漠之霄。可以去尘虑，涤烦嚣。何必搜读图经，叹狻猊之得见；寻名谱牒，幸白泽之非遥。

彼夫日观峰丛，月柱云低。石着三生之迹，轩留万玉之题。素女双鬟而雾霭，石人两髻而烟迷。非不可发骚人之逸兴，邀过客之幽栖。然景因人而代谢，人即景而难跻。孰若山之钩牙异兽，蠢碧巘以光齐？翠滴层峦，色染星眸，绀眼秀呈，叠巘增辉，玉爪金蹄。是盖钟毓天宇，曜灵环中，昆仑却粹，而岩堑欲动，虎豹胆慑，而讼庭已空。棱棱兮大坑飞雪，飒飒兮寨垒生风[⑥]。

狮子为百兽之长,樊公为百夫之雄。形图象绘,鬼斧神工,并得乾坤之寿算,不受天地之牢笼。

——录自[玉壶]《安定郡胡氏族谱·文献》

【笺注】

①章,原文为"竟",据瑞安古称改。章安,汉代县名,范围包括今台州、温州、丽水三地。嘉屿,玉壶原属瑞安县嘉屿乡五十都。

②巽阳,巽峰之南。

③芝水,即玉泉溪,发源于青田县。

④岩庵,大峃镇珊门村白云庵,高度与玉壶之山仿佛。

⑤狮岩,玉壶地名,上有狮岩寨。根据赋体文学的对仗惯例和语意,"崇福山房"后疑缺一句(四字)。

⑥大坑,周壤镇大坑村,为明御史陈茂烈的故乡。

林樨锦 浙江瑞安人。

玉壶山赋①

伊嘉屿之名乡,属章安之村僻。栝山郁而北横,秦岭接其南陌;西则距夫大坑,东则界乎景帻。②户封一姓(地多胡姓),人满数千;壤错三垟,亩同七百(地列三垟,每垟各七百亩)。家家敦皇古之风,处处遍桑麻之迹。乘桴架叶,为野老之轻桡(地多溪水,以竹箪作渡);砌石依岩,敞文人之广宅。其地则壶山韫玉,芝水怀珠(水从芝田流绕,故名芝水)。③象在垟而在岗(象垟、象岗,地名),烟景不违咫尺;金作垅而作井(金垅、金井,地名),江村只隔斯须。墙外山头(俱地名),正阳(地名)午卓;大田塘下(俱地名),古道辛迁。云销前垟(地名),绕麓外楼(地名)风景寂;烟迷后路(地名),横山(地名)独树月轮孤。则见石壁(两石峭立出水之处)高撑,巽峰(山名)回出;④岩畔悬钟(岩),峰前挂壁;塔影横沉,狮林疏密。一尖朝对,上插云霄;两岩相交(岩),中藏石室。鹰(岩)雏遐举,逸翮搏天(石);牛笛横吹,清声叶律。天雷(山)箓无妄之占,金(山)玉(壶山)抱不亏之质。斯岩石之幽奇,亦山峰之崒嵂。若夫流泉脉脉,潭壑冷冷。银河倒落漈门(上有瀑布),瀑飞百尺;金井上通斗阙,塘号七星(地有七塘,上应七星)[(用剂狮岩)。霹雳雷声,天井(天井窟中涌出泉,极冷)沉龙(潭)起舞,相交云水(交水潭),凉桥(桥名)钓月(潭)渊亭。]雨伞(潭名)潭前,水光一色;菰蒲溪(溪名)畔,峰影万青。锦带(腰带水)流来异兽,金狮(狮子潭)幻出奇形。尔乃憩霞亭(紫霞亭在店楼墩)以坐啸,最爱迎风;缅岑楼(亭在叶草岭)而兴悲,空闻鸣鼓（地有鼓楼遗址）。楼桥（桥上旧有楼屋）朝爽，挹霞墅（野有楼桥，下旧多松）而占晴；山犊春犁，耕鸭母（田）而助雨。飞鳌射斗，帝阙崇文（文昌阁）；峻宇雕墙，珠镇武祀（宫祀玄帝）。庄济侯之庙貌巍峨（庙奉三港），关武帝之殿形砥柱（在出水口处）。天后宫之甘雨，散润千家；崇福寺之晨钟，晓开万户。⑤

　　况夫清映冰壶（映冰书院，在大田），贮作玉堂冰鉴；志澄桂窟，预培艺苑桂林（桂林书院，在越翁筑）。聚英贤以乐育（馆用翁筑），复乡社之规箴（旧有社学）。何必兰田，始夸建学？宛同司马，用佩格心。是以主人扫榻而迎，文人担簦而至。文章半蚀，碑留景倩（邑教谕项景倩有《巽峰碑记》）之词；翰墨犹新，院剩国琛之字（宋国琛手书"狮子林"三字，在狮岩寨）。珍禽异兽，堪补《离骚》；仙木灵芝，足供药志（地有物产）。尤可爱者，开石径，扫云根，近远烟村随高下；耕尧田，锄禹甸，平坡桑野杂方圆。春雨初生兮倾峡，夏云乍叆兮层巅。天朗秋高，墙阴峰载；霜凝冬烈，枯木苔鲜。隔断红尘到此，山中宰相；搏通紫陌行来，陆地神仙。此时作赋摹图（丙戌夏，表兄云翼示所居壶山图，索余作赋），徒效坡公齿冷；他日寻山携屐，应同谢客情迁。

——录自［玉壶］《安定郡胡氏族谱·文献》

【笺注】

　　①《文成见闻录》作"瑞安廪生李锦沛"作，从［玉壶］《安定郡胡氏族谱·文献》改。

　　②见《狮岩赋》注。

　　③芝田，即青田。

　　④巽峰，见胡昭文《巽峰览胜》注。

　　⑤天后宫，即妈祖庙。崇福寺，即玉泉寺。

佚名

郭公洋地舆赋^①

公何人兮？名轶勿彰。名虽轶兮，厥姓犹扬。身骑箕兮跨尾，风山高兮水长。地距城西兮百五十里，名遗奕禩兮郭之公洋。由括苍而迤逗，中鸟道而羊肠。天文分牛斗之域，地隔列义邦之乡。控山溪而冲泰邑，隶安固而界昆阳。高并苍崖之顶，辉联云汉之章。插列峰而竞爽，迟轮驭于扶桑。蛙奏三春之箫鼓，鸟鸣四序之笙簧。

谷虽深邃，径达四方。叶氏始迁祖仁捷公，自松阳而播越，用山梯而海航。陟巘原而观流水，终卜吉兮允臧。披霜露而斩荆棘，爰肯构而肯堂。五斗潭源深于偏鄙，七星岩分峙于中央。葫芦悬水口，高筑五景之观；星辰排山角，分流九溪之洋。大启尔宇，长发其祥。螽羽而子孙振振，燕夭而厥后其昌。^②

东有紫华，峰峦岳叶，洞壑钘岈，形如吐焰，势如排衙。日出苏门，红树映丹崖灿烂；月明碧落，紫峰偕绿萼敧斜。翔则鸾凤，舞则龙蛇，绮文作锦，散彩成霞。秀可夺文坛之席，贵可笼台阁之纱。年年登大有之书，岁岁享斗亨之福。

其南塘则名碧岩，号乌纱。春水鱼游，饕掉机忘天上下，秋山雁过，幞开岚障影参差。怪石为牛兮，绿竹一枝鞭其尾；营城作堑兮，青嶙万石错如牙。跨鹤高腾，拢石之仙踪不返；掣龙潜伏，箸潭之清沁无涯。

其北则纱团水口，岩磊山头。万派朝宗，白水激正悬匹练；一峰插汉，赤沙岗斜挂朱脬。七星潭水漾空蒙，上映天河若镜；

五雷寨峰隆叠震，下临地轴如矛。棋布星罗，岙内之乾坤永奠，重围叠锁，山中之日月常优。

至若六六培蟠峻岭，三三婺镇瑶宫。半岭崖悬，晓见石船撑雨；双峰耸翠，夜闻铁笛吹风。种种奇形，亦顾虎头之灵心莫绘；纷纷异迹，即王摩诘之妙手难工。

尔乃下潆上蟠，天造地设。一望而旷野平原，四顾而山环水结。沙碧而明，泉清以冽，可风可雨，宜晴宜雪。执经问字，悉昂霄耸壑之英；酌酒吟诗，皆纡紫拖青之哲。牧也求刍，耕者以铁。采山而美可茹，钓水而鲜可啜。不若之魑魅潜形，顽冥之虎狼藏穴。出也闻型仁讲让之声，入则听睦族敦宗之说。仓廪积而常盈，泉府流而不竭。谓非地以人灵，人以地杰也哉！

————录自《千年古乡公阳·〈郭公洋地舆赋〉解读》

【笺注】

①关于此文的来源和撰写人物，沈学斌《〈郭公洋地舆赋〉解读》云："据说是从平艺叶氏宗亲族谱中抄来的。……该文到底出自何人之手、成文于何时，还一直存有争论。一种说法是清朝乾隆年间，由平阳迁（仙）源养斋季乐浩撰写。第二种说法是由（清代）苏州人彭启丰所写。三说是（明代）公阳礼部郎中叶鼎撰写。"见《千年古乡公阳》第 226 页。

②夭，原文为"天"，据《平阳叶氏志》第 688 页改。燕天、燕天皆不可解，当是讹字。

附录三
山水散文

郭斯垕 作者简介见前。

盘谷序（并歌）

　　处士之星之下，其郡曰括苍，中有盘谷焉，实我朝开国诚意伯刘公里第之所也。公之孙约斋既袭爵，天子不欲夺其林泉之志，赐以雪上之田。而东其行是谷也，背天鸡之山，而翼以盘陵、龟阜，三峦前列，云树深茂，其泉甘土肥，真若韩子之言而李愿所谓大丈夫者。刘氏乃两全之，非今缙绅所及矣。

　　余尝闻古有伯成子高者，盖异世而同符者。子高当尧时立为诸侯，迨及舜、禹有天下，则辞诸侯而耕，夫三后一德，宁有所去就哉？盖陶唐氏之君万方也，十日并照，庶物咸燥，洪水滔天，下民昏垫，四罪未逐，海内尝其毒，子高之于诸侯，不得不立也。虞夏之际，天道清于上矣，地道宁于下矣，人道行乎其两间矣，子高之于诸侯，又不得不辞也。使子高不臣尧，而惟一二稷、契是咨焉，将何以备经济之具，而致彼无为之治邪？天下既治，使子高不辞诸侯而耕，将何以息斯民之奔竞，而还乎淳朴邪？故曰："时止则止，时行则行，动静不失其时，其道光亨。"若子高者，世无其比久矣！乃今于刘氏见之。

　　惟昔天造草昧，太祖皇帝龙兴维扬，逐定四海，而犁眉公运等帷幄，如汉之子房者二十余载，功成名遂，而身乃勇自退。非明于天道者，敦能与于此哉？是诚犁眉公能致孝陵兼有唐、虞、夏后氏之功烈，而后以一身私其治平也。彼李愿所谓大丈夫者，我独两全之，岂偶然哉？今约斋又深克肖其德，何天之独厚于刘氏邪！盛矣夫，双璧相望，照耀两间，余固谓亘古今惟伯成子高与之异世而同符耳。噫！昔之盘谷以李愿得名太行之阳，而今之盘谷以刘氏得名栝苍之中，信所谓"南山秋色，气势两相高"者矣！然而披襟茂树，濯缨清泉，茹山之美，食水之鲜，若盘谷者，无处不有焉，至于结窝者著《皇极》，闭户草《太玄》①，下者入黄主，高者出苍天，斯刘氏所以乐其乐，而李愿未之尝言，抑且余不能知矣。若夫长篇短章，春容铿锵，诗迫汉魏，文兼骚庄，梧月斗彩，梅雪争芳，使人览之，翛然有出尘之想者，是皆诸君子考槃之余韵也，岂不为山林之耿光乎？斯垩虽不及识犁眉公，窃喜获知于约斋，既得饫闻金石之音，且辱征言，敢不倚歌而和之？歌曰：

　　闲闲子，真仙人，乃是护军诚意伯之嫡孙。青年袭好爵，天宠固无伦。一朝忽思丘壑美，便觉肉味不如水中芹。长揖别万乘，归卧盘谷云。濯足东海波，长鲸不敢张其麟。振衣南山顶，猛虎垂耳皆崩奔。闲闲子，真仙人。千金起新宅，百金买芳邻。东邻赤松子，西邻孤竹君。松龙吟兮竹凤舞，一笑挽回天地春。光风浩然起，吹此华阳巾。昔时黄金印悬肘，争如今辟谷能轻身。为是君王恩泽多，山居亦犹金马门。闲闲子，真仙人！

　　　　　　　　　　　　　　　　——录自《盘古唱和集》前集

【笺注】

①原文为"女"，据文意及形似改之。

陈谷

字宾旸，号甘泉生。世居处州郡城（今浙江丽水），迁南田。从刘膴游，隐迹好古，不干荣利，诗文有奇气，学行为时推重。著有《存存生集》。

游鹿角峰记

栝苍南田盘谷之胜，袭封诚意伯刘先生所居也。凡一泉一石、一丘一壑，皆瑰奇可爱。先生既掇其最者为八景而品题之，凡天下之名公硕儒，莫不有诗有文。然犹有未及齿者。

先生之第在鸡山之下。鸡山之上为大鹿角之峰，禺昂峭拔。析支而北，可二里许，隆然复起，为玉麟之峰。逶迤蜿蜒，盘旋而南，横亘为华盖之山。自华盖龙骧蛇行，复折而西，可一里许，屹耸一峰，上锐下广，不侧不欹，状若植圭，名曰小鹿角之峰，与龟峰对峙于盘之左右，去鸡山俱仅数百步，而其下则松矶俯瞰双涧之阿。

洪武壬午之岁①三月二十有五日戊申，先生呼谷等杖策拟跻绝顶而一游焉。将行，会仕祁公子携金善安居士自天壶山来，先生大悦，遂与之偕往。谷与先生之令子文度、泫、涣咸从，伻叟潘均保提苦茗一壶，亦欣然而来。

时春雨初霁，天朗气清，八风不奸。遂徒步循涧阿登松矶而少憩，山花野卉，清芬袭人。善安请曰："某也耄，筋力衰薄，不能复从，愿止此而待焉。"山无蹊径，遂相与扪萝缘木而上。至其巅，复平衍爽恺，有怪石磊块错落，浮出土肤。石之左右有三四古松，仰而视之，犹旌幢翠葆，覆盖其上。遂拂石而坐，纵目一览，近而南田之层峦复岗、大川小涧，远而东瓯秀岘之山，莫不森罗蓋布,争妍竞秀于眉睫之间。先生悠然四顾,酌苦茗啜之,适有风飒然自西南来,与松遇,汹然有波涛声,使人听之,心旷神怡,翛翛然有出尘之想。仕祁公子掀髯奋袂,剧谈古今,缕缕不倦。先生亦口占一诗曰:"青松张翠葆,白石耸玉床。徜徉宇宙间,谁能蹑仙踪?"久之,复从绝巘而下,而善安犹庞眉皓首,危坐石上,有古仙人之状焉。复相与西游龟峰之麓,比言旋,已不知夕阳之在山矣。

呜呼!山水之乐,未易知也。非迭宕造化,游心于万物之表者,其孰能与于斯乎?今先生居崇高而不侈,视势利犹蠛蠓,而日与山翁野叟徜徉容与于泉石之间,不知自视与古之有道者何如也。作止语默,将为吾徒轨范,而况于一游一豫者哉?窃用纪述如左,以贻永于方来云。

——录自《盘谷唱和集》前集

【笺注】

①洪武壬午之岁,实为建文四年(1402),朱棣因不承认建文帝的正统地位,将建文年号改为洪武年号的延续。

游龟峰记

前袭封诚意伯刘先生以洪武辛来之岁既推谢事于朝,归隐桑梓,日与幽人逸士泛事于山水之间。一日游居第,顾其岗峦回合,泉甘土肥,风气攸聚,心悦而好之,爱即其地创别业而居焉,因名之曰盘谷。盘之左,若大小鹿角、玉麟、华盖诸峰名胜,尝记其略矣。其右则自鸡山析支而南,忽起如鹜,倏伏如踞,逶迤联络,凡十余峰,而势始奠,复崎一峰,通涧流而上,比诸峰而差小,状若元龟，则龟峰是也。即鸡山之趾而观之，其势若蛟之翔，若虎之跃，若芙蓉发艳于青天，若洪涛汹涌于沧溟，若祖父坐而子姓环侍，若大将训戎而侍卫森严，岚光晻暖，佳气郁葱，所以钟奇献秀者，不一而足。

永乐甲申之岁（1404）九月十有三日，先生偕其季仕祁公子文彦、钱君尹仁洎谷、钱孔昭氏读书论道于东楼之上，登看速舫，酒酣，戒应门者，撰杖屦而进焉。时秋高气清，万象呈露，相与越小涧而跻其巅，拂石而坐，佳木垂阴，幽泉迭韵，即之而尘虑顿息，逸兴遄飞，歌《招隐》之章，咏《白驹》之句，欧阳子所谓山水之乐，得于心者，其庶几矣。先生顾谓谷曰："是亦不可以无记。"

谷惟天下之佳山胜地，皆扶舆清淑之所钟也。造化閟之，鬼神守之，非阴德显功，心合天道者，其孰能居之？谷闻先生之先曾大父永嘉郡公，积德累行，被于遐迩，民到于今称之。先大夫太史公，又以宏谟伟略辅翊圣明，拯生民于涂炭，跻泰运于雍熙，厥德溥矣，厥功大矣，而先生承先世之休光，膺皇朝之宠渥，既而得优游于山林泉石，恬然不以富贵为心，惟日孜孜于圣贤道德之学，以乐其天，天其有以畀之，所以彰有德而报有功也。不然，自开辟以来，不知其几千万年，而地不改作也，兹山之胜，有目者皆能睹之，何其晦于昔而显于今耶？后之子孙，可不知所自而忽之哉？尚当以先公之心为心，以先生之守为守，敦崇礼义之风，引翼诗书之泽，将见世德无穷，子孙千亿，使盘谷之胜愈久而弥彰，非特以昌黎之文见称于世者所可比也。

谷既为之记，复致勉旃后人之意云。

——录自《盘谷唱和集》后集

叶砥　作者简介见前。

盘谷记

砥自童卯就外傅，即闻栝苍刘先生伯温父以经济之学鸣于时。时遭多故，不及从之游。逮先生以帷幄重臣翊圣朝，而砥以洪武初科进士第如京拜官，命严，又弗及候阍人一请见焉，迄今欿然为平生恨。

今年秋，适见其孙诚意伯士端氏于凉之逆旅，握手如旧。盖士端谪游酒泉而寻复南辕也，因愀然却顾，以语余曰："处士之州，青田为望县。县之山，玄鹤为胜地。山之间，吾家寔旧族也。自吾先大父太史公以佐命勋推恩于上世，袭爵我后人，我后人余庆是赖，故得丘园是贲，闾里是安。顷岁营别业，距故宅之西可一里许。地势幽阻，溪山盘旋，因名之盘谷，辟馆延师，为训子所。每暇时，竹冠卉服，与嘉宾益友盘桓容与乎其间，探奇撷秀，移日忘倦。若夫晨曦未升，鸡山蹇霭；春意才泄，龟峰含滋；或振衣三峦之顶，或濯缨双涧之阿；循西冈以观稼，憩北坞而听松；拂松矶之钓影，[①]锵竹屋之书声。至于农谈樵唱，风烟云月，花木鸟鱼，四时景物之变，举炫妍售巧于杖屦几席之前，殊令人接对不暇。由是谷中胜概，凡在过从文士，一一题品赋咏，为美谈云。乃今淹恤兹土，形若留而神独往，无时或置之。兹幸告归，倘遂退休，愿斯毕矣，子能为我记诸？"

余辞弗获，乃复之曰："大丈夫之生世也，不以穷达易节，不以进退渝心，一视夫时之可否焉尔。昔李愿之盘谷也，时乎不遇而穷居野处可也。今子所谓盘谷，异乎吾所闻欤？利泽施于人，声名昭于时，佐天子以坐庙朝，非先太史之谓乎？夫既遇知当代，身名俱全，而俾子以华年袭好爵，方当输诚继志，竭忠所事之秋，其宁以暂蹶少挫，遽谋一丘自安，毕退休之愿？殆于不可！是盘之名虽一，而盘之趣则殊也。然谢文靖立朝秉政，其东山之志终始不渝。贤者之所为，众人固不识。子亦有所自处乎？抑窃有感焉。当先公时，与公下上骋勋庸而耀荣宠，高门大第，今之在者有几？而公之阀阅俨然，故林乔木之秀，泉石丘园之美，簪缨之胄弥昌，诗书之泽益衍，而福嘏之锡尔后者方未艾。盍于此观世德欤？砥恨不识公于前，幸识公之孙于后，又幸以文辞托名公之故林泉石间，异日亦卜南还，上栝苍，过南田，访其所谓盘谷者而历游焉，则林泉景物之胜，尚为子一一书之，未暮也。"

——录自《盘谷唱和集》后集

【笺注】

①松，原作"楸"，根据盘谷八景名物，"楸"应为"松"的误写。

刘斐 广东潮阳（今广东潮州）人，弘治十二年（1499）进士，曾任处州知府、江西布政司参政。

赠金君国安遗安堂图序（节选）①

温郡峃溪山水为东南之胜，巨峰有曰东岩者，屹立冲霄，左右诸峰，蔚然拥卫，有顿城列戟之形，舞凤飞龙之势，小涧合襟绕其旁，大溪横带映其前，土地丰肥，货财生殖，居民有太古之风，习俗无浮靡之尚。文献是徵，彝伦攸叙。

——录自[珊门]《金氏族谱》

【笺注】

①原书作"知处州事潮阳刘斐撰；赐封处州卫指挥史刘瑜顿首撰"。

邢日伟 作者简介见前。

水云尖记

黄坦皆山也,东北一峰屹然尤俊。其石激悬流,雪落深湾,一泓秋水注湿无穷者,龙井也;其非熔非铸,似锜似釜,煮竹米,烹松茶,鬻不溉而烟处凝者,^①锅岩也;其霞绮卷舒,云旗出没,时而明净如妆,时而惨淡如画者,水云尖也。想其峭壁千仞,镇于一方,宜有参天之乔木,以壮崒嵂之威。乃岗峦濯濯,与牛山同慨,岂山之本然哉?抑人事使然也?

或曰:山之明不在水,水之秀不在鱼,登高而望,空诸所有,即苏子所谓奇闻壮观,寥不自易得者也。然吾闻之,苟有可观,即有可乐,乐则爱,爱则传,凡物皆然,山岂异乎?乃考古稽今,无论穆王之八骏不到,谢公之两屐未临,即笃好名山之士,凭虚而眺,欣于所遇,或吟诗作赋以志其胜概者,卒未之前闻也。

吾因之有感矣。天下偏僻之区,非无奇峦特嶂,而美不自彰,卒湮没于人间者,指不胜屈,则地之足相限,其亦无能相强也。假令毓秀钟奇,生于都城之会,吾见崎岖之岭,或有游亭,突兀之巅,或有眺阁,前者歌,后者和,接踵而至,亦越级而登,安见天台、雁荡独擅嘉名乎?且山之名彰与不彰,因乎人而不拘乎地,蝇附骥尾,昔人所以扼腕悼叹也欤!试观邕州马退,岂属名区?一自河东之赞赏,遂烈烈于今不朽焉。可知山川之秀气,人固资其钟毓,而迹有名贤,实足增山川之色。人苟不杰矣,谁复问山川之灵乎!古人有言曰:"山川从人而兴!"良不诬也。

时乾隆五十七年岁壬子桐月上浣谷旦,介山邢日伟谨记。

【笺注】

①处,疑为讹字。

叶蓁 作者简介见前。

游白云庵记

安固之西百五十里有山，旧名"云峰"，上有庵曰"白云"，名胜擅一邑也。嘉庆壬戌(1802)，余设馆在龙川，相去十余里。十月朔，与友人赵君暨及门诸子偕游焉。

初抵山下，满目枫柏，新红可爱；仰视山巅，忽见奇峰壁立，叠障云盘，危乎高哉，似不可即。熟视之，觉岩际有点如螺，隐隐可指。从者曰："此即白云庵旁之许真庙也。但周围峭岩峻危甚，莫解其路之何从。"行一二里，有茶亭几椽，过其前，频闻水声潺潺，亦莫辨其所在。离茶亭数里，夹道松篁，时能引人入胜。已而山回径转，横障两崖，直若无路，向前中有一坳，叠似石磴，可容一人行。循而上之，不数步而即转，每转而愈曲，每曲而愈高，旁则间以小树，护以石栏，其清幽大不类寻常。偶凭石上，俯视众山树绿，万谷稻黄，大块文章，尽归我眼底矣。其令人抚景而忘倦也。

复转一磴，适有数岩空覆，下可坐十余人，爰与众并息足焉。离石磴数丈余，有石突起，分陈左右，可与雁荡石柱、卓笔诸峰争胜，洵足为风景之一助。穷径而上，计曲折者四十有二盘，而其为蚕丛之仄、鸟道之峻、剑阁之险，又随所历而皆然。复行数十步，徐徐钟声入耳，从者曰："白云庵至矣。"余策力而前，过竹林，从东直抵云庵。

庵在岩之下，浅浅数间，中为佛堂，两傍禅室，盖傍岩而成也，故里人又谓之"岩庵"。金碧陆离，掩映于四周苍翠中，饶有古趣。有水数溜,缘岩而下,当庵之窗前,大小不齐,岩檐水若雨点沥沥,滴入方池中,池中有红鳞数尾,也不惊避。有时水因风散,如溪云初起,迷离满谷,能为此庵别开一景。

余思此庵取名"白云",其或以庵中常有白云往来耶?抑或以庵前之水散如白云耶?俱未可知。询之山僧,亦不解,僧但谓:"此水冬夏不枯,昔人有'水溅岩花六月寒'之句也。"岩以庵之本来,亦不知创自何年,且无碑碣可考。余方惜此庵之沦沉于荒烟蔓草间,而不得一高世人为之发扬也。向庵之坛前远望,万里奇观一览即尽,视岩坛中所见,亦何不同?极目之余,尘襟顿豁,俗缘俱清,殊觉此身飘飘乎若登仙矣。

东行数步,岩前有悉索之声,视之,一花鼠绕树也,见人则伏而不动,方指顾间,忽有小石瞥空而下,余快而问之。僧曰:"顷有猴数十过此,尚在峰顶,窃见客来,以戏客也。"较之于鼠则又异甚。物之一肆一畏,其如是乎?欲觅之以博一观,而不可得。复前行十余步,有岩中空,若半边之洞,上覆曲树,下临绝涧,隙中有水,水滴道上,苔莓半湿,行之者无不恐恐,余亦强与众过之。行数步,适至许庙,此即山下视之如螺者。庙不甚古,而僧则谓神灵异常也。余步庙前俯视,则山下之枫林柏林,亦茸茸如众草矣。危乎高哉!正不知何自而至此也。

时夕阳将匿,余欲辞归,山僧执意挽步,并告余石门、云岩、龙头岩、风洞、通天洞、仙人床、罗汉石诸胜,与余以次日偕游之约,因转适庵中,与僧同饭。饭后坐谈,颇闻道语。后宿禅房,而树声、水声犹凄凄切切,动人归心坎也。

次晨,余起,即蹑岩凭眺,而昨所见之山,所历之径,一片白云缥缈矣,惟近山之岩峦树木得气,更觉清爽宜人。余方赏心未已,而东南忽有风来,余恐有雨将至,难为行也,爰辞山僧,偕众循故道而归。

——录自《文成见闻录·云峰山白云庵》

观礌岩记

余尝观《寰宇记》《一统志》诸书①,见其间所载某水某山之胜,有为古人手迹所留者,无不心乎慕之,而以不克目睹为憾也。何则?古人之手迹,即为古人之精神,古人不能生而与今人见,今人亦不能生而上见古人,惟此手迹之所留者,可以旷世而相感。故余于游历之所遇,有一邱一壑,必为之留意。纵有残碑仆道,亦必摩挲之而辨其文。余非敢谓好古也,殆不敢以泯古人之手迹者,晦古人之精神故也。②

嘉庆癸亥(1803)秋,余在龙川馆舍。永枢赵翁适以礌岩来告,余即与之往观焉。循溪岸而东行,越数百步至横山,见一石傍溪而处,郁然深秀,大可坐数十人。翁曰,此即礌岩也。余从而登其颠,四围熟视,于其左傍隐隐得见字迹,但不可以近观也。是与翁下溪石而视之,见有"礌岩"二字,大如斛口,笔画端庄,颇得古意。旁则小字二行,半为苔莓侵蚀,模糊不可辨。余以手摩之,阅再三,始得其详,盖为"淳熙己酉岁□轩吴宏甫题伯宗书"十四字也。夫岩以礌名,其必有取乎尚父礌溪之义,而此为垂钓之所可知。拟或有别义焉?亦未可必。吴宏甫、伯宗事迹,俱无可考,姓氏亦不见于他书,询之野老,鲜有知者,意其人大概皆石心流乎!然刻字于岩者,必有深意存乎其中。自淳熙迄今五百年矣,而此岩犹能于溪流汩汩间全其本真,未始不可以见古人之精神。今我以此得见古人，我之幸也，亦古人之所愿也。但我不知前数百年有此两人，此两人亦不知后数百年而有我，事之旷世而相感者，其如斯乎！

虽然，古人往矣，古人之精神于此尽矣。古人不能使此字之长存，我亦不能保此字之终不灭，况千古无不敝之物。此岩既历五百年之久，自后岁易时移，风耗雨蚀，势必石皮剥落，字划湮沦，岂不终没古人之手迹？即不然，或为淤泥所积，或为荆棘所蒙，终必并此字而失之。后有至者，纵彼高世之人，安能于荒烟蔓草间再显其迹。余深为此字虑，且为吴宏甫、伯宗两人忧。是时即告诸其地曰："此古人之手迹也，当善护之以为斯里光。"众曰唯唯。

余归，并欲存其精神，以与后之好古者告，遂走笔而为之记。然亦不知此记之传不传，与磻岩十余字之存不存孰为久远也。

——录自《文成见闻录·"钟灵毓秀"的龙川赵氏》

【笺注】

①原文为《环宇记》，酌改。《寰宇记》即《太平寰宇记》，北宋太平兴国年间官修地理志书。《一统志》，宋、元、明、清均有，为全国舆地总志。

②晦，原文为"诲"，据文意酌改。

登四面峰记

龙川之地多山，而四面峰尤为一村之胜。形式上拱，四围周正，中居村前，间以长溪，堪舆家所谓"玉帝金印"，殆其似之。山麓延亘数里，亦一村之屏藩也。余馆舍适与之对，其岩石幽奇，草木葱茏,阴晴变态,风月异景,余固熟视之而心赏之,然未获一踞其巅也。

癸亥(1803)重阳日,与诸及门偕游焉。初渡溪碇,便仰视此峰,但与常见无异。意以路移径转,必有奇观也。及从西行,由南转,而此峰如故,然后知四面之名有自来矣。山之椒有岩门,越数十武,渐如蚕丛鸟道之不可登。余偕及门扪萝而上,适至其巅峰,不甚险峻,形则俨然一方坪地。爰憩其石而外目焉,东望大峃、苔湖诸地,人居稠密,烟树苍茫,隐隐可指。南望岚岩,若蜂房蜗垒,错落于山谷间,而堂坪横障其外。西望漈右栖隐,岩峦奇峭,佛寺巍峨,能令人作鹫岭龙宫之想。而北望即为龙川是也!美矣哉,郁郁葱葱,负山环水,虎踞龙蟠,大不类寻常村落,宜其闾生齿殷繁,室家富厚也。又得洙川、花园横出,中堡诸村为左右之辅,真是望气者为之叹赏。星罗棋布,景象万千,四顾踌躇,目不暇接,大哉观乎,何快如之!况复稻黄菜绿,芦白枫红,大块文章,尽收眼底,是倪笔所不及绘,奚所不收者,[①]得之于一旦,岂不令我涤尘怀、空俗虑,飘飘乎若登仙哉!

正不知谁构此峰,为游人辟一奇观也,以视寻常之所现者,奚啻霄壤。而诸及门旋以山下一岩一洞为余告,并促余游。余曰:"吾人历一境,贵得其妙。此处四围不悖,万象靡遗,天地一高明境也,且形形色色罗列前者,无非造物精意所流,而顾以一览而去之,岂余初心哉? 即山灵亦当笑我草草也。姑虚彼以足此游也可。"时及门偕游者,有吴一峰,周英钱,赵氏瑞凤、瑞潘、瑞颐、瑞鼎、维芹、维锦、维东、维恕、维扬诸子。

——录自《文成见闻录·"钟灵毓秀"的龙川赵氏》

【笺注】

①据语意和上句的句式对应，此句疑当作"奚囊所不及收者"。

纱帽岩记

癸亥(1803)重阳，余乘登四面峰之便往观纱帽岩。岩在山之巅，上锐下夷，中凹□坳，仿佛纱帽，屹然而立，郁然而秀，见之者莫不奇之也。初有告余曰："此岩中分两折，危险异常，人多不敢近。"而语焉未详，余亦未敢深信。及余偕门生攀陟而至其处，始得其实见。

此岩之所以奇者，非一纱帽之名所得而尽。其为物也，视之一岩，分之三岩，高大俱不可以尺数计。一石镇下，若龙之蟠，若虎之踞；两石参差，而排其上，高者若飞鹰振翮，低者若寒鸦戢翼，而两石相依然，又若雁排人字然。惟远见之，略似纱帽，故俗即以"纱帽"实其名。作势甚危，如崩如坠，余初见之，犹不敢近。既思此岩历时既久，虽危必有可安之道。因强步而前，见两石处中空一线，而所倚者，仍不过数丈；旁观之，两石置于一石上者，又半空其中。噫！奇矣，正不知其何所系，若此巍然高峙也！余方惊钟山之石"南音函胡北音清越"也，余益奇之，喜其旁有成磴，即从而登之坐，右顾左盼，景象万千。岩前之小石，若虎豹鸾凤者，无不尽形而尽相，一时游目骋怀，遂不知其为危，及下而复视焉，而此心转恐恐而不能安然。然余独以此岩固而不可摇也，从者以手撼之，而一面可动。噫！奇之又奇矣。

夫以不可尺计之物，必有至重之体，为其有此倚也。倚之不全，为其得所置也，而置之仅半，而推之以手，①又摇而不空，危乎殆哉！朽索之驭六马也，一发之系千钧也，宜其不可永存乎，而卒历千百年之久，烈风雷雨而不倾，是系卵之危，俨然苞桑之固矣，非有山灵呵护，曷可臻此？

从者曰："此岩迹似构造，将谁为之欤？"余曰："自古灵异之物，不可臆断，罗浮二山，以风雨而合离；蓬莱三山，随波流而上下。他如浮槎之浮出海外，飞来之飞自天竺，云石出云，燃石燃鼎，俱非人意想所及。此岩之瑰奇特辟，虽有愚公之智，五丁之力，谅不能为，纵能为之，不能保其历久而不坠。而今果屹然而立若是，郁然而秀若是，天造耶？地设耶？鬼斧耶？神工耶？抑亦此岩之兀自为耶？吾俱不得而知。然则必欲知之者，情当问诸纱帽岩。

——录自《文成见闻录·"钟灵毓秀"的龙川赵氏》

【笺注】

①"而"后原有"且"，其表达不符合常用古汉语习惯，作传抄中的衍字删。

观桥岩记

龙川之北有凤山焉，上有岩曰桥岩，说者以其似桥之横布也。癸亥孟冬，余偕馆人往观之。其山径曲而险，艰于攀陟；及至岩处，稍坦夷。岩长丈余，广半之，上下合以两石，其空出者十之八九。虽以天台之石梁、括苍之石门，名胜称于中邦，而奇幻未能及之，即铁桥素擅乎罗浮，亦难比拟。何也？彼之成其为梁、为门、为桥者，左右各有凭依，奚若此之一石空横乎！则知称桥岩之名，并亦未尽其详。

夫山，艮象也。艮以阳加以阴，故其象为山亦为石，而此之合以两石者，不啻《噬嗑》之一阳中居；而其空出者，又若《离》阴丽于阳。阳居中则刚亨，阴丽阳则柔利，刚柔相济，而贞固之德以成。是以能为《节》之止，不为《震》之功，能为《恒》之久，不为《剥》之穷。

抑又闻之，天地之秘，开于一划，斯以一石露出端倪，安在非乾坤确然示人之意。变而通之，将大《易》万一千五百二十策之理，皆可于斯而见。观象会心，是在善悟者矣。然即以石而论，此非造物者巧为之缘，又得山灵为之呵护，乌能空横而不坠若是，斯亦是见奇幻之物之不可常情度之。若第谓其形似桥，可以娱目骋怀，为风景之一助也，夫岂通儒之所以见物哉！

——录自《文成见闻录·"钟灵毓秀"的龙川赵氏》

张梦瑶 浙江瑞安人。乾隆四十一年（1776），补县学庠生。

泉潭地舆志

瑞西去百十里，地名泉潭，乃山水之胜区，亦五十一都之腹心也。其地东之五六里，有东岩尖、马岩冈，岩峣岚巢，嶕崒嶙峋，含溪藏雾，触石吐云，奇花悦目，修干憩人，纵横三五里。其下有陈氏族居焉。考陈氏先世，屡世簪缨，皇恩宠锡，迄今城郭巍峨，后裔荣盛，泉潭依之为外蔽也。

若乃泉潭之右，西北直上，有山兀然云表，幽岩绝壁，形似黑雕，因名"鸷岭"。其山半凹有鸷峰寺，清幽洁净，原周氏先世檀越□□①，寺外有刘氏族居焉。

至于此山横过，又有坡阤□□，巉岩突兀，峭壁昂藏，表曰"鹭鹚尖"。九泉别涧，五谷异巘，山半岩壁由兀然，列屿如屏，岩广天然，不事琢凿，善衲敬奉许府真君。嵯峨孤拔，若汉阙之仙磋；晖丽□皇，似新亭之龙刹。游玉虚之紫府，邀太乙之清都。苍藤挂壁，千年字走龙蛇；古桧参云，夜半翠摇星斗。游人快此登临，学士穷其瞻眺。金氏族居，枕连其下，其牌门地方亦与接壤焉。

若乃极西，两峰对峙，穹窿曲突，过此则青田九都刘国师府矣。峡中有百丈悬岩，瀑布飞涝相爽，激势相沏，崩云屑雨，溶溶泪泪，正所谓"星移银汉雷常奋，月印波心雨自蒙"。上则古藤异卉，爽人心目；下则碧潭清沏，冽人肌骨。奔泪驰骤，纵轻体以迅赴，景追形而不逮。波流浩渺，冲下有澜，经大凼街，穿山门口，顺下而环绕于泉潭,出樟岭,而泄岜口,约百里许。更有名大会岭者,为温、处之通衢,系瑞、青两县之分界也。岭半有堂,禅师能修正果。岭旁盛植枫木,夏则浓荫覆天,冬则竟日暖人,往来相错,多为大岜街行商坐贾。

诸货罗列,不减城市,其地有陈氏望族,先世赐进士出身,子孙荣盛,青衿相继。街北、南有洙川周村人居,遥望之南角数峰,蔚然深秀,里人指之曰:"此中有九龙山冈,内有七甲寺,外有栖云寺,梵宇雄奇,亦洞天福地也。"更有本里善民陈氏,以潜德布衣,[②]独于大岜街路旁,捐资鼎建观音阁,楼阁森严,四壁涂丹,八窗削素。抗北岭以耸馆,[③]瞰南峰以启轩。上祀大士,下供真君,如此豪举,不数睹也。犹可快者,泉潭对溪山麓,有两顽峰,形似狻猊。魏武之狼山仅遇,僧者之天竺偶窥,昔常得之传闻,今已见之仿佛。

噫!余因之有感矣,夫天下名山佳水,岂止供游观哉!盖地灵者人自杰,周氏先世避难于此,可谓有智有识者矣!为周氏后者,宜其有兴之者矣!谨援笔以志。

——录自《文成见闻录·泉台周氏族源考略》

【笺注】

①根据文意,疑有阙文。

②潜,原作"潽",据文意改。

③耸,原作"茸",据文意酌改。

刘耀东 作者简介见前。

百丈漈造观瀑岭记

论浙东山水者,曰"雁荡山以峰名,南田山以瀑胜"。南田之瀑凡数十,而百丈漈为最。乐清蒋君叔南盛称其雁荡大龙湫,谓为无出其右,及来观百丈漈,乃叹远胜于龙湫。然以匆匆而行,仅于山上远观瀑布之高大而已,固未及见此境之胜也。今夏四月,古杭丁辅之、陈叔通、王福厂,沪上朱公修,四明李嚼雪、梦熊兄弟来游山中,导之往观,适遇风雨,亦仅于山上对面观之,而皆以叔南所云胜于龙湫为然。

长至日,偕从弟卓群自山背循湾而下,至一漈潭边,自下仰观:水天相接,雪雾齐飞,阳光反射,烟虹变幻。潭方广四十丈,四壁峭削,危峰石笋,矗立青葱,境殊奇妙。非惟瀑之高大已也。绕潭侧循山脊行数百步,便见第二漈。两漈相接为一直幅,益觉其长。瀑落正壁,壁半为厂,瀑若垂帘。厂高广可容数百人,有级如阶,堪以环走,绕潭四旁,壁抱为门,潭水出阃,较诸一漈,境尤佳绝。且两漈右壁,各挂一瀑,别有来源,长与漈等。若在他处,即此二瀑,皆可著名。惜衬于两漈之旁,则小巫矣。然此皆非山上远观所可得见也。惟循湾而下,榛莽不治,荦确难行。古无好事者用人工以通其径,使此天造地设之奇观,游迹不至,遂鲜知之,岂不大可惜哉!

爰与卓群谋造一岭,余措所需,弟董其役,经之营之,计月成之,自是而百丈漈之瀑及境之胜可尽揽矣。遂书其略,以告来者。乙亥六月记。①

【笺注】

①乙亥,为民国二十四年(1935)。

游五重漈记①

三十日,乘笋舆往观五重漈等处瀑布,先与华悦群约其导游,余至云山背,悦群已候于途。随观一石洞,洞为脊形,高可丈余,广如之,深入约四五丈,上口透孔,可容人。出由山背行里许,至五重漈之第一段,瀑落正壁,高廿余丈,气势雄壮。去数百步,便为二段,高仅数丈耳。绕山至第三段对面观之,高与一段等,瀑之落处,有两石介之,分瀑为三幅,成"川"字形,四壁环抱,潭水屈曲而去,境尤佳胜。复绕山越涧,涧边经一石厂,山涧一瀑,垂帘而下,穿厂以过,衣履俱湿。复前行,见远山一瀑露上半截,下为壁掩,则南坑瀑也。行半里许,至第四段,瀑高十余丈,注于潭,随落为五段,稍短。至是则地势已低,四面石峰矗立,高出云表,坐啸乱石间,真别有天地矣!复循涧出口,则双坑口瀑之水来汇于此。乃溯涧而上,两岸石壁争雄,壁间多洞,皆为猿窟,尤险绝,不敢视,仰不见日,令人抖栗。经鸳鸯潭、扼钩潭,见一石壁既巍,瀑穿洞落,高二十余丈,视五重漈之一、三两段为尤雄壮,则双坑口瀑也。乃由潭侧山湾曲径以上,至百丈坪而返,途中远见一瀑高挂山中,即向之露上半截之南坑瀑。在数里之内,半日之间得观七瀑,真大快也!惜乎榛莽未辟,非健足不能往观,安得黄金千镒,布成胜境,使世人尽观之耶?

【笺注】

①见《疚斋日记》1935 年农历五月三十日条。

赵星联 生平不详，应为本地龙川赵族人。

六都地景纪略

太史公周游天下，遍览名山大川，噫！何其意兴之豪也。余局居一隅，区区六都，仅领略白云庵之古峭，鹫峰庵之深邃，兴福堂之平远，会龙寺之郁苍。诸如纱帽岩之霭瑞，将军岩之插天，磻岩之钓迹古篆，温泉之烟树晴岚，时亦流览，而余同卧游，甚歉然焉。

己未仲秋，[①]晴云四霁，爽气迎人。赵秋崖邀余与琴舫沿溪而走，过衡山、花园转大发垟，均有其先陵在。高山仰止，景行行止，慨想之间，芳征如见，余曾题其先大父垣东公黄坦墓云"公惟馨明德，后必有达"，观此益信。时憩绿阴下，仰见金丸颗颗，各摘一枚，捧至净慧寺，倚石而坐，剖食其一，味如琼浆。适僧出揖，遂将两枚供佛。延祐钟绍兴石，[②]古事新情，相与辉映，亦一胜事焉。当头一览，见有九龙拥护，岩珠中含，塔背峻峭，石泉澄澈，方之鹫岭祇园，亦不是过。嘻！异矣，天下名山僧占多，此非其概乎。

未几，明月当空，桂子飘香，相与酌酒酣歌，吟韩公"纤云四卷天无河，清风吹空月舒波"之句，如或过之。秋崖逸兴飙举，蹶然曰："人生行乐耳，须富贵何为，顾郁郁久居此乎！"遂订约四出。

九月一日，径到珊溪，迤逦而东，如夫巨屿尖涌峙溪心，云居寺蟹傍岩壁，藤坑庵峰腰耸翠，半溪庵溪畔旋螺，葛峰庵古井澄清，九星宫高峰叠拱，皆历览焉。观止矣？未也。出芳坑，过营前,渡溯至玉壶,豁然开朗,田野平旷,将所谓"一片冰心"者非耶？矫首返视,见狮岩寨酷肖狮形,上冈龙隐如卧龙,清净法门,此亦其一。时宿故人胡一山家,出陶坑图书石、茶园坑砚石以示,其光润焕发,不亚于青田、端溪,各袖携一片,珍同支矾。回至白云庵午饭,将吕祖所题"风吹洞草三春暖,水溅岩花六月寒"之句朗吟数遍,相与憩息于古石苍藤之下。时适九日,篱菊盛开,想见陶元亮之逸致,低徊久之,各赋四韵而返。

余不辞秋崖、琴舫之嘱,并为之记。

——录自《文成见闻录·"钟灵毓秀"的龙川赵氏》

【笺注】

①原文为"已未",干支纪年中无,据形近干支纪年改。根据行文及内容特征看,当为民国时人作,己未应为民国八年（1919）。

②石,原文为"右",据文意试改。

文成山水诗文乡镇地域索引

大峃镇

按:大峃镇题咏最多的景点为岩庵(白云庵)、龙川、凤阳及泽前(樟台门下村)等各陈氏定居点。

(唐)吕岩

岩庵

(明)刘瑜

咏象溪遗安堂(节选)

(明)叶素

咏象溪遗安堂(节选)

(明)刘派

赠浦源耕乐公诗(节选)

(明)李灿箕

岩庵诗

岩庵诗

(清)陈邦铨

秀岘山(泽前)

(清)陈邦彦

游鲤川观鲤

（清）陈楚玉

  登白云峰

  苔湖春野

（清）曹应枢

  双凤溪

（清）林鹗

  壬辰八月一日携同学诸子游白云庵分韵得一字

  云峰山十二咏

  大峃晓行

  鹫峰庵读书

（清）孙锵鸣

  题大峃岩庵壁

（清）戴庆祥

  过栖云寺寄感

  白云庵纪游

（清）蔡庆恒

  岩庵景七首（有序）

（清）端木百禄

  游白云庵

（清）彭镜清

  栖云寺偶兴

  栖云寺早起即事

  栖云寺题壁

  丙辰清明游白云庵

  游净慧寺同吴傅岩

留尖山

纱帽岩

(清)赵林卿

咏龙门地景二首

(清)赵熙明

咏磻岩

(清)张男祥

双凤溪

石井龙潭

(清)吴乙青

游白云庵

咏峃川

(清)胡乔

灵岩山

龙泉湾

(清)佚名

四面峰

雁塔潭

猛虎山

一品岩

万松岭

滴水岩

温　泉

(民国)陈卓

定居峃川阳头

山林春色

(民国)周国春

游白云庵

(明)刘斐

赠金君国安遗安堂图存(节选)

(清)叶蓁

游白云庵记

观礌岩记

登四面峰记

纱帽岩记

观桥岩记

(清)张梦瑶

泉潭地舆志

(民国)赵星联

六都地景纪略

珊溪镇

按:珊溪镇题咏最多的为珊溪到文成乃至瑞安的水路,间有陆路题咏。

(清)钟山氏

咏百步岩

(清)董正扬

百丈口放舟

下滩

上滩

(清)潘鼎

　　自百丈步放舟至龙虎斗,狂风陡作,泊宿岩下

(清)林鹗

　　赴杭宿龙斗村望月

(清)包涵

　　宿朱坑枕上口占

(清)林大璋

　　百丈潭放舟

(民国)赵星联

　　六都地景纪略

玉壶镇

　　按:玉壶镇题咏最多的为名胜玉泉寺、漈门瀑、狮岩、钟岩等。

(宋)章梦飞

　　秀山竹泉赋

(宋)胡荟

　　赠从弟自中之曾祖以竹泉名所居

(明)刘腐

　　送徐仲成还玉壶山兼柬胡叔谨

(清)胡昭文

　　漈门观瀑

　　巽峰览胜

(清)陈永清

　　题玉壶村二首

　　大峃官舍梅

(清)林樨锦

玉壶山赋

(民国)赵星联

六都地景纪略

南田镇

按：南田镇题咏最多的景点有盘谷、武阳村、华阳、西陵等，另有前塘、后塘、亢五峰、妙果寺等，诗歌题咏地点较为密集。

(宋)翁卷

处州苍岭

(元)刘基

题富好礼所蓄村落图（节选）

丙申岁十月还乡作七首

早春遣怀

(明)沈梦麟

诚意伯刘公盘谷八景

(明)张鲁

奉和闲闲子盘谷歌

(明)邹奕

盘谷八景

(明)刘琏

种豆

题云林图赠伯琛（节选）

草轩二首

(明)刘璟

盘谷八咏

（明）刘鹰

    盘居即事

    盘谷八咏

    秋日遣怀

    登高观插

    孟春赠徐仲成

    送徐仲成还玉壶山，兼柬胡叔谨

    游西陵绝顶歌

    仲春盘谷会饮联句，用石楼先生韵

    前冈晚步

    春晴晚步二首

    三月七日游降龙访僧不值

    游西陵兰若

    孟夏游高村岩藏

    山游为王伯铭赋

    三月望日游西陵绝顶，和徐仲莹韵

    首夏和耿介生韵

    游西陵和丹丘先生韵

    同卧云道人游谷口

    华阳八咏

    同陈孚中游涧滨作

    盘谷八咏

    盘谷即事二首（其一）

    春游田家四景

    过子美道人隐居四首

游鹿角峰

(明)钱珤

盘谷八咏

奉和闲闲子三月望日游西陵兰若韵

(明)郭斯垕

盘谷八景

(明)吴逢

奉和闲闲子盘谷歌

盘谷八景

奉和闲闲子三月望日游西陵兰若韵

(明)徐瑛

奉和闲闲子盘谷歌

(明)夏朴

奉和闲闲子盘谷歌

(明)钱裡

奉和闲闲子盘谷歌

(明)谢衮

盘谷八景

(明)卢宪

盘谷八景

(明)谢复

盘谷八景

(明)周焕

盘谷八景

（明）魏守中

　　盘谷八景

（明）蒋琰

　　盘谷八景

（明）张宜中

　　盘谷八景

（明）祝彦宗

　　盘谷八景

（明）常叔润

　　盘谷八景

（明）刘道济

　　盘谷八景

（明）徐琼

　　奉和闲闲子三月望日游西陵兰若韵

（明）徐思宁

　　盘古八景

（明）俞廷芳

　　盘谷八景

（明）杨守义

　　盘谷八景

（明）叶砥

　　盘谷八景

（明）朱逢吉

　　盘谷八景

　　盘谷歌

（明）赵友士
　　盘谷八景

（明）乌择善
　　盘谷诗

（明）杨季亨
　　盘谷诗

（明）缪侃
　　奉和盘谷诗

（明）周尚文
　　奉和盘谷诗

（明）蹇逢吉
　　奉和盘谷诗

（明）徐旭
　　奉和盘谷诗

（明）姚文昌
　　盘谷八景

（明）莫伋
　　盘谷八景

（明）叶庭芳
　　盘谷八景

（明）张秉彝
　　盘谷八景

（明）童可兴
　　盘谷诗

（清）宗庆

　　南田移居三首

（清）杜师预

　　刘文成故里

（民国）陈叔通

　　游南田山宿刘君祝群家，归途过石门洞，口占纪事

（民国）刘耀东

　　乙亥百丈观瀑四首

　　往年启后亭落成七律一首，仅记得首两句，今足成之

（民国）丁仁

　　南田山纪游诗十首，即呈主人刘祝群

　　　　舟至岭根

　　　　登鹤口岭

　　　　过武阳村

　　　　小憩启后亭

　　　　游石圌山遇雨

　　　　谒文成公祠墓

　　　　天马峰观马尾瀑，为云雾所隐，立久始见

　　　　宿华阳小筑

（民国）余绍宋

　　游南田山兼赠刘祝群六首

　　访刘文成公故居

（民国）蒋叔南

　　游南田山别刘祝群

（民国）郑文礼

　　诣谒刘诗祝群先生三首（并序）（其三）

（民国）孙传瑗

　　游南田观百丈漈，盘桓于刘氏华阳小筑，赋此寄谢祝群先
　　　生，并柬余越园、田寄樵及诸同游者

（明）马士行

　　盘谷赋（有序）

（明）郭斯垕

　　盘谷序（并歌）

（明）陈谷

　　游鹿角峰记

　　游龟峰记

（明）叶砥

　　盘谷记

（民国）刘耀东

　　游五重漈记

黄坦镇

　　按：黄坦镇以稽垟、周岙收集诗歌较多，另有蟾宫埠渡口之
景，为飞云江上游水景的组成部分。

（清）雷清

　　城阳八景诗记

（清）邢日伟

　　黄坦纪胜十景（录一）

　　周岙漫兴

　　锅岩

西坑畲族镇

（清）指沛

　　和韩老先生游安福寺短调原韵

（清）富在文

　　春日山村即景

　　岘山山舍

　　南阳怀古

　　中屿晚眺

（清）富敦仁

　　中屿晚眺

　　东里山舍

　　浯溪即事

　　西庄

　　馆西庄

　　浯呑感怀

　　春日游安福寺

（清）叶日章

　　馆浯溪偶游安福寺

（清）徐绍伟

　　浯溪旧云语溪，诗以志之

（清）徐敦纪

　　浯溪即景

（清）刘均

　　柳溪瑞庄

（清）叶承照

　　让川即景

笔架山

(清)蒋廷勋

　　浯溪即景

(清)夏钟兴

　　游浯溪寓富明经先生有作

(清)富祝三

　　浯溪即景

(清)富立庠

　　浯溪春景

　　戊午重修东屿,砌成舟形,作诗记之

(清)蒋作藩

　　题玉泉寺二首

(清)蔡金川

　　题安福寺

(清)刘继文

　　浯溪即景

(清)富鸿学

　　浯溪即景

　　渡南桥

(清)富志诚

　　浯溪即景(选二)

百丈漈镇

　　按:百丈漈镇以"天下第一瀑"百丈漈的存诗最为集中,另外,西里村在清代留下较多诗歌。石庄村有组诗十首遗存。

（明）刘鹰

    游百丈漈危桥即景

    百丈漈观瀑

    己丑四月重游百丈漈观瀑

（清）万里

    南田八咏

        百丈漈

（清）韩锡胙

    厉璧文养源山舍四首

    访叶浞心，即约其同游百丈漈

    百丈漈

（清）董承熹

    壬午仲春宿双松亭

（清）刘眉锡

    题储英书院呈徐桂岩

（清）叶日就

    西里四景歌

    千秋岁·西里山居即景

（清）叶日藻

    西里山房即事回文

（清）叶日藩

    西里山房招友夜步

（清）端木百禄

    游百丈漈感怀

    篁庄

峃口镇

按：峃口镇诗歌以飞云江水路为主。

（清）彭镜清

    峃口簰上作

    峃川亭题壁

    舟宿峃川亭

    舟宿峃口

（清）包涵

    宿朱坑枕上口占

（清）林大璋

    百丈潭放舟

    舟至瑞安口

巨屿镇

    按：巨屿镇涉及飞云江水路、稠泛定居点、潭、寺等。

（清）董正扬

    百丈口放舟

    下滩

    上滩

（清）林大璋

    百丈潭放舟

（清）张沧

    咏云居寺

（清）包必升

    龙潭瀑布

（民国）赵星联

    六都地景纪略

周壤镇

暂缺

二源镇

暂缺

铜铃山镇

按:铜铃山镇诗歌以石门村为中心。

(清)徐学程

咏石门

(清)周兼三

登鹤息峰

(清)叶子槐

咏石门

咏鹤息峰

(清)张美纶

鹤息峰

(清)张鸿仪

和题石门步吴勋韵

周山畲族乡

暂缺

双桂乡

(清)刘眉锡

包呑丰题句

平和乡

暂缺

公阳乡

按:公阳乡收集到诗歌大多为明王峰(俗称"驮尖")主题。

(唐)吴畦

登明王峰

(明)彭修

明王峰

(清)林滋秀

偕朱篆壶游仙姑洞,自西穿月牖至明王峰顶

(清)项霁

寻明王峰,小憩山家,返东洞

(清)陈兆麟

舟发珠山越郭公阳作四首

佚名

郭公洋地舆赋

桂山乡

暂缺

参考文献

一、文集

[1](宋)翁卷.苇碧轩集[M].永嘉诗人祠堂丛刻本,1915.

[2](元)沈梦麟.花溪集[M].民国枕碧楼丛书本.

[3](明)宋濂.宋学士文集.清同治七年至光绪八年永康胡氏退补斋刻民国补刻金华丛书本.

[4](明)刘基.太师诚意伯刘文成公集.民国八年上海商务印书馆四部丛刊景明隆庆刻本.

[5](明)钱蒙.三华集[M].清文渊阁四库全书本.

[6](明)徐一夔.明文衡[M].四部丛刊景明本.

[7](明)刘璟.易斋稿[M].清钞本.

[9](明)方孝孺.逊志斋集[M].四部丛刊景明本.

[0](明)王绅.继志斋集[M].清文渊阁四库全书本.

[10](明)刘鏊.盘谷集[M].日本国立国会图书馆藏抄本.

[11](明)刘鏊.盘谷唱和集[M].日本国立国会图书馆藏抄本.

[12](明)叶盛.水东日记[M].清康熙刻本.

[13](明)夏言.夏桂洲文集[M].明崇祯十一年吴一璘刻本.

[14](明)陈建.皇明通纪法传全录[M].明崇祯九年刻本.

[15](明)陈建.皇明从信录[M].明末刻本.

[16](明)黄光升.昭代典则[M].明万历二十八年周曰校万卷楼
刻本.

[17](明)凌迪知.万姓统谱[M].清文渊阁四库全书本.

[18](明)王圻.续文献通考[M].明万历三十年松江府刻本.

[19](明)焦竑.国朝献征录[M].明万历四十四年徐象橒曼山馆
刻本.

[20](明)何乔远.名山藏[M].明崇祯刻本.

[21](明)徐学聚.国朝典汇[M].明天启四年徐与参刻本.

[22](明)朱谋垔.续书史会要[M].清文渊阁四库全书本.

[23](明)过庭训.本朝分省人物考[M].明天启刻本.

[24](明)徐象梅.两浙名贤录[M].明天启刻本.

[25](明)张萱,等.内阁藏书目录[M].清迟云楼钞本.

[26](明)邢昉.石臼集[M].清康熙刻本.

[27](明)杨文骢.洵美堂诗集[M].民国二十五年陈夒龙据明崇
祯本覆刻本.

[28](清)查继佐.罪惟录[M].北京:北京图书馆出版社,2006.

[29](清)嵇宗孟.立命堂二集[M].济南:齐鲁书社,1997.

[30](清)魏际瑞.魏伯子文集[M].清道光刻宁都三魏全集本.

[31](清)黄虞稷.千顷堂书目[M].清文渊阁四库全书本.

[32](清)朱彝尊.明诗综[M].清文渊阁四库全书本.

[33](清)朱彝尊.静志居诗话[M].清嘉庆扶荔山房刻本.

[34](清)张照,等.石渠宝笈[M].清文渊阁四库全书本.

[35](清)彭启丰.芝庭诗稿[M].清乾隆刻增修本.

[36](清)李清馥.闽中理学渊源考[M].清文渊阁四库全书本.

[37]（清）纪昀，等.四库全书总目提要[M].海口：海南出版
社，1999.

[38]（清）赵翼.瓯北集[M].清嘉庆十七年湛贻堂刻本.

[39]（清）阮元.两浙輶轩录[M].清嘉庆刻本.

[40]（清）郑杰.闽诗录[M].清宣统三年刻本.

[41]（清）韩锡胙.滑疑诗集[M].清光绪少微山房刻本.

[42]（清）曾唯.东瓯诗存[M].上海：上海社会科学院出版
社，2006.

[43]（清）董正扬.味义根斋诗稿[M].1843.

[44]（清）端木百禄.石门山房诗钞[M].刘耀东，等.括苍丛书：
第一集，杭州：浙江古籍出版社，1938.

[45]（清）林鹗.望山草堂诗钞[M].1851—1861.

[46]（清）孙锵鸣.海日楼诗文集[M].清代诗文集汇编编纂委员
会.清代诗文集汇编.上海：上海古籍出版社，2010.

[47]（清）潘衍桐.两浙輶轩续录[M].清光绪刻本.

[48]（清）戴庆祥.雨华楼吟[M].永嘉区征集乡先哲遗书委员
会，1946—1948.

[49]（清）彭镜清.梅月楼诗钞[M].永嘉区征集乡先哲遗书委员
会，1946—1948.

[50]（清）林大璋.特夫遗稿[M].永嘉区征集乡先哲遗书委员
会，1946—1948.

[51]（清）宗庆.古欢室诗稿[M].清代诗文集汇编编纂委员会.
清代诗文集汇编.上海：古籍出版社，2010.

[52]（清）钱国珍.峰青馆诗钞[M].清代诗文集汇编编纂委员
会.清代诗文集汇编.上海：上海古籍出版社，2010.

[53](清)胡玠.脂雪轩诗钞[M].翰墨林铅印局,1925.

[54](清)潘其祝.须曼那馆词[M],温州图书馆乡著会钞本.

[55](清)杜师预.左园诗集[M].影印本.

[56](民国)余绍宋.寒柯堂诗[M].浙江文化印刷公司排印本,1944.

[57](民国)孙传瑗.待旦集[M].雁后合钞排印本,1947.

[58](民国)薛元燕.尻轮集[M].雁后合钞排印本,1947.

[59]王及.台州历代书画篆刻家传略[M].西安:陕西旅游出版社,1997.

[60]王季思.王季思全集[M].石家庄:河北教育出版社,2005.

[61]曾唯.温州山水诗选[M].上海:上海社会科学院出版社,2006.

[62]富旭.浯溪散记[M].北京:现代出版社,2016.

二、史志

[63](唐)李吉甫.元和郡县志[M].北京:中华书局,1983.

[64](宋)王象之.舆地纪胜[M].成都:四川大学出版社,2005.

[65](明)李贤,等.明一统志[M].清文渊阁四库全书本.

[66](明)李维祯,等.[成化]山西通志[M].民国二十二年景钞明成化十一年刻本.

[67](明)黄仲昭,等.[弘治]八闽通志[M].明弘治刻本.

[68](明)王鏊,等.[正德]姑苏志[M].明正德元年刊本.

[69](明)林庭㭿,等.[嘉靖]江西通志[M].明嘉靖刻本.

[70](明)夏玉麟,等.[嘉靖]建宁府志[M].明嘉靖刻本.

[71](明)何东序.[嘉靖]徽州府志[M].明嘉靖四十五年刊本.

[72](明)朱绰,等.[嘉靖]瑞安县志[M].永嘉区征集乡先哲遗书委员会,1946—1948.

[73](明)张岳,等.[嘉靖]惠安县志[M].惠安县地方志编纂委员会,北京:方志出版社,1998.

[74](明)高相.[嘉靖]罗川志[M].罗源县地方志编纂委员会,福州:海峡书局(海潮摄影艺术出版社),2008.

[75](明)方燧,等.[隆庆]平阳县志[M].明隆庆五年刊清康熙间增钞本.

[76](明)管大勋,等.[隆庆]临江府志[M].明隆庆刻本.

[77](明)牟汝忠,等.[万历]黄岩县志[M].明万历刻本.

[78](明)曹金,等.[万历]开封府志[M].明万历十三年刻本.

[79](明)姚宗文,等.[天启]慈溪县志[M].明天启四年刊本.

[80](清)吕弘诰,等.[康熙]平阳县志[M].清康熙刻本.

[81](清)万斯同,等.明史[M].清钞本.

[82](清)傅王露,等.[雍正]浙江通志[M].上海:商务印书馆,1936.

[83](清)郝玉麟,等.[雍正]福建通志[M].清文渊阁四库全书本.

[84](清)顾栋高,等.[雍正]河南通志[M].清文渊阁四库全书本.

[85](清)齐召南,等.[乾隆]温州府志[M].郑州:茂祺文化分店,1914.

[86](清)吴庆云,等.[乾隆]瑞安县志[M].清乾隆十四年刻本.

[87](清)叶侃和,等.[乾隆]仙游县志[M].清同治重刊本.

[88](清)曾鲁煜,等.[乾隆]福州府志[M].清乾隆十九年刊本.

[89](清)许荣.[乾隆]甘肃通志.清文渊阁四库全书本.

[90](清)李绂.[乾隆]汀州府志[M].清同治六年刊本.

[91](清)穆彰阿.[嘉庆]大清一统志[M].四部丛刊续编景旧钞本.

[92](清)林鹗.泰顺分疆录[M].清光绪四年刻本.

[93](清)雷铣,等.[光绪]青田县志[M].清光绪六年修民国二十四年重印本.

[94](清)周荣椿,等.[光绪]处州府志[M].清光绪三年刊本.

[95](清)姚光发,等.[光绪]重修华亭县志[M].清光绪四年刊本.

[96](清)李瀚章,等.[光绪]湖南通志[M].长沙:岳麓书社,2009.

[97](清)黄芬,等.[光绪]永嘉县志[M].武汉:湖北省图书馆出版,2010.

[98](民国)李熙 等.[民国]政和县志[M].民国八年铅印本.

[99](民国)邓光 等.连城县志[M].民国二十七年石印本.

[100](民国)刘耀东.南田山志[M].温州:文成政协文史委资料,2008.

[101]吴鸣皋.文成见闻录[M].铅印本,1993.

[102]平阳叶氏志编撰委员会.平阳叶氏志[M].北京:方志出版社,2011.

[103]朱礼.文成县志[M].北京:中华书局,1996.

[104]沈学斌.千年古乡公阳[M].温州:文成新民印务中心,2014.

[105]叶凤新.鹤栖石门[M].温州:文成新民印务中心,2018.

三、报纸

[106]珊门村两委.象溪晨钟[N].温州:1997—2005.

四、族谱

[107][浯溪]富氏宗谱[M].康熙抄本;1992.

[108](民国)刘凤韶.永嘉郡刘氏宗谱[M].1918.

[109][稠泛]林氏房谱[M].温州:瑞安高楼营前茂华堂,1982.

[110][稠泛]延陵郡吴氏宗谱[M].温州:瑞安平阳坑东坞族谱制作点,1983.

[111][珊门]金氏族谱[M].温州:瑞安平阳坑活字印刷,2014.

[112][玉壶]胡氏宗谱[M].1992.

[113][让川]叶氏宗谱[M].温州:瑞安平阳坑活字印刷,1996.

[114]福建刘氏族谱丛书古田卷[M].北京:中国文联出版社,2006.

[115][文成]严氏宗谱[M].温州:瑞安市木活字东源印刷村,2012.

[116][稽垟]朱氏族谱[M].乾隆十五年抄本.

五、论文

[117]朱维德.《捕蛇者说》今注辨证[J].固原师专学报(社科版),1989.

[118]戴俊超.20世纪上半叶中国音乐社团概论[D].中国音乐学院,2014.

[119]赵洋.抗战时期民族英雄的书写与建构(1931—1945)[D].

华中师范大学,2018.

六、专著

[113]翦伯赞.秦汉史[M].北京:北京大学出版社,1983.

[114][法]布尔迪厄.区分[M].北京:商务印书馆,2015.

[115]周松芳.自负一代文宗:刘基研究[M].广州:广东人民出版社,2006.

[116]金邦一.诗史刘基:刘基诗词编年笺注[M].北京:现代出版社,2017.

[117]金邦一.浙江千年望族:富弼与富氏家族[M].北京:团结出版社,2017.

本卷后记

　　本书是文成县文旅产业研究院的委托课题,目的是通过山水诗助力共建"诗画浙江"大花园,推进文成的文化产业发展,助推文成县文旅融合事业,讲好文成故事。

　　本书的完成离不开社会各界的大力支持。首先,对提供经费和指导的温州大学文成文旅产业研究院、组织课题实施的"瓯江山水诗路"课题组、大力关心文成山水诗收集的浙江省发改委表示感谢。

　　《文成县志》原主编朱礼对黄坦稽垟村的诗文进行了充实;西坑鳌底周运懿先生对西坑鳌底村的诗歌进行了充实,并作了相关注释;南田刘天健老师提供了《疚颜日记》;温州教育局林委提供了林鹗《望山堂诗钞》的电子文档;永嘉郡刘氏刘晓宾、刘伟津先生,玉壶李山村胡氏族人,西坑梧溪村富氏族人,黄坦蒋孔煌先生,大峃花园村王青海先生,大峃珊门村金氏族人、巨屿稠泛村林氏族人、巨屿稠泛村吴氏族人、文成县朱氏族人、文成县严氏族人等,提供了家族族谱;文成县公路段的高明辉提供了黄坦邢氏族谱线索,玉壶蒋夏雷和十源蒋学权提供了蒋氏族谱线索。此外,为本书提供文献帮助的诸位师友,在此一并感谢,不一一具名。

特别要向南田先贤刘耀东致敬,其体例精该、收集详细的《南田山志》为本书提供了丰富的诗文素材和背景注释材料。感谢本土乡贤吴鸣皋先生出色的史料整理工作,其于 20 世纪 90 年代完成的《文成见闻录》为本书的诗歌收集和背景注释提供了诸多便利。感谢泰顺县陶汉心先生的《泰顺历史三千年》,其编写视角、体例以及所用史料,都给本书提供了诸多启发。感谢"瓯江山水诗路"课题组负责人、我的老师孙良好教授的信任,将本卷的编纂任务交付于我并提供相关课题推进方面的指导;感谢温州大学陈瑞赞研究员对本书的编撰体例、注释方式提出中肯的建议,提供样书模本,修订前言,并进行材料查补和审稿修改。

　　由于水平有限,书中错误在所难免,敬请读者不吝赐教!

金邦一

2020 年 12 月 8 日,

改定于 2024 年 4 月 6 日

飞云湖

铜铃山　金宏杰摄

百丈漈

刘基故里武阳

诚意伯庙"翊运元勋"牌坊

安福寺

课题组与诗人慕白在文成

课题组在百丈漈下入口合影

浙江省文化研究工程重大课题
"瓯江山水诗路研究"（22WH16ZD）阶段性成果

孙良好 主编

文成山水诗选编

当代卷

欧玲艳 选编

孙良好 审订

ZHEJIANG UNIVERSITY PRESS
浙江大学出版社
·杭州·

本卷前言

欧玲艳

一、无诗不文成

文成,无文不成,有文则成。

山水诗在《诗经》中已有雏形,发轫于东汉末年,至南朝时方有气象。曾任永嘉太守的谢灵运被誉为"山水诗鼻祖",温州因为谢公的诗作成了中国山水诗的发祥地。文成属温州下辖县,1946年从瑞安、青田、泰顺三县边区析置而成,县名源自明朝开国元勋刘基(刘伯温)的谥号。"八山一水一田"的文成,钟灵毓秀的山水造就如诗意境。百丈漈、铜铃山乃自然鬼斧神工之作,飞云湖借水利因势利导而成,古人吟咏,今人亦留墨。近些年来,诗人慕白主持文成县文联工作,在当地政府及相关企事业单位的大力支持下,广邀海内外文朋诗友游走于山水之间,留下不少可圈可点的诗作。自2009年至今,先后出版《诗意文成》《美哉文成》《美丽文成》《江南·文成之文》《诗话文成》《美妙文成》。六本诗集,既有特邀的名家名作,也有应征的参赛作品,这些诗作中的佼佼者为文成的山水诗路文化建设奠定了坚实的基础,夯实了文成的山水文化底蕴。

本次编选尽可能全面检视文成当代山水诗的创作实绩，入选的作品主要来源于五届"铜铃山杯"参赛作品，兼及全国各地诗人的佳构。《文成山水诗》(当代卷)以文成总览为先导，随后分列飞云湖、铜铃山、百丈漈、红枫古道、岩庵岭、龙麒源、岭南茶场、刘伯温故里、安福寺、让川等10个景区。每个景区诗歌数量不一，但都体现了各自的鲜明特色。编者力求从全局出发，保证编选的完整性和高质量。

二、无章不入集

刚刚走过百年的现代诗不像历经千载的旧体诗那样拥有相对稳定的评价标准，但好诗的妙处在于能与人的心灵契合则是古今相通的。著名的九叶诗人穆旦曾说过"诗要写出较深的思想，还要用形象和感觉表现出来"；杰出的女诗人翟永明提到自己在创作《女人(组诗)》时受到强烈的内心情绪的驱动，而自己今后将难以创作出这样的作品。这些诗人的创作经历和思考，都注重诗歌的思想和情感因素。颇具理性的诗人于坚说得更清楚："标准当然有，但这个不是标准答案那个标准，而是经验性，感受性的，你知道古诗好在哪里，就知道新诗好在哪里。"一首好诗的标准根柢在人的心灵，语言和技巧均服务于此。因此，本书在编选时尽力寻找触及人心的作品。编者尝试以多元视角寻找诗歌的灵魂所在，希冀找到某些让人感动或引起思索的共通性。

第一，诗歌是语言的艺术。探讨诗歌的特点，离不开对诗歌语言的评价。写诗要"回避那些太流行、太普通的格式"(里尔克)。编者在选择的过程中，遇到不少诗歌委婉地引用了其他优秀诗人的诗句，因此需慎重考虑是否具有再创造性，是否身处前人的庇荫而不自知。"一个诗人成熟的标志,在于他能超越一般而拥有仅仅属于自己的诗歌形象,并以充分个性化的语言表现出来。"(谢冕)一个相对成熟的诗人会形成一定的语言风格,会在诗歌语言中呈现形式和用词方面自己的偏爱。创造出古典意境的诗歌大多离不开对中国传统词语和意象的选择,具有现代主义特点的诗歌则离不开现代技巧的运用。对诗人用词的关注,有助于把握诗歌的本质。

第二,诗歌所运用的语词技巧有利于表现诗歌意境。"诗歌语言本质上就是含混与反讽,它呈现出一种'张力',尤其在它的限定形态方面更是如此"(乔纳森·卡勒),此话意在说明技巧的运用可以增加诗歌的"张力",这是现代主义诗歌的特点。技巧的运用是诗歌语言创造力的表现,句子的拼贴剪切、词句的陌生化手法等会带来意想不到的语言效果。诗人利用技巧可以拓宽诗歌的表现范围,助其进入更深层次的思想境界。比如胡弦的诗句"可以复制的脸,以及雨的跳跃、不谙世事的冷"(《红枫古道》),脸是可以"复制"的,雨则带有跳跃和不谙世事的冷的特性,把雨当作人来写,具有深山中纯粹的品质。诗歌语句的跳跃性等诗歌技巧往往能够带来独特的审美感受,进而营造出别样的意境。

第三,诗歌应有较深的情思可以给人带来抒情或沉思的心灵愉悦。诗歌的动人源于其中所表现出来的情感和思想,诗人的眼界应当是开阔的。"'在心为志,发言为诗',舒文载实,其在兹乎!诗者,持也,持人情性;三百之蔽,义归'无邪',持之为训,有符焉尔。"《文心雕龙》强调诗歌是思想情感的表达,人蕴藏在内心的思想情感就是志。文成诗人慕白的诗歌体现了一个诗人对生于斯长于斯的包山底的热爱,藏着他对故乡执着的爱意,"诗人慕白以具体、质朴、独特的感受,抒发了他对故土、对生活和对每一位亲人的真切情感(林莽)。"它体现了一个诗人对写作情绪的真实抒写,恰似一个原人的诗歌写作,把自己所拥有的情感倾泻而出,像一个真人一样呼喊心中流动的情愫。

语言、技巧、情思,是一种接近诗歌本质的方法,是发现好诗的途径。真正的好诗在众多诗人眼中是能够引起心灵震颤和美的感受的诗歌。诗歌在形式和内容上的独特之处,并没有明确答案,它需要通过我们的探索和发现,寻找其内在本质,撇去功利目的,找到诗人、读者、评论家的共通点,形成在一定时代环境下的短暂共识。

三、无思不赋景

山水诗的艺术特点与描写的相关景色有关,其写景抒情大多以景为切入点寻找诗意所在。当代文成山水诗存在大量直接以景点命名的作品:以"飞云江"为主题的诗歌,可以感受到诗人笔下飞翔的江水;以"百丈漈"为主题的诗歌,则比飞云江多了力量的刻画;"铜铃山"的书写有生命勃发的诗意,也有幽静空间的沉醉;抒写"刘伯温故居"的诗歌则更多聚焦刘伯温的人生经历及其丰富思想。每一个景点的诗歌,都有与该景点密切相关的精神寄托,无论是诗人情怀所寄,还是山水特质所依,诗人和山水的心心相印历历可见。捕捉彼此之间的内在联系,便可从中找到文成山水诗的文脉所在。

(一)在时空穿梭中咏叹自然之永恒

"也许我是江水,却在天空中流淌"(《飞云江》),唐力一落笔就阐释了飞云江的意蕴，展示水和云共生的体态，水因此具有了飞翔的特质和动态的生命力。诗歌要追寻永久的源头，为江水提供一个追溯的语境，"一条江水的源远流长"是寄托在遥远的《郁离子》中的文字，被先人捧在手心的跃动。水的飞翔始终以低垂的姿态来流转，具有穿越时空的属性，通过"穿过落日之眼"的视觉落差，返回古老的岁月。回首不朽的精神之源，丝丝的流水因此具有了丝线般连接的能力，在流淌中为文成编织起千年不朽的卷帙。"也许我是一枚音符"，当江水的流淌成为一段故事和情感，诗作就带着浓烈的抒情意味，走进了文成。在描写景色时自然地引入历史故事和畲族风俗，凸显出飞云江的主题，把飞翔的姿态带进诗意的穿梭之中，走进古老的苍茫时光，走进畲族新娘的爱与情意之中。"一朵飞翔的云不是云/它是绵绵不断的歌词"，它成了龙麒源男女婚嫁的爱情遥唱，把畲族的故事融进诗歌中，飞翔的云化作绵绵不绝的爱和情意，在脚步声里串联起文成儿郎高远清澈的瞬间。江水可歌可唱，由水至情，书写了江水不老的故事，一条复活的弦，成为每一个文成人隐藏的岁月之歌。

超越现实的时空，叩问"空灵""虚无""肉和骨"（杨方《铜铃山之光——给泠月》）从哪里来？寻求宇宙的解释，"银河系那么多的球体日夜旋转，回环往复"带来擦肩而过的风，"拂过铜铃山微凉的额头"，诗人是寻找这无尽的风在何处，在天外去探索，唯有如此才能看见"山顶听见了光的人"。独自面对宇宙和大地的孤独，在空灵的铜铃山，诗人与友人在此地看见了宇宙带来的光亮，看见了恒久的时光岁月。诗人在夜晚寻找铜铃山的神秘之处，探索个体与宇宙的关系，摸索宇宙的空阔与铜铃山的微妙关系,将具体的景色放置于巨大的时空之下,超越现实所指,因而具有了自我剖析的沉思。诗歌结合放生的鱼和美人鱼,通灵石头和绛珠仙草的红楼故事,道出了人世的虚无和情感的无疾而终,以尘世的虚无探索安福寺禅意下的空灵,以遥远的追寻搁置肉体何存的疑问。铜铃山的生命"远过时间",在清风与花露之间,细看铜铃山愈发碧绿的衣袍,时间的磨砺并不能消磨铜铃山的美,反而带来深沉的美感。

铜铃山源于对宇宙的关切,给了世人"唯美的选择"(王小玲《铜铃山记》)。诗人用素净娟秀的语言,轻轻问一声"跳跃的红鱼是谁失落的绣鞋呢",展开与铜铃山安静的对话,诉说"千年的欢欣与忧伤"。铜铃山成为隐居的仙境,有温度的环境,连石头也是干净温暖的,带着熨帖人心的安慰与鼓励,爱护一个印刻了岁月痕迹的女人,展示山的性灵与情怀。诗人笔下的女子是幻想的,是都市诗人在山野里的另一个自我。在女诗人歌咏自然的声音里,多了自我的另一面,附着山野的灵性。铜铃山永恒的幽静在郑文秀的笔下,散发着强烈的想象力与生命力,像神一样发出生命的暗喻。铜铃山的幽静,同样可以作为人臣,让世人呼唤出"铜铃寨,今夜我做你的王"(权权《铜铃寨,今夜我做你的王》)的豪情潇洒,把这一切美丽的事物化作珍宝,安慰着孤寂的旅人,燃烧这一山一水的热情。

在咏叹中,诗人经常化身其中,在呼吸之间感受铜铃山的美丽,想象七公主与我的约会,山以她"内心的脆响"(李文斌《铜铃山,我需要你的爱》)激发我的热烈与持久,恍若看到桃花落入我的灵魂。此刻的诗人放浪形骸,在做梦、放纵中,"以一尾鱼的姿态"穿越时空,成为一个王者,袒露在铜铃山之中,让灵魂微微震颤,回归到天真无邪,看山内"寂寥而美好"(杨献平《在铜铃山》),忽而觉"此之外的世界,忙乱、嘈杂、奢华无度",感受山内和山外带来的巨大差异,明白遮蔽与敞亮、坚硬与贫瘠的大山哲理。赞叹自然之永恒,探索自然之源头,诗人在时空的穿梭中看世人的沉浮动荡。

(二)在民俗风情中追思先人之遗韵

以"百丈漈""铜铃山""飞云江"等景点来命名诗作,是诗人们自觉以地域特色来抒写文成的诗意。轩辕轼轲的《怎样才能抵达文成》把写诗的过程与抵达文成结合起来,把文成的地理位置、主要景点化入诗中,飞云湖、刘伯温庙、百丈漈、龙麒源等逐一呈现,去往文成的行旅路线一目了然,诗歌形式独特,描写新颖,别具一格,显露出宽阔的眼界和明晰的地理视野。

文成是刘伯温故里,关于刘伯温故居的诗意描写成为人文景观展示的主要特色。怀幽于"伏击侵犯者,不要惊飞水鸟与月亮"(王小几《读伯温:锦囊妙计》)的意境中,刘伯温的神机妙算、历史风云成了世外惊天动地、此地岁月安好的当下语境。他的锦囊妙计脱胎于难产、寄居于爱和期冀,他的隐居成为"山穷水尽"的奢望。汤养宗的《过谋士刘伯温故宅》则是以"囊"字入手,诠释一个谋士的无奈人生,一个"知我者谓我心忧,不知我者谓我何求"的谋士形象,最终谋士的计谋只能高悬在文成,成为一棵古树上的千年之果,一切都成为无望的念想和英雄的悲哀。在刘伯温墓前的感叹,则鲜明展现出对过往的超越,"在旋涡中沉浮、揣摩、禅定,在平静中打坐、歇身、隐身"(《清明节,在刘基墓前》),任德华笔下的刘伯温,当年历史已成为记忆,留下的是其在家乡的悟道与隐居。除去谋士的称号,作为一个常人,刘伯温顺着时间的河流,不骄不躁,在"惊鸿一瞥"之后,找到自己的归宿。诗人此时体察墓中人,产生诗意的联想,"它的上下翻飞左冲右突/仿佛在寻觅经史、天文、兵法潜藏于世界里的秘密"是关于该场景的生动想象。作为一个影响深远的文化名人,刘伯温的人生选择因文成地理位置深幽而有了隐居的色彩。在文成山水诗中,以刘伯温为主题的诗歌总是将景色与故事契合,实写景色,虚写人物,融入诸多历史传说。"内心是难觅的桃源,世外或世内"(田奇冲《文成,绿意是一件缀着晨露的衣裳》),"何时一览此生/才知众山大与小、高或低的况味",化用古典,贴近古人。"谁说异乡不能成为故土"中的惺惺相惜,"我望不穿的,历史可以"中的时间哲学,最终都指向"文成具备的发展潜力与文化魅力",带给读者历史的厚重感和空间的宽阔面,由之觑见未来无限的发展。由地域文化引发对古人的追思,辅以略显神秘的自然环境,无数可能性蓄势待发。

除了抒写刘伯温的故事,关于地域文化的部分还包括安福寺和畲族文化。"我在胸口提前开凿了思过崖"(胡正刚《在安福寺》)写安福寺的洗心水,意在为满面尘埃、前途迷茫的世俗之人寻找安心和除去心上污垢的清净之处。"尘世里的故事和人声/不是我的,也不是你的/那些浅薄,正一点点离开"(李俏红《天圣山安福寺》)写时间的流逝、灵魂的沉重随云朵飘向远方,世俗的一切皆成浅薄的幻影,自我在除去尘垢之后,发现宇宙和苍穹的广大。寺庙文化的展示与寺庙的功能离不开清心静气,"安福"在诗歌中成为主旨。畲族文化的展示涉及桃源情怀和爱情故事的写意。"在'赤郎'与'行郎'的脚步里……它是绵绵不断的歌词/带着绵绵不断的爱和情意。"(《飞云江》)在讲述畲族的故事时,唐力着力表现少数民族淳朴的爱。

刘伯温的传说、安福寺的禅意、畲族的民俗,都体现了文成独特的韵味和意趣,展现出诗人们对先人的追思和对地域文化的浓厚兴味,

(三)在时光隧道中体悟生命之哲理

"这些女子,已经是铜铃山的妖"(《铜铃山一日,遇雨》),马叙把在铜铃山的感受比作遇到无数妖娆女子,这些女子唤起了诗人早已忘记的抒情,引发岁月流失的感慨。来到铜铃山,面临妖一般的林木,见到"植物清新,草尖微颤",一颗心随之微微颤抖,回忆起带着青草般忧郁的青春,无端茫然却富有生命的热力。"无关的一闪而逝的动物:一条细小的青蛇"无意经过,让他顿时清醒,继续前行,遂见林木愈发浓密。诗人引用《红楼梦》的典故,把此处比作一个王国,无数的女子在"传情,传美貌与容颜/传欲念与烦恼"。如此场景让诗人回忆起情书,早年抒情的书信,如妖一般的女子,带着情感的因子唤醒他关于抒情的记忆和习惯。铜铃山给了诗人追寻青春的记忆和勇气。"唉……雨……雨……中……"这种类似口吃的语句恰巧与首尾呼应,呼唤出关于爱情、时间、人生的哲思。"红枫。古道。慢"(《红枫。古道。慢》),再次书写历史和自我,时间的流逝和感伤的片段,诗人重新思考往昔时光,重新考量早已忘记的事情和生活态度,寻找人生的新起点和新期冀。

在诗歌中写出个体生命感悟,"就像我反复走在柳杉木砌成的栈道上/即将走成了老树根"(韩文戈《在文成起伏的群山中》),诗人感叹生命逝去、前路不明的人生和默默无闻的行走。老人、少年、女孩、墓地,这些意象彰显了一首诗的宽广度;同时

将安福寺和刘基墓地融入诗中,亦展示了人世内外的对比。"回返路上,悲哀地发现——有人背已微驼。有人白发苍苍。更多人数着星星,直到天亮"(陈星光《百丈漈:瀑布长流情已非》)展现人在时光隧道中逐渐变老的瞬间,数着星星,看似无聊,实则暗含着人生的无奈和不由自主,抒发居一地、愁历史、怅未来的感慨。对于生命消逝的感慨,是古今诗人的常态。当诗人以早已不在青年时期的状态来书写景色与物象时,缅怀青春是自然而然的事,缅怀的同时给予孩子人生经验和哲理。"如今的我却一贫如洗。只剩下空空的地平线"(路也《采莓飞云湖畔》),女诗人同样流露出对年轻的渴望和追忆,"要我冒充待字闺中",飞云湖给她带来生活的假想,回归处女的情怀。处女情怀的展示,是女性以自己的想象去重新体验年轻的状态,以幻想的形式获得对年轻的认同和追忆。当自然环境给诗人带来重返年轻的渴望,生命意识被彻底激活。与此同时,自然环境的生机勃勃让诗人联想到人的孱弱和无助,感叹生命的卑微弱小。

走向生命的极端是展示生命的另一面,选择在"刀尖上舞蹈……都是为了让生命有个峰巅/让生活拒绝平庸和苟且"(李犁《铜铃山》),恰如生活的苦痛与煎熬,面对时需要足够的勇气;人处于迷失的状态时,更要抓住自我内心的绳索,以自信的态度俯视一切,"世界不过是一粒沙子,已踩在脚下"。超脱了人生苦恨恼怒,去留无意的生命哲学使人回归到一个真实的人,一个具有行动力的人。"一段很长的路要走,水中静立的倒影/嘱我卸下任何理想和主义"(王小儿《龙麒源,时光隧道》),经历世事沧桑之后,以致敬自然的形式回归原初的自我。当自我走向历史,便有了超越时空的历史兴叹,"洞天福地也好/避难之所也罢/兴亡之苦,都是覆水难收"(赵目珍《南田山怀古》),从历史走向世故,面目全非的何止一个人。"若无其事,与月白风清/终究不是一个境界上的打量",展现内部嘈杂的心态,终究无法找到清澈见底的人心,警示"如果你依然不能/颠倒那些虚伪的梦想/我相信这将是一场灵魂的厄运"。诗人在拷问的同时,也常常追摹"然而亦仿佛与闹市为邻/白鹭与我,处处可以安身"的旷达心态,走向自我的超脱。

体现诗人生命沉思的诗歌还常常寄居在茶园之中,此时的描写也因此多了审视的含义,"我窥见自身的浮沉,不做任何猜测/开始审视自己/搬动被生活裹挟的形容"(黄海燕《茶园物语》),以观茶之眼反观自我的处境,将茶的形态融入生命流程之中,体悟"我和这个世界/面面相觑/并保持应有的距离"的状态,展现个体自身的大境界。"把自己种植在泥土里,然后静默片刻/周身就会长出嫩叶"(小石大磊《岭南茶场写意》),从另一侧面感受生命的流转,展示自我的姿态,为未来的命运给出自己的解答。

(四)在俗世之旅中超越卑微之自我

作为一个本土诗人,慕白的诗歌体现出一个诗人对故乡的真挚热爱乃至迷恋。当他叩问八百里的飞云江时,一张纸、一夜之间、名字与墓碑、脊椎与心脏、日子的距离都成为一个个问号;当叩问的角度转化为江水之中的鱼和浪花,飞云江便成了"看不见的弧线"(《八百里飞云江》);当他拥有了死亡的意识,他的丈量又找到了答案,死亡亦不过是短暂的旅行终点;当他看到江水滚滚而去,看到了江水和人生一样,不过是流逝的旅程。叩问江水的长度成为他探索的生命的哲学问题,用物质来丈量的江水,始终无法找到尺度;当以江水本身来丈量自身,一切都变作了短暂的旅程。当然,我们无法忽略慕白血液中的热流,"其实,飞云江一直在我的血液里燃烧"(《一生都走不出你的河流》),火一样热烈的是诗人对于飞云江的敬意,"一条小小的毛细血管/和我的包山底一样卑微"。值得注意的是,诗人的热爱建立在卑微的处境上,因为他们有同样的处境,同样的孤独,但又同样的热烈,因此他也拥有了"一张有些飞云江的脸"(《一张有些飞云江的脸》)。在某种程度上,飞云江代表了诗人,是他一生命运的象征。作为一个独特个体,一个深入俗世之旅的诗人,在书写故乡时饱含深切的爱意和苦痛。作为一个俗世之人,他以他的生存经验给自己的故乡一个热切的定义,一个像他一样的故乡,在行旅之中永远无法摆脱的一片土地。

生命的沉思和个体的俗世之旅都建立在个人的生活经验基础之上。他们对自然作出的诗意探索,都是诗人将自我投射到万物之中,探索我与万物的关系。当诗人能够在万物之中,看到个人也看到整个人类的存在,他必然能以整个人类的生活经验为基础,悟出超越自然山水本身的诗化哲学。

如果说文成的现代山水诗在咏叹自然、追思先人方面继承了传统山水诗之遗韵,那么在时空穿梭、俗世之旅和诗化哲学上则更多地凸显了诗人的生命体验。为了强化山水诗的地域书写,文成特意设置了"铜铃山杯"诗歌奖,广为征集优秀诗作之外还力邀当世名家参与创作。在选编者看来,诗歌奖的设置不仅仅是一种自觉的诗意追求,更是一种文化的深耕和拓展。本次选编得到文成县文联和温州市百丈漈——飞云湖旅游经济发展中心的帮助,文成本土诗人慕白以及文联工作人员王选玲等人更给予大力支持。这次选编,只是我们整理和研究文成山水诗的一个阶段性成果。由于水平有限,其中难免有欠妥之处,敬请方家和读者指正!

2020 年 6 月 15 日

目　录

文成——怎样才能抵达文成

铜铃山——等着我从人群中撤离

文 成
——怎样才能抵达文成

稿纸雪白,停着一辆锃亮的题目
携带墨水跳上去,就可以抵达文成
第一行就要调整航向,对准南方
只有到达温州,才算开了个好头

醉意文成

——为第 N 次文成之旅而作

林莽①

总觉得和这里的山水是相连的

因为多次的往来

因为阅读中的不断相遇

因为一条清流有着一个美丽的名字

沿江而上　　我总会心如飞云

便有了微微的醉意

每逢北方早春

诗人慕白寄来今年的新茶

让清明前后的追思和忆念满含绿意

是呀　　因为那些清翠的叶子

虽地处千里之遥

---

① 林莽(1949—),河北徐水人。1969 年到河北白洋淀插队,开始诗歌写作,是白洋
淀诗歌群落和朦胧诗的主要成员。著有《我流过这片土地》《永恒的瞬间》《林莽
诗选》《秋菊的灯盏》等诗集,诗文集《时光瞬间成为以往》《穿透岁月的光芒》和
《林莽诗画集》等。

仍与那一片山水是相连的

我用画笔记下了茶山的雾霭
红枫古道沉郁的斑斓
为什么心中总有一种欲睡中的飘渺
仿佛饮醉了清茶
耳畔飞瀑鸣响
山中古镇　　鸟鸣惊醒了午间的浅睡
雨雾在飘
飘在许多个记忆中的清晨与黄昏

万木沉静　　群山苍郁
是有一种思念与酒相似
它在时间的沉淀中
让我和那片山水间有了某种恍惚的醉意

湖光山色(组诗)

殷常青[①]

铜铃山

浙江以南,大地上随便一块石头做成铜铃,

铜铃之下,那溪水湍急的节拍从一埕流至下一埕,

那一级一级的水瀑,那激流之下的深潭,

那蓝色小花褂的影子里,

是一条娃娃鱼在旷达地散步,不可能的美,不可能的自由,

不可能的错误,铜铃山好像离天堂不够三步,

好像经不起红尘的那份爱,好像离天边的事情已经很远。

云朵坐着流水,铜铃山坐在浙江以南,铃声响起,

一匹云豹捂紧耳朵,一只角雉跑过一片矮树林,它的身后

是渐渐高大的银钟、莲香、花木楒和天竺桂,风

---

① 殷常青(1969—),陕西眉县人,曾参加第十六届青春诗会,曾获中华铁人文学奖、河北省十佳青年作家以及《人民文学》《诗刊》等诗歌奖。著有作品集《大地书》《消息》《沿途》等。

在它们中间一丝不挂，像白驹过隙，像穿梭往来的流萤。
铜铃就这样把自己挂在大地，任风吹拂，
一座山就这样让世界从它身边侧身走过，又调转回头——

秋风扑入怀中，秀木在张望我们的比喻，流水在身边
等待我们，群鸟高飞，小兽低行，
生活的背面终于摘下面纱——
铜铃。铜铃。风吹它不叮当，风吹，原木的栈道发芽长枝，
风吹，十二埕溪水缓慢，不绝，像梯田滚动，
像铜铃山的心潮波动，举着十二只酒盅无休止地斟饮，
万千气象就这样生成，无边地涌动，或者上升或者下降。

铜铃山，我绕着它，一边把流水看成蜿蜒的小道，
一边把花朵看作溪岸，峭壁光滑湿润，两旁树木
高大，树枝挽着树枝，假如一直就这样走下去，
假如一直没人摇响回家的铜铃，我们每个人
都将成为声音的玩具，那想象中的声音，多么悠扬，
那寂静中溢出的汁液，我们只能在其中慢慢安静。

浙江以南，大地上随意一块石头，那是一幅画，
起风了，那画中的事物顺着风小心摇曳，流水很响，
天空回荡起隐隐的铃声，几乎成真。
这一天，我在浙江以南，
行走在铜铃山中，慢慢地呼吸着，慢慢地想着
一首诗，我的手捧起水和树叶，却漏下一支曲子，

而此时如果我停下,会不会更像是被铜铃山遗忘的行李。

百丈漈观瀑

这赤砂遍地,这山花烂漫,这绝壁,峡谷,这仄逼的山门,
这突然挺直腰身的水,高旷,绝尘,这突然拼死的一跃,
是落日盛大的祭奠,之后二跃,三跃,让那个明朝的老头,
那个百无一用的老书生,在百丈漈,在水之湄面壁,
他的呼吸里灌满了水银。让今天的游人,在观瀑亭,
仿佛被催促着要奔赴决战的疆场,仿佛被掏空了心脏。

从一坐山冈到一座峡谷,从铜铃山到百丈漈,
时间会填补所有的虚空,流水会填满你的耳朵,
我在记事的诗歌里如此写下:那山谷的风正准备清洗
我日渐生锈的肺,那飞翔的水,那大地开始的地方,
看上去很像一首鲁莽的诗,它不知道自己就是天使,
它不知道自己的身上还长着翅膀,巨大的,
约有一百丈的翅膀。

百丈漈,一百丈高的水在飞奔,一百丈的水挺起身子,
使劲跳下去,砸下去,溅起一瞬间的震撼,
如一百丈高的泪水,
不为爱情,也不为献身,把时间和历史扔在身后。
我站在观瀑亭,看着飞瀑,想着自己在低处的生活,
想着即将到来的秀木、青草、阳光和雨水,

这一天我仿佛在诗中诞生,世界,仿佛又回到了这里。

百丈漈,那山谷之歌,音质清晰,效果微妙,
一生的积蓄,突然飞泻,一百个合唱队员积蓄的命运如画,
一百个声音集体误入一百丈深的清潭,如寻找本源。
那大地之音,如果你找不到好邻居,那百丈漈就是语言的
邻居,一串串光滑的音符,始终团结在一起,
漂亮,清脆,闪动,雄伟,如远处起伏的山峦。

这唯美,明丽,绚烂,这百丈漈,这水的转折句,
竖起来的河,这天真,像一场原始的革命。
在这里,有三次刹那,
我喘不过气,合不上嘴,心要跳出来,热血要涌上头顶,
我紧着身子,看那跌宕而起的水,那在天空裂开响亮的
银色绢帛,那在峡谷里饮水的石头,我慢慢地投身
这大地的局部,让这局部慢慢地,在百丈漈变成我的全部。

游飞云湖

万山深处劈平畴,一朵白云伏卧山梁,是一条小溪蜿蜒,
一万朵白云座落高峡,是一湖流水,任四季流转。
一丝从南面吹过来的风,像一匹蓝色的马,缓缓穿过湖面,
一些船帆如一些白色的小花儿轻轻绽放。远处的——
双龙,蟾宫,岩门若隐若现,曼妙空灵,
仿佛天堂就在身边——

深谷。幽梦。流水。飞云湖在葳蕤的翠色中多么悠然。

两岸树木葱茏，修竹绵绵，世界就在这里此起彼伏了。
两岸房舍错落，谁家的小姐站在风中，湖里落难的秀才
慌里慌张揖别船头。飞云湖，高高在上，一个个山冈
盘绕成一个个小岛，湖水高高在上地浩淼，高高在上地
婉转。我来到这里，像一只疲倦的蚌来到湖边，
这是短暂的一天，
我终于听到湖水蓝的琴键，月光白的和弦。

随意的一个小岛，我从认识一棵小灌木开始，和它们
结成亲人和情人，相互拥抱。我等待它们开花，
把我拖到幻象深处，我等待它们风中的食谱和欢宴，
让湖外每个日子如获新生，容颜不老。
我站在湖边，翠绿的山冈脚下，
另一群游人向我指出了树枝间的烟岚与风，这只是一个
庸常的下午，我在浙江以南，在飞云湖畔视线所及的范围。

飞云湖，又清又凉，多少年了还在跑，从它上面的飞云江，
一直跑到珊溪，从滔滔到蜿蜒到平静，飞云湖——
一点一点被大地宠爱，一点一点露出红晕，不急也不缓。
一阵山风吹来，飞云湖让女人的嘴唇，
变成了无声的月牙儿，
一只，两只，三只小木船破水而出，
飞云湖就再也没有缝隙了，

此时,风乱了,所有发光的东西都停止闪耀,
都放弃了猜想的念头。

万山深处有平畴,有飞云湖,有夕阳踩碎的噗嗤声,
有满山的树,满山的叶,春天的摇晃声,有满山的小兽,
草丛间
蚱蜢的跳动声,有隐秘的蔚蓝色的心跳声。
在傍晚,在飞云湖,
在交杂的各种声音里,我除了要藏起这块五十亩的镜片
和远山的倒影,还要眺望:我该走向哪里,该在哪一刻
停息自己。飞云湖,我知道自己在短时间不可能再回来。

仙游（组诗）

鲁川①

在百丈漈

接纳一段山水

风 提高了网速 一个劲地吹

把我吹成了一个瘦猴 吹成了一个明朝举子

我在山涧行走 白衣布衫 食色无忧

裹腹的果子 是昨夜丞相炼成的仙丹

清洌的水 浇在花枝上 滋润 养颜 长寿

我上通天文 下晓地理 浑身的仙气

惹得游人一个个侧目 不敢靠近

游铜铃山

莫过于这原始森林了

---

① 鲁川，四川人。作品见于《诗刊》《诗歌月刊》等。

一层一层的 经年的岩石 腐菌 兽骨 羽毛

堆积在一起 深埋住我的呼吸

阳光滴漏 大胆的松鼠 望风而逃

我衔住一片叶片 呜呜的 远没有鸟鸣好听

从宽处到狭窄处 我的锁骨 已经经历了一个春秋的牵引

似还需一根狼棒 重叩几下

隐隐的闷雷 好像也不如早先疼痛

再过一个时辰 就可达斗潭了

我立马勒腰束带 抖擞精神

决心再与这老怪斗上一斗

以免它重返又祸害民间

飞云湖畔

我曾经举家逃亡 在一个月明星稀的夜晚

湖水淡泊 宁静 有一片白云

夹杂在树叶丛中 散发着晾干的鱼腥

和隐约的幻觉 抱住石头沉湖

体验另一种超脱 无形的风

刮下我的鳞甲 岛屿是多年的鸟巢

星星点点的追逐 比爱情荒漠

还有一片月光 可以打捞

但愿你不要迷失 在红尘与看破之间

在龙麒源我遇见一只猴子

它满足于现时 分享着人间的快乐

和忧伤 在没有阳光的日子里

溪水倒流 森林大片大片倒匐

魔头菌与人类且战且退 它亮出它的牙齿

亮出它的两手空空 把顽皮剥下来

顽劣的天性一丝不挂 溅珠迸玉

巨大的轰响就悬挂在它的头顶 它眨巴着

飞奔 跳跃 荡漾 枝头节节折断

怀中的果实 就像它的命运

一次次被抛弃 又一次次被捡起

文成六章

牛庆国^①

一

在飞机上看白云

要么像高原的雪山

要么像大海的波浪

雪山在我的北方

波浪在我要去的南方

在我的想象中

文成是被浪推到岸边的一条船

可到了文成

见到几个收集云彩的人

那么丰富多彩的云

他们是从哪里找到的呢

---

① 牛庆国(1962—)，甘肃会宁人。曾参加《诗刊》第 15 届"青春诗会"，曾获《诗刊》第四届"华文青年诗人奖"、甘肃省敦煌文艺奖一等奖等。部分作品入选《大学语文》等多种选本。出版诗集、散文集多部。

二

在文成的山上
北方的树在这里长着
南方的树也在这里长着
好多我不认识的树
就像我没见过面的诗人
但名字我都在书上见过

三

那天　我们去看文成的瀑布
仿佛一条挂在山顶的哈达
一直垂到了山脚
风也就从山顶一直吹到山脚
一丝一缕都是祝福
于是我用从西部学来的藏语
说了句　扎西德勒

四

从山上下来的时候
看见几匹骡子　驮着沙袋
往山上走

其中一匹忽然打了个趔趄
仿佛就要跪倒在路边的小溪里
我的心跟着一紧
想起我在北方这么多年
多像这匹骡子

五

其实　这些天
我心里一直想着一件事
于是在文成夜夜失眠
但当看到文成的一棵杜鹃树时
我立马想到杜鹃啼血这个词来
握了握它伸过来的一根枝条
有几颗露珠就掉了下来

六

文成是一个地方
文成也是一个人
到过文成的人
都可以叫文成

绿水文成(三首)

陈星光[①]

百丈飞瀑

从山顶往下,长长的石阶
俯视众山如削的翠绿
我看不见你

水汽窸窸窣窣潜来
像小鸟的眼睛
在你渐次拉开的
绿色帷幄下——
长啸,虎跃
乍现一弯彩虹,如梦

---

① 陈星光(1972—),浙江永康人。作品见于《诗刊》《青年文学》《诗江南》等,并被收入《当代短诗三百首》《年度最佳诗歌》等十余种选集。著有诗集《月光走动》和《浮生》。

从无这么细密热烈的雨丝

像绝色女子缠绵至死的吻

宁愿就这样湿身

袒露生命的透明

习惯了太深太长的沉默

是因为从没看见你的壮烈

仰望的高度就是信仰的高度

面对黑暗，我不会俯身

即使被撕得粉身碎骨

也要化作水流奔腾而去

那个夜晚

早已喝得差不多了

是友谊和诗歌反复呼喊

不让人回去

一江清水，月亮在洗澡

两两相对，我们是这个夜晚的诗人

不要彼此伤害，用语言的利刃

不要虚假，流出我们的真性情

看你们久久分不开的委屈

我的喉结也隐隐哭泣

有人跌倒了，快快把他扶起

有人喝吐了，轻轻拍拍他的背脊

我喜欢你,拥抱,不要忸怩

她喝醉了,用最温暖的力气

扶往回家的路

这是生命的大欢愉

我们都是孤独的奴隶

我要记下,这些温暖的名字:

柯平、王家新、树才、池凌云

荣荣、马叙、扶桑、唐不遇

泥马度、牛遁、黄芳、刘小雨、李山

在文成的一个夜晚通向黎明里

我们饮着德国黑啤

燃烧淡淡苦味寂静

断　章

一条诗歌之路通往文成

——朋友们在那里等我。

永康—丽水—云和—景宁

绿色在尖叫,宁静在燃烧;

青青山岩悬挂白亮亮的水。

一边晴一边雨,雨也细密,

缠绵心头的诗句。弯,弯,

一山又一山,空寂——

只有我的奔驰。我要去哪里?

在无人的怀抱我将永得憩息。

文成散札

东涯①

一

这里的每一处景致都是陷阱
晨曦乍现，天顶湖泛着波光
我在南方的山水中静听野鸟情歌

傍晚，和三五师友漫步在山路上
看峭壁深涧，听铜铃声声
生命的声响传到千里之外

离开自己熟悉的地方不是为了遗忘
在文成，我深陷每一处景致
忘记了生活中还有太多的不确定

---

① 东涯，七〇后，山东荣成人。曾参加诗刊社第 26 届青春诗会。著有《侧面的海》
《山峦也懂得静默》《海边》《十三人行必有我诗》等。

我被流水指引,看到清晰的流向
被尖峰指引看到可能的高度
看到义无反顾的瀑布,爱的勇气

看到岩间原始的野性,每一处
芜杂和缺陷的静美。我呼吸着美景
成为自然的一部分

二

许多人写到铜铃山,沉湎于幽峡密林
却在约定俗成中忽略一个错误:关于它的命名。
一块形似铜铃的石头
不足以承担如此生动的名字。
抑或它就是夜的精灵
在星光下,在山野中唱响铜铃之歌?
现在我不需要做什么,只消说出真相。

三

铜铃山上有众多植物
我只关注狗骨柴
只想把心事说与它听

那些连香树,鹅掌楸,花榈木,

钟萼木和红豆杉……太热闹了
不能理解我谈论孤独与孤独的快意

当我唱起山海之歌
也只有狗骨柴
配合我的节拍微微低下头来

但我们只是擦肩而过
太多的话还没有说
就已消失在各自的山水中

四

作为一种骄傲,百丈漈
悬挂在高于目光的地方
我总是担心,假如流速再快一些
它会不会匍匐在地
同大地上的河流那样
因为缺少高度而归于普通的命运
我极目仰望,只是为了看到
接近瀑布时流速加快的河水
(如同竞技场上拉长的目光
只是为了追逐接近胜利时动作失调的
运动员)在庸常的生活中
我尽可能幸福地活着

不仅仅为了流淌——
我们应该有高于现实的位置

五

再次写到瀑布。一瞬间的思考
无论什么都注定要消失吗
连同这张光彩夺目的脸！
它迥异于万物那无精打采的神情
光线也为之失色。
我甚至怀疑这只是一张面具
面具后，忍辱负重的山脊
才是无法道出的疼痛
再次写到瀑布，一瞬间的思考
无论什么都注定要消失吗

六

游戏清澈之水的男人和女人
怎么就没有忧伤呢
他们一定忘记了自己
或许以为自己就是峡谷的一部分

七

我在思索，飞云湖水
为什么如此之绿
湖水中隐藏了怎样的心情

当游船破水而行
两岸的青山竹林为我们让路
搁浅，只是旅途的小插曲

现在我有足够的时间追问
没有谁告诉我答案
生活，可能经不起追问

只有湖底的鳝鱼洞悉真相
波澜不惊。但愿时间就此停住——
绿水之上，秘密不可分享

八

一路上我都在溯流而上。我曾在一条满是肥美
鳝鱼的小溪前卸下脚上的羁绊，在溪水的清澈
中看到自己尘土满面、身心俱疲的影子，看到
往昔的生活片段。有人在上游泛舟水上，和两

岸的山石竹苇一起优游于自然万物之中。在
八月，一条无名溪流，静静地流淌过我的情感
深处。

九

在畲家逗留，像小时候那样
跳竹竿舞，绕过忧伤

重新相信爱情。在竹林里
和热爱的人对山歌

用小瑶池的闲致和时间
温暖彼此，不再无望

住通天房，品野莓子
漫步红枫古道，为繁星激动

放歌山野，看层峦叠嶂
大气分明，世界沐浴着阳光

还有什么不能放下呢
简单生活，从这里开始——

十

长亭复短亭。我竟不敢回
头——
所有的依恋都在无声的诉说中

和风十里,涯岸低回。我的渴望
和暗伤,只有这方山水懂得

就如流水从存在的一切中
流出,流到永远存在的一切

十一

任何表现主义都抵不过扑面而来的自然之风
我知道我该留下一些感恩与赞美的诗篇
可我的语言不应承担这重大的责任
我的文本也仅仅依靠对景观的怀念而生存
离开自己熟悉的地方不是为了遗忘
最深层的幻觉,还停留在文成的山水中——

到文成(组诗)

黄芳①

泗溪河

实际上我把它当成了塞纳河。

那些夜晚，
一首法语诗缓缓起落，
在河面发出迷人的微响。
阿波利奈尔端坐风中，
整个秋天目光忧伤。

整个秋天端坐河中，
微凉地吟诵。
汉语与法语辽阔地相遇，
中间是一支暗藏万物幽光的蜡烛。

---

① 黄芳(1974—)，广西贵港人。著有诗集《风一直在吹》《仿佛疼痛》《听她说》等。

而不仅仅是因为这些——
如此辽阔的相遇，不仅仅因为
那夜间的风吹着泗溪河也吹着塞纳河。
那停留在尖顶上的鸽群，
在瞬间形成了合奏。

实际上我从未见过塞纳河。

那些夜晚，
整个秋天端坐在泗溪河上，
吹拂着万物。
塞纳河边悲伤的阿波利奈尔，
端坐在人类的秋风中。
——灵魂的幽光一路微响，
传了过来。

百丈漈

这奔流的雪，这百丈的裂帛，
在一瞬间带走我的发肤、眉目，以及
不能说出的言辞。
就像一阵天风，
带走尘世巨大的喧哗。

我曾一度与你同在一阵天风下。
我身上的潮湿,来自那百丈的奔流,
来自你。
而我与你的距离,是一颗
留藏污垢的心。

于是我低着头离开。
我低着头感激——
你是奔流的雪,是百丈的裂帛。
你用你哗哗的静,带走我内心长久的
喧扰和污垢。
你在他乡洁白着,美着。
——我已回到故乡。
从此我有着巨大的安静,有着
哗哗的感激,以及
在尘嚣里悄悄地白起来的爱。

铜铃山的星星

整整一个晚上,她都在担心——
它们会不会突然啪的一声
掉下来。砸痛一张
仰望的脸庞,还有这圆满的宁静。

这八月里唯一的光亮,

那么大,那么美。
从斑斓的云层一点点地传过来,
在无边的黑暗里,
抵达山峦、树梢和屋顶。
抵达小小的灌木丛。

而一张仰望的脸庞想要惊喜——
想要它们突然啪的一声
掉下来。砸进一颗
小小的心,一双黑暗中的眼。
于是她的泪水突然地涌出来——
一行疼痛,一行欢喜。

到文成

时间就慢了下来。

潮湿的风从泗溪河上缓缓吹来,
八月的空气
一点点地变得清凉。
打开窗,
我看见山峦、飞鸟以及轻轻摇动的树木。
不知名的鸣叫,在时光里弹奏低音。
在山间,
某棵树会有很轻的名字,

为此我们放慢了脚步。
峡谷的激流，
用速度覆盖一阵阵惊叫，
而它们保持缄默。
飞云湖里突然而来的静止，
是仪式，是低声的
挽留。

到文成，
诗的节奏就慢了下来——
大地之上的绿，要一点点地
充满眼眶。
满树的花，要被蝴蝶
反复地赞美。
而流星对夜空瞬间的爱，
是轻的，蓝的

文成诗抄

俞昌雄①

把榧树种在大地的心坎上

请允许我,把一整片的榧树

从一只难忘的手中移开,请允许我

代替它们借问苍穹,是不是只有最高的枝杈

才能看见从死亡中返回的种子

请允许我,为那样的一粒种子而祈祷

在流瀑悬挂的铜铃峡,请允许我

把自己分解为群山和溪涧

请允许我,把榧树种在大地的心坎上

任风吹、任雨摇,请允许我

搬来人世间最好的土壤,在高山或平地

---

① 俞昌雄(1972—),福建霞浦人。曾参加诗刊社第 26 届青春诗会。作品见于《诗刊》《十月》《新华文摘》《人民文学》等,作品入选《70 后诗选》《中国年度诗歌》等百余种选集,有作品被翻译成英文、瑞典文等介绍到国外,曾获 2003 年新诗歌年度奖、中国红高粱诗歌奖等。

请允许我,偷偷爱上那在根系里
萌发的绿光,请允许我
在那绿光里复活,一次又一次
因驱赶黑暗,而发出巨大的喧响

爬行中的黑环虫

我指给你看,这爬行中的黑环虫
只有两只,如我们互相依赖时的样子
在仲夏,在铜铃峡,在老去的虎皮楠上
它们搬动云彩的重负,往高处
迁移,曾经有过几个瞬间
它们担心被遗忘,试着用眉间的余光
提醒彼此幻想,那愈发接近的步伐

黄昏就是从那儿陷了下去
我递给你多余的光线,你却躲躲闪闪
仿佛并不知道黑环虫还长着隐形的翅膀

在铜铃峡遇显春

这个比我更早到来的人,深陷于此
在铜铃峡,在一棵豹皮樟上
他刻上自己的名字,以天空几乎听不到的
声音,置身于山水间,光影间

但我知道,他不停地挪动

夕照是那样,溪水里的砾石也是

而他身后的一切却将逐日腐朽

这个名叫"显春"的人,这个隐居者

他去过很多地方,在昨天

在崖顶,在深潭,在宽阔的旅途中

他抓着一把属于未来的时间

我分不清在那摇摆的枝杈上是否

藏着他的投影,也说不出

雾起时他是否具有了飞鸟的意志

在铜铃峡,在大片树林绿得一塌糊涂的时候

我遇见了他,并且就是那瞬间

我想起了某个陌生的日子

溪水从大海返回山中,天空

是另一个幻影,而独自寻欢的长尾松鼠

轻轻跳下高枝,口中含着坚果

还能不断地唤着"显春"的名字

来自灌木丛中的水声

一行人,耸动于灌木丛中

头顶的尾叶冬青已经长了多年,偶尔

迎来孤零零的触角,伏于云层下面

而僻静处的流泉忽涌忽歇

在铜铃峡,没有一种声音可以睁开眼睛

除了水,幽暗中的水,澄滢的水
它们源于大山深处,每一滴
都是崭新的,不要贴近它们,不要
在它们歌唱的时候显示身体里的
饥渴;当然,也不要故作镇静
在路过君迁子或金钱松时
才在掌心里划出一条瀑布的路径
那是多远的路呵,如遥遥无期的水声
围于头顶,溢于周身,在铜铃峡
倘若真的遇见草叶上翻滚的
露珠,倘若它们当中已有先行者
早早发出了声音,那么请相信
一行人已迎向未来的时间
荆棘已长眠,而他们正在跨越的
不是山水或群峰,恰恰就是他们自己

月钓文成

高空里的月,明晃晃的
它的光芒从山崖上一滴滴滑落
到了泗溪水边,我们才看到属于文成的梦
它绕过的每一户人家
都可以在尖刀菜上站立
这不像那个半夜出来听风的人
偷偷折着月光,伤佛正经历幸福年代

没有一个夜晚是必要的
但在文成,人们想的更多的是
不要惊动黑暗,也不要吵醒熟睡中的人

被偷窃的星星

全世界的星星就在那一晚
少了两颗,在浙江文成,在铜铃山
你占据其中一颗,以其为居所
而我,获得了另一颗
只开一扇门,只辟一扇窗

我们从未梦见过天使
却由此夜夜相伴

归来者说,被偷窃的不只这些
还有宇宙,那么大的时空呵
叫我们如何心手相连

瀑布的速度

河流不断加速,到了山崖边
它露出翅膀,像天使预言的那样
它坠落,从百丈高的地方

它得以分身，但却不为人知地开放

在文成，在铜铃山，在成片金钱松的投影里
我们赶不上一条瀑布私藏的云彩
正午的阳光从峭壁上跌落
紧随而来的清泉又将它快快扶起
山涧旁的花束因此而摇摆
不是风，不是，是天使移动的眼神
她梦见过深山里的道路
跟踪者三五成群，仅仅越过水的影子

我们都想把自己挂在那儿
以一条瀑布的名义，让自己悬空
哪怕山崖边的飞鸟因此收拢
翅膀，哪怕齐聚的风早早拂过群山

一条号称天下第一的瀑布
它有无数只小脚，携着雪白的光线
它去过的地方被命名为大海
而一旦返回，我们与天使早已近在咫尺

藏酒潭

我深信这是隐者的故乡
无需奖赏，更不要上苍赐予不朽

在巍峨峭壁下,在铜铃峡谷中
这一潭陈年佳酿只等来者
举杯共庆,为山水,为凡俗中动荡的尘埃

该来的都来了,隐者立于群峰之上
而他的投影醉卧潭中。今昔何年
窃喜中的山雀忽地蠢蠢欲动

再深的潭又岂能容得了天下
冷暖离合尽在杯中,这少有的颤动呵
不是源于手心,也非来自愈撑愈大的世界
它在蔓延,等同于身体里的深渊
但那不是酒,仅似积蓄的泪

那是泪么?山雀亦有山雀的苦
隐者偷偷为其收集多姿多彩的时光
但天命有限,而飞翔仅在瞬间

我所看到的深山含笑

在铜铃峡一块凹地,两株深山含笑
不等暗示,早早从地底发出声音
它们借助深潭里的倒影
不断确认彼此相爱时的样子
它们每说一句话,便落下一片叶子

直到上面躺满露珠,它们才深信
死去时依然会留有幸福

我所看到的深山含笑
有一半属于你,如果你刻上名字
在那一刻,在我贴近你的时候

甜槠十四行

甜槠有多高,这要问它遇见过的云
它把自己埋在空寂里,在幽静的铜铃峡
你很难想象我曾用手摸过它
用它的黄昏,那一次次旋转的天空

它一个人奔跑,带着仅有的
光亮;它有火焰,源于一座大山的灵魂
它卸下影子时,你才能看到我的忧伤

甜槠从未想过这些,即便在人世
它依旧向上攀升,期待某一年的某一天
突然就能站在你我身边,不说一句话
却能替代彼此越过命运的深渊

在那幽静的铜铃峡,我多想喊你
它是知道的,我就躲在矮小的乌药树后

看着你,随那云朵消失于密林深处

泗溪,泗溪

夜的精灵都来到了这里,不要触碰
他们的衣襟,也不要在河水拐弯处俯下身子
安逸而宽阔的泗溪,从未有过迷雾
陌生人往岸上一站,月光就能抹去他们的阴影

这是一条归乡的河,泗溪,泗溪
不论春风和秋色如何私语,它仍波澜不惊
它有自己的段位、坡度和高于宗族的
源址,哪怕背井离乡或远渡重洋

陌生人一次次从黑夜赶往白昼,一次次
伸出手来,指着倒映水中不可切割的风景
那是数也数不清的滚烫的露珠呵
从高处跃下深渊,而后逐一打开了自己

泗溪,泗溪,这是用眼睛所看不到的河流
它要低于裸露的肩膀,但却连接着人间的彩虹
不要误以为那只是一条闪光的绸带
实际上,它静默无声,却通达五湖四海

两次侧影

我要说的是六只白鹭,在飞云湖
整整一个下午它们仅留下
两次侧影:第一次在湖中央,夕光赶上了它们
它们并不明白,湖中的倒影为何如此绝美
第二次已临岸边,日落前将有
小小的惊慌,它们彼此岔开
而后又急急聚拢,往高处飞往无声处
飞,仿佛天地毫无边界
而那偷窥者,也似曾追随

文成大写意(组诗)

荒原狼[①]

红枫古道的红

那浅红、紫红、火红都是枝头翩翩起舞的蝴蝶

在大会岭、苔岭、岩庵岭、龙川岭、松龙岭、猫狸擂岭,他们把
燃烧的爱情

喊了出来。我看见一朵一朵的嘴唇

正在接近深秋的面颊,散发蜜的清香

自上而下的是红,高高飞翔的是红

阳光中相互缠绕着的是红,他们燃烧着,奔跑着,裸露身体

填埋世间一切冷漠的间隙,爱得自在肆意,爱得旁若无人

红枫古道的红,我看见所有翅膀为你们撒下的祝福了

红枫古道的红,我看见所有石头为你们打开通向家园的大
门了

---

① 荒原狼(1977—),本名曹立光,黑龙江人。作品见于《诗刊》《星星》《绿风》等。曾
获《人民文学》《诗刊》《青年文学》、黑龙江作协、湖北省作协等组织的征文奖。

在百鸟欢呼中坐拥江山，把生命最美好的部分
留给对方。在诗歌璀璨的森林深处呵护咿呀学步的露珠
给日子以快乐，给生活以充实
谁看见红枫古道的红的脚丫撩醒午睡的河莲
谁看见红枫古道的红的长发穿过黄昏的雨幕

所有的歌唱，如同血液中发芽的新叶
不喧哗，不繁杂，结束的再次结束，开始的重新开始
一座又一座的山冈上，站满身着红裙的新娘
怀抱芬芳、火焰、爱情和生命，像引领方向的旗

铜铃山

我如何能够在沉淀的山风中，提炼出
属于生命的绿色。我如何能够在向上的台阶中
把一种高度深埋在弯腰前行的鞋窝里

远远看见，一颗硕大的叹号笔直地站在崖顶
花白的秋风在阳光下微微颤动，我知道，那不是父亲
铜铃山。面对你仅用文字是远远不够的
我还应该掏出灵魂里燃烧的鲜血
向脚下的栈道，头顶的树，潭里的鱼鲜明地打开自我

净化，溶化，羽化，在光的影子里发芽

生长雪一样的白
风来，不疾不迅，扑面微寒，即便有几瓣飘落
触指消融，一定残留着香
人是隐藏的灵魂，水是流动的炊烟，家是经幡

一千棵树长成万亩江山；一千条水养活万种生灵
铜铃山。我看见你皱纹中幸福的笑了
通向山外的路何止千条，朝拜你的路啊只有一条
结伴回家的小鸟，他们飞翔在自由之上
沿途经过的颂词，是五谷丰登的粮仓

在纯净的水中，我把生命的旗展开
用绿色的嗓子歌唱，看多情的汉语在粗糙的稿纸上
结满黄金和玛瑙，卑微和敬畏

龙麟源

铁索紧紧抓住我的手不放，惊叫的眼神中
有初秋烧焦的流云。胆怯的木板
你还是跑过去吧，错过身边的风景不一定就是遗憾
我是要慢慢地在这座桥上走完摇摇晃晃的人生
日过中午，该放下的试着放下，舍弃的一定舍弃

水揉成的青山，在锦鲤的脊背上喊出鸽子
于是鳞次栉比的阔叶丛林上空划过一道白色的闪电

我干旱多年的眼眶突然涌出两股泉水
那不是我骨头里的澄明，那不是我诗歌里残存的温暖
走在我前面的溪水，她的手中摆弄阳光的碎银子

没有想到金壁石滩突然地迎向我，伸开双臂
要和我最热烈地拥抱。任由身后的绿潭、壶穴惊讶的眼白
兄弟！言语是多余的，当我们的胸膛碰撞在一起的时候
干瘪的日子通过我们的血液扬起沸烫的波涛
啊哈，在这荒凉的人世我终于找到了点燃我的引线

哪里我也不去了，就在这里
扔掉遮蔽的面具，脱掉生锈的外衣，只在这里
扎下根，和松涛一起把幸福与和平大声祈祷
不拖泥带水，爱恨分明。晴天耕种，阴天喝酒、赋诗
把心能走到的大地铺满诗歌的鸟鸣

山水文成（组诗）

安澜[①]

百丈漈

轰隆隆的是声音在流淌

那凉爽的声音多么净美

没有杂质和尘埃，没有暗算和玄机

两岸的草木

推开晨曦的门楣，就撞见了

相亲相敬了多年的亲戚和邻居

红男绿女的飞鸟和蝴蝶

是幸福的儿女和出双入对的情侣

一朵又一朵年轻的野花

腰肢纤细，面孔绯红，微醺里推杯换盏

我不敢陶醉其中

要向一滴水珠献上我的敬意

---

① 安澜（1962—），辽宁西丰人。作品见于《诗刊》《人民文学》《人民日报》等。诗集《遥故乡》获第九届黑龙江省文艺奖。著有诗集《遥故乡》《山高水长》。

感谢它没有嫌弃我躯体里尘世的媚俗

灵魂中曾经有过的猥琐与卑贱

像对待离散多年的兄弟一样

它轻轻地抚摸了我爬满沧桑的脸颊

无以回报啊

我只是这天地万物中一粒小小的尘埃

一滴泪水就足以把我击倒

面对这铮铮硬骨的石壁

柔中有钢的水流,这刚直不阿的

包容与大爱,我才醒悟：

我只是它从人世间捡回的一次疼痛

不忍心丢失掉的一个疤痕

——或记忆

刘基塑像前

多想伸出我战战兢兢的双手

握一握,这位老人

百年的沧桑,满腹千古文章

——假如文成的山水能够原谅

我这来自俗世的肉体,浅薄的敬仰

我将深深地弯腰,鞠躬

面对他眼睛里

六百多年前还依然熊熊滚烫的火焰

真的好想把自己填进

这蓬勃不息的炉膛

呵,真嫉妒文成的风

一天天,一年年,一辈辈

自私地吹拂着他的虬须

像吹拂着一面旗帜那样荣光

现在是公元二〇一〇年

我恍惚看见《百战奇略》和《郁离子》

推开六百多年沉重的时光

率领着一群年轻英武的汉字

从历史的烟火里走来

——身穿着盔甲和唐装

在红枫古道

那些红叶在淌血

秋风啊,请你慢些再慢些

我看见,它们

火焰一样,美得无法停止的疼

——在摇晃,抖动,颠簸

紧咬着,命运的牙关

这些不会说话的哑巴叶子

手握光阴的箭簇

——瞄准谁的灵魂?

隆起的脉管里,深埋着

怒号的霹雷和闪电

在文成,在古道边
在秋天深得就要摸到冰雪的身子时
那千百万枚枫叶
像千百万颗赤裸的心脏
在焦黄的秋天里拼命地红着

四季文成

闻 雨^①

我就是你的封面,你古老的铜铃
——声音从天上落下来
惊醒,佩戴新叶中绿翡翠的少女
坐在铃声中,吟唱 用小小的心
乳房是小小的山峰 闪烁
异性的光芒,两片叶子怎能覆盖

月光如雨 ,月光和雨都是细的
踩着天堂的梯子下到人间
国度和花园 停歇在南国天然氧吧
之中我的少女
镜中的处女 但丁的贝德丽采
坐在流水上、绿叶上,唱歌、牧云

大地向上运送着密集的军团

---

① 闻雨,男,有诗作频发,并获奖。

云朵的后面神在写诗

松涛的朗诵覆盖死亡的山坡

花楸木的树干另眼相看

文成夏天,林中还有什么不能藏下

在文成,你可以遗忘一条大街

但你不能不铭记龙麒源这群畲族少女

一万个纯洁的灵性喂养我们

用花香和精血缠绕着我们

长夜盘歌,灯火不息

在"赤郎"和"行郎"的脚步里

苔藓爬上岩石

南方的天才分食着南方诸神的宴席

万物醉了,不能诉说

秋天,树木的呼吸转暗,影子变长

而在飞云江两岸,绿色还要持续走得更远一些

山上木叶纷纷

蝴蝶拉着枯叶的手掉进舞蹈的深渊

同一个梦,用不同的肢体诉说

江水东流,穿过文成的卷轶

我来到你摊开的手上

顺水推舟,一条江水源远流长

逆水行进,一条江水离白云更近

坐在船头，我感知青史和大野的飞驶
挽不住，理还乱

石头的嘴唇冻得发青，
枫叶古道穿着厚厚的红靴　走进了诗林
少女的身体在炉火旁融化成一泓春水
冬天，我的泪已干，这最后的光我已目睹
我从安徽跋涉三千里来到这里，我不走了

此时大风悠悠，寨山顶上的千秋塔
也爱怜这一千二百平方千米的故乡
这煜热的词语，最终被从家乡走出的人装进心里
这侨乡，这南田，啊，我为什么深陷其中？

关于文成县的大风景与小人生(组诗)

马叙^①

铜铃山一日,遇雨

他抛弃了抒情许多年了。
来到铜铃山遇到数个妖娆女子与一场持续的大雨。

雨中的气息。植物清新,草尖微颤。
雨中,他有无端的忧郁,似乎回到人生的青年。

一个女子从他身边走过,有着灌木的味道。
而此时,他却感谢无关的一闪而逝的动物:一条细小的
青蛇。

大雨继续送来铜铃山的气息。

①　马叙(1959—),浙江温州人。作品见于《人民文学》《十月》《当代》《中国作家》等,
入选多种选本。曾获1995年度"诗神"奖、第十届十月文学奖。著有作品集《倾
斜》《浮世集》《伪生活书》《在雷声中停顿》等。

他被树木掩映的水流声迷惑。而林木更密,可藏下一部《红楼梦》。

而女子是王国。雨水写下女儿传,传情,传美貌与容颜
传欲念与烦恼。他想起早年的一封情书,却忘记了绝美的
词汇。

这些女子,已经是铜铃山的妖。她们喝清碧的水
食青草、花果。劝她节约也不听……

唉,……雨……雨……中……
他因重新抒情而口吃。他因铜铃山一日毁掉了自定的
规矩。

红枫。古道。慢

他在盛年时来到这大山里。高大的红枫是他人生的批评家
"山路曲折,你要慢,一天几杯清茶,午后还要小睡。"

多像中产阶级的生活。其实他连小资都还没达到。
他比他人清贫,也比自己的过去更加寂寥。

他感受红枫,一步一步走在古道上,感受真诚的静默
他回想,从少年到青年,骑坏了多辆自行车。

他看过一部奥斯卡短片,《父与女》,8分13秒的人生真谛。
仿若一部地球史。一棵棵矗立的红枫,又是多么的华美。

这种感受,他几十年只一回。一棵红枫比另一棵红枫晚长
一百年。
因为时间的流逝,因为这片枫林长得坚定,因为,慢。

一条古道,有着漫长的时间的隐忍,坐着元朝的人与今天
的人。
他也介入其中,谈论历史,时间,以及人生的一个片断。

他从山里回家,几乎花了整个后半生的时间。
然后,又花数年时间,写下:"红枫。古道。慢。"

百丈漈,亚洲象

夏季,她的心靠在亚洲象的那一边。干燥的亚洲象。
只有她知道,亚洲象,内部的水是如此的充盈。

……"正午时分,百丈漈行人寥落。"
——此时,她正好深解离家千里的山水与寂寞。

夏季的风吹过,亚洲象,外表迟暮伟大,内心敏感。
她希望,今天的行人减为孤独的一个人。

她的心，贴着百丈漈的惊世绝壁，水的衣裳有着冰凉的惊艳。

想起去年此时，一部书稿，写了三分之一，山水是未写的三分之二。

此时，亚洲象是安静的。立着。阳光强烈。
她的寂寞已成丰茂山水。她是如此地感谢百丈漈……

现在，她才知道，壮美的百丈漈，亚洲象，是她终生的情敌。
她到天边，到暮年，都被这壮美的事物所追击……

南田，访古人

他来南田镇，在镇政府里小坐了一会。
他喝了杯水，感到与公务人员的沟通有些难。

继而他来到了纪念馆，访问六百多年前的刘伯温。
阳光斜照进窗格，把他的光影投到了说明文字上。

他想起前天深夜喝伯温酒，低度，温和，在血液里涌动。
眼前，他读文字中的古人，刘基的智慧，曾让明朝的空气散发酒味。

"六百年前,刘基写下:门外游人空驻马,冥冥白日西山下。"①

如今,他回想着杂事,靠在石头老墙前,被刘基轻易预言。

广场旁,一座庙的气息传来。他选取其中的现实因素。
——"五月十九日大雨:雨过不知龙去处,一池草色万蛙鸣。"②

入夜,他回到了县城,继续喝伯温酒,感叹世事多变。
他想,人生到了关键时刻,谋略还得适当使用,最好少用,或不用。

飞云湖,上午时光

她来到飞云湖,在上午时分,湖面开阔,波澜不惊。
她的烦恼来自她的惊艳。包括她在倒影里寻找的心境。

水,静静的火苗,烧得透明,烧得蓝。
她仰头所看到的飞鸟,这是许多年来唯一的惊奇所在。

她差点要无条件地挥霍掉所有的知识与美貌。
她把手伸进湖水里,鱼懂么? 鱼不懂,但飞鸟懂。

---

① 引自刘基诗《美人烧香图》。
② 引自刘基诗《五月十九日大雨》。

湖真安静啊。这条船载着她,欠着她,要把三分之一个湖还给她。

这简直是新烦恼颂歌！为这条船,为她,为飞云湖这片辽阔的水域。

听说湖心岛上住着仙人。如果要预约,要等午后去拜访他那是时光的错。那时,她的美貌将更加惊世骇俗。

但是,她是时代生活塑造出来的女子。她的青春比美貌更烦乱。

但是,这一刻,上午,飞云湖,蓝色火苗烧透她,必要的片刻安宁……

文成二首

胡 弦[①]

铜铃山

我们经过山峦的多重性。
我们谈起云雾混沌的立场。

谈到一条河时,河边的山
忽然不见了,它们
隐入雾中,佯装已经不在这世间。

进山,沿一条古道,
我们谈到正在落下的雨。我注意到,
一路行经的垟、峃、漈,栯、栎、槭,
依次从雨中转过的脸……

---

① 胡弦(1966—),江苏徐州人。诗作曾获《诗刊》《星星》《芳草》《文学港》等杂志年度诗歌奖、柔刚诗歌奖、腾讯书院文学奖、花地文学榜年度诗人奖、十月文学奖、鲁迅文学奖等。著有诗集《沙漏》《空楼梯》等。

——我喜欢雨从任何地方经过。
在谷底,我喜欢流水、乱放的石头,
红叶艳丽、弃绝的心。

我们停止了谈话。
——我们伫立于一只铜铃
那无声的内部。

红枫古道

陷入回忆的石阶
是不稳定的,类似一些词
在某篇古文中的挪动声。

有人谈起历史,
带着猜测,
有人谈起老树、鬼狐、战争……
而我喜欢看在前面行走的人
模糊的背影,那肯定是
很久以前某个古人的背影。

经过一道门,
它已没有内部;
经过一座小寺,

没有钟声。

雨紧一阵松一阵。
断崖翘首天外。
而我更迷恋
这古道飘渺，红叶
可以复制的脸，以及
雨的跳跃、不谙世事的冷。

文成地理：伯温故里（三首）

王小几[①]

龙麒源：时光隧道

穿越时光隧道，我回到人间

像只疲惫的蝴蝶，全身发青，刹那间

如云蔽日，如菇开伞，无比凉快

山洞开始的回声，清一声，浅一声

告诉我，生命正在穿越峡谷，古木，藤蔓，根枝

一簇簇，一丛丛，安静下来

忽忽闪闪的幻影

正在离去。畲族始祖龙麒卧在西坑

深入岩缝，布满筋脉，饱食山水，一统天下

这方风水宝地，龙盘龟潜，游鱼不惊不诧

---

① 王小几（1975—），本名王孝稽，浙江苍南人。作品见于《诗刊》《诗选刊》《星星诗刊》《江南》等，并入选《2005 中国最佳诗歌》《2006 中国最佳诗歌》《中国网络现代诗歌精选》等选本。著有诗集《南方叙事》。

游过蓝幽幽的深潭,源头久久回旋
我只想一卧青川,在文成经天纬地上四处吐丝
向龙麒致敬,向生命致敬,向天下秩序致敬
在不起眼的枯枝间等了亿万年
它发光的身体,悬着我前世的月亮

照亮无限孤寂。竹子敲击发出的清脆响声
越来越清晰,远远看见畲家姑娘
像跳窜的火苗,在溪流间缓缓流动:
"天籁是你的歌声,蝴蝶是你的舞蹈"
叮当声借着林木间的空隙,不断扩散
有人口中默念的词,坠落其间
一段很长的路要走,水中静立的倒影
嘱我卸下任何理想和主义

读伯温:锦囊妙计

"天下着暴雨,洪水泛滥成灾,
用何锦囊妙计埋藏黑夜前的波涛汹涌?"

"所有的锦囊妙计,都是原封在岁月中的空签
拆阅出来的,只是驰骋疆场的滚滚尘埃"

"漫天啃着大草原,蝗虫泛滥成灾,
用何锦囊妙计让天敌扑杀天敌?"

"所有的锦囊妙计,都是母亲分娩的过程
挤破卵壳的若虫,也是爱的结晶"

"数日羽化而出,当爱举旗呼喊
用何锦囊妙计摘去温暖的帽子和高尚的情感?"

"所有的锦囊妙计,都不是颂歌
伏击侵犯者,不要惊飞水鸟和月亮"

"元末明初的月亮挂在山头,站立中原大地,
用何锦囊妙计让水鸟拍翅过岸?"

"所有的锦囊妙计,都不是荆棘赶鸟
开国只是一种年号,功臣只是一种封号"

"今日过军师故里,看到被雨水打湿的通天地人铜像,
用何锦囊妙计立于天下?"

"所有的锦囊妙计,都是天地人永远高悬的
追赠的谥号,和庶民奇异的眼光"

"民谚有曰:三分天下诸葛亮,一统江山刘伯温。
有何锦囊妙计知后人评说?"

"所有的锦囊妙计,都是神马,都是奢望
任何玄机,都有山穷水尽时"

铜铃山:随想曲

一场同学会,把我带到铜铃山
随想曲的漩涡处,差点滑进蝙蝠洞
入蝙蝠群挂壁生活,一一掠过壁外奇观
唯独壶穴里那条青龙,日夜纹丝不动
睡梦中,他似乎喝着琼浆论道:
"你用珊溪水酿成伯温酒,在南田侍候常客
我用体液酿成杜康,在玉池里侍候自己"

忽上忽下的栈道。哦,慢慢移动的星点
跟着我来到这片寂静之地
她身上沾满花粉,与一束绿光相遇
在拥挤的森林栈道,收住脚步
下面是漂浮的月亮? 还是陈年的老酒?
灌木丛中,我认识它们,一个个倒扣的盘子
穿透岩石,依次排列在夏天的镜子里
这就是童年的壶穴,生命的路标

我常常怀疑,诗歌是否在此生长
比如一朵伞状的蘑菇,汲取飞溅的瀑布水
蓬勃生长。一条红艳的松针

穿过岁月的针孔,躺在松软的草地上
一曲悠扬的竹叶曲,从上潭流到下潭
连成无数个休止符,最后停驻
微弱光线下,两片抖动的唇间
——这时,任何诗句都显得黯然失色
谁的内心,不盛开着无限的寂寞

文成,绿意是一件缀着晨露的衣裳

田奇冲[①]

一

从哪个时令开始,文成破茧而舞
不局限于春天,游人翩翩而来
我们是远方而来的蝴蝶,穿越明朝
一路沾染红尘的花粉,传递春暖的奥妙

或是从公元前而来,把散落的五湖四海
串成铜铃山的暮鼓晨钟。顿悟禅意
于山水间,于我们恍然一梦的风和雨
内心是难觅的桃源,世外或是世内

穿着各种衣着的毛毛虫,逐渐现出人性
蜕变如此缓慢,又如此神速

---

① 田奇冲,男,八〇后。

不知不觉,我们轻舞羽翼,翱于苍穹
是带翅的生灵,也是无翎的雪魂

飘飘天涯,邂逅落英与落英之间的流年
红枫上有君的笔墨,写着诗经之语
死生契阔,执手朝暮,萋萋苍苍又芃芃
不局限于此生,你破茧而成乡愁

二

你破茧而成乡愁,而成我们难以释怀的天涯
伯温梦语与我,谓共明月者,乃前世之蝶
不斑斓,不妖娆,吐绽一种忧郁
吐绽一种前世涵盖不了的故土及月色

我与梦语,互为年华,互为春秋两端的顾盼
顾盼宿怨可以释然,顾盼炎凉不是人世的外表
可我,也有阴晴的两面,在日升日落的起伏之间
我的不完美,形成皱纹,蜿蜒岁月的下半生

那条通往铜铃山的小路,与远方相悖
拾级而上的年岁,一年一年的
走向不胜寒的高处。何时一览此生
才知众山大与小、高或低的况味

徐徐而来的寂寥与清风，围绕余生
我梦语伯温，前世很好，无需念来生
无缘与君共明月，那就执薄酒一杯
把那第三处的影子当成挥之不去的又一个今宵

三

挥之不去的又一个今宵，丛生星语
此时的文成，闪烁先生的眸光
众生万象，我的象归于平凡
苍生如星，我的星倾于淡薄

好吧，如草木一般，参悟枯荣
十年、百年与千年之间
横亘的生离死别，是多少场风雨
不能置身事外的春与秋

庙宇里的伯温兄，受香火缠绕
限于尘世多年，我却不能把冷暖看透
或许童心与年龄的那一端都太轻
平衡不了岁月赋予的五光十色

文成若象，焕发欣欣文德
文成似星，永垂百世芳华
我与先生恰似漫漫天涯

只道:谁说异乡不能成故土

四

谁说异乡不能成故土
谁说比邻即天涯,我与先生与你
与无数个擦身而过的今天
共筑历史长河

海外的雪花,漾于眶外
归来的海浪,集于眉下
上善若水,百丈漈瀑布或者飞云湖
几于道的尘心,可高可低

之源于水,体内的缘分
限于体内的空间;体外的恩德
散于无边无际的体外
相识却不相逢,雪花坠着蝴蝶的美

正如一个在古一个在今
先生于尧舜,我于先生的明朝
朝代之间的窗户,嵌着历史的瞳眸
我望不穿的,历史可以

五

我望不穿的,历史可以
你在别处,我在途中
月亮是我们共同放飞的风筝
飘在夜空,飘在耿耿的宇宙内心

谁把手中线放进眼眶
你看思念,它折射出两条小路
在远处诠释我们的殊途同归
诠释日月同辉的天长地久

就算君在明朝,我在当代
我们之间还嵌着农历十五
嵌着山河梦与九州愿
百世境迁,未来是花的蜜腺

蝶们向着芬芳的方向飞去
是庄周梦蝶,或是蝶如众生
你在别处,我在途中
风筝没有断,只是换了时间

六

只是换了时间，风筝没有断
地点还是那个地点
举头望月人，隔了多少因缘
红枫古道成了我们漫步历史的一道辙

铜铃山依旧葱郁，山峡泻着内心的瀑布
壶穴是遗留下来的伤口
曾经的激流还在！曾经的誓言还在？
眼眶之间的潭与潭、瀑与瀑

多少水，涟涟地、淋淋地说着话
说着这一瀑的挚爱，这一潭的深情
说着前世的南方红豆杉、天竺桂
说着此生文成的林茂谷幽和穴奇湖秀

举头望月人，又隔了春秋几何
请把放风筝的线交给我
交给我这个打更者、或半夜敲钟人
诸公，该如何保证十五之后的继续圆满呢

七

如何保证十五之后的继续圆满
春去秋来，县镇与城市之间
让山河陷入开发热的浪潮里
从此田土染上沧海桑田的斑影

从此旅游与自由与自然共舞乾坤
而风筝有了名利的光晕
失眠的峻岭崇山，让放飞的目光
止于蟾宫门前。传说偏了

婵娟雕镂的上弦月或下弦月
分别搁置眉梢两端
走过众鸟搭成的鹊桥
印堂处，显现是福是禄的人间

面对当空的明镜反映的红尘滚滚
文成具备的发展潜力与文化魅力
正在一步步地引领森林的气度
我想绿意是一件缀着晨露的衣裳

铜铃山,不得不说的美(组诗)

纯子①

铜铃山森林公园

要相信,总有一条小径通向铜铃山
深处,就像总有一种美
可以最终被我们描述。在那里
松针堆积,野花荡漾
阳光是穿透了浓密的树叶,才在地上洒下
斑驳光影的

当我在那里,有幸遇到从林间窜出的
黄腹角雉、白鹇,或者毛冠鹿时
我知道,这是铜铃山向一个异乡人敞开了胸怀
就像岁月,在那么多的词语中
把宁静、隐忍,和善良全都赐予了我

① 纯子,本名曾竹花,江苏丹阳人。作品见于《诗刊》《诗选刊》《中国作家》等,诗作
入选多种选本。曾获镇江市第八届政府文艺奖提名奖、江苏省青年诗人奖等。

如果在一截潮湿的朽木上，长出成簇的蘑菇
你可以理解这是铜铃山小小的耳朵，用来聆听
风声，雨声，鸟鸣之声
虫鸣之声
以及造访者经过时脚步的窸窣之声

同样，当雨水滴下来
你也可以理解那是时光的滴答之声，每一声滴答
都清脆，意味深长。
仿佛这里的每一棵树木：白桦，椴木，乌株……
穿越了几百年的光阴，却并不着急
把这里的秘密，全部说出

在铜铃山

我一定是目睹了它的美，才爱上它的
爱上了它苍茫连绵的绿
爱上了它让人昏眩的氧吧。在树丛中穿行
我像一个冒昧的闯入者，总在不经意中
踩到一簇树根旁的蘑菇。或者
惊扰一只正在爬行的蜗牛。这使得我在铜铃山
很像多出来的一句抒情，迟早要被删除
或者省略。

但片刻的拥有，也是幸福的
山坡上不知名的野花，并没有因为我是异乡人
而停止开放，枝间穿梭的鸟类
也没有因为听不懂我的外乡口音，而停止鸣叫
还有落差207米的百丈漈，
更没有我是一个柔弱女子，而停止飞流直下
停止发出震撼之声

如果在暮色到来前，拾阶而上
栈道在脚下，就像通向另一种美的云梯
我必须再次忍住惊叹：
这里的苍穹，并没有黄昏的到来
而显得过于低垂，依旧湛蓝的天空
像一个人清澈的眼神，并没有受雾霾的影响
而患上了白内障，混沌不清

当月色升上来的时候，我将再次目睹铜铃山
所有壶穴，都像幽蓝的眼睛
并没有因为黑夜的到来，而悄悄合上眼睑，
它有时像浅蓝，有时像深蓝
但任何一种蓝，都是我想歌颂的蓝
任何一种蓝，都值得我深情地向它注视
并行注目礼

文成的青山

李少君[①]

河边小酒楼里，我端起酒杯，将薄酒倾洒地上
向四周的青山表示敬意。恍惚之中
梦里无数次出现过的青山，浮现眼前
我不能相信，睁大眼睛，看了又看
确信这不是醉梦，就像我不是青山的倒影

那些青山再一次浮现时，重重叠叠
青山之上覆盖白云，青山之间小溪盘旋
两岸野草疯长，松鼠机灵地跳上
悬崖间的树木，亭子和庙宇长在岩石上
一位僧人，正一级一级台阶往上爬

即使喝了酒，我仍清醒地知道这里不是故乡
但又为何如此熟悉，莫非我前世到过此地
此刻，青山正凝视的那个人

---

① 李少君(1967—)，湖南湘乡人。著有《自然集》《草根集》《海天集》《神降临的小
站》等，被誉为"自然诗人"。

——那个端坐在酒楼上的人是我吗？
还是那个低头前行的僧人是我？
抑或,是那个垂手站立桥上看风景的第三者
是我?!

有个美人盗用你的名字

刘立云①

多么危险的事！那条叫百丈漈的水
把自己拧成一道白练
从高空扔下来
噢，我想我看懂了：这是学冒险者的游戏
在玩蹦极呢——你个
顽皮的在山里长大的叫文成的少年

有时我又觉得是一个穿红舞鞋的少女
在空中跳芭蕾，有着蜻蜓样的
足尖，柳条样的小蛮腰
从这片悬崖跳到那片悬崖，从这个台阶跳到那个台阶
就这样发疯般地
跳呀跳呀，准备一生都不停下来

---

① 刘立云（1954—），江西井冈山人。曾获中宣部"五个一工程"奖、全军新作品特殊
贡献奖、解放军图书奖、《诗刊》2008年度优秀诗人奖、《人民文学》年度优秀奖
等，诗集《烤蓝》获第五届鲁迅文学奖。

好像在哪儿见过,桃子的脸,月亮的眉
是留住刘伯温不让他走的那个?
还是昨天陪着我去岭南看茶山的那个?
或在早晨的白雾中
回眸一笑,像一朵花那样打开
又像花一样,在露珠里隐隐闭合的那个?

少男少女的文成啊,青山妩媚绿水
缠绵的文成,我想告诉你——
唐贞观十四年
有个美人盗用你的名字,嫁给了西藏

在文成起伏的群山中

韩文戈[①]

从脚边，树林渐次覆盖远山
密集的鸟声像水泡从林隙升起
山间的早晨、中午和傍晚
悲悯的山色笼罩人间
我总会遇到独坐的老人，水边的少年
结伴挖笋或放学后走上山路的女孩
亘古不变的山脉，天荒地老
而山坡上，向阳的地方是沉默的墓地
山坞里，安福寺传出的钟声
与鸟鸣相融
山下走马灯似的人群
在深潭般的人世越走越深
就像我反复走在柳杉木砌成的栈道上
即将走成了老树根
孩子们也需面对起伏跌宕、前路不明的命运

---

① 韩文戈(1964—)，冀东丰润人。1982 年开始诗歌写作并发表第一首诗，著有诗集《吉祥的村庄》《晴空下》等。

太多生命将默默无闻
就像这山中的林木,昆虫,木匠,铁匠
报废的水电站与僧人
以及一段柔滑的黄昏里,行云掠过的流水

艳遇文成

晴朗李寒[①]

我千里迢迢而来,有些脏了,旧了,
但还是瞬间爱上了你。

是啊,北居多年,我面目枯涩,
肺叶里积存了过多的烟尘。

你不嫌弃我！是你先让雨水跑来迎接,为我
从里到外,洗去陈年的污垢。

你用青山之上缭绕的云雾,暗示我:
爱,要缱绻。情,要娇柔。

我的城市只会制造灰尘和雾霾,
而你这里盛产白云和烟岚,自在,悠游。

---

① 晴朗李寒(1970—),又名李寒,本名李树冬,河北河间人。1992年毕业于河北师
范学院外语系俄语专业,曾有多年在俄罗斯担任翻译的经历。曾获第二届"闻
一多诗歌奖"等。

雨水洗净了石阶,高大的松柏樟枫各安其位,
一层一层,把山峦覆盖得细密,苍翠。

踏着云梯升上峰顶,你突然让云开雾散,
给我看,这枚捧在群山掌心里的小城——

哦,那条条崎岖的小径,多像
你的掌纹,记录下岁月,借指着命运!

你拿来甘蔗,让甘里加甜;
你端出美酒,让美上添醉。

你还引来飞云江,让它偃卧在我的枕畔,
昼夜不停地歌唱,令我无法入睡。

淙淙山泉,我不来时,流给谁听?
寂寂茶园,我不在时,香给谁嗅?

空气鲜得有些过分,山川俊得忘乎所以,
你让我这匆匆过客,还能如何赞美?

这是宿命的劫数,我们只有两夜一天,
一场艳遇,不算太短,但足够奢靡。

有一种丰盛藏在凹进去的地方

若溪①

也许早了一步，也许来得正当时
五月的文成
阳光躲在雨水背后
青山与山岚相互隐匿
有一种丰盛藏在这凹进去的地方

我喜欢欣赏集体陨落的狂欢
如龙麒源景区的落叶——
欢寂，绚烂，躺在路旁
枯萎地进入，自然美学的一部分

又如百丈漈的瀑布
一漈，在飞流直下中升腾
二漈，在一曲一折中委婉
或如三漈，索性没了踪影

---

① 若溪（1974—），本名傅海英，浙江绍兴人。著有《从你眼里》等。

也喜欢从石缝里窥视辽阔

看青苔在雨水中溢出岁月

看光萼茅膏菜在一滴水上燃烧

看小鱼儿在清溪里潜伏

看蜥蜴穿越自然与时间的界限

看溪流淙淙，流向静默

看无数幽深和丰茂，在暗底里潜长

正如花开的时候，不知道花开的意义。

我被自然催眠，又被自然唤醒

当所有的渴望，被生活的细碎一一击中

我喜欢躺在这凹进去的山谷里

听她细微地呼出虫鸣和蛙声

有赠:铜铃山森林公园,或小瑶池

宋晓杰①

——你是轻灵的,与咆哮的瀑布

恰好是刚柔相济的一对

日里,照耀;黤夜,相拥

草木一寸一寸漫上山坡

就是谁把青春唤醒——高悬的铜铃

有脆亮的皮儿,水波纹的颤音

一个女子飒爽的秉性

抬高了天空

摇一摇,驱散了黑夜和雾霭

把土地含蓄、隐忍的母性看清

摇两次,微风中挂满复数的喜悦

翘檐的尖尖儿上,阳光、蜂蜜、生活的胆汁

---

① 宋晓杰(1968—),辽宁盘锦人。曾参加第十九届"青春诗会"。曾获第二届冰心
散文奖、华文青年诗人奖等,已著有诗集、散文集、长篇小说等十四部,2012—
2013年首都师范大学驻校诗人。

又被谁,均匀地涂上了一层
再摇一次,奇迹就会出现——
瑶池不在天上,千百年的苦练与修行
不过是为了积攒下凡的决心
怕迷路,却又不敢轻易笑出声

先知说:"生命并不短暂,短暂的是人。"
守身如玉的人啊,你藏着歌王的嗓音和深喉
有处子的容颜、汽笛和铿锵的节奏
在物候和诸神的传说与习俗中,徐徐上升
忽然就万马齐喑;或者:与孩子、色彩
和一双深潭的眼睛,构成一个
——葱茏、喧腾的国度!

怎样才能抵达文成

轩辕轼轲[①]

稿纸雪白,停着一辆锃亮的题目
携带墨水跳上去,就可以抵达文成
第一行就要调整航向,对准南方
只有到达温州,才算开了个好头
第二行要听到水声,顺着飞云江的湍流
才能奔涌到第三行,第三不是探花
是探林,只有见识了铜铃山的雄壮
第四行才能写出飞翔的雁荡
对于写惯绝句的谢灵运来说,他的谢公屐
很少攀登到第五行,因此他只是看风景的人
而不是风景,这里的风景是刘伯温
端坐在第六行,传说中拥有第六感的人
画了个烧饼,就够后世无数占卜者充饥
第七行是卖柑者言,就当是一句伏笔
到了第八行的百丈漈,才能目睹蹦极的力量

---

①　轩辕轼轲(1971—),山东临沂人。曾获人民文学奖,获评 2017 年度"磨铁诗歌奖""十佳诗人"。著有诗集《在人间观雨》《广陵散》《藏起一个大海》。

瀑布可以做山的衣裳，也可以做山的绷带

把寒风冻伤的花草，运送到第九行开放

第十行出现了山寨，这是春天的山寨

不是山寨版的春天，周山畲族人脸上的笑容

都是实实在在的，畲族人嘴里的小说歌

都是娓娓道来的，第十一行已经无法容纳

像岭南油茶籽一样滚落到第十二行的山腰

在这行有月老山，把飞云湖和白云联姻

有安福寺，用日照金炉，用月映玉壶

为了避免悟空闹腾，保持行文的连续性

第十三行就删掉猴王谷，不过可在石垟毛竹上

画龙点睛，飞出一条鳞光闪闪的龙麒源

按照欧洲诗人的惯例，到了第十四行

总要举起羽毛笔画只豹尾，可中国诗人不这样

十五行没有抱柱的尾声，他们要乘上飞机高铁

在白纸一样的天地之间穿行，写出各自的诗

在文成之前先抵达文成，多么温州的十六行

站着我们的慕白兄弟，端着一大瓯烈酒

端着波涛和一张有些飞云江的脸，与我们干杯

铜铃山纪（组诗）

郑皖豫①

连香树像铜镜

小梳妆

在银钟花下

请允许我闭目吟唱

路遇穿山甲

它慌里慌张出门的模样

短尾猴像我家中大伯

但在我向往的阳光会所的树上

---

① 郑皖豫(1973—)，河南许昌人。曾用笔名雨细细、梅初。作品见于《人民文学》《读者》《诗选刊》《中国诗歌》《诗歌月刊》等，《穿越煤层的桃花（组诗）》获得了2009 年"桃园杯"全国诗歌大赛特等奖。

百丈而漈

——我颂这世间唯一

风轻轻从我那里掠走的

原来在这里,原来是

我的灵魂从不属于我

它汇集在千千万万

带着我的遐想、祷告

艰难摆脱肉体的重量产生的

束条

乘云之舟

来这乐园? 圣谷? 或者前线?

在黑暗的真谛的脸上

蒙永不熄灭欢乐的表象

在世间最属美好的

女人的屁股之间

女人的背一马平川

是我的家乡、你的家乡

一路地押解来到这

百丈漈

试探蓝天

麻木的刽子手的面具

白色的血

我们的魂灵

以及我们白色的毛发

是向下的藤蔓

是都市见不到的烟火

是南方见不到的雪

是与岩石拥抱至亲走下人间

瘫软的雷、闪、电

是一种欢迎仪式

是从军的

走向荒诞的使命

是我们人生从未完成的

高、深、宽

是珍珠的粉碎和纱的胃绞痛

是哭泣的寂灭的前奏

"潦者,趋下而不回也"

古道是古人在走

一个人上和一群人下没有区别

四千多的台阶并不要我

一生来走

历史华丽保留

为何是红不是别的

让我捡起一枚

昨日的咏叹,何其短

有无疼痛

何其美！这里和我那里

我自带的光圈不是

售票的舞台

没有人举手、鼓掌

但我们还是谢幕，每一天

并在第二天顺从

一个神的自然体睁开眼睛

没有人心中轻易有了

寺庙或凉亭

有的是不懈的尘脚

年份的锈红在

条石上歇憩的时光青苔上

徐徐如我

在历史上没有

足音这回事

最像僧人的俗家诗人

这里的文成，他可在这里

千百遍

攀足和两只脚像皮球而

身不由，下山

他可曾在这里生出一句诗

古人从那高处走下

我为何要上去

并远涉——

乘坐了古人无法想象的工具

因为我和这条路的尽头

无他路可走

飞云之湖

万年像指针

我们唯有以脚步应和

哪怕蝼蚁也要发出声音

仿佛一个伟大的统一的领袖

人生、狗生、蚁生、猴生

像这起伏连绵的山脉

想象的可能、固定的走向

以及云烟的笼罩

太阳的加冕

和月亮如审视命运般的冷静的

婴儿

诸云掠过

没有一个时代、哪一天

甘于停留

为泡沫的舟、花絮的鱼

逆向的白鹭

当我曾经坐在某一河流

眼前飞过白色的水鸟

使我回头

可是什么也没有

我既不能看见前生

又不能看见来世

唯有给我这现世的

像一碗粥

给我做白鹭的梦想、可能

给我空空的身体

和一只或可相牵的手

给我这飞云湖

这翠绿峡谷、世波浩渺

不见爱恨、战场、精神病院

湖水辗转反侧

每一分每一秒

我愿像此刻

正经历美好性体验那样

奋力驾驭双翼

文成行(组诗)

云冉冉①

走进铜铃山

云冉冉是少不了的

靠近的时候,铜铃声隐隐

蜿蜒,高耸的葱茏

我们没有预约

和你对视的我,没有呼喊

没有人替我惊叫

而你是一滴水墨落在宣纸

将我的苍茫呼之欲出

当天空的蓝,和十一月的山色

被一团团云朵

绑架在十二壶穴的潭影

① 云冉冉,本名陈美霞,浙江长兴人。作品见于《青年文学》《黄河诗报》《诗江南》
等。著有诗集《一朵云的走私》等。

我确定没有谁能凑齐赎金为它们赎身

也许该缴纳一些溢美

而你心明目澈

一眼看出我能掏出的全部词语

是如此残破和多余

铜铃山的黄昏

秋,挥鞭抽打天空的黄昏

草木舞起水袖

而动物们盛装飞奔

没有谁愿意错过这场盛会

打翻油彩盒的罪魁祸首

跑得最急

群山黑着脸,刚想发作

倒是晚霞大度,衣袂飘然,笑意盈盈间

就稳住了局面

鸟归巢了,铜铃山隐入苍茫,把一大片辽阔和斑斓

留给眼睛

我正在想,选哪一件礼服出场

才配得上这样的规格

一行人嬉笑着走来

呀! 该如何掩饰

我对这片暮色想入非非

安福寺

钟声还未敲响,那些蓝就聚拢来

俯瞰尘世,云的许愿有了辽阔的静

十一月,端庄的季节

踏进寺门,洗过心形石的水

盛衰都抵不过千年的梵音和药香

七百平米的讲经堂,无一根柱子可以遮拦

无一点念想和不安可以余留

听佛主的话,学会忍耐和放下,一路的疲倦

和有过的跌跤,都会隐进一卷经书里

藏经阁多么高啊,阁前那棵古树无法羽化

却可以玉化,如清泉自流一样自然,超然

喝下这盏山茶,就是一场聆听和洗涤

我们是方丈桌上那只淡青的瓷杯吧

盈满,或者干涸

都是安身立命的安

阳光普照,门楣上慈悲高悬

我们在安福寺门前合影

门外那座红色的忘忧桥没有摄进来

百丈漈

一抬头，她已经立在面前
冲我咆哮。攀登在峭壁栈道上的我
有些不知所措
一定是我唐突的造访惊扰了
她没有认出我
我的耳朵瞬间抵达海底
听到海豚私语，巨型鲨卷起浪花

她真的没有认出我
那夜我穿过绿洲山冈，穿过雨水寒风
偎在她怀里战栗
她在黑夜的边缘消失
我说不出幽会的时间和情物
可我确实来过。无法明喻的真相太多
这成了悬念，成了我们之间的咫尺天涯

两百米高的果敢，无休止的奔波
被仰视的距离
一条瀑布的孤独终究是一滴水的孤独
春天远行，季节的航班不曾晚点
百丈漈，如何才能让你在这个秋天的余晖里
叫醒记忆，与我相认

你看,枯叶又在飘飞,落定的尘埃再次扬起

老鹰岩

不过是惊叫声夸张了些
拥抱的姿势猖狂了些
不过是宏大的背景前,让自己卑微的快乐
久了一些
你就张开警觉的羽翅,瞪着我
当我颤惊惊地
走出很远,还能听到你俯冲的啸鸣
其实,你大可不必
我凡俗的口袋很小,装不下
一滴水珠
一声轰鸣

八仙石

没有尘烟,山之间,水之上
是悟道的好地方
八仙得道而去,留下的皮囊
被水冲洗出一双眼睛,对视所有人
都会撞出一串惊叹
惊天动地的过往,必须躲在传说后面
静默才是你修行的果

经过你身旁,手指抚过你层层细纹

你会感受到一个成熟女性的体温

带着草的味道,从另一片山来

几十年,从未超凡,也不曾脱俗

和你远游的灵魂

相去甚远

她带着自己和别处的生活

和你一样不多言

和你一样爱着白天也爱着夜晚

只是,她的皮囊

满是尘土

俗世里,还没找到一溪好水洗涤

南田山怀古(外四首)

赵目珍①

只要青峰还在,白水长流
家酿舴边的雨鸠,仍旧在
致敬当年耕读的睿智
南田的青史,就不可能抵消
山川背后所潜藏的那些隐喻

然而其中的事实是,战栗
已经谢幕。但泉谷仍然不失其
隐逸的景象。满目的青山遍野
来此迁居的唐宋元明
全部都化作了坶岸垟垄

在并未被悬置的高旷绝尘
历史其实一点也不荒谬
洞天福地也好

---

① 赵目珍(1981—),山东郓城人。作品见诸国内纯文学和理论刊物,诗歌入选多种
选本。2015 年入围"华文青年诗人奖"。著有诗集《外物》。

避难之所也罢
兴亡之苦，都是覆水难收

当然，面对着"气象万千"
我们也不能不谈论一下
支夏山中那座坟茔的高度
诚意伯不被条石蒙蔽
而是醉心于青草的稳定性

这是一场对雨水抒情地敞开
迷信碑刻的危险被巧妙规避
九龙抢珠已是古老的比附
倒是墨砚、笔架之山
让我们不能忽视象形的文字

虚度铜铃山

细细想来，也不过就是
一场非常低调的秋事而已
然而却很快成为了
我飞扬跋扈的证词
我百思不得其解
我渴望隐居于铜铃山中
即使身影游荡
也不须另一种镜像照临

更可况斗潭曾经有苦涩的战斗
我厌倦一个人行走
但却无法理解斗法者的妻子
成为乌合之众的一员
不妨再踏上巨岩，坐稳钓台
并非出于什么目的
只想借助"鱼凫"
来洞察内心那些奢侈的静寂

虚度，也许琐碎得不名一文
然而，人心清澈见底
若无其事，与月白风清
终究不是一个境界上的打量
当世故被消解得面目全非
我仿佛看见灵崖之上
一阵长风浩荡，不知那是
何人在拼命地摒弃一切身份

百丈漈遥冥

飞流的静寂，也许只有对它
产生偏见的时候
才能够与世人一道谈论
更多的时候，它以雷声

掩盖了闪电清醒的想象力

暮色中。如果你依然不能
颠倒那些虚伪的梦想
我相信这将是一场灵魂的厄运
因为将信将疑
乃是我们围绕着绝壁千仞
所展开的最大的忌讳

我不能一直保持悬念
就如同不能克服寂静无声的恐惧
然而有时候也正襟危坐
千仞对于很多人而言
必然是"高处不胜寒"的隐忧
相反,我享受这份孤独

当然,沉湎于其中也未必是
一件特别阴暗的坏事情
就比如,从"九天"不尽中
我们很容易发现藏匿的星辰
它们越稀少,空旷就越圆满
这是一种偏安的福祉。它
化折磨为喜剧,变忍受为法则

问津飞云湖

烟云如果狂狷，那该是
怎样一种胜境？
我的审美，大权旁落
而此刻，飞鸟正盘算着
——飞度眼下的迷津

独享一湖烟波浩渺
其实我并不怎么理解它
倒是青山知趣
兀自屏立于四周
让我深感无助与愕然

不过，置认此一种羁旅
我们从此将不再乐极生悲
七星岛虽然与落日同在
然而亦仿佛与闹市为邻
白鹭与我，处处可以安身

驮湖梦境

叶红似火。美景浮浮沉沉
就如同孤与独，无法轩轾

此时,如果还不能忘怀
旧日的面孔,那一定是
暴露了自己在尘世的身份

造一个梦境,让我们
蔑视一下这可疑的生活
壶穴虽然带来了幽黯的听闻
其实不安的内心当中
——依然灯火通明

化身一株玉树,你可否将
那些曾经的不默契
在一时之间驱逐干净
再做来世的夫妻? 这也许是
连草木都会怀疑的情事

倒是潭水凝碧,解决了
暮晚中那些悄悄隐没的翻转
我无法向你宣称,畲风是不是
隐秘的。我只能说,她在
每个人心中种下了一片桃源

文成行(组诗)

林新荣①

在铜铃峡遭遇一脉山泉

她细细碎碎地

我甚至

摸不到她的脉息

更不知

她来自哪里,要去哪里

水面上

一张飘动的树叶

告诉我

她肯定不来自林间的

枝丫上

她绵长,干净

---

① 林新荣(1970—),浙江瑞安人。作品见于《北京文学》《星星诗刊》《青年文学》《诗刊》等,其中部分作品被选入《中国年度诗歌》等二十多个选本。曾主编出版《中国当代诗歌选本》等。

——被月光罩住
也舍不得把秘密说出
响声——
来自落差，为之呼应的
是寂静
像一面巨大的鼓

这时
如果把头俯到泉水里
一股清凉
甚至能把你的肺腑浸透
这时
如果能潜到她的缝隙
阳光的光影一闪一闪
一定能窥见时间的骨头
——"那像太阳一样的东西"

红枫古道

引起枫树歌唱的
肯定是秋霜
只是它的吟咏
仅仅是舞动的红叶

阳光在上面舞蹈

鸟儿在上面筑巢

高跟鞋款款

踩过落叶

那是以后的事

在风中飘扬的

是一地的心事

石屋前磨盘上的苔藓

和山泉

有一搭没一搭地

联络着

这些历经岁月的物什

与白白的秋云

悠悠地对视着

百丈漈

207 米高的水柱

207 米长的情怀

奔你而来

她不在乎你的承受力

这承受力是你的情感

你的修为

哗哗、哗哗、哗哗

她的情里有流岚、暮霭

野花、树叶

她揉着自己

从上而下

通身散发着喜悦

在鸟鸣里,喔喔喔叫着

溪水像一条鱼

静静地坐在岩石上

看水波在岩面上起伏

她附带的心事

除了一部分被水波说出

一部分悄悄沿着岩壁跌跌撞撞

被低掠的山蜻蜓衔走

剩下的也许是凝重的

涧边的青冈栎至少百年了

却读不懂……不懂又如何

我手里的毛巾

突然像一条红鲤鱼

冲了下去

文成三叠

张琳①

一

群星降临铜铃山，犹如花朵降临内心的春天

我如归人

行走于古老的森林栈道，在众星之中

辨认出叫文成的那一颗

每一刻，都如同永恒枝叶上悬垂的露珠

一个人就像一滴泪

发誓要说出沧桑的来历

有美在生出翅膀吗？每一棵草木都是永恒的答案

有爱在心头涅槃吗

每一次心跳都是一个人死而复生的脚步。

寻遍阡陌，已找不到那间栖身的陋室了

---

① 张琳(1989—)，山西人。作品见于《人民文学》《十月》《星星诗刊》等。曾参加第
八届十月诗会、第十八届散文诗笔会，获第四届扬子江年度青年诗人奖等。著
有诗集《纸蝴蝶》等。

——1311年，刘基生于南田的一次花落

——1375年，刘基死于南田的一次花开

一生，仿佛一棵草结出了懂得飞翔的草籽

无须说，星光走了几万里

只为隐居人间的山水间，有八山有一水

茅屋早已加冕为天堂

无须说，一介女子心怀忐忑

只为看见一个人的过去与现在

都写成了一首诗

赶紧向着无言的群山深深致敬吧——

我来了，我没有看见一个人的生与死

但我看到了

生死之间的那些奥秘，像月亮活在了圆缺之间

二

云朵在飞云湖里游泳

我在岸上，学秀竹，节节向空而生

两岸青山学我，将妩媚再一次还给浩渺烟波

白鹭也来了，误将水面当成了天空

我懂，它们也在学我把异乡当成了故乡

为什么，一滴水流着

流着，就成了一条江

画中，走出来一位畲族老人

她的每一步都牵动着身后的光线。

我不是她,但她是路过我的一片风景
就像飞云江路过了罗阳江、安阳江、安固江、瑞安江
这些美好的名字。这里
谢灵运来过了,孟浩然来过了,陆游也来过了
无数的云朵带着轻盈与洁白
来过了。我终将带着美
回到山西,我终将和那位老人一样
回到生活的流水中,模仿一朵浪花
只轻轻一跃,就高出了人群
只轻轻回首,就带来了飞流直下的瀑布

三

百丈之内,可以观心
仿佛人间缺少一面镜子,流水就直起了腰身
毫无疑问,万物都活在俯仰之间
毫无疑问
我也是那瀑布里的一粒水珠,奋不顾身地
落向了人间,一种美
终于分娩出无数种美……头漈、二漈、三漈
所有的美,都可以做我的故乡
一个爱山的人依山而居
一个爱水的人,傍水而活
可不可以,让我活在这些山水之中
与高为邻,与雄为友,与奇为……同行者

请允许我在感恩节

写下自己的祈祷词：一个爱诗之人

梦见了百丈漈，她愿意做瀑布的女儿

她愿意从文字的山顶俯身向下

——她有着一个人的高

一个人的深，一个人的宽

她只是想做一面微乎其微的镜子

映照出世上的真善美

映照出一首诗

永远没有写出来的圆满与破碎……

文成往事(组诗)

北鱼[①]

铜铃结

这样的夜晚,适合交换
月色静止,偶有山风
摇晃耳根,和云鬓下的铃铛

千万不要讲故事
因为这样的夜晚,容易相信
而他两手空空,只有抓住一丝微凉

飞云寄

他找到了世上最好的邮差
在一个湖泊的反光里

---

① 北鱼(1983—),本名郑智敏,浙江洞头人。作品见于《扬州诗歌》《诗林》等。著有
诗集《浅湾》。

但他还没有找好那两三句

放进一封信的背光处
不会激起波澜
也不会被风吹散

安福寺

这里曾发生数次火灾
有几次战乱,有几次
信徒掉落了手中的烛火
建。重建……

碑文翻新,菩萨金身依旧
入定前,他的记忆
有过几次缓慢的折叠

古道忆

这里曾发生一次火灾
可能是一次自燃。就像
一个人,忽然想起以前的事

路,只烧了一半

像中途掐灭了烟。那年
红枫更红。那人的失忆症
深深,剪去了另一半

文成:古典山水(组诗)

蔡明菊[1]

红枫古道:一封写满相思的锦书

一条古道在时光深处蜿蜒

平平仄仄地蜿蜒到山顶,蜿蜒到白云深处

秋风一路追赶

一路撒落竹影花香,鸟鸣溪唱

撒落古典的墨迹,葱郁的诗意

云中谁寄锦书来

一封一封挂满古枫树梢

在阳光的掌心翻飞若蝶

相思的火焰漫山遍野燃烧

将一溪碧水染红

---

① 蔡明菊(1979—),笔名月满西楼,安徽颍上人。作品见于《颍州晚报》《阜阳日报》《大别山诗刊》等,诗歌入选《80后诗典》《优秀华语诗人》《中国最佳诗选》(2008)等。在《诗歌月刊》2009年举办的"杜集杯"全球华语诗赛中获优秀奖。

读一叶芬芳的信笺

浓烈的乡恋漫上五脏六腑

这一棵树下可曾埋着少时寄不出的心事

那一棵树上可还留着刻骨铭心的名字

翩翩的少年翩翩地从记忆里走来

古道横卧如笛

缓缓地吹着一首清婉的山歌

我们青涩的脸上流淌着青涩的笑

枫树的叶子尚未熟透

故乡收藏了琴弦上悸动的锦瑟年华

红枫溢出了暖香

我步入中年的驿站,心海早已波澜不惊

置身一幅古典的画卷中央

我不伤旧,不悲秋,只在文成打开的锦书里荡气回肠

飞云湖:一首清澈到底的诗

头顶一面秋天的放大镜

我走向飞云湖

走向白云在人间的居所

万物在这里与影子合二为一

寻回前世的廊桥遗梦

湖水轻盈柔软

泛起梦的波光

被秋风提着写一首清澈到底的诗

鹅卵石沉在韵脚处

压住一湖荡漾的涛声

水花穿着青花旗袍

像江南少女巧笑倩兮

一只白鹭飞起又落下

始终离不开旖旎的湖光山色

十里画廊藏着千吨银质的光芒

藏着古村宁静祥和的密码

一声声婉转的啼叫

在丝绸般的岁月里滴落回响

阳光透明如羽

草木尚未凋零,仍在坡上抒情

我坐在湖边垂钓

垂钓蓝天,白云,竹韵,舟影

江山在这一刻静谧入定

笼上一层淡远的禅意

铜铃山:一篇镶满霞光的赋

霞光从峰顶倾泻

一座山成了一篇立体的赋

那么多的树在遣词造句

那么多的花在润色修辞

那么多的溪在起承转合

那么多的鸟在高声朗诵

我一见倾心一听倾情地陶醉了

一座山在宏大地叙事

石头撑起风骨

瀑布擂动鼓声

松涛汹涌一阵比一阵激烈的波浪

云岚绕来绕去

写意一帧壮阔的水墨丹青

一座山在细致地抒情

兰花在谷底颔首浅笑

鱼群在溪涧摇头晃脑

翠竹伸出手掌

接住百灵鸟的歌唱

一位畲族少女身着鲜艳的衣裳

将霞光全部揽入怀中

我进入一座山，进入一篇赋

进入意境中的意境，梦中的前世今生

空气清新如洗不含一丝烟尘

云霞渲染了山色，渲染了我的心境

远离红尘的喧嚣和纷扰

我变得和一竿翠竹，一朵蓓蕾一样

脱掉厚重的盔甲

身轻如燕，飘然欲仙

在天然的氧吧里久久，久久地徜徉……

文成三章

胡正刚①

文成夜色

急雨骤停，飞云江把山中暮色
运抵县城。江水的流淌
因负重而迟缓。幽暗的光
一再向下，紧贴河床上的砂砾

提前到来的夜色是一张请柬
两岸明灭不定的灯火
像一群隔河饮酒的旧人
手中起起落落的杯盏

---

① 胡正刚(1986—)，云南姚安人。参加首届《人民文学》"新浪潮"诗歌笔会，获扬子江 2015 年度青年诗人奖。

在安福寺

风霜扑面,满脸尘埃
走得越远,越能轻易看清
骨血里深藏的动荡
和不安。看清自己
无处安放的歧途。山一程
水一程,无尽的旅途里
我在胸口提前开凿了
思过崖。用预设的立场,洗心
革面。却始终无法抵御
山河涌向眼底时的致命一击
那一年,山中赶路,借宿
绿荫满院的寺庙。山中无日月
我把檐前滴水错听成木鱼声
一夜无眠。安福寺前
同行的人,用山门旁的流水
净手,洗面。我喝了几口
流水无形,不能穿心而过
但我仍奢望它纤尘不染的凉意
能洗去了心上的积垢

铜铃山中

草木的呼吸带着回声
流水里藏着石头的体温
铜铃山中,竹影和鸟鸣
微微侧身,无边的寂静空出一块
才给我们让出了登高远望
和迎风垂泪的位置

文成，山水诗（组诗）

风荷①

铜铃山

时光葱茏，所有的叶子都不辜负期待。

八山一水一分田，文成家谱，山是主角。

山驮着时光，水融着日子。山有升腾的理想，水拥着月光雪。我的父亲守着良田，守着指间的岁月。

人间烟火，从铜铃山的炊烟开始。

暮钟敲响。一座山庄重，肃穆。

峰峦叠翠，峡谷幽深。一座山多么神秘。

在铜铃山，我深知：草木不会误了翠绿，野花有执着的信念，森林栈道有摄人心魂之美，壶穴瀑布时时制造出幻象。

时光葱茏，所有的叶子都不辜负期待。

① 风荷，本名何桂英，浙江余姚人。入选首批"浙江省青年作家人才库"。诗歌发表于各级各类刊物，并入选《中国诗歌精选》《中国年度诗选》《中国当代短诗选》等诗歌选本。著有诗文集《临水照花》《城里的月光》等。

一座山有静默之美也有跌宕起伏的壮阔。

你一直用心。

把寒霜的斑迹擦除,用阳光缝补幽暗和潮湿,用鸟语花香替代雷霆闪电。

淳朴的血统,水做的风骨。大山和你怀里的子民深深理解彼此的心意。

铜铃山,我的故土,我愿匍匐叩拜,用呼吸和心跳敬畏。

有时也借清风和雨水喊你。

"爱吧,爱铜铃山,爱你挺拔和坚毅的魂魄。"此刻,头顶明月,任思绪弹拨出一碟柔软的银光。

把你想念。

飞云湖

风吹过,波光里是乡音,灯火,天涯。

云远道而来,带来雨水。

白鹭翩飞。在如绸的水上,质感里的鸣叫,风姿卓越。

湖呼吸细腻,拥抱天空和虹影。

我的先祖择水而居。在浙南最大的湖泊——飞云湖边安家,劳作。浑身充满力量。

一滴水,揽紧清风明月。一滴水,有孕育的疼痛。一滴水,也有美好温暖。

我站在岸边,看水鸟展翅而飞。

风吹过,珊溪,蟾宫,岩门,铜铃山峡,石羊林海——苏醒,在晨光里沐浴,洗礼。

风吹过,飞云湖的波光里是乡音、灯火和天涯。

一个静谧的湖,也有心潮澎湃。他回肠荡气,把波浪的鼾息和呓语译成雷电,把月色裁剪成银质长袍。

我的先祖灵魂高贵,胸口奔涌正气。像源头的水在高处指挥,桀骜不驯。洗涤,磨砺,冲刷大地。

早悟了世间生死。更多的时候,湖上烟波浩渺,船帆竞渡,湖湾与小岛交织成迷宫。

湖岸郁葱。广袤胸襟融入绵绵不绝的声色。

飞云湖,所有的路径都指向慈悲。

我驻足,仰望。膜拜一面湖的辽阔。在一滴茂密的水里寻访一朵白云。

在眼眸里安放下天涯。

枫林古道

石上流霞,中国画的卷轴次第展开。

树披上晚霞,石披上晚霞,山野披上晚霞——古意葱茏,袭上眉头。

停车坐爱,枫林古道,浙南山水的传奇诗篇。

层林尽染,石上流霞,中国画的卷轴次第展开。

秋天的文成,爱意盛大。诗歌和红叶,像古道开出的花朵。典雅的技法,一番浓墨重彩,跃上扇面。

石阶,亭台,远行客,江南天气。

在文成，车轮声带出书卷气和前朝胸襟。有浩然的姿势，在墨香的馥郁里，缓行。把折叠的山层层打开。

在山顶，任风吹内心涟漪，雨不会湿了旧时青衫。

每一道阳光都恰到好处。笑容迷离，唇上胭脂，醉酒的美人。

哦，枫叶。

秋风似剪。剪出精致格调。再涂色，装帧，上墙。迤逦的风光，大手笔。

崇山峻岭，一道唯美的布景。

秋天拉开大幕。

出尘的锋芒，目光炯炯的舞者。大山的肌肤，骨骼，皆舞出火焰。

秋风荡漾，星火万盏。

前世之梦，退到一场大寂静。

我的王，静候你出场。

白云庵

我的父亲，培育一株叫诗歌的花萼。

山中楼阁，倚洞檐。是云峰山顶，礼佛之地。

屋上日夜洞声潺潺，晴雨难分。

檐头之水，滴答，滴答——

生香火，禅自茶味而出。一卷在手，去心念念。瘦竹立于山中，佛音随流水送远。马蹄声声，于烟霞千里之外。

寻心，在寂静处，心既是佛。

禅灯，映月，照蒲团。一袖清风，都付诸光阴。

起舞，问道。

纤手弄墨，暗香飘忽。

或刻刀遇石，刚韧接接。或闻香操琴，养育最好的自己。

露水，空枝。不见蜜蜂嗡嗡，蝴蝶亦离花茎而去。穿灰袍的僧人穿过林间，似柔软无骨，又似一阵劲风。

繁花落下，而后是雪，一瓣一瓣。

在人间，梦一场，终清凉。

白云庵前，不知今夕何夕。水月，空山。

我的父亲挑水做饭，从白云庵回来，融入人间烟火。

我的父亲，是人间一缕清音。

我的父亲，培育一株叫诗歌的花萼。

百丈漈

白鸽起飞。画面，模拟一场盛大的雪。

一滴水，就到这里。

千万滴水就到这里。水在眼前飞跑。文成南田的高台之水。

水冰清玉洁，水激流冲荡，水无畏自己粉身碎骨。

千万只白鸽起飞。画面，模拟一场盛大的雪。

碰撞，突围，又紧紧相拥。如无数大山的子民。

灵魂附体的水，清澈，饱满，恣肆。不是俗世的，也不是狡诈的。决绝,壮美。不惧命运的深潭和悬崖。

"一漈雄,二漈奇,三漈幽。"

在百丈漈。每一滴水都舞出自己最好的样子。每一滴水都被我敬仰。脚步融入瀑声,世间的浮躁,被水圆通。它们的落差和距离,如一阕宋词奉上的心灵感应。

山野空旷,百丈漈的飞瀑把悲悯浇灌。

而我仿佛是踏响了梦境。

回到了水的祖籍。

百丈漈,就立在我的心尖了。峭壁,杂树,飞瀑。我的喉头,有喷涌的潮汐。

"顺势把满山的鸟鸣。放进眼眸。"顺着婉约,我在一阕豪放词里朗诵雪讯。

峡谷景廊

像一匹马一样腾空,奔走,去向好人间。

线装书,一枚清瘦的脚印。

用泥香擦拭,留存。不管去路迢迢。清秋时节,截取一条幽静,卸下劳顿,放马。在飘摇的水上,建一座静心的庙宇。

渡到对岸。

镜像开阔起来。

不说秋色三分,唯念人间情分。在前行的途中,写下自此安好。

与踌躇满志的人,携晨光,登山观景。

热血在我身体里奔涌,孤寂属于昨夜。

像秋风一样寻来峰回路转。像一匹马一样腾空,奔走,去向好人间。我在峡谷景廊里唱古老的歌谣。

注视一棵青松,一潭绿水,一根木桥。

一枚明月安然于心底。

吉祥的时辰。一次次抱紧幽谷的深邃。用心去触摸一块石,一片落叶,一个名字的荣耀。

不说深渊,不提关卡。两岸是群山翠壁,飞瀑多姿,红枫古道,是你伟岸的身影。

"疑在巫峡望巫山,又从灵峰到灵岩。林泉壑瀑两廊画,天开画图绝人寰。"是一首绝句安放于眉上心间。

"收获总在前方"在文成,在峡谷景廊。

我手握宝典、密令。

龙麒源

从飞翠湖里跃出,一枚绿月亮,美好得像爱情。

祈祷,在龙麒门。在凤山和凰山之间。

一片薄雪,奔走在文成。

风吹松果。我是那个被楼台亭榭拥抱之人。从我的父亲那里接力。用霜露滋润泥土,用旧时光卷成望远筒,不惧鬓边的一场雪。

收紧心的狂跳和喉头的尖叫。

把喝彩留给半空。

在龙麒源,穿过长长的索桥和山歌。

仿佛远古之物都已抛给昨天,仿佛镜子里的人是勇敢的蒲公英。

桃源从诗卷里翻出,一地发亮的碎银。

风像丝绸一样,龙麒源举着仁慈的秉性,沉寂于草木的疆域。

溪雨亭,竹篓桥,凝碧潭,龙壁崖……

从飞翠湖跃出,一枚绿月亮,美好得像爱情。

我把自己种在畲族镇,种在龙麒源的土壤里,迎风而立,收获一轮新的朝阳。

在山水的翅膀上安身立命,曙色正好与你的极致契合。

有足够的美可以挥霍啊。

在文成,在刘基故里。

文成诗稿

孟甲龙[1]

一

落日垂暮,峰峦陷入苍凉,却又如此干净

沉浮的水面滋养出光阴,与万种风情

借一瓣浪花,谱写关于文成的神韵

瓦解人类的疑惑,色染尘世的"红枫古道"

不断蜕变、回归,在涛声中跌宕起伏

风中的虔诚者放大了身影,匍匐

在奇秀的山峰上,比如诗意风韵

山水递给他们无限的膜拜,慈悲与旷远

智者在耳边悄悄诉说,关于

透明的水面上隐喻的人文地理,或天之道

一句诗,吹断暮云的彩带,让我陷入钟毓土壤

呼吸明朗起来,又一次次被秀水打湿

---

[1] 孟甲龙(1993—),甘肃兰州人。作品见于《诗刊》《诗选刊》《散文诗》《星星》《扬子江》等。

心灵的挣扎归于徒劳，我被山水的热情捕获
被文成的满地春光俘虏，跪拜与遥望铜铃风光

二

蓝图牵引着我的目光，在山之顶，在水之畔
火热的故事，更像一只海燕，低飞，徘徊
而平静的水面，收拢了尘嚣的枯燥无味
我不断翻阅山峰、土壤与石头
叩击奇峰秀水的灵气，不敢遗忘
在这里诞生的母性，哺乳出厚德载物
文成，俯仰之间铸就后世的信仰
从宣纸上流放开来，把水的神韵流放山间
升温，升温，再升温，让繁华
错落在水的音符上，带着传说在天际升腾
聆听铜铃山的经词，将人间的疼痛聚集而来
解不开的畲族文化，飞架天地
我的偏见，与这里无关，跌落在水中的夜色
赋予我新的安慰，我致力于追寻它的暖色调

三

我爱文成的旷野与仁慈，却又无法挣脱
它展示出的真与美，与干净利落
囊括了大地的花藤，修饰着生命

文成更像是一场虚空的梦境，却名正言顺
存在于人间，如同爱一个人
我爱上了好山好水，蹑手蹑脚般行走
生怕脚步声唐突了一山精灵，与水的悲怆
挣扎在人间，我与文成达成默契
背负星辰和浪花，摒弃经、史、子、集
山水勾勒出膜拜的内心，顿觉词穷
钟灵毓秀的文成，在宣纸上清晰可见
面朝大海，春暖花开，我希望
这是属于我一个人的狂欢，一只帆船
从远方驶近，带来远方的寒风与传说
而身后，被月色笼罩的文成更加光怪陆离

四

寻梦在文成的根源，抵达在理性的漩涡
朝圣，注定是一生完不成的夙愿
赋予一阕宋词，一句唐诗，把山水的故事
和盘托出，春风还未乍起
涛声已响彻云霄，跌落在水面，绽放光辉
犹如明珠，洒落一地光明，不断发酵
把前来跪拜的马蹄遗留在风中
遇见爱人，也不需太多的言语
只因这水是俏皮通人性的，我和文成
有同样的心肝和脾肺，比如故人

一别离，就是一千年光阴的绝唱

以素食主义者而居，山水超度了我

眸子里尽是春天之美，我的诗歌

跌落在土壤，词语有漏洞，内容与世不争

五

诗意山水不可再造，抬高了文成的头颅

成了仙山，我在此地落发为僧

做一虔诚的佛徒，栉风沐雨

在所有晴朗的日子，扼住秀水的命脉

尘嚣渐远，披星戴月，或上山，或下山

指点大江东去，每一滴海水都是隐匿的钟磬

与山为友，与峰为伴，摒弃我的疼痛

和野心，所有的血肉蜕变成千万种怀念

暴雨来临之前，我要用文成的钟灵毓秀

愈合被时光撕开的伤口与破碎

一点一点痊愈，原谅我不知天高地厚

把奇特的风情万种移植在自己的宣纸上

写下一句唐诗宋词，为一幅山水画祈祷柳暗花明

六

辽阔，在我的脚下弥漫向远处，更远处

宣纸上铺开的文字，只为亵渎水的风韵

山孕育出无数神话，每一部都扣人心弦
如深邃的夜，使我不断向文成挺进
水底的鱼儿也有身份，行人在水面上焚香
与水碰撞，摩擦出人文与地理的火星
逼近涛声，寻觅山的影子，与遗留的诗句
一曲高歌，沉重磅礴，把宿命寄托在此地
在山里涅槃重生，点燃生命的高潮
让隐喻的意象，明朗起来，博爱世人
以成熟的心智，考究文成的诗意山水
闪烁其词，剔除了所有黑暗，成就金字招牌

七

在铜铃山的峰顶，邂逅光明，涵养静笃
沉浮的蓝色旋律，融合我的幻想
远去的孤帆叠影，凭借风的托力
吹醒山的一群精灵，亲吻波澜与欣喜
钦定的文成山水飞架苍穹，容易渗透
人的心灵，我的精神没有松弛的前奏
朝圣和膜拜，轮流值班，赋予我清醒的认知
秀水从来都是安静的，更像是命运的盲区
囊括了我的悲悯，与文成的一切关联
天地万象，揣着海浪远游，如心中的信仰
又形同山的天空，收拢了人类的惆怅
夕阳西下，我坐在水边念经，依偎着峰峦

头颅之上，是萧索、苍凉、银光的雪

是有恃无恐的寒风，是属于众生的静穆与葱茏

在文成的山水间(组诗)

白兰①

云 雾

道士把道风给了岩石

神仙把仙气给了山雾

这一路下来　　峰上的山雾一直撕扯着云彩

山林把隐居者的心藏了又藏

把无限的空远遮蔽

一座山有多少玄机　　这云雾

每一次翻动都是一种暗示。

隐士总是避开尘世的锋芒

山越深　　　修行的心越坚韧

无为如草木的人

在此领受一座山的孤傲和意志

---

① 白兰,六〇后,本名程兰。作品见于各种诗歌杂志,入选多家年度选本。获第三届河北诗人奖等。著有诗集《爱的千山万水》《草木之心》。

大雾悬于峰顶
去与留　　都很自由。

过一道山梁　　大雾突然没了
草木明澈
能见星月
啊　　一座山放下得如此决绝
让我这颗凡俗的心
感到了负重和卑微。

在铜铃山上

一座山美成这样
可以邀星月唱情歌了。

林海与云朵相连不是童话
高山出平湖也不是传说
神的刀斧手
在铜铃山上凿刻出仙人的行踪
道士的江河
只要你卸掉红尘就可以领悟

一只鸟一飞　　带动起了大片的雨水
那些悬空的石头像极了神的肋骨
触摸一下

就有回声……

铜铃山上诞生了无数个我——
水里的　　崖上的
当我站在高高的悬空栈道上
就像一片飞出去的柳絮
一个小小的妄念
都会把我推下万丈深渊
我攥着拳头一喊
另一个我就从遥远的地方赶来。

千年香樟树

多少路过的书生名落孙山
多少远足的行人浪迹天涯
多少小虫子喂养了多少只飞鸟
多少闪电在它之上　　嘎嚓一声折断了前生
多少朝代站起来又倒下
多少修仙的道士　一去不复还……

而它活着　　活过了一代帝师和远去的流水
活过了法布尔的昆虫
沧海上的海燕
2017 年 3 月 24 的早晨
我在山脚下　　看它硕大的树冠对峙着天空

微雨中

它的根须深深扎进岩层

和地下的河流　　泥土

发生着暴动……

和达照法师对话

师父　　我没去聆听您的开示

我在大殿里做晚课

"都一样"——法师如是说

一千条路能登上同一座山峰

一万条河会流向同一个大海

法师　　见您　　如见如来。

那天光阴清明

我过山门　　进大殿　　拜藏经阁

山门后的山对着天空

一座须弥山

有万千的慈悲

如若让心再轻些再轻些

我需要一次次低下头

对着山门　　大殿　　和安福寺之外的群山。

夜宿天鹅堡温泉度假酒店

大山的寂静加深了它的寂静
我在它的暖房里
像一只慵懒的猫
银钟花在小风里舒展开一片花瓣——我没看见
短尾猴在枝间跳跃时碰碎了雨水——我没听见
哦　我睡得比一座大山还沉。

我梦见了一个道士领着一群流水
白云下
一只白鹅的脖颈伸向湖水
心无挂碍　无有颠倒恐怖
多好啊
我愿意这样睡着
年老的我在上帝的一张白纸上
无限缩小……

高山流水

水从高处下来　像奔命的白狐
水从高处下来
像孤独者听见了亲人的呼唤
我驻足时

前一秒已经消失
我爱过的恨过的　　也已奔流而去……

水有一万种风情　　铜铃山上的水
有相聚的快乐
离别的愁绪
在岸上踏歌　　懂你的人必会听出弦外之音
当我低头
一片水里晃动着一片云彩
多默契啊
它们一样的颤动
那些知我的人
也如这高山上的流水
在我拾级而上的途中
轻轻环绕着我的心。

朝山路上

过文成县城　　　向西
洞宫山一路迎送
峭崖上的竹林和松涛　　像大山的翅膀
越走越高
越走越接近修行者的心。

大山有无数个是与不是

出与进的路口
此时进山　　最想领略到一道峡谷的空性
清明前的雨水飘起
山梁喝醉了
它的子孙纷纷出动　　啊　满山的云雾！
都在触摸着苍穹最高的渴望。

小隐者　　在山水之间
把出世的心捧给春天
绝佳处满眼都是道骨仙风
一座山这样如如不动
我们何须万丈豪情　　在陡峭的人生中
滚一身的风尘……

筌筷引

林莉①

一

铜铃山多良木

春雷落于此

可辨其伶伶音色

如颠沛樵夫，峭壁凌空之叹息

之长啸，之呜呜然

呼之怆之

二

山中日月悠长

一株银钟花，独立蜿蜒处

---

① 林莉，江西上饶人。曾参加诗刊社第 24 届青春诗会，鲁迅文学院第 18 届中青年作家高级研修班学员。获 2010 年度华文青年诗人奖、2014 江西年度诗人奖等。著有诗集《在尘埃之上》《孤独在唱歌》等。

纵飞瀑扣石声绵绵不绝于耳
花开,五百年已过
花落,又五百年已过

三

所谓除却巫山之冥顽
不过是此刻
战战兢兢,一意攀爬在悬空栈道上
而忽略,弃绝山中美色
正涤荡心旌

四

涧水起于峰脊
又落入深潭
蓝,幽蓝,绿,祖母绿
这孤独的大鸟
必有藏而不露的秘密
和隐痛

所谓难为水,包含着
流涧般的快活和劫

五

烟云松软,是真实的吗?
青苔覆住岩石和树干,是真实的吗?
挑着木排走下石阶的山民,是真实的吗?
九十六岁失去视力的老妪,是真实的吗?

琴鸟的眼里起了雾
鸟鸣山空,你在,你不在
是真实的吗

六

额间贴桃红
青衣沾寒露
薇薇姑娘在山下天鹅堡小镇
给远方的人写明信片

一个多么肆意的良夜
不问山外事
趁着大雨急敲屋顶
没有地址、收件人
亦可将湿漉漉的自己寄走

"甜槠树在雨夜
互相交换了眼神和战栗"

七

安福寺内,一株灼灼玉兰
安福寺外,一株灼灼玉兰

它们于达照方丈,是慈悲,是方圆
是斯世同怀,皆净、皆空

于我,是心有一念,是求不得
是娑婆世界

八

欢喜心,缘自一树玉兰
与尘世的距离
远,可通天地人
近,照拂肉身泥命

万物各从其道
不增减,不生灭

玉兰,半开半落

九

白云庵生古道，曲折而上
那里居住着未曾会晤的神明

红枫，苹果绿的
藤缠着树，苹果绿的
石阶缝隙中慢慢爬着的蚂蚁
苹果绿的

从云峰山顶往下看
我们，是另一队蚂蚁
苹果绿的

"我心里有一块翡翠，但永不示人
我要独自美一会"

十

一轮红日，又大又圆
从雨后的括苍山和飞云江之间
跃出，又倏忽消失了

我们失声痛呼着

好似生命中最重要的那件珍宝

在人世隐遁了那么久

刚一照面，就不见了

过错中孕育着生之美意啊

十一

清晨，推门

畲家小院，几枝杏

斜斜的、碎碎的，带着雨

从树下走过的老乡，略佝偻、苍黑

美或好里有毒

有鸡皮疙瘩

十二

孤鹜立于溪中一卵石上

倒影，被波光搅乱

我们偶遇的老妪，九十六岁

眼睛已失明，听力尚存

她着黑衫，拄拐杖，倚于土墙旁

这些天地间孤独的物种
良善、卑微 。菩萨——
请保佑他们

十三

我们打听小溪的名字
她摇头，听不懂
又转身拿来山中刚挖的春笋
比划着问我们是否要买走

她年岁已高，只谙畲族镇方言
她和富相国、富文、赵超构一起活着
她和文昌阁、马栏基、太师堂一起活着

她活了很久，形拙，色怯
她活了很久，自己浑然不知

十四

顺溪而下
可见富相国府中
富家小姐发及腰，临窗立
镜中

她和铜铃山的朱颜
远了,近了……

几百年后
有村民在府中玩纸牌
两个妇人,对坐,捻线纳鞋底
庭院里一缸豌豆花,深紫
那些瓦当、雕花,黑中泛白

唯有相国祠前的语溪
它欢快,饱涨,葱茏

岁月从不饶人
却轻轻放过了它

十五

梧溪村北去,达南田镇武阳村
先生,请恕小女子这厢无礼了
至中途,而折返
像命运中许多个仓猝停顿
后退

吾等终究是要抱头痛哭的人
也是要久久别离的人

若至元末，吾必白衣素手
于石桥一侧，佩剑，上马
与尔一骑出武阳，江湖两茫茫

是寻常，也是无常

十六

烧饼歌里有天象
一池草色里有天象
万蛙鸣里有天象

先机、谋略、风情
兴衰、凶吉、变迹、天道
不是真实的吗

黄金塑造的头颅
铁骨、忠肝义胆
不是真实的吗

丁酉三月
武阳村口古樟下
枯坐着一老汉，黑瘦，寡言

十七

山坡上，几间倒塌的土房子
露出朽烂了的梁柱
黑瓦上，已不见炊烟

只有满坡一年蓬，像心事未了的故人
风过处，哀哀而动

它的喉管里始终压着一支离歌
咿呀着，一声可致命

十八

他们在包山底吃茶、吃酒、吃土
他们犁开体内的墨、山脉、河流
庙宇、一亩三分地
在旷野里，愈走愈快，愈走愈远

七百多年后，他们回来了
在一座隆起的土丘前，忘记了自己的前世

苍苍村野多异数
这人世的信男善女呐

这人世的骨
这人世的肉

十九

三宝,藏族青年诗人
丁酉三月某日,欢快行走于铜铃山腹地
七月某日,在藏猝于心肌梗塞

铜铃山,有生殖繁衍的亘古蓬勃
也深藏死亡的安寂迷香

所以,我们不急,上山的路很长
下山的路也很长

晚来风急
途中,总有人要先离开

二十

孤筏远渡的人们离去时
包袱里藏着一把土
归来时,一口井水喝着喝着
就从眼睛里流出来

好人、坏人、穷人、富人呀
自古山川多敦厚无言,恰好安慰
我们离奇的一生

二十一

乙卯五月,我们未能前往
先生已遁青山去
丁酉三月,我们在山中
寻隐者不遇

山高云深
这世间总是独少那一人

一只苍鹭,从铜铃山深处
飞出来,又消失了
消失了,又飞出来

二十二

红楠向红楠作揖
深山含笑向深山含笑请安
娃娃鱼和猴子,共读一部无字天书

只身此山
草木非草木
一代帝师非一代帝师
你非你

天色向晚,迎风之石
自成利器

二十三

须知铜铃山多良木
择一二
可制为世间失传已久的乌有之物

括苍山为凤首,飞云江为弦
是夜,大雨
万物各从其道,静候佳音

空山绝响
你在。你不在。

铜铃山绝唱(组诗)

田暖①

一

一路穿云走雾

也分不清到底是细雾还是春雨

这美的迷障

欲望一步步退后,人在水墨画里穿行

我迷恋这蘑菇形的屋顶

庭院,修竹,山谷环抱着群山

鸟鸣不绝,一切犹如神赐

天鹅,从黄昏张开翅膀

---

① 田暖,本名田晓琳,山东费县人。曾参加诗刊社第 29 届青春诗会,鲁迅文学院第
31 届高研班学员。作品见于《诗刊》《诗选刊》《扬子江》《中国诗歌》等,作品曾入
选多类年选。曾获得第 4 届中国红高粱诗歌奖,2014 年度齐鲁文学作品年展最
佳作品奖等。著有诗集《如果暖》等。

假日的天鹅,如你
把我们带入众神隐逸的家中

二

山推开雾,阳光推开山
含笑,合欢,银钟和杜鹃
在山中,绿笑红鼙
而佳人在约,君子浩荡
沿一路山阶山容水姿

你看每株植物里
都住着一位微物之神
你看每脉山水图里
都藏着一个人的灵魂

朋友说
山是寺庙,水是卧佛
愿青苔护佑树皮
愿山水保佑这个世界最初的面目

三

陡绝的风景
把人置于悬空的栈道

走在上面
我感到摇摇欲坠，腿脚发颤
我不敢看脚下的缝隙和漏洞
勾连的无底深渊
水流在谷底翻动珍珠的泡沫
一段绝险的路途
一个小心翼翼的人
只能摇摇晃晃的朝前走
我远远地看着那些勇敢的人
在前面，走成了风景
一排排站成溪涧的石头
波光倒映着山峰耸入高空的身影

四

山的心跳，云的心跳
落在湖水深蓝的眩晕里

山动，云也动
我在微澜里许你一世心跳

就从这里停下来吧
两个倾靠的身体是两棵连香树
松鼠，娃娃鱼和竹叶青都是我们的孩子

五

在安福寺,净手净心
把你来我往的悲喜和混浊
清洗了一遍,又一遍

在经堂上香,听达照法师
讲忍辱,讲慈悲
身穿袈裟的诗人是香烛点亮的光线

玉兰开成了诗
翠竹和百草在四周,像风中的经幡
一棵玉化树退到经堂后面
它的内心凝聚了上亿年的光泽

站在藏经楼上远眺
寺外是九重山,山外是九重天
所有绝望或幸福的,痛生或欲死的
人人抱着一本难念的经
诵戒,羯摩
在佛陀内外诸法无我,但世界是你的

六

我和你的落差在百丈之外

你从我仰视的位置，像一道闪电

以雷霆之势，俯冲下来

回归到水，向着低处

成潭成雾，成阳春的德泽

生万物的光辉，百丈漈瀑布

我没有看到你的真容

但我一定向你再三坦露过

最初的仰望

和最低处的爱一样

七

诗人们边喝茶边走进茶园

清香在唇齿间流转

春风在岭南的舌尖上翻起

清和明的气味，在这里

女诗人都成了仙女

男诗人都成了圣贤

当我和一个面容黝黑手指粗糙的

茶农相遇时，我突然满心羞愧

我的茶篓空空，我的指尖挂着虚无的露水

而满目绿色的珠玑
在群岭之上涌动着细碎的光芒

八

在这里,用诗找光的人
围炉品茶,说到活在死中
亲爱的生活,常置人于死地
但因为太爱了
我们从不敢轻言
活在死中
像芦苇,但不会拒绝水
说到流水之上的欢颜
自带风声
替万物言说的人
每一条路总有一个出口
不要在死亡到来之前去死
深渊里的每一次眺望,都能看到星星

九

转过让川
转过千丈红尘和涌动的人群
把能让的都让下了

我有微雨,薄雾

在这里滴答着迷人的清寂

只愿守着青山,把爱留在胸中

夜宿悦慢客栈

仿佛是落地生根

重返梦中,随刘伯温朝入青山暮泛湖

一切沉重的正变得轻盈

文成词典

冯金彦①

百丈漈

太重的东西 我们抱不动
其实 轻的东西我们也抱不起来
比如铜铃山的一声鸟鸣
谁能抱着它走多远
百丈瀑的美丽也是　无论多有力气
抱一会也得放在地上 无论多有力气
也无法把它从文成人的心中抱走

栈　道

在栈道 只有风无人认领
我想带它回家去

---

① 冯金彦(1962—)，辽宁人。作品见于《人民文学》《诗刊》《人民日报》等。著有诗
集《敲门声》《水殇》等。

它却淘气地从我身边跑过去

这些栈道的风呀 多像我的童年
快乐而且无忧

一只鸟

鸟从文成来的 应该知道文成的事
关键是知道 鸟也不说
关键是 说了我也听不懂

我只是想听听鸟的叫声
把鸟儿的叫声尝尝之后
就不会忘掉文成的味道

刘基故居

叶落归根　是说无论伟大还是平凡的人
生命只有两种结局

被对故乡的思念杀死
或者被岁月杀死在故乡

诗　歌

这些文字　是我积攒了多年的子弹
坐在夜色里
一发一发　把它们打出去

并不是有一个确定的目标
一次次的瞄准 一次次的扣动
只是想告诉铜铃山
无论夜色多深　我依旧在为它站岗

印　象

告别是告诉一声 才离开
可太阳什么也不说 天就黑了

一地喝空的瓶子 是留下的记号
我和一只落在窗台上的鸟儿商议
谁先离开铜铃山

安福寺

有人从廊檐上读历史的沧桑
有人在烟雾中读自己的命运

在安福寺 一个人如果
被文化击中和被欲望击中
倒在地上时
绝对不是一个姿势

山　路

半山腰 一条小路
与我打个招呼 就下山了
我独自上山
路边的石头 在想自己的心思
一只蝶飞过了 我走过了
它也不说一句话

潭

潭水尽管没有深千尺
也知道你的相送之情
似乎不小心的一个拐弯 其实是回头看你

岸边的石头是它留给你的标志
告诉你 只要想它了
就沿着这些石头去找它

树　林

树的名字　是人给起的
为了记住铜铃山上的这些生命　一次次
我们给它们起了不同的名字
橡树 枫树 桦树

我们给树起的名字　铜铃山从来不用
所有的树 都是它的孩子
它知道该什么时候　把谁喊醒
树也不用 不信你站在百丈瀑下喊
喊橡树 喊白桦 喊枫树
怎么喊 也不会有一棵树答应你

山坑三瀑

一根细细的鞭子
轻轻地举起来之后就放不下

我只好把水声卷成一团带回去
挂在书房的墙上

枫岭晚霞

小时候的一双鞋子
而今　枫树长大了　　我也长大了
谁都穿不上　就用阳光细细地刷一刷
晒在枫岭上

不知道　哪一只鸟会把它拿走

文成印象

风吹背后寒　在文成　风吹不吹无所谓
风怎么吹也无所谓
在文成　迎面吹来的不是风
而是风景

飞云湖

——也许我是云，一朵飞翔的云

也许我是江水,却在天空流淌
一滴一滴,飞翔的江水
在天是云,在蔚蓝色中流动着
古老的苍茫的时光

八百里飞云江

慕白[①]

飞云江的水不知流向何处

我站在她的中上游

想象八百里的流程到底有多长

八百里:是一张纸或者一夜之间的距离?

或者是名字与一块墓碑之间的距离?

八百里:是我的脊椎与心脏之间的距离?

八百里:是否可以

用日子来丈量,那么日子又有多长呢?

八百里的流程到底有多长呢

也许水中的鱼儿会知道,它是最好的丈量员

一个浪花一个浪花地加起来

[①] 慕白(1973—),本名王国侧,浙江文成人。中国作家协会会员,首都师范大学驻校诗人。曾参加《诗刊》社第 26 届"青春诗会"。作品见于《诗刊》《人民文学》《中国作家》《新华文摘》《读者》《星星》等。曾在国内诗歌大赛中多次获奖。有作品入选《诗刊六十年诗选》及各种年度选本。曾获《十月》诗歌奖、华文青年诗人奖、中国红高粱诗歌奖、浙江省优秀文学作品奖等,著有诗集《行者》等。

就得出了九曲回肠终入海的答案
八百里的流程到底有多长呢
也许江上的鸥鸟会知道，它贴着江水飞啊飞
心中装着一座看不见的海洋
天空中留下一条看不见的弧线

天空中留下一条看不见的弧线
飞云江的水是不是也和我今夜一样
在走不完的河流上
深怀恐惧，无法扛着地球
在中国东部的一个小山区完成散步
我，飞云江都会在未来的某一天死去

八百里流程多么短暂啊
从上游出生，中游成长，下游死亡的过程不足一天
八百里飞云江，今夜你从我的身体里呼啸而去

一生都走不出你的河流

慕白

其实，飞云江一直在我的血液里燃烧
我每天八百里快骑的速度
穿行在你身边的村庄
你是我一生走不出的河床

在中国的版图上，飞云江
一条小小的毛细血管
和我的包山底一样卑微
很难从另一个人的嘴里说出
在文成，在温州，或者在浙江
这么孤独的水

带着纯净的品质，贴近大地
乡音是一种永远的河流
飞云江，只有你才知道
我走出家门是左脚开始，还是右脚

一张有些飞云江的脸

慕 白

波涛在我的皱纹里，飞云横渡

浪花在我的眼眶里，左边是闪电

右边是惊雷，一条飞云江流过我沧桑的脸

狗在波涛中说话，它的嗓音里

就有着江水的轰鸣

鸡惊得飞上了桑树——我的睫毛

野苜蓿一畦一畦在鬓角撂荒了的坡地上

和白发一起疯长着

一代人在江边居，一辈子没离开飞云江半步

江水往低处流，一直流到命运的最下游

飞云江水往低处流，在我的脸上

时间和命运在流动

江上秋风正紧，秋风伐倒万物

老人一个又一个死去

——我用皱纹作为墓地，埋葬他们

用泪水刻写他们名字

剩下野兔、野猪代替他们

在精耕细作了一辈子的田地旁

看家守门……

流去的江水不再回来,并不妨碍

飞云江

唐力①

也许我是江水，却在天空流淌

一滴一滴，飞翔的江水

在天是云，在蔚蓝色中流动着

古老的苍茫的时光

在诗歌里，在一本《郁离子》的典籍里

它是一粒粒晶莹剔透的词语

却包含着更深远的意味，就像

一条江水的源远流长

也许我是云，一朵飞翔的云

一朵的云，又一朵飞翔的云排列着

长长队伍的云，在大地上飞翔

在地为水，我的飞翔是低的，穿过

落日之眼。一条丝线穿过岁月之眼

---

① 唐力(1970—)，重庆人。作品见于《诗刊》《中国作家》《诗潮》《诗神》《星星》等。曾在国内诗歌大赛中多次获奖。有作品入选《星星五十年诗选》及各种年度选本。2005年参加《诗刊》第21届"青春诗会"，2007年获《诗刊》6月号"每月诗星"。

穿过文成的卷帙，来到你摊开的手上

也许我是一枚音符，却在
你的喉咙里流淌。带着我的明净
我的高远，我的清澈
一朵飞翔的云
在喉咙里，它只能成为一曲山歌
在油茶和乌桕之间，在清风和明月之间
在新娘的红颜里，在灯火中
在"赤郎"和"行郎"的脚步里①
是的，当你开口，一朵飞翔的云不是云
它是连绵不断的歌词
带着绵绵不绝的爱和情意
是的，一个文成人是有福的，当你弹奏
一条江水不是江水，它是你身体里
一条复活的弦

---

① 在文成县畲族婚姻嫁娶中，要长夜盘歌。男方请来好歌手"赤郎"和"行郎"（抬花轿的），与女方歌手通宵达旦地对歌。

做一条飞云湖的鱼

单菲①

做一条飞云湖的鱼
做一条鲫、鲤、草、鲢或包头鱼
做一条在碧波浩渺、烟云暮雨
游泳的鱼，尾巴上粘满
浪花的晶莹剔透
在丝绸般润滑的水体里
散漫地游弋

碰到一棵水草是幸福的
头上落到一粒鸟鸣是幸福的
被渔舟上的音符击打到也是幸福的
被波光的鳞片镶嵌也是幸福的

这一生带着飞云湖的体味

---

① 单菲（1976—），本名汤上飞，安徽芜湖人。作品见于《人民文学》《诗刊》《星星》
《绿风》等。曾获中国诗歌学会"黄鹤楼杯"世界华文诗歌大奖赛一等奖、《诗歌
月刊》"桃园杯"世界华语诗人诗歌大赛二等奖等。

吐着飞云湖的泡泡
和其它的鱼以不同的步伐赶路
还要模仿一片云,在没有阻力的
水里,像云一样飘过

这一生,吐的水是飞云湖的
说的话是水草也能听懂的方言
死的时候,被湖水漂洗
从满减为零

天顶湖和它的五个片段

俞昌雄

一

云朵路过这儿才看清自己的侧影
它们在涟漪里漂浮,晃动着透明的身子
一整片的天空原来如此深邃
在水底,在白云的梦幻里,它急于寻找那个
仰望的人,那个把光芒当做馈赠的人
那个在天顶湖边要悄悄隐去自己的人
白云为其许诺,过了这个正午
高山将卸下阴影,露出沐浴中的魂灵

二

坝上的树是倾斜着的,往深渊处摇摆
它们有自己的名字:柳杉,甜槠,豹皮樟
还有刺毛杜鹃,在天顶湖

它们保持着被世人所惦记着的高度
一节一节地生长，而它们的根系
在白云之上，在光的抚照里
彼此交叉，托着这面神圣的镜子
但不发出任何一种声音

三

唯有那些白鹭可以迎风而上
顶着湖水的反光，到白云的罅隙里
取走自己寄存的巢穴，它们是无比自由的
不论在清晨还是遁入黄昏
它们所有过的美好时光或短暂的死亡
都与这片湖水有关，哪怕
偶有倾盆大雨砸向大地，并在最高的枝桠间
空出它们未曾享有的领地

四

这不像湖中那些忘情游弋的鱼群
它们少有的寂静几乎来自另外的时辰
不要分辨那是今世还是来生
也不要暗自窃喜，那个悄悄隐去自己的人
现已多出一副鳃多出闪光的鳞片
在清冽的天顶湖，在秘密的瞬间

他头一回探出水面，仿佛早已忘掉命运
曾给过的孤单和重重的磨难

五

那个悄悄隐去自己的人，其实
仍旧站在坝上。他离湖水近离人世远
他看见白云一朵朵散开又一朵朵
聚拢，而属于自己的那些片段
不断切割而后再度返回
在天顶湖边，在那个奇特的午后
他发现一滴硕大的泪水也可以随意飞行
绕着群山，不分黑白，亦不分早晚

飞云湖的暮晚

大卫①

细碎的波浪,承接一道道霞光

白鹇戏水,仿佛一把银做的勺子

舀来琥珀之光

天空浸在水里

水比天空先产生弧形的纹理

暂时离开自己

远山和我都适合做神的呼吸

屏住气,有人正在把万物

秘密地搬运

我站在这里

浙江的天空下,有什么正在

一点一点地流逝

---

① 大卫(1968—),本名魏峰,江苏睢宁人。《读者》杂志首批签约作家。曾获《人民文学》《中国作家》《诗刊》等刊物的奖项。作品被翻译成英、法、日等文字在国外出版。著有个人文集《二手苍茫》《爱情股市》《别解开第三颗纽扣》,诗集《内心剧场》《荡漾》等。

我站在这里，看月亮这朵浪花
一点一点碎在水里

采莓飞云湖畔

路也[①]

飞云湖,你把这么好的野草莓给我
当我弯腰去采撷的时候
长裙曳地,就当是向你鞠躬致谢了

我曾经像你一样,有过青山如黛和烟波浩渺
野草莓为堤岸画上音符
海拔之高,使得远离尘世,接近天堂
如今的我却一贫如洗,只剩下空空的地平线

落雨的时候,我正在采野草莓
天开始黑下来,我依然在采野草莓
刺猬在草丛里咳嗽了一声
萤火虫停在左手中指,佯装戒指,要我冒充待字闺中
地球跟其他行星相撞的那一瞬,我打算依然在飞云湖畔
采野草莓

---

① 路也(1969—),山东济南人。2011年获"茅台杯"人民文学奖优秀诗歌奖。著有诗集《风生来说没有家》《心是一架风车》,长诗《心脏内科》等。

坐看飞云湖

陈于晓①

把山色抬起来
把水光按下去。我坐在一朵云上
看飞云湖,湖和我都悬着
悬在辽阔中,湖上水动
影动,只有云不动

湖是一只大盘子
岛是几枚青螺,时而沉,时而浮
时而游动。倘有一只只快艇
那肯定是绿水分娩出的
一声声尖叫。只有渔者
才会按兵不动,闲庭信步

青山是仙子,绿水是彩练
舞蹈。风生,云起;风起,云涌

---

① 陈于晓(1968—),浙江人。作品见于《诗刊》《青春》《文学港》《散文诗世界》等,并
入选 20 多个选本。

粼粼波光，是波光，也是粼粼清香
一湖的清香，袅袅娜娜
飞云湖是文成搁在
广袤中的一只壶，草木为茶叶

煮乡愁。日暮时分，云雾落
时浓时淡。现在，飞云湖
端上了一壶酽酽的乡愁
但我已隐身，隐身在时间之外

飞云江

杜文瑜[①]

华侨们收起浣洗干净的飞云江
而不将瀑布深藏
把它折叠，放进了随身携带的花楣木制木箱
夜夜，总有一些泠泠的水声流淌

他把飞云江的鱼鳞放牧在空中
神州之外皆暗夜
那一枚枚闪光的鳞片像白昼
像星星，像一粒粒祖国晶莹剔透的文字
从梦眼里漏下来

一条江水从文成起飞
一条江水在空中为云
这么多年，它一直是大写 CN 的索引
只在梦中回到故乡

---

① 杜文瑜，作品见于国内外纯文学报、刊，至今有 80 多次在全国征文中获一、二、三
等奖。

乘飞机的人将看不清自己
坐汽车的人与江水平行
内心的江水穿梭而过
细碎、晶莹的波纹,向远处铺陈

一滴飞翔的江水,如此的近
一朵飞翔的云,如此的远
在南洋、美洲或黑人的故乡,那只上了锁的
花桐木制木箱,一旦打开
便软化了黑夜的板块,和脚下生硬的土地

在世上,一条绝对纯净的河流是不存在的
飞云江,带着不安的矿物也必将沉进水底
多年以来,你只想做一个飞云江边的打鱼人
张网,打捞日出、月光、鱼、虾子和乡愁

飞云湖

梦阳①

这大地的眼睛，谁来守护
蔚蓝的经卷，谁来诵读
这一切，只有你最清楚

夜深了，顶着风
月亮小心地，用银碗将这一切拥住

此刻，躺在这纯净的碗里
和你对望，谁还会孤独

---

① 梦阳(1973—)，本名贺生达。作品见于《十月》《诗刊》《星星》等，曾获首届"延安文学奖"等多项全国性奖。

我是飞云湖的箫声

卢辉①

我是飞云湖的箫声，压不住的春天
只留下声音的位置

纤手栖息，桃花
躲在岛上妖娆，生儿育女
我留在一曲曲歌谣边缘，成为文成的后裔
长歌短曲，爬上眉尖筑巢
谁不是一缕音符，一股春风里的
一瓣瓣桃花：只认在枝上攀亲

烂漫，凋落都属于箫声
我是飞云湖上
最后音阶里的歌谣，手心向下，江南在上
我喃喃自语的一刻：周身飘满
芸芸众生

---

① 卢辉(1961—)，福建三明人。诗歌散见各大刊物和年度选本。曾获福建省百花
奖、第三届"诗探索·中国诗歌发现奖"等。著有作品集《卢辉诗选》《诗歌的见
证与辩解》等。

铜铃山

——等着我从人群中撤离

我知道有什么在等着我　等着我　从人群中
　　撤离　从歌声中消隐 我的耳膜从来没有这样
　　脆弱过　音响巨大的轰鸣
　　再也装不下

铜铃山之晨

八零①

清晨时候

独自走在铜铃山麓

看见许多蠓虫在微光中飞

我醉眼朦胧

看不清它们的表情

大叶杨轻轻摇晃

保持住微风的形状

然后是黄腹角雉猕猴

若明若暗枝桠间

偷窥着我这人间客

最后我又看到了那些蠓虫

在早晨的巨翅下

在微红的树顶,

它们无规则地飞

形成阵阵清凉的云

---

① 八零(1980—),本名杨飞,安徽宿州人。有各类作品发表于各种刊物,诗歌入选
多种选本。

而树桩之下——
更多微小的事物
蚂蚁，蜗牛，甲虫……
它们生活在低处
步伐稳健
因而成功避开了
我目光的侵扰

梦里梦外铜铃山（组诗）

曲曲拉[①]

这座以铜铃命名的山

苍天在上。目睹一双手

从大自然的怀里伸出

以怎样的鬼斧神工

把那块悬崖，雕成一枚铜铃

风吹过，一个白衣女子

从此在悦耳的铃声里

依住连香树，那朵鬓上的银钟花

开得昼夜芬芳

指尖搅起瑶池的涟漪

牵来了猕猴的眼神

这顽皮的生灵

---

① 曲曲拉，本名邢秀丽，辽宁人。作品见于多家文学报、刊。著有诗集《午夜诗雨》、
长篇报告文学《金属的光芒》。

与白衣女子一池之隔
当瀑布被山风再次吹成飘带
铜铃开始摇曳，万物来朝

无法把想象说出
这座以铜铃命名的山
让白衣女子驻足成一株天竺桂
她想就这样沐风淋雨
听体内的种子哗剥绽开

铜铃山作证
那些种子，终究会献上一丛茂盛
再向上伸展
就能触到白衣女子的额头

怀想就在刹那间

在铜铃山的林海深处
白衣女子的目光
被白鹇衔起晶亮的一缕
系在恋爱的毛冠鹿头上
它们无视野兔在身边出没
那朵杜鹃，开成果腹的早点

此刻，白衣女子素面朝天

把霞光当做粉底
扑成灿烂桃花
林涛再次送来一阵啁啾
百鸟腾飞,惹得所有枝叶曼舞

怀想就在刹那间
悠然而至。白衣女子嗅到的味道
就是鲜果的味道
而自桃溪之畔开始
烘托铜铃,摇出一串清脆
溅落在先人营造的福祉上
瓦楞之间的小草们
开始呀呀学语

可它们说不清楚
白衣女子看到的那群先人
啸聚在铜铃寨中
手中的冷兵器热得攥不住
他们从传说里走出来
时光隧道灯火通明
白衣女子就坐在他们的对面
用百丈深的潺水
洗百丈鬓发

在观日台上

白衣女子拾级而上
不想惊扰在树影里亲昵的叶片
蝉依然披着前朝的甲胄
在此刻振翅而歌

没有什么比这更幸运
经过逍遥坡，登上观日台
看东方红，太阳升
还看一圈圈向外扩散的年轮
被照得几近透明

回想那个夜晚
太阳摁下的指纹里
藏有鸟鸣和蹄印
它们在等待新一轮苏醒
那时的铜铃山，静得出奇
心跳的声音
被一朵飘来的云接走
要送给新鲜的恋爱

而现在的白衣女子
并没有对太阳诉说离愁

太阳最远，却又最近
举手就可以摘到
这并不是一种虚幻。在观日台上
白衣女子的瞳孔
早已装满了铜铃山
捧出的情意竟如此浓烈
真实得令人心醉

禅意铜铃山

一座山达到一定高度,就不是山了
这石头的魂,听风、听雨
听世人的脚步,在云海间
嗑响樟树的耳朵

铜铃峡或是铜铃寨,顺着每块石头的脸
看见铜铃山端庄雾里,脚边爬满鲜花
瑶池喷涌,以其缱绻之水
温暖着整座山的神经

刘伯温作为山的良朋
同以文字为阶,邀云下榻,约雨为酒
醉得百年风流

---

① 贾旭磊(1976—),山东人。作品见于《北京文学》《山东文学》《诗林》《散文诗》等。
曾获 2004 年河北当代文学院北戴河夏令营征文一等奖、"九畹溪·屈原杯"全国
诗歌大赛二等奖等。作品入编《诗意周庄》《中国,有座城市叫长春》等 30 余种书
籍。

顺着百丈漈
飞身而下,衣袂飘飘
已消融于山魂里了

这壶穴瀑、小瑶池、飞云湖、胜川桃溪
枕着铜铃山,2725公顷的芳泽
向大地一一呈现
远道而来的旅者,心中的版图
种满了千年的古樟树

人登到一定高度,就不是人了
这石头的魂,听水、听云
听尘世的过往者,在山的禅意里
化为一棵树,或是一滴水
活在铜铃山的梦境里

幽林中，鸟鸣如一朵朵柔柔的花瓣

丁济民[①]

鸟鸣声从头顶倾泻而下
如幽林间飘落一瓣瓣浸满芳香的花朵
白云在寂静如青瓷的天空散步
逸落了一个个优美的童话
山雾觊觎林间时悄悄碰落了几枚松针
不知名的鸟探头阅读我们
茸茸的青苔在岁月的幽径中被我们阅读

山上的人家退耕还林已迁到山下
密如兵士的茂林冠盖着如画峰巅
潮湿的小路上谁突然模仿了一声鸟叫
游人的啸音刹那间就爆响了一片山峦

远处的波光把暑热拽去了

---

① 丁济民，祖籍河南滑县。作品见于《人民日报》《光明日报》《人民文学》《北京文学》《大公报》等，被选入中外多种年度佳作文本。著有诗集《牧野秋韵》《写在手机上的诗行》等。

季节翻转而过如揭去一页草稿
崖旁楸树上的鸟巢
托举着一片透明初秋的壳

铜铃山:草色与梦

杜冬生①

草色连天,我的祖先从天边走来

远古篝火存留寻根之下

丛草为墙,悬挂祖先的摇篮

我的祖先吃喝神话

神秘与瘠荒是唯一遗产

头颅与长嘴痛苦的语言,掉落于

山岭天堑,滩涂原野

连天草色,我的祖先旗幡招摇

天性低贱又弥足珍贵

超然物外又夹流尘间

给予我生命和艰难的草色

给予我思维和荣辱的草色

让我常常迷失,又常常揽我入怀

我坐在山岭上,握着木吉他

弹响一支草色民谣

为我的祖先安魂

---

① 杜冬生,笔名杜朗朗,广东始兴人。出版有个人中英文对照诗选集《杜冬生短诗选》。

铜铃山听雨

杨雄林[①]

铜铃山空着,只有雨声

我们在山腰的栈道站住

雨声涨着直至漫过我们的头顶

仿佛置身于湖底

鸟从树枝的水草间轻盈游过

我们,我们也是尘世湖泊中的一尾鱼

冷暖自知,迎着垂落的雨线上升

只为透一口薄薄的气

人群散后,只有一瓶矿泉水孤零零地呆在观日台

只有它还不想走,只有它还想聆听一下

身体之外的水声

---

① 杨雄林,笔名木羊,2007 年开始网络诗歌生涯。

安静的铜铃山（外二首）

谢建平①

八月的风潮湿却健康地舒展着
山上的草木像一个女人的春色还在等待
风不可能吹干那些正生长的爱意
这里没有田野但可以听到风的童年
河畔的鸣音裹挟着厚爱的时光飘然而过

我走着悬梯不敢怀念旧了的事情
有的只是贴着山麓沉思
如果让思想停留在阳光没有落地的那一刻多好
就能听到虚构的人物摇摆于铜铃山的回声
因为我身下是不能低头的预言

许多风在这里会感到伤心
因为将一生的梦想牵记在这纯净的山窝里
恐怕只有爱意是不成的

---

① 谢建平（1961—），陕西人。著有诗集《空地的影子》《写在秋雨前》。

我是路人看到的只是外表的风光
自然也是很难体会到铜铃山内功的游客

飞云湖联想

一些事情我遇见过
而一些事情是没有遇见过的
我感觉神秘
就说飞云湖吧
我从未碰到那些奇异的光
会那么有力地照耀我
在我身上发出我从未遇见过的一种
炙热感

我在世间行走
就是宇宙的一粒细胞
包涵着我的无知
可能我是一片转来转去的黑影
感觉不到飞云湖守候时疼痛的心底
也看不到自已灵魂的重量
沉落着生存的压力
但我却感到了生活发闷时的忧伤
感到了自身漂流的心境
竟不如这湖池安宁

面对这宁谧而安然的湘泊
能说些什么
此时此地我所感到的无非是
身体中一些瘫软的汗珠
已带着不安的矿物在缓慢地脱离世道

百丈漈
——观瀑布有感

我从右侧进入百丈漈
水帘的雾幕中　窥探日出的
每个细节　我感到
这当日仿佛粼粼水珠的光
悬着我的周末　也悬着我的游魂
我该从哪里入手抽出一份胆量
在日光下洗脱我的阴影

一些记忆从天而降
我根本捂不住满身的凉水
贴近我的尽是流浪者的穷酸像
飞沫和不入流的水分子
它们和我一样感到了活着的生动
我平生第一次试着用视力
去测算一生的命运　它让我想到了
时间的立体和立体的思维模式

站着思维的人　一直如此
真实地降低着自己
多么好

铜铃山之夜

娜仁琪琪格[①]

我知道有什么在等着我　等着我从人群中
撤离　从歌声中消隐　我的耳膜从来没有这样
脆弱过　音响巨大的轰鸣
再也装不下

好吧　那就约上一两位诗友
把我还给安静　还给敞开胸怀的
铜铃山　一波又一波　追赶着的铜铃声
从悬挂的天空落入山谷　落入奔流的溪水
落入茂密的丛林　落入黑下来的
巨大的虚空　越来越深的幽冥

静谧啊　从四野合拢而来
我们成为它壳里的核　或是小小的果仁儿

---

① 娜仁琪琪格(1971—),蒙古族,辽宁朝阳人。作品见于《诗刊》《人民文学》《民族
　文学》等,入选多种选本。获 2009 年冰心儿童文学奖,诗集《在时光的鳞片上》入
　选 2010 年"21 世纪文学之星"丛书。

而天空挂满了晶亮的宝石　发着璀璨的光
我能听见它们的耳语　触摸到它们传递的心跳
闪着白光　沿着长长的银河　瀑布一样落入了
静谧的神祇

神祇　不可说破的偈语　当流星划过天空
那迅疾的闪现　一次又一次
还是没能完全躲过我们　仰视的眼眸
这意外的惊喜　打破了静默
失声尖叫　使静谧的夜在数秒的战栗后
陷入更深的静谧

而我们的期待　在竹椅上仰起的头
迎来了一阵又一阵　徐来的凉风
浓重的露水

铜铃山的风声

南星客[①]

侧耳听来,瑶池的水都是分开的
一部分上扬,一部分流淌
云朵在半山腰里朗诵一篇传奇
令所有的耳朵,都
湿漉漉的

世间的风,没有比铜铃山分得更细的
一万八千条下山的路,都带着
历史的沙粒和岁月的沧桑
壶穴里的水开了,那是
日月精华和玉露
在花瓣里积聚的琼浆

铜铃山,你被谁吹动,被谁
一滴一滴地悬挂在山坡和

---

① 南星客(1968—)。作品见于海内外数百家报、刊,入选十多种选本。曾获美国"PSI-新语丝"文学奖等。著有散文集《纸上的故乡》。

云朵擦洗过的月光,当我走动
鞋子里,为什么
会叮当作响?

沉重的铜铃山,轻盈的铜铃山
你分开世事,在百丈漈
悬挂的,是谁千年
都难以解答和猜透的
家书和珍藏

我把自己作为一个逗点,悄悄
趁人不注意,点在
最微不足道的地方,我轻轻地
迈步,所有的声音
都藏在靠近心脏的地方

我只是默默地想,不让铜铃山
那些青瓷一样,脆薄透明的声音
有任何一滴,遗落在
回家的路上

夜读铜铃山

向迅[1]

黑夜缝合了我们之间的距离

我们像恋人一样亲密

什么也看不见,只有彼此的心跳

在林间小鹿一般掠过!

——偶尔擦出亮光

眼睛闭不闭上,没有关系

只因我在你的呼吸里,你在我的心里

我从来没有如此安静过

一小片风就将我全部的不安

悉数拿走,将我所有的疲惫抚慰

如泼满了墨汁的宣纸

文成的夜晚,让你我分不清彼此的

古老与年轻,沉着与冷静

你的辽阔与悠远

---

① 向迅(1984—),土家族,湖北人。作品见于《人民文学》《青年文学》《北京文学》等。著有散文集《谁还能衣锦还乡》《斯卡布罗集市》等四部。曾获林语堂散文奖、冰心儿童文学奖等。

恰好对应着我对生活淡淡的热爱
——狭隘的悲喜
从此，针尖一般的幸福
就足以把我刺穿

听泉

流泉①

白云深处，时光消隐
一双包罗万象的眼睛
渐渐闭合……

树静止，风静止，亭台楼阁静止
鸟雀们收拢翅膀
天空静止
纯净，剩下水的呼吸

两耳高高耸立，听……
听……
听天籁自上而下，由远及近
如琴瑟，细细的，将我们包围……
肉体松弛，骨骼开始溶化
血脉渗透

---

① 流泉，"六〇后"，本名娄卫高，浙江龙泉人。作品见于《诗歌月刊》《大河》《诗江南》《诗潮》等，多次获奖，入选各种选集，著有诗集《谁在逼近我们》。

一座山，缓缓低下了头颅
碎碎的疼
清冽冽的……
突然的柔软，令我们心旌摇荡
——猝不及防

在铜铃山的意乱情迷

湖北青蛙①

渐渐远离澄碧的湖水与崇山峻岭,升高又降低
至上望仅剩几条遥远的曲线,四野皆是
落日的家园。

那被染红的乡居,在梅屿,在碧山,也在荆谷、桐浦
那盛满天光云影的瑶池,及至黄昏,还恋恋不舍
跟你在一起。

月光朗朗,重读这世间的伟大与渺小。江水泱泱,一再衔接
书院的小小烛光。藕池里荷花摇曳不定,仿佛还能跟那
个人
抄写四书五经。

户外,山峦再度清明。朝阳加封山顶,赐予林壑
与百姓以热血与新意。连香树、钟萼木、天竺桂

---

① 湖北青蛙(1968—),湖北人。主要作品有《诗歌奇数》《没想清楚的生活和汉语》
《对一个消逝的村庄的叙述》《星空下的张生》《青蛙四行一拍》等。

重新戴上花冠,与树荫。

借岁月余晖的名义,透过大气层俯视一名畲族少女
漫步红枫古道,她可能在某位少年的脑海里
永久停留,或借宿。

那年秋红叶送情,翌年春风斜燕子低。他跟她说,这儿
适合天长地久。她跟他说,在这里,好男儿
不必再走四方。

长风浩荡,祈天永命:与山默契,与水交融——
八山一水一分田,足够休养生息。雨过不知龙去处
一池草色万蛙鸣①。

---

① "雨过不知龙去处,一池草色万蛙鸣"为刘伯温诗句。

在文成:山林、少女和流浪的月亮

苏笑嫣[①]

夜寻,于铜铃山

掠过夜空的风真的有些凉　入秋了
叶片梭梭的碎语　夏虫单调的低鸣
溶解于黑色　而我也一样
天上的星真亮啊
我离地面那么远了　却依然与天空
隔着遥远的距离

草木让整座山自如地呼吸
时光被遗漏　与记忆遥遥相望
我意图以候鸟的姿态掠过你微漾着的眼眸
铜铃山　我如此行色匆匆

---

① 苏笑嫣(1992—),蒙古族。曾获第六届"雨花杯"全国十佳文学少年称号,《诗选刊》2010年度中国先锋诗歌奖,《中国诗歌》九〇后十佳诗人等。著有个人文集《蓝色的,是海》,诗集《脊背上的花》等。

只为寻找　一句忘却了的话

月光安静　用吻捕捉细微的话语
饮酒　过桥　深入山林
我沿途播种窗子、长风和逃脱
抖落苍白石膏的碎片　伸展渐绿的骨骼
铜铃山　请唤醒我　用你清凉的水的话语
让我复苏　用你碧绿的草木的生机勃勃

我来时　郁郁前行
耸一耸肩膀　无数星星就抖落在地
来不及知道它们叫什么名字
此时我呼吸如茶　所有的路都在两边让开
北斗星注入身体　成为脊梁骨

山林，少女和流浪的月亮

在今天　我成为铜铃山的爱丽丝
穿着蓝色衣襟和黑纱裙　在修竹莽树间蹦跳
做一只幽蓝的鸟　一个合乎自然的野姑娘

山脉起伏　一只只伏匿的巨兽
待我一跺脚　便簌簌抖起身子
各种各样的叶片飘扬成雨　绿色的雨
伴着鸟鸣婉转而下

盘踞的河流　瞬间汇集成海

可此时　我只想挠你们的痒痒
用我最轻的步伐　和翩然的裙裾
当我抬起脚　小花就在那里露头
裙摆晃过的地方　就浮现一只只蝴蝶

今晚　我将宿于刺毛杜鹃树上
偷看这远过时间的山谷　清风与花露
是怎样在分针的缝隙细细雕琢　赋予它
最华美的衣袍　碧玉的模样

还有山间的绿妖　娇小轻灵
肤滑若潭水　发顺若崖草
赠我以月光　清凉满裳
每道波澜上都住着一只流浪的月亮

铜铃山

南鲁^①

河流才是唯一的行者,风是它的呼吸。黑夜是行者的行囊,打开来就是朗朗乾坤。

人的想法太多,把身上的枝叶都去除干净了,再也回归不了自然。就连那小小的泪河,也干涸了。

河流走动着,一部分滋养我们,一部分闲步空中。我们如果感恩,就会有甘霖;如果抱怨,就会有冰雹。

河流是一面镜子,世事万象,都只是照出我们的内心。

那个在船舷刻舟的人,那个在船头吟唱的人,那个纵身轻生的人,那个水中打捞的人……还能不能回想起在母腹羊水中的欢愉。

被白天出卖了一次,又被黑夜纵容了一次。

我不断地砥砺,这黑白的磨刀石,早已把我磨得寒光闪闪。

很多星星一样的事物在我身边闪烁,只是我不知道哪些星

① 南鲁,七〇后,山东成武人。作品见于《诗刊》《星星》等。曾获《诗刊》文库双年度优秀诗集奖、上海市作协 2016 年度作品奖,著有诗集《南鲁诗选》《南鲁的集镇》《出神》等。

星已不在,只有过去仍在挥舞着它的橄榄枝。

　　钴蓝的星空已是很难看到,月亮也变成混混沌沌,这夜空不知什么时候被熬成了一锅汤药。

　　我们都成了饮用汤药的病人。

　　我一想起你,就有了引力,苹果一样落向你的星球。

　　每天夜里,我们都试着进入夜的子宫,忘掉世俗的一切,在夜的羊水里净化提纯。

　　每天早晨,我们都双手合十,感念再一次重生。

　　生命需要夜的洗礼,也需要太阳这枚印章。

谁也无法把一座山的秀色据为己有

包苞①

你可以设计一次行程

绕过坎坷的山路

直抵飞瀑的肩头

但你无法设计流水的醉态

刻凿岩石跌宕的旋律

你可以设计一次日出

镀亮树梢每一片叶子的脉络

但你无法设计

昨夜宿雨

终成万物蒸腾的心香袅娜而起

你可以设计一次小憩

让远足成为对俗世的回避

---

① 包苞(1971—),本名马包强,甘肃礼县人。2007 年参加诗刊社第 23 届斋堂青春诗会。著有诗集《有一只鸟的名字叫火》《汗水在金子上歌唱》《田野上的枝型烛台》《低处的光阴》四部。

但你无法设计
偶然的闯入
却从此不愿再回去

其实，谁都无法把一座山的秀色据为己有
到了铜铃山
你渐渐放缓的脚步
每一下，都将是一次心灵清脆的叩拜

既然无法把这满山的清幽搬走
就让狂跳的心
在每一个峰回路转处
化作光芒之鸟飞上云霄
从此，你将是一片会鸣叫的叶子
把这秀美的铜铃，高高挂起

关于铜铃山的片段记忆

柯健君[①]

一

宁愿夜色更黑更浓更肃穆一些

风吹得更狂乱些——铜铃山的星星仍

不肯散场

我的记忆。片段的……一块，一点

一丝，一团……

仿若山岚中望上去的树木与岩石

没人说得清

记忆是什么东西。沉沉地

散落铜铃山间

---

① 柯健君(1974—)，浙江台州人。曾参加《诗刊》社第 26 届青春诗会。曾获《诗刊》2010 年度诗歌奖，著有诗集《蓝色海腥味》《海风唱》《嘶哑与低沉》等六部。

二

一座庭院容纳的夜晚，是温暖的。容纳了
两颗心或三颗心
就装下了两座或三座铜铃山
——连这现代的钢筋和白漆，都可看成
坚硬的诗行或语言的留白

我们看滑逝的流星，看有一阵没一阵的风
看岗头隐没的叶影
看自己与世界渐渐接近，又远离

只是此处不叫南山
夜晚把我当成盗版的陶渊明

三

湖水的微澜里渗出了宁静——像一只从森林
逃逸出的狐

沾着水珠的空寂、安谧、旷远等字眼
随小游轮粗糙的马达声
一圈一圈荡漾

我在船帮上趴了整整一个下午
胸腔里堆满记忆的伤口
山睡在水中
水游在心底

四

光照在一棵树上
照出它的名字——鹅掌楸、连香或花楸
我愿成一片阔阔的叶子
顶着月华生长
或飘落在寺院僧人的脚下
沾满佛经
——和乔、灌、藤、草一起吟诵
如是我闻
大般若光明云

五

我看到山的光亮:浅绿色,似一条弯曲的
波浪线。有时,它厚厚的
有时浅浅的
这些无垠的光亮也像山一样——
有着铜铃的色泽和音调:雄浑。低沉。且隐没

即使冬天,宁静的铜铃山仍有无名虫的
声响。牵引我的内心
为即将到来的春天发出重重呼喊
栈道和树荫遮蔽下的石阶
默默承受严寒和酷冷
——为了春天的温暖,要学会包容

六

风过后,瀑布仍在飘散
我相信一粒粒水珠里都藏着一座座铜铃山
漫延十里,百里,千里之外

相信一座僻远的山区小县
文,因水而成

相信自山顶泻下的瀑布掺和着月光、星辉
和几处烟火的呼吸

相信,是这水,浇灌我的记忆成长

七

我有时猜想记忆的色彩是什么
是单一的白,抑或

漏着点点星光的夜空的黑
也许更是紧紧包裹着我的那一团绿
或者什么都不是
仅仅，就如壶穴起的风，百丈溅溅落的水珠
通透——无色。无味。无杂念

我的记忆从佛山沿泗溪到天顶湖
背负了整个铜铃山
再沿着104国道，抵达台州
——它并无停止，拐入82省道，莅临东海边
我的记忆望向深并阔的大海
渐渐苍茫。无际。无边
直至蓝透……

铜铃山(节选)

黄鑫[①]

一

唯一入山的道路

神秘,也开始寂寞了

只为几棵树的掩埋

一张票的承诺变得忧愁

我仍然认为无聊

没有心思去顾及那几棵只有牌子的树木

它们的伤口只无力地伸缩

或者哭诉

祈求那种痛苦不在残骸上遗留

过久

---

① 黄鑫(2003—),浙江文成人。作品见于《诗林》《山风》《九山湖》等,2013年入选温州市第八届"小作家"杯十佳小作家。

二

如入无人之境
古老的圆木替代了石板
经过流水的冲刷
显得软弱
顺着不再长大的年轮
虫子啃出了它的年代
但绿色的昌盛令人向往
透过叶子
细碎的日影照下
生态园的美丽无处可逃
无处可躲

三

连溅起的水花都没有
一只白鳍豚孤独地停留在水面
不动
它只露出一个头
似乎来不及呼吸
时间就静止了
不再欢迎任何事物的介入
水涨过了阶梯

本应坐湖而过

可没有尽头

那种绝望，恐惧

其实不该来

四

走着石路

似乎没有止境

直到风吹来了一丝惬意

这个两亿年的宫殿变得活跃了

晶莹的水滴中夹杂着三道七彩的身影

没有屋顶

但瀑布的后面好像还有

还有洞穴。很暗很暗

铜铃山记

王小玲[①]

一

沿着九曲八弯的山路，穿过一坡一坡的花树，拐弯儿就到了壶穴碧潭。

粼粼的波光折射出苍茫岁月的深邃与玄秘。跳跃的红鱼是谁失落的绣鞋呢？

莹晶如玉的碧潭是大地的一只不曾瞑目的眼睛吧，

一汪净水，将我们滋润了多久？还将滋润多久？

大片大片的涟漪啊，仿佛因为我的到来而忍不住地荡漾。

什么也别说，就这样对望吧，纯净入骨的水，是恋人盈盈的泪，

要告诉我它千年的欢欣和忧伤，等待和幽独。

祈祷吧，不要成为这个世界里最后的神话。

---

① 王小玲(1979—)，山东胶州人。作品见于《散文诗》《诗刊》《星星》等。曾参加第15届全国散文诗笔会并获"吉祥甘南"全国散文诗大赛铜奖。著有散文诗集《守望爱情》。

恍惚中,我仿佛看到四面八方的尘土弥漫而来。

还好,这世间,还有如此碧水映着满山欲滴的绿,映着烂漫过头的山花,绽放一个完整的春天。

一个心怀自然的女子,小心地将这一池春水拥在怀中,用来抵抗背后的滚滚烟尘。

心怀自然的女子,素面,白裙,娴静,黑发如瀑,

她有些累了,她生出鱼尾纹的眼角,有些晶莹的东西落下来了,她独自坐在那块温暖干净的石头,聆听,或者凝望,已经很久了!

——风吹着她的前生也吹着她的来世,她似乎要飞了起来。

二

在闹市之郊,有碧水环绕,丛林染翠。偶见烟柳农舍,古树青藤,

更觉生活之内,喧嚣之外,实是伤口自由呼吸之地。

刘基庙的旧址仍在,千年前的古墓却早已湮灭在时间的长河中,

只有"先知先觉"的传说告诫着世人精神与肉身的传奇。

二三木屋散落在浓浓淡淡的绿荫中,它们像丛林的心事,时隐时现。

我在人群中寻找那个心怀自然的女子,是怎样的情怀,让她为更多的人提供了梳理灵魂脉络的居所?

她说木屋内备有上好的茶。她的声音似狐似仙,

是呵,古居雅室,品茗时刻,属时光的上品。

她痴痴的笑声传到心的深处,让生锈尘封的弦发出颤音。

谁有这样的福分,在葱郁的绿中,在丛林的心事中,展开隐蔽的自己,

在杯水的香息里关注性灵,感悟自然朴素的情怀。

一瓣又一瓣花落在我肩头,不再有"感时花溅泪"的伤感,而是安恬,内心无比的安恬。

一句话萦绕许久——繁华落尽,而情永恒;芬芳谢了,美却不朽。

三

在铜铃山,鹳山盆景的那些花,在我们走过的山路边上傻傻地微笑。

她们都是大自然的女儿,那些贴着泥土的春草,一出世就捧出了花朵,捧出了素净的白、蓝、黄、紫;

野桃花飞上枝头,在波涛汹涌的蕊间一笑,远山就看到了妖娆和妩媚;

着绿裙的梨花,是这个春天里最素淡的女子,仙骨雪肌,她漫不经心的美动人魂魄……谁说的,春天的风是轻佻的利刃,绽开万物,花枝战栗?

碧水彻夜不停充沛的喧响,青山耸峙,一片春华秋实。

不仅有千年的古树青藤在石缝间隙嗖嗖蛇行,更有新培的果蔬花卉,让我们在草庐野餐里醉了。

春来,是草木和万花的蓬勃,缤纷得惹人眼眸;

秋去,是果和香的堆积,丰裕得壮人身心。

四

花苑，文苑，景苑。曲径回廊，亭台水榭，古景奇观。

一脚踏入，跌进江南，还是遥远的梦境？

古琴铮琮，身在魏晋，还是唐宋？

墨竹如画，谁在林中对弈、饮酒。一黑一白，一樽一盏。

竹潇潇，人素淡。幽兰弥香，谁在花间低吟、轻叹。

一花一世界，一字一心声。花语脉脉，诗情悠悠。

是谁，让我们回到远古，小隐于凶猛的城市之外，

在一个叫"铜铃山"的地方，重回自然，在檐下听风，花间写诗，林中饮酒，泉边听琴。

原来，我们固执地爱过的那些事物并没有走远。

此刻，我又忆起梦中那个水样的女子，她就居住在我的体内，

她心怀自然，大美于心，她灿烂的笑容一直在暖暖地照耀着我，她眸子清澈，

每每让我在光怪陆离的霓虹里，炸毛蛋气息充斥的人群中悄然做出唯美的选择。

穿越铜铃山峡(组诗)

雁呢喃[①]

一

不管是连香树还是老鼠矢
柳杉还是鹅掌楸
在铜铃山,只要你是一棵树
是一棵树,你想长在哪里就长在哪里
你是一棵树
就可以把名字高高挂起

在铜铃山,你要学会给树让路
那些站在路中间的树
在这里,你和路都是没有礼貌的闯入者
你必须放轻脚步,必须
此刻,也许它们正在交谈

---

① 雁呢喃,浙江平阳人。作品见于《星星》《中国诗歌》《绿风》《上海诗人》《儿童文学》等,著有诗集《遥望黎明的月亮》等。

正在做梦,正在长大

在铜铃山,只要你是一棵树
在哪里都可以长大
根,即使裸露
依然可以长出坚韧的筋骨
看,树根在岩石上开屏
这里,每一寸土地都是树的福地

在铜铃山,我多么愿意做一棵树
不去想名贵的花榈木,红豆杉,钟萼木
愿意,就是那根瘦瘦的狗骨柴
站在路的中间,恣意地舒肢展臂
卑微而高贵
用绿色和所有的目光交谈

二

忘了看看这座山像不像铜铃
一脚踏进去,失去思维
林子里的声音,一路被风送来
有着优美的弧线
和花朵一样,在你的耳边绽放
柔软,流淌多彩的绿,丝的光泽

这些带着翅膀的声响
若隐若现
一念闪过
山里面有没有住着神仙
多少指尖的拨动,多少弦的震颤
才有这样的音韵

梦幻一般,悠远绵长
掀开层层雾霭
裹挟你,浸润你,穿透你
渗入肺腑,流经血液,你不再存在
你是山,你是流水,你是飞鸟
你无处不在,你是自然

三

水,一路飞奔
一路跳跃,流淌了多少年
都去了哪里
是不是去了又都回来了
要不怎么会有流不完的水

在来和去之间
多少年是一个轮回
我内心的水流哪一滴曾在这里经过

今日带我寻来

我呼出的那小小的水分子
让风带走了
我吸进的这一丝雾气
又是和哪一滴水有着千年的约定

我从这里走过
脚印已经被覆盖，被风吹去
你从这里走过
留下一个个壶穴，一个个神奇

四

壶穴，埕，一醉千年
更想说，那是眼睛。幽蓝，深邃
万年深情，融，爱恋

敞开胸怀，时光的手雕刻着
流水的激荡，力和柔软，笑和泪
以及纵身一跃的姿

什么是亘古，什么是永恒，什么是海枯石烂
绵绵不绝，青山依旧
接九天云霞，亿万年的光，为你披上一条虹

一低再低,装下天空的宽广

绵延的绿,宽厚的臂膀

紧紧环住,更多的是放飞,坐成虚空

就这样,与绿水对坐

无欲无求,留下

一潭潭清澈的,闪亮的思想

我的铜铃山

王晓华[①]

三角梅在山上,像篱笆

为我修造了一条自由的通道

世界也为我空出了一片

草原一样辽阔的地方

但这还不够,亲爱的

你一定知道,我还需要

满坡的竹子,千株万株,蔚然成海

但这还不够,亲爱的

你一定知道,我还需要

奇花艳丽,修篁夹道,森林栈桥上

你与我流连忘返

---

① 王晓华(1968—),山东威海人。曾参加诗刊社第 25 届"青春诗会",曾获中国红
高粱诗歌奖,连续五次入围诗刊社举办的全国"华文青年诗人奖"。著有诗集
《往事温柔》《发现》(合集)等。

我还需要一座湖
载舟看碧水青山，烟波浩渺
我还需要一座亭
登高望远，看一轮崭新的太阳
从东方蓬勃而出

但这还不够，亲爱的
你一定知道，我还需要层峦叠嶂的群山
藏着鸟鸣和春光，那是我的铜铃山啊
那是我久违的铜铃山

它草木依旧，花朵幸福
一片鲜艳的芍药，将开未开

铜铃寨，今夜我做你的王

权权①

今夜，我要把抛洒在枝叶上的露珠全部点燃
照亮铜铃山上上下下的山冈，静谧、安详
邀约有缘的前人与后人，包括刘基，吴成七与他的兄弟
捧出月光、松果、野菊花浸泡的泉水，举杯
把山川——灌醉

铜铃寨，今夜我做你的王
我呼唤夜风习习吹来，虫鸣吟唱山林晚歌
把猫头鹰变成美若天仙的侍女、丫鬟
然后统统将她们许配给诗人、画家和热爱劳动的人
兄弟姐妹，亲朋好友从此都弃恶从善
星光璀璨，弯弯的山道落满银色的掌声、喝彩

打开藏金洞，掘地三尺

---

① 权权（1963—），江苏昆山人。作品见于《诗刊》《诗歌月刊》等。作品多次获奖，并
入选《中国年度诗歌精选》《中国年度诗歌排行榜》《当代传世诗歌三百首》等多
个选本。著有诗集《蓝月光》。

把所有的金银财宝取出分发给匆匆赶路的行者
连同山崖的瀑布、云雾、奇石和秀丽风景都一一拆卸
折叠成艺术珍品，让他们背负在肩，一路观赏
穷困时变卖救赎
铜铃寨，今夜我做你的王

铜铃山，我需要你的爱

李文斌[①]

怀抱铜铃山的一朵风花。我看到
雪月隐去的血珠。芳菲四月，左眼桃红，右眼梨白
我用意念催眠自己
铜铃山内心的脆响，令我的心跳热烈而持久

仙梯倒架。一柄古琴，弹奏流云、弹奏潭水
弹奏我心中燃烧的情感、弹奏铜铃山不老的传说
我听到月华落地的声响
老故事在铜铃山的每一寸土地上　　掷地有声

竹林疯长。直通瑶池，超过了我的想象
我无法想象瑶池的小，就像无法想象七公主的美
西王母的魔杖无法点化虚构的权势
这是一个恋爱的季节，逃避是可耻的
我和七公主幽会在铜铃山的潭水中。仿佛一枚

---

① 李文斌(1970—)，辽宁人。作品见于《诗刊》《扬子江诗刊》《鸭绿江》等。合著有
诗歌集《七人合唱团》。

勇敢的动词。悬挂在宋词的扉页,救赎自己

今夜。我要在铜铃山唯美的呼吸中,将月华揉碎
揉入飞云湖的每一波碧水中
飞云流动月华的光芒、碧水荡漾隔世的涟漪
我。今世的后羿,端坐在飞云湖细微的波纹上
偶尔失一小会神。不落魄,不寂寞,星子和月
嫦娥。广袖轻舒,献上洁白婉约的幽魂

"桃花坞里桃花庵,桃花庵里桃花仙。"
来到胜川桃溪。只想看看桃花,如何遁入空门
一朵逆水而来的桃花。落入我的身体、落入我的灵魂
举起一杯红酒,蘸着桃花的红,放纵一次又何妨?

春梦了无痕。我在铜铃山找到一个至纯至真的出口
所有泛黄的书卷被黛玉一页一页埋葬
我是那柄多病的花锄。在红楼梦的最后一行
放浪形骸。

我以一尾鱼的姿态。穿越时光,穿越壶穴瀑布
月华倾泻而下。我是铜铃寨今夜的王
掬一捧静谧透明的月华放进爱的杯盏
将自己喝成一条醉鱼
袒露体内的山川与河流　　用骨刺做针
月光做线

在铜铃山。绣一幅"水姿羞气自心欢"的仕女图

王者归来。沿着红枫古道,拾阶而上
飞云、碧潭、奇岩、怪穴、珍兽、深谷
执子之手。在铜铃山的月影中,浅吟情歌
我怀揣一钱西厢、二两沈园、半斤白蛇,静如处子
在爱的彼岸。抱持情的馨香,卸载红尘
月亮背面的光芒　照亮铜铃山的辽阔和温暖

月光,一束大胆的月光。隔空打开,铜铃山的峡谷和峰峦
打开我的爱。打开少女含情脉脉的风花雪月
月影纤长。摇响铜铃山火热的歌吟,摇响我内心的万种
情深
我和铜铃山在月夜融为一体。今生来世,不离不弃!

在铜铃山

杨献平①

大地呼吸,草木之声原来出自天庭

斑驳光照显然是一群天使。在铜铃山我席地而坐

仰头被树叶打疼,低头看到一群蚂蚁

和一只小虫子斗智斗勇。我叹息,由此想到自然

这个巨大的机器,它多么精密

富有人情味,把一切都安置得因幸福而微微震颤

这一天我在铜铃山被热汗和风

洗劫了整个身体,灵魂像飞瀑一样活泼伸展

亲爱的人在我前面,后面那些,正像我一样心神安然

我爱的是整个人类和他们的不良嗜好

美德同在,只是我张开的怀抱,在铜铃山

如此寂寥而美好。就像我站在巨大的石崖下

想起在此之外的世界,忙乱、嘈杂、奢华无度

① 杨献平(1973—),河北沙河人。作品见于《天涯》《中国作家》《人民文学》《山花》
等。作品曾获第三届冰心散文奖、首届三毛散文奖一等奖和首届林语堂散文奖
提名奖、在场主义散文奖等,著有诗集《命中》等。

其实人该不该就像铜铃山呢，就如它的这片森林
有遮蔽而时刻敞亮，有坚硬和贫瘠，也有援救与抚摸
我想采一枚绿叶，或在水中捞一块石头
然后像矫情的女子，梦想一只鸟儿和它的爱人
父母，还有子女，一起安家。其实我的想法自私了
在铜铃山，我竟然如此天真无邪，如同一滴水漫过苔藓

在山中

庞白[1]

在山中，我不能破坏天地厚重的沉稳
闻到空气中弥漫着的年迈气息，我不能
拦阻腐朽味道里源源不断泛出的年轻喜悦

我看到的，那蜷缩在伤感里的迷恋
披满灰尘，仿佛只需要我轻轻抖动
它们就会在深夜里演变成一场惊天的激荡

在山中，我没有选择地接受了大山的气息
同时承接到了大山给树荫撒下的惊喜
整个下午，我就这样无所事事地躺在寂静里
让腐朽的气息，把我发酵成自己养胃的口粮
我倾听那寂静的灰暗和阴冷
倾听陌生的藤蔓背后
传来的飞鸟扇动羽翼和怪兽哀鸣的声音

---

[1] 庞白(1969—)，本名庞华坚，广西人。著有诗集《天边：世间的事》《水星街 24 号》
等。

我听出来了那里面有月落,有鸟啼
有露水悄悄打响草屋的声音
似乎还有远古年代人类活动的回响
听得出,他们在寒霜满天的大山里
依然像远古那样,兽皮遮体
追逐着一群和他们大小相似的动物
在山林中,一会像猎杀,一会像娱乐

铜铃山记

柴 画[①]

一

彩霞红彤的晨曦里,朝阳,金黄灿漫

扶着铜铃山艾涧的妩媚,色泽像麦穗,与稻粒

熟透时的金红金红……沉默,饱满

这些镜像,让我联想到——

餐桌或厨房里奶油面包的秀色美食,时光凝固

树木荫蔽,山峦,草丛,苍茫郁葱

这大地上歌谣似的美景,像以"瑶池"命名的佳酿

苍茫云海,风,漫漫涨,倾注诗意情怀

山,一尘不染。水舒展,流动,潭荡漾,似

阿妈常年用的粗布蓝头巾,清凉、繁忙

---

① 柴画,八〇后,湖南东安人。先后于湖南毛泽东文学院、鲁迅文学院作家班毕业。
《时代文学》年度全国十佳诗人之一,作品见于《中国作家》《人民文学》《诗刊》
等,著有诗集《铿锵与沉香》。

山径幽静,梦一样依附于我的衣襟

轻轻碰撞我的肌肤、肉体

晨曦渗透到了我骨头的缝里,我双手合十,仰起

头颅遥望宏伟、绵延肃穆的铜铃山峡

心境,透澈如水的静谧、安详

二

我在远方,尘沙蔽日的广袤北漠

一直仰慕这浙土大地和一座传说里的铜铃形巨崖

沿滔滔黄河南上,车过长江

从一张洁白的宣纸上出发,风餐露宿

酝酿水一样的思绪,寻觅那些典雅的词语

吆喝五千汉字,随我万里迢迢

轻描,淡写在红枫古道,雨水树梢

蝴蝶,这大地晋封的精灵仙子,如贵宾,像诗经里

轻移莲步的窈窕女子,飘过翡翠湖,铜铃古寨

如花惊鸿……我心雨滴晶莹,我心积攒爱意

在千尺飞瀑奔泻的壶穴边低吟浅唱,这奇观

格外彰显华夏大地之神秘——

三

在神奇峡谷，蟋蟀、山蛙的鸣叫
让我，云里，雾里，梦里，岩石里
在雨露、明媚阳光下，我做深深呼吸状——
飞云湖边
我，甚至想喊，大声地喊山：
"铜——铃——山——"……谷内
回音浑厚，跌宕奔荡

闭上眼，不由想起了姥姥额头上宽广的慈祥
这沟壑、猴岩，这野花，这金色之光的卷轴
似丹青泼洒，在桥端，在嘈杂茂盛的林涛之上
群峰，静谧，草藤又入水，像吉祥的福祉

四

……在瑶池水远望和凝视的方向，肉体和云接近蓝天
铜铃山，仰卧的姿势，柔美、恢宏
坡转峰回的涧流，澄澈的静，若从梦里谈起
恐怕，这梦，要比红楼梦长多了
如果，须臾间细说景致
这能和盛世南北朝的词，相益媲美
露水剔透的凌晨……行人是隔着色彩的画笔

竹海、山色葱茏,雾缭绕的葫芦潭和观日台
分不清是谁走在山里,毛冠鹿欢快地
云,洁白得像寓言,罗衫飘,长袖狂舞
那些,追逐她婀娜影子的鱼儿
摇摆着,翻滚着,吐着泡,在水里
总差那么一点点距离,或擦肩或失之千里,山
倒影环抱熔岩,光影层层,花,墨意渐浓
一朵朵,一丛丛,香息蔓延、纳兰
阳光奔跑起来,春天,如同疯乐的天籁之音
地气沾满身,我像掉在水里的事物,光阴微痛
白鹇飞过,短尾猴跃过,大灵猫低头赶路
花香,遍地盛满
——润透着琥珀似的铜铃山的面容

五

原始丛林里,我像在宣纸上踩着词语走路
清新的空气扑面而来

树,满山遍野;绿,满山遍野,猿鸟鸣叫入耳
浙土泥味浓香——蟋蟀、和兽走,野虫摇动
沿着峰峦起伏,晨雾里,人,渐行渐远
在山与云间,在潭与气势磅礴的瀑布间
故乡与异乡之间,如梦尘埃
绪清思淡,往事像光阴一样悄无声息地碎,满地

滴滴嗒嗒地老,滴滴嗒嗒地没

喜欢这种干净极致的感觉,像踩着眉清目秀的

水,轻轻哼唱忧伤,像绿潭边欢乐的水鸟

与蛙鸣世外,与涧水、灌木丛诗意桃源——

致远在铜铃山顶,崎岖山路里,像有神话藏匿

六

——薄薄、森森的,铜铃山

还在香甜地睡,我把脚步尽量放轻

怕惊动早起的虫草,怕她们暗当信使,飞鸿传书

我,本不想,扰动苍茫的山林

这鹅掌楸、天竺桂、花榈木丛林深处

万物生灵的好梦

晨雾里,我托一组词语转告另外一组词语

把长风搁置山下,逆水往铜铃山顶,攀进……

上了虎口瀑,龙马潭

渴了,饮沁凉如美酒的铜铃古寨山泉

累了,对着裸露岩石铿锵朗诵唐诗

坐在绿茵泥坡上,或者肉体匍匐大地

聆听铜铃峡谷脉搏心跳声,还想

放飞一枚紫色纸风筝——让它飞得像云

飘得像梦,在铜铃山伟岸、起伏的怀里

七

……我靠近胜川桃溪的时候,与一棵树

或者一座山峰,相见恨晚

时光沉淀在清澈的山潭水里,梦,成了

——碎石、卵石的前世今生,一捧水一千年以后

被我掬起,这是铜铃山

玉洁的骨,凝脂一样的绝世容颜

我惶恐至极,揣测你高贵脱俗的气质如何能保养千年?

而且还是风华绝代之美,我喊着山,拼命地喊……

想听听她的解释,紫云英,野葡萄

这万物,似语非语,她们暗香涌动

似密语,似给予飞禽盘旋的峡谷

意境,辽阔、深远、圣洁

蓦然回首,小桥、田园、村落近在咫尺

这谜语一样的山,像哥德巴赫猜想

八

大音荡漾,我坐在长长铜铃山峡,为心沐浴更衣

万仞散落的空旷里,经年不老的风,轻轻地吹

越发洗净了峡谷高、沟壑美,峭壁,云缭雾绕

艾藤漫山,瀑林潭丛,湍流雷鸣,峦苍茫
密林,又在奔跑,这坚韧,我流着泪凝视……
酝酿水一样的思绪,仰望着一群飞翔的词语

在云翳,在纸帛,靠近水一样的琴心里
如果可以,我欲极力忘记喧嚣红尘,和这神奇的铜铃山
下榻在云雾里,像满天金黄爱上大地
低吟浅唱,晨钟暮鼓,再也不离开,不离开

铜铃山半日

李元胜①

一条小路，从树林中探身而出
迂回地观察着我
我携带的水潭已经安静
我的李花已落，山矾像新鲜的伤口
香气披头散发

整个上午，我可以从躯壳中探身而出
和这条路一起，完成一次折纸
我的树林摩擦它的树林
它的湖水倒映我的湖水

一次旅行，就是把自己
从信封里犹豫着缓缓抽出
或者把一场雨对折
微笑着折叠的，需要

---

① 李元胜（1963—），四川武胜人。曾获鲁迅文学奖、人民文学奖、诗刊社首届中国
好诗歌奖。著有诗集《另一个有相同伤口的我》等。

很多次无声的哭，才能重新展开

我和小路平行着迂回、上升
最终擦肩而过，旅行已不再危险
但仍旧令人惊叹
我们在衰老中各自折叠又展开，无关悲喜
只是带着一些时间的蓝色

铜铃山之光

——给泠月

杨方[1]

你不可能是芒花，我也不可能是芦苇

一株在山上，一株在水边

只有纷飞，才得以相见

哦，这匆忙人世，请不要随意飘零

这宿命的流水，也请回到飞云江

六年前，我放生的鱼，早已相忘于江湖

她不会变成一条美人鱼回来报答我

铜铃山上一块通灵的石头，谁把它带到人间走一遭

小瑶池边，一株转世的草

还没有来得及用眼泪报答那个来迟了的人

此时山北的暮烟正起

安福寺的暮鼓声也在山峦间长久地回荡

我无法说出空灵从哪来，虚无从哪来

一个人的肉和骨从哪来

---

[1] 杨方(1975—)，新疆伊犁人。曾获《诗刊》中国青年诗人奖，第十届华文青年诗人奖，第二届扬子江诗学奖，首都师范大学 2013—2014 年驻校诗人。

银河系那么多的球体日夜旋转,回环往复
它们擦肩而过时带起的风
拂过铜铃山微凉的额头,那些晃动的树木多么美
那个站在山顶听见了光的人
有一幅天底下最孤单的背影,她从哪来

铜铃山怀幽

寒寒①

此刻，我愿意是那位
形神松散的素人，怀揣一枚蝉蜕
奔向更为隐匿的山径深处。
未曾相遇的人们
尚在尘土中辗转，未被驯服的
野猪、蟒蛇、黄蜂甚至蜥蜴、壁虎
蟋蟀和蚱蜢等等，随之
都将无端交出悲欣交集……

该是多么无辜的一种处境。
可这根本不会妨碍林中鹅掌楸、
青榨槭和豹皮樟的修辞。我只是好奇于
这一大片原始阔叶林中
因果般宿命的庄严。细雨中
原木栈道忽上忽下，秋虫叽鸣时隐时现

---

① 寒寒，七〇后，浙江慈溪人。作品见于《十月》《诗歌月刊》《诗江南》等。著有诗集
《唯物主义者的山水》。

当我对盛大密林学问的痴迷

开始化为一种身体的政治

忽而听闻

身怀绝技的斯人正策马扬鞭而来

铜铃山

李犁①

登铜铃山犹如坐过山车

不仅需要境界拎你上来

还要有胆量滑下来

这是一种冲浪

是灵魂在阴阳之间挣扎和往返

一会去了天堂

一会又到了地狱

这源于过山车的速度

源于我们内心火焰的起和灭

铜铃山一去一返

就像在天地间画个圆

像给自己的人生画个完美的句号

这小小的圆圈囊括了所有剧情中最高潮的情节

惊讶恐惧还有提着魂魄在悬崖上蹦迪，在刀尖上舞蹈

---

① 李犁，本名李玉生，辽宁人。著有《黑罂粟》《一座村庄的二十四首歌》《拒绝永恒》等。

都是让心里的污泥浊水甩出去
都是为了让生命有个峰巅
让生活拒绝平庸和苟且
让美从惊心肉跳中耸起来

比赌博还刺激
比做爱还销魂
比诗歌还抒情
比哲学还通达
攀下之间,你就阅历了天地人间
你就像一个从硝烟中归来的勇士
像在火葬场看完生命化作一缕烟后平静地回家
明白了通透了放下了打通了
而要悟出这一切
必须在铜铃山走一圈:

闯进第一个陡坡
就像现实中我们迷失了自己
迷惘,徘徊,物也非,人也非
头重脚轻犹如人已去,情已远
跨过第二个石岩
一朵莲花铺在波浪里
烦恼摔碎,欣喜盛开
犹如繁华落尽心微动,朝朝暮暮与君语
终于懂得了,人要有两个自己:

一个惊艳了时光，一个温柔了天地

走过最后一个瀑布阶梯
像一条热带鱼游弋在大海里
腾起的浪花就是喷薄的诗句
在水里涅槃，在浪里重生
世界不过是一粒沙，已踩在脚下
从此，宠辱不惊，笑看水来水去
去留无意，瞭望天空云卷云舒

我们不再是空谈的诗人
对弓起脊背的老虎只能夸夸其谈
互相揶揄却望而生畏
而今天
意义在慕白挥手的瞬间生成
于是诞生了一群勇敢的战士
行为的诗人
用身体抚摸虚无的哲学家
性感的导演

慕白就是我们内心的火星
闪了，天涯就化作咫尺
灭了，咫尺就成了天涯
而他今天就是支架，支撑着我们的心脏
让阳光漏进来

铜铃山

马萧萧[①]

青山在。我全身零件也都还在,但已半老

密林之类闯过,深涧之类蹚过

风湖之类也曾渴饮过

至于这长年累月水流钻蚀而成的

壶穴奇观,今天我也毫无羞涩把它当镜子照过了

当一只只小鸟,一股股飞瀑,分别在练金嗓子,铸银牌

铜铃山的风,你拐着弯儿来找我

是要试试我的瘦骨吗?

我不敢肯定,它还能否被你敲出少年时的声音?

---

① 马萧萧(1970—),湖南隆回人。曾获首届中国十大校园诗人奖、《飞天》十年文学
奖等。著有长诗《中国地名手记》,诗集《马萧萧军旅诗选》等。

重走铜铃山

小路 ①

铜铃山没有铜铃,而铃声
也只摇响在慕白诗歌的隐喻里
眼前,是阔叶林卷起的绿色雾霾
浸润我绿色的血液
绿色的肺腑和绿色的轻眠

今天我放下了遍地的心事
只带来闲。带来心眼
要想重温一种叫茜草的植物
这是我歌颂过的花草。曾经
从黄昏的篱笆,一直到清晨的轻雾

我们从停车场旁的入口进入
是哪个梦游的工匠把这木头的栈道
构造得比一场错误的爱情还要迂回?

---

① 小路,本名鲍福星,浙江永嘉人。作品见于《诗刊》《人民文学》《诗选刊》等。著有
诗集《岁月的杯盏》,散文集《人生写意》《楠溪味道》等。

我带着昨夜的失眠和咳嗽，栏杆拍遍
细心地穿越一声青翠鸟的鸣叫

我又一次看到的茜草
是不是五年前的那一株？岁月总是
要不断地重复物是人非这样的句子
而铜铃山一个连一个的壶穴，它的深蓝
是我相思的深渊、梦中的吃语？

在铜岭山，一堆想象的背影在绽放

郑文秀^①

在铜岭山，我重复地呼吸
带着湿热和温柔的流水声
那些世纪的火山岩，已悄悄地打通
一条生命的管脉。我逼近的空间
也开始喧哗，而过于夸张的十一月
却被落叶的声音，构思在幽蓝的想象中

在铜岭山，诗人们需要一场雪来抵制
脚下发光的陷阱。在他们急切呼唤的
那一刻，冰冷的寒冬已站满山头
我看到，一群群仰望者，正向着百丈漈
双手合十，并闭眼凝思

我庆幸，在深蓝的棱镜里
遇见了那些曾经流失的时光，并得益

---

① 郑文秀(1965—)，海南陵水人。作品见于《诗刊》《民族文学》《中国诗歌》等。著
有诗集《水鸟的天空》。

于它们的暗喻，我走近飞泻而来的瀑布
似乎强大的生命，在呐喊
它们呼唤的声音几近完美

隐居铜铃山

武强华①

一

清晨进山,遇见含笑
含笑不语,内心喜悦

一株含笑,在春天里
只绿,不开花

万物又何须聒噪

二

山有三千种环绕和到达的方式

---

① 武强华(1978—),甘肃张掖人。作品见于《人民文学》《诗刊》《星星》《诗探索》等,
并入选多种诗歌选本。曾获 2014 年度青年作家表现奖、诗刊社 2014 年度"发
现"新锐奖、2016 年度"李杜诗歌奖"新锐奖。著有诗集《北纬 38°》。

甚至更多。在盘山路上
眩晕所造成的离心力
像根绳子
把我死死地捆住

有人在车上默念一念三千
而我只能执守一念
想你。把那根绳子
当做救命的稻草，在大雾中
独自去登铜铃山

三

低头去看，岩门大峡谷始终是一个侧影
丢下一颗心，估计只有跌入谷底
才能发出叮叮当当的响声。想想
低处的雨水、泥沙、四季的阳光和晨昏的悲喜
也必将是我们不可回避的生活。又想
在山上可能也一样，只不过
山风吹过来
一个人可以像毛竹
也可以像杜鹃
一会儿绿得发烫
一会儿又红得冰凉

四

悬空的栈道,一低头
就是万丈深渊。但
在恐高症中一次次练习跳水
比在人群中全身而退
要容易得多

你从人群中归来
我就从深渊里复出
在这里,我们可以
生七个叫木头的小矮人

五

路总是会到分叉口
动物通道总是要指向
野猪、野兔、穿山甲和五步蛇

我想,狮子和老虎
肯定会走另一条道路,它们的孩子
饥饿时肯定也会发出娃娃鱼般的哭声

如果我们在哭声的地方相遇

肯定会有一个奋不顾身的母亲
首先发出野兽一样的嚎叫

六

清晨
饮朝露
饮花香
饮鸟鸣
饮深潭鳄鱼的眼泪

午后
饮天光
饮倒影
饮青苔
饮五步蛇吻过的蜜

夜晚大醉
梦里可寻刘伯温去吃酒

七

晨起，细雨微蒙
乐府在人间

有你
有鸟鸣
小雨也刚好
让两个身体
可以挤在一把伞下

八

阳光照在青苔上
神的手指
抚过肌肤

她在最低矮的人间
湿漉漉的，好像刚刚哭过
渺小的爱恋
紧贴着大地

"他洞悉一切，而她
什么也不拒绝"

九

倒影越来越深
整座山都进入了湖水之中
那一碰就碎的寂静，在正午

让整座山都隐隐发颤

水有多深呢？另一面
饥饿折射的光，引领着我们的胃
有过片刻的眩晕——

在水下潜伏多年
我们依然不能和鳄鱼
栖息在同一片阴影里

十

去百丈漈的人还没有回来
在藤蔓上荡秋千的人也还在雨中摇摆
飞云湖在山顶，除非
时光倒转，那些渴望飞翔的人
才能从源头上找到回来的路

如果哪儿也不去
我们可以一直在倒影里等
像两棵不知疲倦的树
一会儿爬上山顶，一会儿
倒立于深渊

十一

雨后,我尝试过
用另一种空气擦洗过的语言说话
尽量避免打滑,潮湿和肉体的碰撞

在一棵树下弯腰,抬头看见
"小心碰头"。而另一棵
是"连香树"

遇见知己
打开心扉的方式有很多
但你,却是最后一个
渴望拥抱却沉默不语的人

十二

大隐于市
我们安慰过自己
就像时常拧一点面包渣
给笼子里的鸟
我们有过短暂的默契
对一座山隐匿的思想
给予过最干净的幻想

小隐于山

哪怕只有一日

让我们相拥在人世的草丛里

铜铃山之美

卞雪凝^①

那天地灵气回荡在铜铃山安逸的空气里
草木安谧，月堆日垒的绿水环绕
荡漾着慈悲流淌的交谈

千万次的预演，该以怎样的虔诚
面对治病救人的那段曲折的痛苦，山清水秀
反反复复的等待，从深夜到黎明
悯人之心从没走远。善待万物
始终点化着自我
一步之内有大爱，捧出阳光月色
在佛香葱郁的舞蹈中卸下内心
那一副厚厚的盔甲，忘掉自我
肉身还原成红红火火的舞姿

我相信跪下或是祈福

都是走投无路,期望峰回路转

怀揣忘我,选择救赎亦是反思
哪怕窗外积雪飞雨,幸福之舟
来去的方向离慈悲不远,与仁爱为邻
那是人间升起的祥和美好。幸福大地
在农家乐的澄净中绵绵不绝

让我们置身其中吧! 在干干净净的飞瀑碧潭之间
舞起青春最美的身段,忘了过往的苦涩
忘了一路上,为抵达美好而遭遇的雨重风浓
在芸芸众生的繁华匆忙中,静心俯瞰万物
千年慈悲自然而生。不染物性,不为物累

灵魂盛开的事物太多

朝颜①

必须慢下来,才能与一棵树的灵魂相遇
你可以与他低声对白,也可以
将心事留给头顶的云、对岸的山
或者身边的岩石和一小片青草地
在铜铃山,灵魂盛开的事物实在太多

一只鸟的啼唱似乎永不知疲倦,一条鱼
从什么时候开始吐露秘密
当秋风翻越这座山冈的时候
你放下了逝去的爱情,还有胸口上
堵了多年的一块石头

必须慢下来,才能看见阔叶林身体里的
辽阔,以及一只金龟子用尽全力发出的光

---

① 朝颜,本名钟秀华,江西人。作品见于《人民文学》《诗刊》《散文》等。曾获《民族
文学》年度散文奖、井冈山文学奖等,作品多次被《散文选刊》选载,入选《中国诗
歌排行榜》《中国随笔精选》等。著有散文集《天空下的麦菜岭》。

世间的跌宕不计其数，只有飞瀑修成了
一潭碧水的幽深

此刻，你将掸落内心的灰尘
轻轻地离开铜铃山。你将
手执方向，带走树木的清香
就在转身的一刹那，你望见前方有无数个
路转峰回

铜铃山记

龚璇①

有青潭,有壶穴,有奇岩

还有几把花伞,在山间栈道若隐若现

红衣少女,缚紧手腕上的铜铃

穿梭沉睡的森林,银钟花,鹅掌楸

连香树,眯缝着眼睛

倾斜惬意的心情。百丈漈瀑布

热泪迸流,飞溅山石

卸下负担,跳跃涧水的联想

爱着,身轻如燕

那些疼痛的倾注,在我面前

留着美丽的意图

瑶池的倒影,有云上飞鸟

带去低垂的记忆,天使下凡

---

① 龚璇(1963—),江苏太仓人。作品见于《诗刊》《中国作家》《十月》等,有作品入选各类年选,获 2012 年《诗歌月刊》年度诗人,2016 年《现代青年》十佳诗人,第二届中国(佛山)长诗奖。著有诗集《或远或近》《燃烧,爱》《江南》等六部。

把剩余的秋天,馈赠大地
这一生,该拥有的青翠
顺从殉情的速度,在故道旁
绯红枫树的脸。你还想发现什么
高耸入云的铜铃,已听不到急遽的心跳

不知道哪里飞来的鱼
误落醉鱼草。未能提及的初恋
氤氲着少女的眼睛。谁敢轻易言弃
秋风吹过,铜铃委婉的声响
与唧唧虫鸣,唤醒潜意识的梦
枫叶红了的时候,游离的魂魄
怎能让我低头走过。闻着山中的清香
我的笔记,不会错失遗世独立的水墨

铜铃山截句(组诗)

黑马 ①

铜铃山

繁星的祭品,闪烁其间

让秋风弹奏热血

铜铃山,在雨中发抖

仿佛一种古老而绝版的艺术

百丈漈瀑布

作为一座遗址

百丈漈,是奋不顾身的爱情

鸟在寂静中辨识自己

沐天而降的瀑布,教育人生

---

① 黑马(1977—),本名马亭华,江苏沛县人。作品见于《诗刊》《青年文学》《星星》
等。曾获《诗刊》《散文诗》等全国征文奖,诗作入选权威诗集百余部。

飞云湖

姓白的云姑娘,驮走了雪
她留下的镜子
成为时光的寒意
让无言的大地失魂落魄

红枫古道

群山开花,星光灿烂
红枫,是一个古典的意象,击中我的前胸
月光下的魅影
连同石阶的叹息,以及岁月的鞭痕

龙麒源

美在搏斗,一种坦荡的深渊
超然于心灵和时空之上
我请求,以一棵小草,来安放乡愁
繁星漂浮,你的眼睛盛满时光的图谱

猴王谷

月亮,透出银两,为民间制造祭品

黑夜啜饮琼浆

月亮，是猴王谷的心脏

让人在惊慌失措中忘记了回家的路

月老山

月老山连着地平线

连着日出与霞光，少女在奔跑

把我带进雨后的山林

如两只乱撞的小鹿，迷途于欢乐

抵达圣山

姜华[1]

一座山,高到让人仰望

那些攀山的人,谁愿意错过佛光

弯曲的道路和历史,追赶着游客奔跑

在山中,一只蝴蝶也能点化人生

初春在铜铃山中,有前朝凛冽的风

在高处生长

一座山,隐居在云里的山

山中生长的植物,吟诵着春秋

有洞穿千年的文脉在行走

它金属般的重量让白云低下头去

那些关隘和隐喻,正把

尘封的历史娓娓道来

山之巅,有惊叹处女般隐秘

---

[1] 姜华(1959—),笔名江南雨。作品见于《人民日报》《诗刊》等。入选首届"十佳网络诗人"、"中国新诗百年"全球最具活力华语诗人。曾获陕西省首届年度文学奖、中国天津诗歌节头奖等。著有诗集《生命密码》等。

春天的色彩，早已印染了江山
一群攀山的人，身披霞光
大山无言，静静地坐在那里
像一位失语的智者

铜铃寨

黎大杰[①]

比起那些残砖破瓦,铜铃寨,孤悬于岩崖之外。

比起抵达,我已让一些凡世所羁绊。

我们都是一些让时光的碎片拼接而成的石头,我们都是泥土的叛逆者,我们都是世俗的对抗者和孤傲者。

我对寨子里的事物满怀敬意。

我对安详视若无物。

在铜铃寨,我们就是自己内心里的佛光。

那些在洞穴之中谋事的蚂蚁,那些在黑暗之中发着狰狞大口的金银玉器,都让我踩在了脚下。

我知道,我在我的精神领地里建有一座自己的山寨,我就这样长期地统治着我自己和我的臣民。

---

① 黎大杰(1969—),本名黎杰,四川遂宁人。作品见于《诗刊》《星星》《绿风》《散文诗》等。著有诗集《阳光之上》《此情不关风月——黎杰诗歌精选》等。

瑶池的开头是一波碧绿

蒋志武[①]

瑶池，那些瓦解的力量来自于虚无
当我悄悄地靠近了水源和一片红花的绽放
一只白鹭的叫声，有云的颤音
观日台只是镶嵌在池边的一个暗哨
并没有对我发出警示

那么，叙述瑶池必须从一波涟漪开始
水随风缓缓摇摆，绿，让我想起崩溃的钟声
我不必放空身体，湖中局部的时间
正为瑶池的早晨安置钟表，在这里
镜子可以收回它的原形，水给我的生活
就是生活的本身

瑶池的开头是一波碧绿，是喷涌的泉

---

① 蒋志武，八〇后，湖南冷水江人。作品见于《诗刊》《民族文学》《钟山》《天涯》等。
诗歌入选《2015年中国诗歌精选》《2016中国最佳诗歌》等，曾获《鹿鸣》2015年
度诗歌奖，著有诗集《万物皆有秘密的背影》等三部。

在午后,形容词丧失了保护
我将跟着赞美的句子行走
寻找一个为瑶池的美授勋的地方
是的,在这个如梦如醉的瑶池
触动了我对人间的爱,对花的媚
对水的情,我今天在这里抒情
明天,我会捡起那些破碎的事物

记小瑶池

杨延春[①]

仿佛叶子黄到不受限制

仿佛滚落掌心的露珠，突然被吹平

月亮已经出山，一滴蓝水击中

一生的绝命处，那一刻我背着帐篷上山

群山捧出一个碗大的瑶池

递到面前，如果不拦住，它会更大

大得像卷柏一样蔓延，大到

可以出世，无论我多么老

也没有见过那么明亮的铜镜

能看见水底神仙，像鱼一样知足

像鱼一样把此生相忘，谁学会

它们散淡的背影，谁就会穿过制约的一面

来到人间，模拟假道士也好

相互做一个陌生人，你去红枫古道寻亲

我在猴王谷拍照，岸边一圈

---

① 杨延春，笔名这样，浙江义乌人。作品见于《人民文学》《诗刊》《诗选刊》《黄河诗报》《诗潮》等。著有诗集《每一天不可多得》等。

长着穗花杉和银缕木
熟果落进池水，突然就停住
要走的时候，就停住
停在入世的那一刻，捧在手里的
小瑶池啊，仿佛出生入死的舞台

百丈漈
——比最好的安慰还惊心的看头

上山时，暮色只婉转秋色，
直至世界的本色
开始在我们身上有了
比你更好的主意。

望百丈漈瀑布

慕白

你飞

你流

你直下

你奔腾

你登高

你远望

你 207 米

你一日千里

你雄风百世

你英姿勃发

你羽化

你升仙

你高百丈

你宽百丈

你深百丈

你直抒胸臆

你华夏第一

你川流不息

你大快人生

你的远方是大海

水随天去

我命若琴弦

我早出

我晚归

我披星戴月

也走不出包山底

和县城的街头

我不遮

我不掩

我向着天空生长

我向着太阳生长

我明月清风

我朗朗乾坤

我沐风

我栉雨

我会微笑我会痛哭

我的骨头一直不缺钙

我有血

我有肉

我独对青山

我醉生梦死

我沧海一声笑

我千里走单骑

我风花

我雪月

我闲庭散步

我弹琴复长啸

我姹紫嫣红

我朝三暮四

附上生与死的距离

随意赋形的一生

我倾其所有

加上我的故乡和母语

纵然我向天再借五百年

我的灵魂依然长不到两米

百丈漈

荣荣[①]

她的内心有太多的泪水和幽暗的光芒
这些落单的词或句子　跑路的水
这些终于说出的抱怨和爱
曾柔肠百转　深埋的根须所经历的黑
让她对自己的误读比谁都深

有多深？持久的力量来自被忽视的美
大片的绿也掩藏不住的
或许是更强大的虚空——

不能再回头了！
她已绕过如此这般的阻碍和窘迫
她要堕入在这虚空里
而进行到底的忧伤更像是一种绝然

　　——我的眼睛接住了她全部的奔腾

---

① 荣荣(1964—)，本名褚佩荣，浙江人。曾获首届徐志摩诗歌节青年诗人奖、新世
　纪十佳青年女诗人称号、第五届华文青年诗人奖等，诗集《看见》获第四届鲁迅
　文学奖。

百丈漈，水图腾

赵四[1]

我要看过多少水，才配走进

你的泽国，我要投身

多少火，才能听懂你的金属

我要历经多少崩决，才能

安于你的坦荡，我要听过

多少愤怒无告，才敢拥抱

你的狂喜。我要有多少

化身之能，才能入影你的无形？

自无形而来，你牧着无限的白色兽群

自幻化而出，你驱策不尽的银亮星子

你吐蕊无数世代的怒吼的海盐

应许来在任何人的心中洁净同住

不确定的形式与音响溺于你白色的血

---

① 赵四（1972—），上海人。部分诗作被译为多种语言并发表，应邀参加在欧洲多地举办的国际诗歌节。曾获波兰玛利亚·科诺普尼茨卡奖。著有诗集《白乌鸦》《消失，记忆》，小品文集《拣沙者》等。

你是那映照者,飞流着至高的祂创世的思绪

创世的思绪握住伟大,拧紧疯狂
太阳风碾碎一切火土水铁,无意识的欢腾
揉出群星矿脉花朵幼兽,生命
紧随它生长的思绪泅渡夏雨冬雪
但不时被命运折断,祂的魅力——
山中四时晨昏的呼吸,每日腾跃更生
它将如此笔直壮阔的明亮投于你
一只手抚拂我们的幽暗

当一切都安静下来……嘘!

大地如果需要一根纪念的图腾柱
它会选择水来建造
水种下雷鸣,植下记忆
每日里,紧闭的大地之门被百丈的金属隆隆叩响
声声传出古远巨浪的喘息

百丈漈

刘华明[1]

遇到它前,我一直写着安静的词语

一直把内心的光芒和泪水隐藏在命运之下

直到这奔腾的雷鸣从身体碾过

这些头也不回的水堕落、沉沦

现在我想到破碎、虚无

想到骨子里的卑微和劣迹被清洗一空

想到爱和忧伤比根须还深

繁茂的香果树、长叶楣,悬崖如铁

谁也无力阻挡纵身一跳的脚步

多像是早有预谋,梳妆台的龙女刚刚离去

水帘洞前便聚集了无数求仙的人群

西天屏美得让人窒息,抛出的飞雪使绿树穿上透明的衣衫

此刻,天顶湖流动起无边的蓝色,几只白鹭在岸边嬉戏、

---

① 刘华明,吉林乾安人。作品见于《绿风》《北美枫》《诗沙龙》《黄河风诗刊》等。
2011年获铜铃山大奖赛全国一等奖,著有诗集《月光微寒》。

玩耍

　　请允许我长出腮和坚硬的鳞片,允许我顺着百丈阶梯逆流
而上

　　轻易地将一生耗尽

百丈漈

薛暮冬[①]

我注定失语,在百丈漈瀑布

我一动不动。水开放成花朵,澄澈的,形而上的

妖娆了整个黄昏

我灵魂深处那些火焰,那些光明,恣意茁长

迷醉于山色,更有水光,不想自拔

体内忧伤的枝叶,疼痛的藤蔓早已不翼而飞

像个孩子似的,双手敲响瀑布的琴弦

我显得肆无忌惮,甚至想诗意地栖居其中

我不止一次窃笑,在我有生的日子里

在文成,我触摸到时光深处那么多的温润,和光

一缕瀑布溅落在我的胸口,她跟许多年来

次第滋润着我生命的那些水,是一个姓氏

---

① 薛暮冬(1964—),作品见于《人民文学》《诗刊》和美国的《世界日报》《星岛日报》、加拿大的《大华商报》等。曾获《人民文学》"观音山杯"全国散文征文优秀奖,《清明》中国花亭湖散文大赛二等奖等。

一路上，我邂逅她们的纯情。我不说话
直到今天我无声地朗诵出我的感恩

独立在百丈漈前，夕阳仍在西下
弯下苍凉的腰身，眼前弥散着更多的水的花朵
和水中那些小小的火焰。微弱，却如此明亮
她们注定与我内心自造的光明共寝

百丈漈，让我以风的手指触摸你的肌肤

权权

在百丈漈，我要摘取整匹瀑布的银白、透亮
裁剪一件凉爽的衣衫，为你
秀色的湖光正好波动金灿灿的丝线
尖细的松针，我用它串连桃花，竹林，溪水……

身姿妙娜素洁，我要为你配上碧蓝溪水的飘带
袖口绣上枫树的红叶，薰衣草的紫花
用鸟雀的羽毛做花边，猕猴的尾巴做衣摆
突兀的山石是最合适的纽扣，截一幅霞光或者月色
作柔和飘逸的披肩

纵身一跃，纤细的身姿奔赴悬崖飞流的竖琴
抚琴而唱，似千军万马的轰鸣越过
背面，清幽的音符叮咚作响
把层层涟漪揉碎，溢出淡淡体香
百丈漈，让我以风的手指触摸你柔滑的肌肤

梦游百丈漈入门

——赠慕白

臧棣[①]

上山时,暮色只婉转秋色,

直至世界的本色

开始在我们身上有了

比你更好的主意。

山道的两边,密林中的安静

始终是一门课:一点也不逊色于

晦暗的人生中依然有

比最好的安慰还惊心的看头。

下山时,突然加深的暮色

犹如涨潮时的涌浪,

将甜蜜的恐惧加速在

仿佛只有你认出了我。

每一级台阶都活跃着

---

① 臧棣(1964—),北京人。毕业于北京大学。曾获《作家》杂志年度诗歌奖等。著
有《燕园纪事》《风吹草动》《新鲜的荆棘》《沸腾协会》《宇宙是扁的》《空城计》《慧
根丛书》《未名湖》等。

一层薄薄的青苔。且转弯之前，
每一级台阶都可用于锻炼
时代的隐喻：本地人
竟然比山里人更赞同
女特警的提示：天如果真黑了，
谁都没有办法的。

百丈漈：瀑布长流情已非

陈星光

以前是青春作伴，张开翅膀，呼应它的狂放张扬。
同游者谁？春天剪不断的雨。夏天眩目的光。

这是初冬。一群文化人，慢慢悠悠
从它匍匐的身体一寸寸摸到它不屈的胸膛。

一个时代的浑浊倒影水上。陶然亭像前朝旧影。
一两树红枫，倔强。孤单。

我在瀑布下坐下来，聆听寂寞的喧响。
几拨人穿过水帘去了，一对情侣依偎着跑过来。

回返路上，悲哀地发现——
有人背已微驼。有人白发苍苍。
更多人数着星星，直到天亮。

他们说着被遮蔽的历史，晦暗不明的天光
愈添怅惘。
山高水长，生生不息，我们又去往何方

题百丈漈

李林芳①

这就是我的跌宕之心了

一个恐高的人，从此爱上断崖、绝壁，

爱上巍峨、陡立，爱上无畏之心，凛冽之气

一滴草叶上滴下的露水

倾千回百折的柔肠

一柄倒悬的匕首，卸下了它的鳞片，锈迹

它的寒光，它的锋利

放开百丈魔发，飞天的羽衣、白练、霓裳

现在，我只须纵身一跃

成就一滴水的自由落体……

---

① 李林芳，七〇后，山东人。作品见于《诗刊》《北方文学》《山东文学》等。作品被收入《诗歌选萃》等十余种选本。著有个人诗集《山庄》《素花襦裙》《艾涧笔记》等。

百丈漈

刘年①

我离开了人群

你也离开了人群

我找块石头坐下

你也找块石头坐下

我背靠着一棵柳树

你抱膝而坐,什么都没靠

我穿着一件浅灰的风衣

你穿的是一件黑色的冬裙

你说你最亲近的人在害你

我说我这本来就是个江湖

你说你想到了出家

我说你出家我就来看你

风吹在脸上,我抬起头

风吹在脸上,你的头发有点乱

---

① 刘年(1974—),本名刘代福,湘西永顺人。2013 年获人民文学诗歌奖,诗探索·
华文青年诗人奖,第三届中国"刘伯温诗歌奖"等。著有诗集《为何生命苍凉如
水》《行吟者》等。

我看着手机
你也看着手机
我的身后是十里的文成深谷
你的身后是是千里的河西走廊
你说有一滴泪珠
从你的脸上落下
我说有一百多米的瀑布
从我的眼前落下

王的百丈漈

潘红莉①

我不能无视你的雄浑百丈漈

当我仰视高　绝世的水幕

盛大的水宴　扬起细密的分布

我听见王的歌唱　在空谷亿万年的多情

山中的鸟鸣　崖上的花朵叫杜鹃

合着喧嚣的水的帘动密集地击打

自由的永不分离的折合

如果没有这高处的水　在这里赶制时光的盛宴

如果我来时这里依然寂静

我会忘记奇迹　这个世界上的磅礴激情

我落满尘埃的心怎么会在这里圣洁起来

人间的缺失在这里正慢慢地复合

我接受这绵软弥漫的水气扑落在我的周身

---

① 潘红莉(1957—),曾用名潘虹莉,哈尔滨人。作品见于《诗刊》《人民文学》《十月》等。作品被选入多种选刊及年选集。著有诗集《潘虹莉诗歌集》《瓦洛利亚的车站》。

这庞大的水有力地叫醒我的灵魂

雄性的芒　让站在这里的人挺直腰身

我几乎发现了这世间的永恒

百丈漈　这万马奔腾的闪电

凛然的存在　像世间的唯我之尊

这空谷中的咆哮　却修筑时间的尊严

在这世上百丈漈从不畏惧万物

仪态万方又从容地从天而降　冲过

任何锋利的切割　流淌出让人敬畏的漫长的时间

阻 止

——在文成百丈漈

哨兵①

是我无力阻止这道瀑布从众山之巅
落下来

在文成，我几乎耗尽汉语之轻
也没能让百丈漈化为烟云

或雾，越过那口断崖
随孤鹰，挂上天幕

我一向认为百丈漈
是世外之物，不该与我这样的生物同流

但飞瀑
不遂我想

---

① 哨兵（1970—），湖北人。曾参加第 18 届青春诗会，作品见于《作家》《山花》等，获
《人民文学》新浪潮诗歌奖。自印诗集《生命是一首歌》《说给水听》。

撞开群岩,浪费那么大的力气
还有才华,却甘愿领受堕落的命运

转下山去,与诸多过客
走在同一条道上。我无力阻止

百丈漈

高晶[①]

以水锻打的石头,像一张轻盈的底片

光的蝴蝶在万分之一秒,向铜铃山正午的峡谷撒金箔似的雪花

它们尽力飞翔截住颠沛流离的云水禅心

任凭擂鼓之声把世界锻打个正酣

梦里的鼓手惊醒了水,他更想惊醒那沉积久远的英雄梦——

以水的凝聚、水的温度

上善若水、逍遥之水

止水开闸跌宕波澜,水命之人朝发幽谷,奔流不息,如潜龙探渊、凤尾森森……

烟水阒寂

手握菩提的佛子坐在百漈之心

进一步,空明深邃

退一步,红尘如劫

---

① 高晶,七〇后。作品见于《中国青年》《中国青年报》《河北日报》《张家口晚报》等。曾获得河北省"五个一工程"奖。

进一步,穴居野处
退一步,反哺苍生

叩问水,逆流溯源,好似脱去落叶之后的季节
恩宠下的卑微、诘难中的迷茫、诵经中的方言
于那跳跃清涧的迷思,观云台座下之水,半真半幻的径流,
划出龟背图案
仿若都指向朝代易主,草莽间必出一位心怀天下之人——
以日月之光,刈收其他起义军的北伐或西征
弄巧于兄弟阋墙或隔山放箭,驱使万流归宗
打出一个四海朝贺的汉家江山

蓍草青青,率土之滨,文成公的一把羽扇,笑而不语
滴滴竹露,祭响铜铃

百丈漈之上山曲

戈丹[①]

深山里，唯有突围而出的流水声

响起的号角

还有成群的被现实搁浅于半路的落叶

等待着被大地重新收回

你深入陌生的我

预谋从一个沉寂已久的角落掀起一阵风

或制造一场水灾

但我的目光，早已穿越三层水帘洞

历经三重磨炼

如飞鸟的翅膀稳稳停于山尖

我的视线越过你的肩头

停于众山间的某一处

有光隐于山涧

游龙般盘踞岩壁

---

① 戈丹(1975—)，本名葛卫丹，浙江温岭人。作品见于《诗刊》《星星诗刊》《诗选刊》《诗探索》《中国诗歌》等。有作品入选《中国年度诗歌精选》等。曾入围"华文青年诗人奖"。获《诗刊》全国微诗会优秀奖。

我放开缰绳
远山之外，我的声音如棒槌
被群山的手屡屡击回
大地与天空构成的鼓面
只够我来一场虚构的追击战

百丈漈之下山曲

戈丹

我希望向下的阶梯能够再长一些
或者它到达的不是
我所熟悉的尘世

在我视线所及，低处
有一对老年夫妇
彼此扶持着往下
山风吹来，落叶打在他们的身上
衣角翻卷

他们所剩无几的白发几乎缠绕在一起
但他们只顾着相互搀扶
一脚紧跟着另一脚
害怕哪一脚没跟上，或踏空了
就只剩下另一半

我多么希望这阶梯能一直延伸下去
而他们就一直这样不停地走下去
相互紧挨着，像
阳光下我所看到的
那些狗尾巴草
歪斜着身子，却永不触地

飞　瀑

段若兮[①]

不是水！是悬崖上跑下来的野兽

金石的骨骼，裹挟着

雷霆的呼啸

越过绝壁，闯入深潭

大风癫狂！雁翅上的尘埃重如铅块

野兽撞水而出。用闪电的利爪

攫住你，把你押上悬崖

抱紧你，一跃而下

坠入深潭

……四野震颤。山折为两截

云朵匍匐！

---

① 段若兮，八〇后，甘肃平凉人。自幼爱草木，爱厨房，兼爱小诗文。现供职于某
　校，教书写作以虚度人生。

红枫古道

——我抵达。抵达尘埃和喧哗

我抵达。抵达尘埃和喧哗
在折叠整齐的石阶憩息
有枫叶自天而降
少年和秋光自天而降
我举双手迎接。迫切而难耐
它们像盲者和愁苦一样簌簌而下

可能:红枫古道

王文海[①]

我需要借用的

只是明朝的鸟鸣声

把山里五色的清晨通过召唤

搬运到更广阔的地方

我必定不是一个人在走动

身后一群人举着枫叶的火把

让星空在大地开始生长

每一粒石子都是一盏灯

每一方青石都是一块云

唯有我磨破的鞋子

才可以说出深爱你的秘密

必须要说到秋天

---

① 王文海(1972—),山西朔州人。作品见于《诗刊》《中国作家》《诗歌月刊》等。作品入选《中国新诗年鉴(2006)》《中国诗库(2007 年卷)》等选本。曾获第五届全国"乌金文学奖",2008 年《山西文学》年度诗歌奖等奖项。曾参加诗刊社第 24届青春诗会。著有诗文集《温暖冷色》等。

以及我吃剩下的半块月亮
她的光芒是有香味的
400年了,我的妹妹依然未嫁
头上的红嫁妆还是那样心疼地艳着
枝枝丫丫的相思
让古道的心久久澎湃
当我把山里的苍穹打开的时候
山外面,必是雷霆附加上了闪电

红枫古道

刘秀丽[①]

我抵达。抵达尘埃和喧哗
在折叠整齐的石阶憩息
有枫叶自天而降
少年和秋光自天而降
我举双手迎接。迫切而难耐
它们像盲者和愁苦一样簌簌而下
徒然间把手插回口袋。惊奇发现
一落叶悄然藏入其中
这戏剧性的一幕让人疑惑
究竟该主动还是被动

也曾想幻化为枫叶。枫叶的色泽
不停替换的衣裳。可是
谁会打马而过？驻足。
倾听枫叶沉默的语言，在红枫古道

---

① 刘秀丽，六〇后，浙江洞头人。作品见于《诗刊》《绿风》《宁波港》《诗江南》等，并
多次在全国诗歌大赛中获奖。

无论你拒绝还是迎合
都无法把落叶从秋天抽掉
也无法抽掉无边无际的疼

也许我该准备一些面粉，水
和着歌曲制作枫叶饼
向所有不认识的人，向阴影中的人
向生活在苦难河边的人
向此刻正在询问我房价的过客
向你，因为神秘而等待我的人
发放

雨中走过红枫古道

谷禾①

在雨中，一山的枫叶红了
我来的时候，它像一只只爱情鸟
从老树上飞起来

那么盛大的红！飘在枝头，舞在风中
俯身雨水恣肆的石阶
守望着古老南方的寂静
有几片，被移动的雨伞不经意带走

我是唯一不举伞的人，俯仰之间，都看见它摇曳的样子

而脚下这些石头，见证了
多少走过的爱
却从不开口，只把一山鲜红

---

① 谷禾（1967—），淮河平原人。部分作品被译介到海外。曾获"华文青年诗人奖"
"扬子江诗学奖""刘章诗歌奖"《芳草》汉语诗歌双年十佳"等奖项。著有诗集
《鲜花宁静》《大海不这么想》等。

指给红唇的少女,和白发的时间旅行者

我从北方来,身怀零落之美
雨中走过千年古道
猛回首,依然望见了山下明灭的灯火

红枫古道

方刚[①]

七十多条古道通往前朝

我可能是隐居在山水水墨画里的遗民

躬耕于桃源深处，被红叶淹没姓名

文成的山水是诗，我读到沧桑

多少匍匐的身影，被石头深度磨损

山民曾用汗水浇灌清瘦的炊烟

这些平平仄仄的石阶，走过樵夫、渔人、商贩

走过稻谷、盐巴、丝绸、铁器

走过烽火、饥荒、乡音，走过迎亲和送葬的队伍

我听到叮叮当当的开凿声，听到劳动的号子

人们用倾斜的姿势热爱大山，也对抗大山

费力地将爱从山的这一边，搬运到山的另一边

枫树是鲜艳的韵脚，我读到美丽

这江南的红，在梦里洇开

现在，高速路、国道、省道宽阔平坦

---

① 方刚（1967—），河南罗山人。先后发表诗歌作品 3000 多首。著有诗集《枕上江
南》《回望乡村》。

重走红枫古道成为怀古的一种方式
沿着旅游专线,我想找到
自己颠簸的身世

大会岭红枫

余燕双[①]

一

撑起大会岭秋天的这一张手掌形枫叶

请不要把我当成过客

我已经在风里爬滚，挣扎，翻过了50座山峰

请不要关闭大门，让我进来聆听你色彩飞旋的声音

体悟你身上茫无边际的清香

如果秋风没有尽头，南飞的大雁永远不来

就让我在你的绚烂中长眠，或与你一起飘落峡谷

二

面对古道

面对生命的血色

---

① 余燕双(1963—)，浙江平阳人。作品见于《诗刊》《星星》《诗潮》《诗歌月刊》等。
著有诗集《琵琶曲》《乱弹》等。

面对一棵棵让人慷慨的枫树

面对一级级后退的台阶,贯穿行程的秋风

面对半红半黑的游人

面对沧桑中的浪漫,灿烂中的落寞

面对一张张即将逝去的叶片

面对越剧团花旦的笑声,在白杨寨遗址石榴一般爆开

三

辽阔的红色。我像一只蝴蝶,粘在九月的枝头

我花了半天工夫,还是飞不出它的掌心

两只翅膀震动的频率越来越快

却忘记了用来干什么似的

最远处也只是飞到美丽的边缘,再扑哧几下

四

打开车窗,重温山风翻开的书卷

学而时习之,不倦,不怠

这种将翠绿染成的红有一些成为我血气里的一部分

在体内飞翔,接近了季节的高度

有一些生剥活吞了的红

来不及消化,如鱼骨梗在大山与平原之间

五

每当秋天

就想去文成大会岭寻找一棵丹枫

希望它能够收留我

如收留一滴雨水

或一粒寒霜。希望让我在漫山红遍的时间里

睡一觉,睡成枫叶或松果的样子

希望让老枝发芽

继续吐出灵魂的清香,隔着飞云江希望让大雁自由飞翔

那么多金色的叶子突然飞了起来

李景①

起风了　首先是词语挣脱句子的羁绊

飞上天　河水　长蛇不停地变脸

有的长羽毛　有的长鳞片　接着是

闪着红光的枫叶　纷纷　不安

仿佛日落时分　一位红衣喇嘛

用颤抖着的双手打开窗户放出一群蝙蝠

是灵魂趁机抛弃活着的固有形状

愤怒的面孔在十里沼泽地的黑水上飞翔

一条路　通往无有之乡　从日出到日落

漫长而忧伤　身后的孤独和迷茫

那是左手和右手纵横的丝线结成的网

火苗的影子深陷其中　黄而明亮的金属雀斑

掀起一阵肆意疯狂的波澜　烟花飞溅

音乐温热的气场　酒香　馓香　淡淡的体香

---

① 李景,本名李庆贺,八〇后,甘肃秦安人。作品见于《绿风》《中国诗歌》《星星》《诗歌月刊》等,入选《中国网络诗歌史编》《中国诗歌精选 300 首》等。著有诗集《非常爱》。

在篝火晚会上摇摆晃动　图腾野性张扬
我那鲜红温热的血　试图把空间注满
使所有的前世和来生迷失方向
这是怎样的一个过程　凄美而不失悲壮
这是怎样的一种辽阔和苍茫
我被淹没在陌生的　异乡的古道上
就像是我感觉百年前的一天
有人也这样走着　明朝的风吹着
一个书生　眼里浸满冷冷的月光

不如乘风归去　说声　起风了
果真就水起风生　在文成的古道
那么多金色的叶子突然飞了起来
而我却无法占有哪怕是其中的一小片

酒狂·红枫古道

南蛮玉[①]

梦中的梦,进山铺阶的桃花石似醒了二三分
只因你走近的跫音。满山红叶燃烧你画布
激动的油彩,掌心光斑若可捕捉
吹拂衣襟的清风仍在我的前后左右
和心间,令我独自笑了
虽没在山巅长啸惊飞松鼠或山雀
也乱吹了一通没有章法的口哨

走过石桥、草亭、山里人家的水井
霜风初起的中年
一条古道通往西岭祖母
大树掩映的瓦房,知了弹唱的暑假翻山越岭
通往邮戳不再清晰的年月
精美的树叶贴画,旧信里的一片孤帆
来自松龙岭、大会岭,还是岩庵岭?

---

① 南蛮玉(1976—),浙江金华人。著有诗集《水的手语》。

纵火者抛下满天碎锦,飞翔的是
某个晴朗秋日
一起用脚步丈量山水起伏的醉意
听不完的蜜语和鸟鸣,看不尽的恋人和留影
纵满山枫叶都懂得

红枫古道：命运的火焰，像是祈祷

雨倾城^①

树上的秋天，落满一地。安静落满一地。
我，落满一地。

无尽的天空下，我寂静地走。
不能停下来。
一个姓氏，脱胎换骨。

许多事，无法回头。我不相信那些鲜艳的红。
那些古道上新鲜的脚印，晨曦，和傍晚。
我们互不相识。
我们情绪复杂。
我们转身陌路。

那么多。那么多红的叶，红的火，红的誓言，红的热烈，红的
浪漫，红的深情，红的寂寥与沧桑，带着持久的热爱与信仰，飘落

---

① 雨倾城，本名袁秀杰，河北丰润人。作品见于《诗刊》《青年文学》《诗歌月刊》《星
星》等，曾参加第七、八届河北省青年诗会，第十四届全国散文诗笔会。

空旷。

它们在古道之上、山崖之巅，沉默、自在、燃烧。若垂天之云。

它们骄傲地红。

红给谁看？

更远一些地方，晨雾坐在枝头成为回音。

命运的火焰，像是祈祷。生命里最缤纷的颜色，有过大爱恨？

红枫古道

刘道远[1]

烙进石板的兵车辙印　萌出淡淡黄花
刻进摩崖的烽火狼烟　烧红半天流云
刘伯温的坐骑　骑成铜铃山的擎天柱
每个旅人　都可以成为骑士
每片枫叶　都是凯旋的旗帜

走进层林尽染的枫林
风吹红叶身体渐渐堆砌人间初雪
城市的灯和人用尽了红呵
这西风瘦马的古道　用挂满枝头的雪
昆曲的舌　舔去现代人的焦灼不安

那时的古道干净如雪
落叶片片扫进古卷经书
枫叶似血　盔甲怜香呵

---

① 刘道远(1957—)，江西临川人。作品见于《人民文学》《人民日报》等。著有诗集《中国唱片》《鸟巢·指甲花》《书香临川》(上、下卷)等。

万枚书签怎抵一颗断指

枫叶落枫叶飞 哪片不是破碎报国心

怀抱月亮和花阴的女子

把一片柔肠 由绿写到红

把一檐冷雨 由雪写到冰

古道是思念搓成的一行乡愁呵

枫叶是郎君弯弓射来的家书

落叶叠叠 压驼梵音寺院

小沙弥一把香茅帚 把青石扫成八音盒

哦背负钢筋走来的现代人

多么需要这样一场燃烧的雪

擦去身体铁锈 纸上烟火

岩庵岭

——这个冬天,有雪落下来

这个冬天,有雪落下来

从北方,到南方

横卧的岩庵岭,也有了白色

梦幻——

白的屋顶,白的村落,白的枯树,白

的山道

冬天，岩庵岭的一个童话

谷禾

这个冬天，有雪落下来
从北方，到南方
横卧的岩庵岭，也有了白色梦幻——
白的屋顶，白的村落，白的枯树，白的山道

只有一片枫叶，在白色之上
孤单地红着，仿佛杜鹃的一滴泣血啼叫

有雪落下来了，但山道多么安静
老枫树多么安静
堆积的落叶多么安静，光秃的枝条多么安静
凝在枝条上的水珠多么安静
不再有旅人牵马路过，风吹多么安静

岩庵岭，亿万斯年
你只为等待一场雪，用孤单的残红
迎迓这无边银白——

当这无边银白与一片枫叶邂逅
你还要
把我安置于群峰之上

去岩庵岭

东涯

这是一条向上的路，回头
就能看到往昔。走过的石阶铺满落叶
看不到的地方
散落着时钟的轮廓。雨丝中
残缺的暗影轻噬时光

抽象的意义增加了攀登的高度
就像迷雾变幻，在巉岩
在幽谷，乱象之间
不经意的岔路口，考验选择

云端之上，我看见红叶飘落
禅灯映照廊桥，看见内心的
恐惧：那些一再迷失山中的身影，那些
云里雾里看不分明的事物

没有比这更温柔的奇迹了——在岩庵岭

雾说散就散，雨滴落廊檐
石阶远离欲望，仿佛我们
在喧嚣的不安中寻找到的慰藉

龙麒源
——摇摇　晃晃　摇　摇　晃　晃

摇摇　晃晃
摇　摇　晃　晃
无形之力的牵扯
让人在惊悸中恐惧
因为胆怯而晕眩

过龙麒源索桥(外一首)

韩作荣[①]

索桥　悬在半空之中

踏上板桥

左摇　右摆

山在摇晃　水在摇晃　天在摇晃

人　动荡在弦索之上

这一切本是安静的

由于脚的踏入

而失衡

才让你在纷乱杂沓的波动里

身不由己　挣扎　尖叫

---

①　韩作荣(1947—2013),笔名何安,黑龙江海伦人。诗歌《凝视》获 1993 年《解放军文艺》优秀作品奖,《隧道口,飞进一只蜜蜂》获 1984 年北京文学奖,诗集《韩作荣自选诗》获首届鲁迅文学奖等。著有诗集《万山军号鸣》《六角的雪花》《北方抒情诗》等。

摇摇　晃晃
摇　摇　晃　晃
无形之力的牵扯
让人在惊悸中恐惧
因为胆怯而晕眩

此生　我走过的索桥多了
在河流之上　在山涧
小心翼翼　渐趋沉稳
穿过这貌似平坦的悬空之路
皆有惊无险

牵引着一只颤抖的手前行
尽管我的身形也随着桥索摆动
一颗宁定的心
于自信中却从未动摇

我知道　这是危难中的信赖
纵然　我无法抑止桥的晃动
可手温总胜过冰凉的铁索

在龙麒源景区

蓝野①

这里是畲族人的发源地。
我走得很急
不想被手持照相机的朋友们拍下
这里的我,中年的伧俗
怎配得上这样明亮的山水?

迷宫一样的深山里,鸟虫齐鸣
小雨唰唰地下着
山林和流水,似乎在一起飘飞,齐声合唱。
这喧响的寂静,被自然之神放置在
满山摇动的树枝和一片片落叶上的寂静
轻蔑地映衬了山外来客的躁动

俗世的一切就是这样,难以卸载
它陪伴着我们,走进山里。

---

① 蓝野(1968—),本名徐现彬,山东莒县人。曾获得首届泰山文艺奖诗探索·华文青年诗人奖、《青年文学》年度诗歌奖等。著有诗集《回音书》。

唉，这样静谧与灵动交织的一刻
我的身体，竟然到处都是难以抑止的喧闹……

提一口气，努力地想和树木，溪流
和这整座深山一同呼吸。
在湿滑的山道上，冥想，远眺
我试着同一只盘踞在松枝上的螳螂交换了身躯
很厚实的阴雨，突然转晴
打着旋的浅潭里，多了一枚太阳
那太阳大概也在努力
想与一尾小鱼儿互换使命

——算了吧，我蹦跳了几次
但总也飞不起来，总也飞不起来！
——那尾鱼儿却是自在
清浅的潭水被它畅游成了辽阔的大海

梦境:龙麒源的桃源情怀

庄 海 君[1]

走进这片美丽的畲乡梦境,我们开始怀念
以阳光的高度,潜进山水留白的眼神
驮湖,驮湖,一个个传奇的故事

不远处的一场秋雨,让我们怀抱大地
把往昔深深地读成乡愁,从身体出逃
一些风景在路上成了时光,与畲乡文化

来不及说出的色彩,有太多的想象
或高或低,或低或高,身影越来越厚重
重叠着,呼喊过的时间又回到了老地方

这么些年来,默默地守望着一片土地
与一群人,风雨修改的乡情背向天空

---

① 庄海君(1983—),广东陆丰人。作品见于《诗刊》《诗歌月刊》《扬子江》《绿风》等,
入选《中国诗人诗典》等多种选本。著有诗集《风与花的爱情》《十个太阳》等五
部。

畲风追着潭影,握住日子的另一端

在翠湖的视野里,世界如此辽阔
还有那一抹夕照,怀揣修辞的语言
与桃源的情怀,贴着故事里的足迹行走

岭南茶场

——灵魂中长满不为人知的悲伤

茶的一生，总是无法为自己除烦去腻

　　驱困轻身。在这春天里，众生芸芸
　　雪地江山如画，只有这小小的草木
　　灵魂中长满不为人知的悲伤

茶园物语

黄海燕^①

一

我不知该行吟什么
在文成,具有江南结构的山很多

我试着与其中一座对话
试着坐下来
让它的高度,抚过一切瞻仰

和境遇相左,我是山另一种姿势
在云端、露水之上
疾驰而过的　　那一阵蹄音。

---

① 黄海燕,七〇后,曾用笔名荒岛,浙江温州人。作品见于《诗刊》《星星诗刊》《诗江南》等。

二

在岭南茶园，春天是孤独的杯子
时间是茶芽上赤裸的梦

我游曳于采茶人的指尖
从山脉的背面入怀，起伏如旋律

竹篓里，装满谁采摘的
——说不出口的痛。

三

不久，我将以流泪的方式告别
循着某个人的声音问路
在他的唇边，短暂停留

茶树和茶树之间
我将成为杯水的纹理
和被心空出来的，那一部分

四

确定，茶水中的秋风

从古道外迁徙过来
在同一条路上蓬勃
在沸腾之域穿行，舒展或拘谨

我窥见自身的浮沉，不做任何猜测
开始审视自己
搬动被生活裹挟的形容

委身入内，我和这个世界
面面相觑
并保持应有的距离。

岭南茶场写意

小石大磊[①]

春日,几位温都博友前往文成县岭南茶场观光采风。该茶场占地近千亩,出产的"刘基贡茶"获温州市知名商标称号。谢谢茶场主、诗人慕白的盛情款待,使大家度过了一个愉快的周六。

一

一叶叶歌声
于枝头悄然绽放,鲜嫩而生动
我读出晨的露水,光的力度

嫩叶就在眼前,而我不敢探手采撷
它属于风、属于雨、属于大自然
尘世刻于我的掌心太深
十指疼痛,怎能拨弹一条河流?

[①] 汪麟康,六○后,浙江温州人。作品见于《星星》《中国诗歌》《散文诗》等,并入选多种选本。

就让我看看叶片,怎样舒展自由
怎样传递清香,怎样体现最美的时光
如同我与爱情保持一定的距离

二

凝视一片茶叶于沸水之中升降
感受生命的律动

叶片升起,呈破茧而出之势
叶片降落,现鸟声冬眠之态
上升或降落顺其自然
这一刻,气息与情感意味深长

我,蓦然发现
无法把握手中的一只玻璃杯
只能把握茶的某种氛围

三

置身岭南茶场,天空与我接近了
风,感动着耳朵
谛听一棵树,沐浴阳光之下
每片叶子的喃喃呓语

这会儿,无须远眺抑或引吭高歌
只要让身子低下来、再低下来
把自己种植在泥土里,然后静默片刻
周身就会长出嫩叶

春中茶园作

慕 白

雪很快就积到了半山腰
悲伤的黄昏,黑暗中的火熄灭了
已经看不见远方,群山静默着
天色越发暗下来,三月阳春
雪很白,白得没有一丝歇停的味道

雪落无声,人在草木之间,茶树无声
年、月、日,柴米油盐酱醋茶,往日崎岖
山风凛冽,像移动的乌鸦,和三年前一样
茶农王十二把一个刚刚冻死的茶芽
夭折的新生婴儿,埋在忍冬花的根部
直起腰,他抬头看看灰蒙蒙的天空
"操你大爷"! 寒风中,目光狠狠的
像一个再次输光了的赌徒

雪夹着雨,生与死的距离
只在一场雪之间,一年又一年的徒劳

满目春山尽白头，就像茶，总在饭后
人走就凉，春寒胜于人祸
茶香来自苦寒，只有沸腾的水知晓
活着不易，被折戟，被杀青，被揉捻
被发酵、被烘烤，被赴汤，被蹈火
遍尝人间滋味，茶出身于农家
性苦寒，功效止渴、明目、益思
消炎解毒。死是一件自然的事
茶的一生，总是无法为自己除烦去腻
驱困轻身。在这春天里，众生芸芸
雪地江山如画，只有这小小的草木
灵魂中长满不为人知的悲伤

吃茶去吧。群山之巅，人心为峰
草木之心，一岁一枯荣
蚯蚓在地底用柔软的身躯耕耘
而世界空旷，虫鸣闪烁其上

遇见苦丁茶

翁美玲[①]

最初，你以大叶冬青来命名

与我相遇，在铜铃的半山腰

白净的花，苦涩的味蕾

与草木为伴

只因卷入一场烟火，从此身世坎坷

这命中注定的流程，谁又能改变

在当下，音乐和爱情已都无效

你只好以药物的身份来舒展

远古的时光一落千丈，从前世走到今生

没有人知道，不是谁都可以爱你

你让人把欲望撒下

散风热，清头目，除烦渴

甘洌的清泉，它能说出你一生

你并不是单一的世界，我也同样

浓稠的风，吹散落日的寒凉

---

① 翁美玲，浙江温州人。著有个人诗集《果实之梦》《矛盾》等。

有人不停地捡拾落叶和树枝
试图与过往的时光重叠交合

刘基故里

——天下大事,可以允许在山外

天下大事，可以允许在山外。但一个锦囊永远地

高悬在这里，一棵古树上的千年之果

忽地耳畔传来了这句话：狭路相逢勇者胜，出兵！出兵！

刘基故里之诗

韩玉光①

时光从来不会带走一个人

时光只会将一个人照得更亮，亮得

仿佛一个朝代案牍上的经卷。

就像此刻，我

走在刘基故里的泥土中。

松树的光

竹子的光

门楣上的光

窗棂上的光

一起朝我涌来。

我紧紧地抱住了它们，我知道

有了光

再古老的土地也会长出新的一天。

对一个后来者而言，我

---

① 韩玉光（1970—），山西原平人。著有诗集《1970年的月亮》《捕光者》等。

走进刘基故里
不是为了看看他曾经走过的路
不是为了
在他走过的路上再重新走上一遍。

快七百年了，这里人来人往
朝来暮去。一个人的故里
其实是无数人
出生与死去的地方。
时光太深，万物都安居其中。
时光又太浅，它仅仅能够埋住
一个人灵魂的根须，而灵魂
却像大殿旁的古柏一样
高过了人间的屋檐。

清明节，在刘基墓前

任德华①

从八山一水一分田中飞出的，不是江南燕子
即使鸣叫着温州文成等地民谣谚语，蜻蜓点水般
出现在元朝的天空。即使
坠入大明的浩森之中，留下了惊鸿一瞥

其时，从元末到明初冉到
你涉足的疆域，河流在溃败之中衰竭，再被疏浚
而一条鱼，游走出文成的山水，顺着时间的去向
在漩涡中沉浮、揣摩、禅定，在平静中打坐、歇息、隐身

现在，是癸巳年的清明，在你墓前
春天分娩出来的花草树木上，一只蜜蜂
从阳光的烘房里飞出，嗡嗡的轰鸣中
藏着一朵朵野花的引擎。这景象，让人
浮想联翩。仿佛一只蜜蜂嗅到了一只鱼

---

① 任德华，四川达州人。作品见于《诗刊》《扬子江诗刊》《诗歌月刊》《绿风》等。在
全国及地方诗歌大赛上，作品多次获得各种奖项。

在化石里行走的气息。它的上下翻飞左冲右突
仿佛在寻觅经史、天文、兵法潜藏于世界里的秘密

放下手中的康乃馨
对你三鞠躬后，悄悄地告诉你
每一年的清明，我都会来夏山，轻叩你的门扉

一个刘伯温

若非①

假如山会说话,定会

告诉我这一个我不知道的——刘伯温!

他应该有一个普通的童年,也和我们

一样:在山间放牛,丛林中释放身体多余的

水分;午后在菜园里面追逐跳跃的蛐蛐,夜晚

哭泣着从睡梦中醒来;一头牛,一只弹弓

陪伴整个童年;不上网,不聊 QQ,不知道

什么是红十字,什么是电视机……

但文成的山沉默,那温软的流水,也不开口

说出温柔的那一个——刘伯温!

他应该有柔情如文成水,爱过

几个像模像样的姑娘,也曾在黄昏时分

偷偷打量,溪边浣纱的女子;但更多的时候

面对一篇诗文,想起《诗经》中的

窈窕淑女;写下再多的情书,也不曾,投递一封

---

① 若非(1989—),贵州人。作品见于《星星》《诗选刊》《山花》等。

那调皮的信鸽，并不知晓，美人的住所；
肯定有一年，他爱上那个
守候的女子，并在洞房花烛之夜，恐惧
不知道如何，突兀冲击陌生的境地……
这样的刘伯温，是不是，都得不到人们的
喜欢？但更多的，刘伯温
要被我，尝试着，叙述一遍：
苦读之日，未曾想过，光鲜亮丽的一日
万人敬仰，也无非是，胡思乱想的奇迹
……

好吧！我承认，这是我杜撰出来的刘伯温
我甚至，想要让他，也拿起一台佳能相机
拍下那一年的战乱，和那一年的太平
我想让他讲述，属于那一年，君主的阴谋
——我写到的刘伯温，就在此处终结。现在
历史书泛黄的纸张，还在吐纳顽固的气息
告诉你被记录的那一个——刘伯温！
妙算天下，运筹帷幄而决胜四方
君王大悦："吾之子房也。"①
——这被换算在时间里的传奇，长着呆板的面容
可我生疼的眼睛，在"……一统江山刘伯温"②这一句
打盹。我醒来，车流穿过

————————————

① 朱元璋多次称刘伯温为："吾之子房也。"
② 中国民间广泛流传着"三分天下诸葛亮，一统江山刘伯温；前朝军师诸葛亮，后朝军师刘伯温"的说法。

文成的肚腹，陌生的人们，行走在文成①的土地上

我知道文成②就在身边了，因而语急词穷，叫：伯温！

……伯温！我是说，假如不掏出自己

怎么从时间里，生生把你捞出来

在五月里晾晒，翻检？怎么能，在这世俗的时代里

安静下来，和你谈一谈那慌乱的年岁？

但此时都不太重要，我看一眼山川

就懂得无言的山川，为你沉默

我看一眼流水，就懂得蜿蜒的流水，为你温软

---

① 今天的文成县。

② 刘伯温谥号"文成"。

过谋士刘伯温故宅

汤养宗①

在刘伯温老宅,我捉摸着一双手如何去解开一个字

这个字是:锦囊妙计的囊,阴囊的囊

还依次看到,什么是一个人祖上的子宫,以及他个人

称雄天下的睾丸。在这里,我不得不一再念叨

好一个天地如囊中探物的囊,有与没有的囊

我像是从十万火急的战场赶来问计的传令兵

要打开绣布重裹着的两颗眼球,问军情

朝东或朝西?如果出手,用刀面还是刀背

阴雨绵绵的文成县,果然是

里三层,外三层,云里雾里又三层。我在想

什么叫无事不登三宝殿?又思量

何为知我者谓我心忧,不知我者谓我何求

天下大事,可以允许在山外。但一个锦囊永远地

---

① 汤养宗(1959—),闽东霞浦人。作品先后获得人民文学奖、中国年度最佳诗歌奖、诗刊年度诗歌奖、扬子江诗学奖等。部分诗作被翻译成外文在国外发表,有诗学随笔若干。著有诗集《水上吉普赛》《黑得无比的白》《尤物》《寄往天堂的11封家书》等。

高悬在这里，一棵古树上的千年之果

忽地耳畔传来了这句话：狭路相逢勇者胜，出兵！出兵！

刘基述

寒寒

她们已在后祠
点燃炷香。山阴之静
如同华表追远
这一片南田福地
正期待最高意义的虚构

如果,卖柑者正是你
所能忍受的讽喻,那机智的反诘
和跌宕的排比中,一定暗藏着
1360 年之后的灾祸异象,以及
无以名状的隐遁之苦

而我,一个错过了前世的人
此刻尚停留于帝师和王佐的
双重威严里。瞧,你从遗传中获得的一切:
先知先觉、七行俱下
你的《郁离子》,甚至

你的十八策。多么，经世致用

又多么，诚意盎然。于是便诞生了
那些所谓运筹帷幄中的良知、情致
谋略和国事……且慢！在那伟大的
"三不朽"垂世之前，请恕我
先把南田镇武阳村这满坡静默的草木
叩拜成一座葱茏的家园

镜　中

——兼致文成

李满强[1]

一

那一日我在廊下观书，忽见一只白鹤
自屏风上振翅而出，鸣叫如长笛穿云
径直奔东南而去
那一夜我在北方故地，杯盏散乱
犹如大梦初醒

二

梦见一个峨冠博带的老者死了
他的青衫之上，缀满帝国赐予的宝石
他的肠胃之中，塞堵帝国孝敬的毒药

---

① 李满强(1975—)，甘肃静宁人。曾获"黄河文学奖""《飞天》十年文学奖"等，曾参
加诗刊社第24届青春诗会。

"即便功成身退，也不得善终……"
有人弹冠相庆，有人痛哭失声

三

他们说，好诗人正在路上
好诗人，也正在去文成的路上
文成，文成
一截哽在读书人喉头的鱼刺
天下书生掉头南望

四

望见至大四年的武阳村
这弹丸之地，居然
稻粟遍地，清水漫流
那婴儿呱呱坠地之时，可曾有
紫光盈室，星辰明亮

五

《春秋》何解
《六甲天书》何解
《奇门遁甲》何解
无非占卜与算计

无非攻伐与守成

六

十七岁的白衣少年
早已看到江湖凶险,群山狰狞
便直奔上游而去。那青山之中
竟有裂帛之音,竟有坦途
可通世俗山顶

七

"学得文武艺,货予帝王家"
饱学的元统进士
江山已然憔悴,岂可容你
明火执仗。好在西湖散淡
可容你往来酬和,偶避风寒

八

"鹤鸣于九皋,声闻于野"
玩积木的老男孩,在西湖边不断尝试:
"家国、匹夫、天下……"
积木起立之声
恰好被一个心绪烦乱的凤阳人听见

九

是时候了，纵然许多光阴虚掷
纵然他是草莽出身
然"王侯将相，宁有种乎"
且从了他。且在江湖之中
以身饲虎。操练攻伐之术

十

迷雾自此拨开
一曲《郁离子》，天下皆姓朱
所有的占卜和预言得到应验
那时的御史中丞啊
可曾料想飞鸟已尽，良弓须藏

十一

尽墨者必黑。近朱者
却未必赤
天下是他一个人的
关尔鸟事
大幕已然合拢，仅余告别

十二

好在还有青田旧居，有
十亩南山，有那昔日养鹤之地
可以归去。江湖虽大
大不过帝王之心
故居虽小，尚可书写残简

十三

廊下观书那一日，杯盏散乱那一夜
也是春天。此后数百年
每每杨花翻飞之际，我都要朝南拜祭
以此来祭奠一个谋士的死去
以此怀念，一个书生的荣耀与伤感

十四

百年之后，谁又喊我
托生为一刀笔小吏，蜗居北方
于纸上涂画星空，于词语之中
寻找归途，亦于杯盏之中
觊觎明月山峦

十五

但南山梅花已谢。春日
充斥沙尘与虎狼之声
有人在墙外纵火,有人
在屋内聒噪,更多的人
深陷物质的黑暗,不能自拔

十六

《诗经》何解
《九歌》何解
《归园田居》何解
可我身处下游,身处
乌鸦与麻雀的丛林

十七

想那清修之时
你也曾用百丈漈的流水濯缨
想那踌躇之际
你也曾将铜铃山的栏杆拍遍
出入之间,动静之际,近乎虚妄

十八

"世间安得万全策，
不负如来不负卿"
40 年倏忽而过，百年之后
一个悲观主义者的喟叹，亦将归于尘土
而他小小的悲伤，仅仅
源于热爱，源于内心一丝不舍的执念

十九

那就去看山水吧，忘情于
杯中那短暂的眩晕与战栗
纵使每一年，雷霆
会在眉目间炸响。纵使每一日
白发都会在镜中复活

二十

我要动身了。你看那落日低悬
如忧戚的孤独者
我要动身了。你看那白鹤于镜中起舞
如披头散发的未亡人

刘基故里

白象小鱼[①]

落日辉煌时,宜告老还乡。胡子花白

操着少时的方言,文成县武阳村

有着帝国浓缩的后书房

狂草下的词粒,跋涉过大明朝宽阔的版图

用粒粒珠玑的词语喂养的豹子,从腹内的锦绣文章里跑
出后

就威震四方,从南向北,一点点撕碎旧王朝

金戈铁马中,星空落入掐指神算

山川湖泊里,起伏的地形有无穷变数

当初淮右布衣,曾屡次险象环生

九死一生时,浙东名士风流,以鹤立鸡群之势

舌退群儒,鹰一样犀利的眼神,看破风雨飘摇时的迷茫

---

① 白象小鱼,本名陈铸宇,七〇后,浙江温州人。作品见于《诗刊》《星星》《绿风》等,
并入选《中国诗歌年选(2015)》《网络诗选作品选(2016)》《中国 2016 年度诗歌精
选》等多种诗歌选本。

身后鄱阳湖，火光冲天，溅起一江血色

掩上定国十策，闲拾月光的碎银，村尾沽酒
武阳亭里，闲话老廉颇
思念紧时，就在竹子倒空的笛音上
签下名讳，为帝国写最后一封书信，放入长江
不日到朝堂

安福寺
——寺外灌木的耳朵是绿色的

安……一个字
小,轻,八百米高处的俯瞰
一粒尘埃处的宁静目光
清风中一双耳朵,流水中一双耳朵
而寺外灌木的耳朵是绿色的

安福寺

慕白

天圣山如经书，掩藏在文成
寺院山门敞开，佛祖在天上
俯视芸芸众生，看庙里的香客
双手合十，焚香、祈愿，仰望天空
眼观鼻，鼻观心，心无自己
佛看和尚互称大德，佛看世间

菩萨安静，菩萨慈眉善目
菩萨不开口，十八罗汉从不说话
道心众生、大觉有情，佛也一样
度人易，难度己，菩萨都慈悲

菩萨到佛，一步之遥，人口是心非
江湖到庙堂，咫尺天涯
孰能有余以奉天下，圣人不恃
佛祖知道每个人的心思，佛度菩萨
佛度有缘人，佛祖不轻易显灵

佛受四方礼拜，佛内心里的秘密
同体大悲，多少年了，佛关怀尘世
也关怀教徒，也关怀香火旺盛
佛不度利令智昏，度不完弱势群体

菩萨很忙，人间拥挤，菩提本无树
佛很自信，佛无烦恼，佛无凡心
安福利生，观百态，世上穷人很多
佛教大众洗心，洗肺，从善如流
人间喧嚣，道在屎溺，佛在我心
佛在过去，佛在今生，佛在未来
我成不了佛，我心中没有屠刀

这一切

商震①

雨落着,不急不慢
来安福寺的人缕缕行行
不急不慢

这是我见过的唯一不燃香不火烛的寺庙
没有烟雾也看不见尘土
幽静里藏着些神秘

雨幕中的寺庙是悠远的
它可以是唐朝的明朝的
也可以是我心里的

这座寺庙在两座山的闲暇处
在苍天和大地的间隙里
风走过寺院,不急不慢

---

① 商震(1960—),辽宁营口人。著有诗集《大漠孤烟》《无序排队》与长篇纪实《写给上帝的白皮书》等。

我来安福寺
想看哪尊佛是我
或者看我心底的佛是谁
佛不说我也不说

寺院空旷
我低头看自己移动的脚尖
寺院里没有交通标志
我只看到了容忍看不到自由

寺里的和尚穿着僧衣
说着肉身的话
言语是常用字词
谈笑无风生，不急不慢

我走出寺院
一群麻雀站在树上
不言不语不卧不飞
慵懒地看着我，不急不慢

在安福寺

马叙

安……一个字
小，轻，八百米高处的俯瞰
一粒尘埃处的宁静目光
清风中一双耳朵，流水中一双耳朵
而寺外灌木的耳朵是绿色的

钟声响起，自宏大始，渐渐地
弱下去，余音中的一个安字
他们通通听了去，不说话，如此宁静

一众人鱼贯而入。
其中北方来的大个子
他的眼神里安着一双倾听的耳朵，
他听见一粒尘埃矗立
听见八百米高处的白云上，有着小动物的足迹

弯下腰，向泥土学习谦卑
轮回仿佛温暖的圆号，在屋角放了多年
偶尔的一次吹奏，恰恰被他听了去

尘世间的一双耳朵，洗得如此之清。
文成县里的这一座青山，这一座寺
听，它的千年梵音中，有着安福二字。

屏幕中的安福寺

辰水①

需要多少雕梁画栋,才能安放一座寺庙
需要多少泥土和巨石,才能造就一座青山

我带着疑问,企图穿越因特网去访问
一座众人编辑的安福寺
鼠标和键盘,哪一个与一支炉香
更接近佛祖的神谕

在异地文成,八百米以上的高空
钟声再响
也无法灌注进异乡草木的耳朵
我能隔屏听见这余音吗?
耳麦里响起"剌啦、剌啦"之声

如果匆匆关闭电源

---

① 辰水(1977—),山东兰陵人。参加第32届青春诗会。曾获第3届中国红高粱诗
歌奖。著有诗集《辰水诗选》《生死阅读》《我们柒》(诗合集)等。

像伸手抓住一粒肆意游走的尘埃
刻意地逃跑，还是安置下
一颗归隐的心

几乎是不可能的。在光怪陆离的网页里
隔着一个个省，一个个国家
朝圣
战火又有什么？硝烟也无法
钻出屏幕
佛祖却可以分身居住在不同的庙宇里
引领众人上升

我反复打开这座安福寺的页面
像一遍遍推开寺庙的大门
我进入了吗
网页上朝拜，只需轻轻点一下视窗
便可以关死

可安福寺还在那里
还在青山叠嶂之中，也在光速的线缆里

天圣山安福寺

李俏红[①]

我不曾着僧袍
却无限热爱这里的修行
时间不为任何一个人等待
哪怕你正一天天老去

灵魂无证，却日益沉重
天边那朵云翳
带着我的肉体和灵魂
在晚风里渐行渐远
我在寂静中重生的
只是低头那一滴泪水

此刻风是盛开的
绝口不提生活的琐碎和辛苦
尘世里的故事和人声

---

① 李俏红(1975—)，浙江金华人。第七届冰心散文奖获得者。作品见于《诗刊》《散
 文选刊》《人民日报》等。

不是我的，也不是你的
那些浅薄，正一点点离开
那些天真，我一点点靠近

好多白色的栀子花
在檐下以飞翔的姿态守了一世
我的脚下
是如此广袤的宇宙和苍穹
我的头顶
是宇宙和苍穹的另一半
两者之间
是安福寺和我
还有那些往低处去的慈悲

安福寺

布非步①

禅意落在带有啮痕的脉络
落在跪伏的掌心
第几次落在我人生的河流里？

十一月的红枫古道，拾级而上
和仰望，都属于同一种方式
所有的山门也是一样的，
收留虔诚的心，收留
不断被涂改的生活
苔痕藏身在万丈红尘深处
一群人的抵达与离开
带不走那枚衔在檐角
古意的白云。讲经堂旁
满脸稚气的小沙弥
知道如何把寺里的鸟鸣

---

① 布非步，曾用名布尔乔亚，河南南阳人。诗歌收入《星星诗刊》《汉语地域诗歌年鉴 2017 卷》《中国女诗人诗选 2017 卷》等。

与寺外的鸟鸣区别出来

而秋风寂荡，暮鼓袅袅

"我听他以宗教的名义解释大自然。"①

---

① 阿多尼斯的诗句。

安福寺

李统繁[①]

很多人的心中都有一座随身携带的寺庙
不为他人所见，自己也不轻易打开
诵经时，万物皆为佛胎
月亮在黑漆漆的禅房面壁
秋风起，银杏的叶子在鸟鸣声中滑落
寺院中的沙弥用笤帚支起坍塌的天空
人间似乎又一次被清空

听经时，莲花盛开
大慈大悲的佛祖借用我的身体歇息
谦逊又不失威严。侧身，低头的一刹那
满天的星星轻轻晃了晃
我在心中反复练习把河流请回经书上

---

① 李统繁(1984—)，浙江苍南人。作品见于《诗探索（2015年卷）》《星河》《江南》
《诗歌月刊》《浙江诗人》等。著有诗集《恋爱的蒲公英》。

让川
——一夜之内，可唤醒祖先

隐秘的古村落，住着内心隐秘的畲
乡人
他们与时间为敌，用独有的风俗
秘诀
在尘世里逆流而行。围着篝火
起舞
口占民谣，一夜之内，可唤醒祖先
让所有的欢乐和爱，重返人间

在让川

白象小鱼

大山深处的老房子和新房子,相互角力
老房子甩出屋檐上向时光垂钓的藤条
新房子展出酒旗风
作为见证,村口的大水车
倒空一罐水,随即又提上一罐水
几座古老的门楼、牌坊,折叠在旧时光的倒影里
如典籍的封皮
它们深藏畲乡人的盘歌、烹饪术和篝火
它们搬出长桌宴,旋即又奉上"三月三"的对歌
一壶米酒,醉倒飞云江、松花江和波河、台伯河
邻桌而坐的不同肤色的人,分别说起他们的家乡
分别从窑洞、古罗马斗兽场和瓯江畔,走向诗歌
走向千年红枫的酡红
这些跋涉过山川湖泊的人,穿过让川的岁月
和温暖阳光
吸足了文成的山水和暮色

让川引力

壬阁[①]

一

隐秘的古村落,住着内心隐秘的畲乡人
他们与时间为敌,用独有的风俗秘诀
在尘世里逆流而行。围着篝火起舞
口占民谣,一夜之内,可唤醒祖先
让所有的欢乐和爱,重返人间

二

他们自制凤凰装,将上古的传说
穿在身上。他们安居于黄石墙内
青黛瓦下,将写有"畲"字的
红灯笼挂满屋檐翘角,给悠闲生活

---

① 壬阁,本名陈易辉。作品见于《诗刊》《诗歌月刊》《青海湖》《北斗诗刊》等,在全国
诗赛中多次获奖。

绣上一圈原始的花边。我突然明白
封锁日子,其实为了传承更加久远

三

高兴时,他们会呷一口畲乡米酒
做一顿乌米饭,用竹筛一样的心思
细选自己的日子,精选俗世里
所剩不多的几粒恬淡,半碗宁静

四

在让川,所有的时尚都侧身让出一条路
豪宅让位于老门台,时装败给了彩虹花襟
高速运转的日子,此刻也交给了休闲小坐

五

我好像进入时光隧道,里面挤满了畲乡民俗
时间从此驻足,滴答作响的节奏也被掩盖
怀疑是个恶作剧,发条被某人给松开了
它的规律和影响,渐渐被山坳里的人们淡忘

六

又或许是民俗的黑洞，吸附了时间？
收缩后的畲村慢生活，延续百年密度
令人不得不信，其引力足够让
任何靠近它的物体都无法逃逸，包括我
以及陀螺着我的信息化时代

本卷后记

2019 年的夏天，我随瓯江山水诗路研究课题组多次前往文成进行实地调研和资料收集，后来又到温州市图书馆搜罗相关文献。从"怎样才能抵达文成"到让川"一夜之内，可唤醒祖先"，历经一年有余，《文成山水诗（当代卷）》完成初次编选；经多次增删修改，前后五年，终成眼前一册精选诗集，甘苦自知。

从唐代至今，历经千余年，文成山水诗形成自己独特的历史脉络。为了强化山水诗的地域书写，文成连续多年举办"中国刘伯温诗歌奖""铜铃山杯"全国诗歌大赛等广有影响的赛事，除征集优秀诗作之外还力邀当世名家参与创作。各类诗歌奖所形成的文本，也是本次编选的重要来源。在选编者看来，诗歌奖的设置不仅仅是一种自觉的诗意追求，更是一种文化的深耕和拓展。

本书共分为 11 辑，选录《诗意文成》《美哉文成》《美丽文成》《江南·文成之文》《诗话文成》《美妙文成》等书的佳作，兼及各处搜集而来的精品，部分入选诗作因缺少联系途径，未及时通知作者，特在此向相关作者致谢、致歉！

本次选编得到文成县文联和温州市百丈漈———飞云湖旅游经济发展中心的帮助，使编者得以充分体验现代诗中的文成山水。感谢课题组负责人、我的导师孙良好教授在现代诗编选过程中给予我充分的信任和支持,使我不惮前行;感谢我的师兄金邦一的指导和帮助,对诗歌的编选、资料收集等方面提出中肯建议;感谢文成本土诗人慕白,前后多方联系,提供诸多材料,多次协助编辑并校改;感谢文成文联工作人员王选玲等人,在编选过程中曾数次叨扰她们,从她们那里获得不少当地诗歌电子文本;感谢温州市图书馆提供了诸多稀见资料。

本次选编只是我们整理和研究文成山水诗的一个阶段性成果。由于水平有限,其中难免有欠妥之处,敬请方家和读者指正!

欧玲艳

2023 年岁末于大罗山下